IHRE
BEGRABENEN
GEHEIMNISSE

IHRE BEGRABENEN GEHEIMNISSE

LISA REGAN

Übersetzt von Reinhard Ferstl

bookouture

*Für Monica Ebbenga und Bonita Klatt. Eure Wahrheit
auszusprechen ist ein scharfes Schwert.*

PROLOG

Die Schreie verfolgten sie. Ihr Echo war überall. Sie lief den Hügelkamm entlang und flüchtete in die Dunkelheit. Ihre Füße schrammten über dichten Bewuchs und loses Gestein. Zu ihrer Rechten fiel ein Hang Dutzende von Metern steil ab. Wie tief der Abgrund war, konnte sie nicht sehen, aber sie wusste, den Sturz würde sie nicht überleben. Links von ihr ragte eine Wand aus dichtem Wald auf.

Als sie den ersten Gewehrschuss hörte, bog sie nach links in das Unterholz ab.

Äste peitschten blutige Striemen in ihre helle Haut. Sie blieb an einer Baumwurzel hängen und fiel der Länge nach auf Laub und Steine. Mit dem Ellbogen schlug sie auf einem Fels auf. Ein stechender Schmerz durchfuhr ihren Arm, drang bis in ihren Kopf. Die Schreie aus der Ferne waren noch immer zu hören. In kurzen Stößen keuchend kämpfte sie sich auf die Beine, während sie den Ellbogen an den Körper gepresst hielt. Tränen liefen ihr über das Gesicht, doch Panik und der Wille zu überleben trieben sie tiefer in den Wald.

Ein weiterer Gewehrschuss durchdrang die Nacht.

Sie musste weg vom Lager, so weit weg wie möglich. Aber das frische Laub, das der Frühling immer dichter hatte werden lassen, schluckte das Mondlicht und tauchte den Wald in völlige Dunkelheit. Aus welcher Richtung war sie nur gekommen?

Noch ein Schuss zerriss die Luft wie ein Peitschenknall, doch woher er kam, konnte sie im umherirrenden Echo nicht ausmachen. Mit ihrem unversehrten Arm tastete sie sich voran und hoffte inständig, sich vom Schützen zu entfernen. Ihre Hand fuhr über Baumrinde und streifte Zweige, während trockenes Holz unter ihren Füßen knackte. Ihre Wadenmuskeln verkrampften. Wie lange war sie gelaufen? Es fühlte sich an wie Stunden, doch das konnte nicht sein.

Das Knacken eines Zweigs ganz in ihrer Nähe steigerte ihre Panik ins Unermessliche. Sie fuhr herum, konnte in der Dunkelheit jedoch nichts erkennen. Da hörte sie eine Stimme, ruhig und kalt. Ihr Klang drang wie ein Messer in sie, lähmte sie.

»Hast du wirklich gedacht, du kannst mir entkommen?«

»Bitte«, flüsterte sie, »bitte nicht.«

Sie spürte das harte runde Ende eines Laufs an ihrem Hinterkopf.

»Du verlässt mich nie mehr.«

1

Rauch drang aus Josies Backofen. Dick und schwarz quoll er aus dem Spalt zwischen Tür und Dichtung. Hustend schlug Josie auf den Ausschaltknopf und versuchte, den Qualm mit einem Tuch zu vertreiben. An der Decke begann der Rauchmelder zu jaulen.

»Scheiße«, fluchte Josie.

Sie wandte sich vom Ofen ab, lief von Fenster zu Fenster und riss sie weit auf. Verzweifelt bemühte sie sich, den Rauch nach draußen zu wedeln. Durch das schrille Alarmgeräusch hindurch hörte sie Noahs Stimme. »Josie? Alles okay? Was zum Teufel ist passiert?«

Sie zog einen Küchenstuhl durch die Küche, stellte sich darauf und riss den Rauchmelder von der Decke. Dann schlug sie ihn an die Tischkante, holte die Batterien heraus, um ihn zum Schweigen zu bringen, und warf sie in die Ecke. Verlegen lächelte sie Noah an.

»Was machst du denn?«, fragte er und wedelte sich mit einer Hand den Rauch vom Gesicht.

»Alles gut«, murmelte sie. »Es brennt nichts.«

»Sieht aber so aus.«

Josie ging zum Herd zurück. Sie zog sich Ofenhandschuhe an und tastete in der Dunkelheit der Backröhre nach der Kuchenform. Was sie zutage förderte, ließ beide gequält das Gesicht verziehen.

»Was hätte das denn werden sollen?«, fragte Noah.

Josie kippte den schwarzen Klumpen in das Spülbecken. »Ein Himbeer-Kaffee-Kuchen. Deine Mom mag doch Himbeeren, oder?«

Noah machte eine Miene, in der Josie Mitleid, Skepsis und vielleicht ein klein wenig den Versuch, nicht loszuprusten, entdeckte. »Ja, schon. Aber wenn du einen Nachtisch hättest machen wollen, wären Brownies völlig okay gewesen. Oder so was wie ein Gugelhupf.«

Josie deutete auf die Arbeitsplatte, auf der sich drei weitere Kuchenbleche mit schwarzem Inhalt stapelten. »Das hier sind die Brownies. Und das war ein Gugelhupf. Und das der Schokokuchen aus einer Fertigbackmischung. Sogar der ist mir verbrannt.«

Noah lehnte sich an den Rahmen der Küchentür und legte eine Hand auf den Mund. Josie drohte ihm mit dem Ofenhandschuh. »Untersteh dich und lach.«

Hinter vorgehaltener Hand murmelte er: »Vielleicht etwas Kaltes? Götterspeise? Irgendwas Einfaches.«

»Bist du verrückt? Ich nehme doch nicht Götterspeise mit, wenn uns deine Mutter zum Essen einlädt.«

»Dann kaufen wir was. Ganz einfach«, schlug er vor.

Einfach? Es war nicht einmal im Traum daran zu denken, etwas Einfaches zu Colette Fraley mitzunehmen. Noahs Mutter war die perfekte Hausfrau. Alles, was sie kochte, sah köstlich aus und schmeckte sogar noch besser. Ihr Garten war ein üppiges, farbenfrohes, akkurat gestutztes Paradies. Bei alledem fand sie auch noch Zeit, schöne Patchworkdecken zu nähen, die sie Waisenkindern spendete. Pinterest war für Colette erfunden worden. Sterbliche wie Josie konnten sich nicht im Traum mit den Colette Fraleys dieser Welt messen.

Colette war denn auch alles andere als zufrieden mit Josie. Aber zum ersten Mal überhaupt hatte sie die Freundin ihres Sohnes gebeten, ein Dessert zum gemeinsamen monatlichen Essen mitzubringen. Josie verstand die Bitte als das, was sie war – eine Herausforderung. Und der würde sie verdammt noch mal gewachsen sein. Nun ja, mehr oder weniger. Jedenfalls wenn es ihr gelang, etwas Gekauftes als Eigenkreation auszugeben.

Josie lehnte sich gegen die Arbeitsplatte. »Sie mag mich einfach nicht. Und das wird sich auch nie ändern. Nicht einmal, wenn ich mit verbundenen Augen ein Schoko-Soufflé schlagen könnte.«

Noah war mit zwei leichten Schritten bei ihr und nahm sie bei den Schultern. »Du übertreibst. Sei einfach du selbst. Sie wird sich schon an dich gewöhnen.«

Nein, wird sie nicht, dachte Josie bei sich. Aber sie wollte nicht schon wieder mit Noah darüber streiten. Sie waren nun bereits ein Jahr zusammen, und in dieser Zeit hatte Josie erkannt, dass die wichtigste Person in Noahs Leben seine Mutter war. Er war das jüngste von drei Geschwistern, aber sein Bruder lebte in Arizona auf der anderen Seite der USA, während seine Schwester und ihr Mann zwei Fahrstunden entfernt wohnten. Noahs Eltern hatten sich scheiden lassen, als er noch ein Kind war. Soweit

Josie wusste, hatte keines der Fraley-Kinder Kontakt zum Vater.

Josie sah auf die Uhr des Mikrowellenherds. »Bleibt mir wohl nichts anderes übrig, als etwas zu kaufen. Wir müssen in einer halben Stunde dort sein.«

»Wir sagen, dass du viel Arbeit hattest und keine Zeit, was zu backen.«

Josie lachte bitter und zog die Ofenhandschuhe aus. »Ich glaube nicht, dass das was bringt.« Wenn man mit Colette über die Arbeit redete, erinnerte man sie nur daran, dass Josie vor ein paar Jahren ihren heiß geliebten Sohn während eines besonders stressigen, komplexen Falls eigenhändig angeschossen hatte. Sowohl Josie als auch Noah waren hochrangige Angehörige der Polizei von Denton. In den letzten Jahren hatten sie sich mit Fällen befassen müssen, die so schockierend waren, dass sie landesweit Schlagzeilen gemacht hatten.

Noah schloss die Fenster. »Ziehen wir uns um. Wird schon schiefgehen.«

Zwanzig Minuten später saß Josie auf dem Beifahrersitz von Noahs Auto, auf ihrem Schoß eine Schachtel mit gekauften Brownies. Während sie durch die Straßen von Denton fuhren, fühlte sie sich alles andere als wohl. Die Stadt war knapp 65 Quadratkilometer groß. Viele davon entfielen auf das wilde Hügelland von Mittelpennsylvania mit einspurigen, gewundenen Sträßchen, dichten Wäldern und weit auseinanderliegenden, ländlichen Anwesen. Denton hatte knapp über 30000 Einwohner, während der Lehrveranstaltungen im College auch etwas mehr. Bei dieser Bevölkerungszahl herrschte kein Mangel an Auseinandersetzungen und Verbrechen, sodass die Polizei von Denton, der beide angehörten, immer ordentlich zu tun hatte. Josies Magen zog sich zusammen, als sie in Colettes Einfahrt einbogen. Das nächste Mal, schwor sie, würde sie diesen verfluchten Himbeer-Kaffee-Kuchen backen, und wenn das ganze Haus abbrannte.

»Komisch«, meinte Noah, als er das Auto abstellte.

Josie folgte seinem Blick zu Colettes Eingangstür. Sie stand weit offen. Das Haus hatte keine Windschutztür, lediglich eine dicke Holztür in fröhlichem Blau, an der ein handgesteckter Frühlingskranz aus gelben Kunstblumen hing.

Josie stellte die Brownies auf dem Beifahrersitz ab und folgte Noah zum Haus. Sie ging die drei Stufen zum Absatz hoch, auf dem Topfblumen die Tür flankierten. »Mom?«, rief Noah.

Josie hielt ihn am Arm fest. »Warte.« Sie griff zum Schulterholster, nur um festzustellen, dass sie es gar nicht angelegt hatte. Schließlich war heute ihr freier Tag. »Sollen wir nicht die Kollegen rufen?«

Er lächelte sie unsicher an. »Wozu?«

Josie deutete auf die offene Tür. »Irgendwas stimmt hier nicht«, flüsterte sie.

Noah lachte. »Wie kommst du denn darauf? Mom hat die Tür offen gelassen. Du weißt doch, sie ist neuerdings ein bisschen vergesslich geworden.«

Und ob Josie das wusste. Noah und seine Schwester hatten in letzter Zeit ein paarmal verstohlen miteinander geflüstert und überlegt, ob man sie auf Alzheimer oder Demenz testen lassen sollte, obwohl sie erst in den Sechzigern war. Trotzdem wurde Josie das ungute Gefühl nicht los, das allmählich in ihr hochstieg, als sie durch die Tür in

Colettes ganz in Blau gehaltenes Wohnzimmer traten. Der Holzboden glänzte im nachlassenden Licht der spätnachmittäglichen Sonne, das durch die Fenster fiel. Aus dem Beistelltisch hing eine kleine Schublade, ein Teil des Inhalts – Colettes Lesebrille, ein Päckchen Taschentücher, ein Stift und ein Notizblock – lag auf dem Boden verstreut. Josie machte einen Schritt in den Raum hinein. Hatte Colette etwas gesucht?

»Mom?«, rief Noah erneut und begann das Haus zu durchsuchen. Das Esszimmer war dunkel, leer und aufgeräumt. Josie fragte sich, ob Colette vergessen hatte, dass sie Besuch erwartete. Normalerweise war der Tisch bei ihrer Ankunft stets gedeckt. Eigentlich hätte das ganze Haus wie immer bei solchen Anlässen nach Colettes hervorragendem Essen duften müssen.

»Noah«, flüsterte sie. »ich glaube, wir sollten ...«

Aber er war bereits in der Küche und rief wieder nach seiner Mutter. Josie folgte ihm rasch. Die Deckenlampe tauchte die blitzsaubere Küche in helles Licht. Alles war aufgeräumt, außer zwei weiteren aufgerissenen Schubladen, deren Inhalt auf der Arbeitsplatte verteilt war: Geschirrtücher, ein Korkenzieher, Bestelllisten von Essenslieferdiensten, eine Taschenlampe, Kerzen und ein Feuerzeug.

Josie legte eine Hand auf Noahs Schulter und drehte ihn zur Hintertür, die ebenfalls offen stand. Sie spürte, wie er sich hastiger zu bewegen begann. Als sie nach draußen traten, rief Noah erneut: »Mom?«

Ihre Füße sanken im üppigen Gras ein, als sie stehen blieben und sich suchend im Garten umblickten. Ein hoher weißer Zaun mit blumengefüllten Beeten davor säumte das Grundstück. In einer Ecke stand ein kleiner hölzerner

Schuppen. Josie ging auf die mit Metallmöbeln vollgestellte Terrasse in der Gartenmitte zu und scannte mit ihrem Blick jeden Zentimeter des Terrains. Plötzlich hielt sie die Luft an und deutete auf etwas, das aus einem der Beete am hinteren Grundstücksende herausragte. »Mein Gott, Noah, ist das …?«

Die Worte blieben ihr im Hals stecken, als sie dicht gefolgt von Noah durch den Garten rannte.

Colette lag mit dem Oberkörper im Blumenbeet, das Gesicht nach unten. Lediglich ihre Füße waren aus der Entfernung zu sehen gewesen. Als Josie bei ihr war, fielen ihr sofort die Gartenhandschuhe an den Händen und eine kleine Handschaufel auf, die neben ihr auf der Erde lag.

»Mom!«, schrie Noah mit Panik in der Stimme. Er und Josie knieten sich hin und rollten Colette auf den Rücken. Ihre Augen waren geschlossen. Erde klebte an ihren Wangen und auf der Kleidung. Als ihr Josie die Finger an den Hals hielt, um den Puls zu fühlen, spürte sie nichts – nur die Kälte in Colettes Körper.

Noah hatte sich bereits mit übereinandergelegten Händen auf ihre Brust gestützt und mit der Herzdruckmassage begonnen. Als er bis dreißig gezählt hatte, zog Josie Colettes Kinn nach unten und hielt ihr mit den Fingern die Nase zu.

»Jetzt!«, drängte Noah sie, als er aufhörte zu pumpen.

Josies Mund schloss sich über dem von Colette. Mit ihrem Atem versuchte sie, Luft in die Lungen zu pressen. Da spürte sie etwas Körniges, Übelriechendes an den Lippen. Etwas stimmte nicht, blockierte die Luft, die Colettes Lungen füllen sollte. Hustend setzte sie sich auf und wischte sich über den Mund.

»Was machst du? Himmel, Josie, mach weiter! Wir müssen sie retten«, rief Noah.

Er drängte sie beiseite und drückte seine Lippen auf Colettes Mund. Doch nach dem ersten Atemzug hob auch er hustend den Kopf und spuckte auf den Boden.

»Erde«, keuchte Josie. »Mein Gott, Noah, sie hat Erde im Mund.«

Sie schob ihn weg, steckte einen Finger in Colettes Mund und holte einen kleinen Klumpen nasser, brauner Erde heraus. Noch drei-, viermal versuchte sie vergeblich, die Atemwege auf diese Weise freizubekommen. Ihr Herz verkrampfte sich in der Brust. Noah war neben ihr ganz still geworden, den Mund hatte er vor Entsetzen weit aufgerissen. »Hilf mir«, schrie Josie. »Wir müssen sie zur Seite drehen!«

Wie in Zeitlupe beugte sich Noah nach vorn, nahm seine Mutter bei den Schultern und schob sie auf die Seite, während Josie sie zog und dann sofort wieder in Colettes Mund herumfingerte, um die zu einem harten Klumpen zusammengepresste Erde herauszuholen. Als sie glaubte, das meiste entfernt zu haben, drehte sie Colette erneut auf den Rücken und begann wieder mit der Beatmung. Ohne Erfolg: Colettes Atemwege waren noch immer völlig blockiert.

Tief drinnen wusste Josie, dass Colette tot war. Doch sie konnte das blanke Entsetzen auf Noahs Gesicht nicht ertragen und machte immer weiter. »Ruf die 911 an«, schrie sie ihn an, als er wieder seine Hände auf Colettes Brust legte und die Herzmassage fortsetzte. »Komm, Noah, jetzt sofort! Wähl neun-eins-eins!«

Josie kämpfte weiter, bis ihre Schultern und Arme schmerzten, ihr Gesicht mit den Erdresten aus Colettes Mund verschmiert war, ihr Körper vor Schweiß triefte und die Rettungssanitäter kamen und sie sanft von Colette wegzogen. Wie aus weiter Ferne hörte sie, wie sie sich etwas zuriefen und ihre Bemühungen fortsetzten. Nach ein paar Minuten erklärte einer von ihnen Colette für tot.

Da hörte sie aus Noahs Kehle einen Schrei – tief, guttural, herzzerreißend.

2

Josie setzte sich zu Noah auf die Couch und legte ihm eine Hand auf den Rücken. Er saß in sich zusammengesunken, die Ellbogen auf den Knien, das Gesicht in den Händen, und wiegte sich schluchzend vor und zurück. Während die Spurensicherung überall herumlief, versuchte Josie zu rekapitulieren, was passiert war. Alles wirkte so unwirklich. Sie hatte das Gefühl, sich selbst von außen zu sehen. Das alles war nicht wahr, es musste jemand anderem passiert sein. Nicht ihnen.

»Boss?«, sprach Officer Finn Mettner sie an. Als sie aufsah, merkte sie, dass er auf sie herabstarrte. Wie lange stand er schon da?

»Ja?«, erwiderte sie mit zittriger Stimme. Mit den Fingern wischte sie sich Erde vom Mund. Sie schien für immer auf ihrer Haut kleben zu wollen.

Mettner zeigte zur Tür. »Das ist ein Tatort. Wenn es dir nichts ausmacht ...«

Sie stand abrupt auf. »Natürlich, natürlich. Noah?«

Er reagierte nicht. Josie schob eine Hand unter seinen Arm und zog ihn sanft auf die Beine, dann nach draußen und auf den Beifahrersitz des Wagens. »Ich bin gleich zurück«, sagte sie.

Vor der Haustür hatte Hummel, einer der Beamten von der Spurensicherung, den Treppenabsatz mit einem gelben Absperrband gesichert. Er hatte sich mit seinem Klemmbrett in der Tür postiert, bereit, jeden, der an ihm vorbeiging, zu registrieren. In der Einfahrt stand ein Streifenwagen mit geöffnetem Kofferraum. Josie ging hin und holte einen Tyvek-Schutzanzug heraus. Langsam zog sie ihn an, dann Stiefel und eine Haube.

Hinter sich hörte sie Schritte. Mettner erschien neben dem Kofferraum. »Hallo, Boss. Das alles tut uns sehr leid. Es ist … schwer zu glauben.« Er blickte hinüber zu Noahs Auto. »Wie geht's Noah?«

Josie folgte Mettners Blick hinüber zu Noah, der mit leeren, rot umrandeten Augen vor sich hin starrte. »Ich glaube, er steht unter Schock. Ist Gretchen, ich meine, Detective Palmer unterwegs?«

Gretchen Palmer war ebenfalls Detective der Polizei von Denton. Mit ihrer gelassenen Präsenz hatte sie es geschafft, Josie in schweren Zeiten Sicherheit zu geben und sie zu beruhigen. Sie war eine außerordentlich integre Frau und eine der besten Ermittlerinnen, die Josie kannte. Vor einiger Zeit hatte man sie freigestellt, nachdem sie in einen entsetzlichen Mord direkt vor ihrer Haustür verwickelt gewesen war, der verborgene Traumata aus ihrer Vergangenheit ans harte Licht der Gegenwart gebracht hatte. Josie wusste, dass es nach alledem, was passiert war, ein Wunder gewesen wäre, wenn Gretchen ihre Stelle hätte behalten dürfen. Aber sie wusste auch, dass Gretchen alles getan hatte, um die Menschen zu schützen, die sie am meisten liebte. Deshalb hatte Josie ihren ganzen Einfluss und den guten Ruf, den sie in Denton genoss, in die Waagschale geworfen, damit Gretchen weiter bei der Polizei bleiben konnte, wenn auch in eingeschränkter Funktion. Zwar war sie mehr als einmal auf den Widerstand des Polizeichefs und der Bürgermeisterin gestoßen, doch hatte sie ihre Beziehungen zur Presse genutzt und die Öffentlichkeit auf ihre Seite bekommen. Damit hatte sie den Chief so sehr unter Druck gesetzt, dass er zugestimmt hatte, Gretchen für eine Probezeit wieder zurückzuholen. Letzte Woche hatte sie angefangen.

Mettner runzelte die Stirn. »Sie macht doch noch Büroarbeit.«

»Sogar jetzt? Weiß Chief Chitwood überhaupt, was passiert ist?«

Mettner nickte. »Ja, weiß er.«

Josie warf die Hände in die Luft. »Ich brauche sie hier. Sie ist die erfahrenste Ermittlerin, die wir haben. Und das hier ist ganz klar ein Mord.«

Mettner verzog das Gesicht. Josie fühlte sich sogleich schuldig. Der Chief hatte ihn in den letzten sechs Monaten systematisch auf eine Beförderung zum Detective vorbereitet, vor allem jetzt, da Gretchen aus dem Spiel war. Er war seit sieben Jahren bei der Truppe und hatte sich als akribischer, effizienter und lernwilliger Polizist bewährt. Josie und Chief Chitwood waren sich zwar selten über etwas einig, aber sie wusste, dass Mettner die Chance auf eine Beförderung verdiente. Sie seufzte. »Tut mir leid, Mett. Ich hab das nicht so gemeint. Aber es geht hier um Noahs Mutter, verstehst du? Gretchen war in Philadelphia fünfzehn Jahre lang bei der Mordkommission.«

Mettner winkte ab. »Schon gut«, meinte er lapidar. »Ich weiß, dass sie die Beste ist, Boss, keine Frage. Aber der Chief lässt da nicht mit sich reden. Du musst also mit mir vorlieb nehmen. Ich krieg das schon hin.«

»Weiß ich, Mett«, erwiderte Josie. »Gehen wir alles durch. Ich glaube nicht, dass Noah und ich irgendwas angefasst oder bewegt haben. Wir haben auf der Couch im Wohnzimmer gesessen, aber ansonsten ist alles so, wie wir es vorgefunden haben. Außer im Garten natürlich. Wir haben versucht, sie wiederzubeleben, aber sie ...« Josie sprach nicht weiter. Sie fuhr sich ein letztes Mal über die Lippen. »Ihr Mund war voller Erde.«

»Hummel war als Erster hier. Er sagt, ihr habt sie mit dem Gesicht nach unten im Garten liegend gefunden«, sagte Mettner, während er sich den Schutzanzug anzog.

»Ja, aber selbst wenn sie einen Herzinfarkt oder Schlaganfall oder so etwas gehabt hätte und gestürzt wäre, erklärt das nicht die viele Erde in ihrem Mund. Er war so vollgestopft damit, dass er sogar die Luftröhre blockierte. Mett, das war kein Unfall. Jemand hat sie umgebracht.«

Colette war eine nette, liebenswürdige und anständige Frau gewesen. Der Gedanke, dass jemand sie erstickt hatte, schnürte Josie die Kehle zu. Wie furchtbar!

Mettner berührte sie vorsichtig an der Schulter und brachte sie zurück in die Wirklichkeit – den Tatort. »Wir kriegen das hin, okay? Geh einmal schnell alles durch und bring dann Fraley heim. Den Rest erledigen wir anderen mit allen uns zur Verfügung stehenden Mitteln.«

Josie nickte und schluckte den Kloß in ihrem Hals hinunter. Sie ging zurück zu Noahs Auto, um ihm zu sagen, dass sie in ein paar Minuten bei ihm sein würde. Aber er war so weit weg, dass ihn niemand erreichen konnte.

Hummel registrierte Josie und Mettner am Eingang und ließ sie ins Haus. Sie nahmen sich zuerst das Wohnzimmer vor. »Wir müssen wissen, was ihr angefasst oder bewegt habt, bevor ihr Mrs. Fraley gefunden habt«, sagte Mettner.

Sie gingen langsam durch das Haus. Josie rekapitulierte sorgfältig, was sie und Noah vom Zeitpunkt ihres Eintreffens bis zur Entdeckung der toten Colette im Garten getan hatten. Zum Glück hatte das Team bereits Colettes Leichnam fotografiert und ihn mit einem Laken zugedeckt. Sie würden warten, bis Noah weg war, bevor sie seine Mutter in die Rechtsmedizin brachten. Josie ging mit Mettner alles durch, was sie getan hatten, während ihr Kollege wie wild mit den Daumen alles in die Notiz-App auf seinem Smartphone tippte. Als sie fertig war, lächelte er sie ein wenig verlegen an. »Ich schreibe auf dem Handy schneller als auf dem PC. Außerdem kann ich mir die Notizen dann gleich an mich selbst mailen. So sind sie schon getippt.«

Josie lächelte. »Mach so, wie du es für richtig hältst, Mett. Super Idee.«

Dann war er wieder im Arbeitsmodus. »Wann habt ihr beide das letzte Mal mit Mrs. Fraley gesprochen?«

»Ich letzten Monat. Noah hat, glaube ich, heute Morgen mit ihr geredet. Ich kann ihn fragen«, antwortete Josie.

»Hat Mrs. Fraley allein gelebt?«

Josie nickte. »Ich kann mich mit Noahs älterem Bruder und seiner Schwester in Verbindung setzen, um herauszufinden, wann sie das letzte Mal mit ihr geredet haben. Wenn du ... ich meine, vielleicht kann jemand Colettes Freundinnen, Nachbarn ...«

Mettner sah von seinem Smartphone auf. »Ja, ich habe schon jemanden gebeten, die Leute zu befragen.«

»Perfekt«, sagte Josie.

Eine weitere Beamtin der Spurensicherung hatte sich neben Colettes Körper gekniet. Sie war neu bei der Polizei von Denton und hatte vorher ein paar Jahre im Spurensicherungsteam einer nur unwesentlich größeren Stadt als Denton gearbeitet. »Officer Chan«, begrüßte Josie sie. »Haben Sie etwas gefunden?«

Chan blickte auf und nickte Josie und Mettner zu. Mit Handschuhen durchwühlte sie die Erde, die Colette nur Augenblicke vor ihrem Tod noch bearbeitet hatte, und holte mit Daumen und Zeigefinger ein langes Objekt mit Perlen aus dem Boden. Josie bückte sich, um es sich genauer anzusehen. Sie deutete auf das verschmutzte Kreuz, das an einem Ende hing.

»Ist das ein Rosenkranz?«

Chan hielt ein loses Ende hoch, an dem der Rosenkranz zerrissen war. »Ja, ich glaube schon. Allerdings nicht mehr ganz vollständig.«

Mettner kam näher und betrachtete ihn mit zusammengekniffenen Augen. Chan hielt ihm den Rosenkranz hin. »Sieht alt aus.«

»Er ist ziemlich erdverkrustet. Liegt vielleicht schon lange hier«, pflichtete Chan ihm bei.

Mettner wandte sich an Josie. »Vielleicht hat sie versucht, ihn auszugraben? Ich weiß, der Zeitpunkt ist nicht besonders günstig, aber könntest du Noah auch dazu befragen?«

»Natürlich«, erwiderte Josie und sah zu, wie Chan den Rosenkranz als Beweisstück in einen Beutel steckte.

Mettner räusperte sich. Josie wandte ihren Blick vom umgearbeiteten Garten ab und sah ihn an.

»Wir kommen hier alleine zurecht«, meinte er. »Ich

melde mich bei dir, wenn ich mehr weiß. Vielleicht bringst du jetzt erst einmal Noah heim und informierst seine Geschwister.«

»Natürlich«, entgegnete Josie. Sie war noch immer zutiefst erschüttert.

3

Noah sprach auf der Rückfahrt nach Hause kein Wort, auch nicht, als Josie ihn auf die Couch bugsierte. Sie fragte ihn nach den Telefonnummern seines Bruders und seiner Schwester, doch schaffte er es lediglich, ihr sein Smartphone zu geben. Sein älterer Bruder Theo ging nach dem dritten Klingeln ran. Das Gespräch war alles andere als angenehm, aber Josie wusste, dass Noah nicht in der Lage war, seinen Geschwistern die schlechte Nachricht selbst zu überbringen. Irgendjemand musste ihnen trotzdem Bescheid sagen. Früher oder später würde Noah ihre Unterstützung brauchen. Theo versprach, den nächstmöglichen Flug zu nehmen. Josie legte auf und rief sofort Noahs Schwester Laura an. Nach einem weiteren Gespräch, mehr Tränen und noch mehr Fragen versprach Laura, in ein paar Stunden bei ihnen zu sein.

»Soll ich euren Vater anrufen?«, fragte Josie Noah.

Ohne sie anzusehen meinte er nur: »Wozu?«

»Ich weiß, dass eure Eltern geschieden sind, aber vielleicht möchte er für dich und deine Geschwister da sein?

Meinst du nicht, er würde es wissen wollen, was mit deiner Mutter passiert ist?«

»Er verdient es nicht, dass wir ihn benachrichtigen. Und er war seit dem Augenblick, an dem er aus dem Haus meiner Mutter verschwunden ist, nicht mehr für uns da.«

In seiner Stimme lag eine Bitterkeit, die Josie von Noah noch nie gehört hatte. Sie wusste, dass sein Vater in seinem Leben keine Rolle spielte, viel mehr aber auch nicht. Noah sprach nie über sein Verhältnis zu ihm – ja, er sprach überhaupt nicht über seinen Vater, wenn sie es sich recht überlegte. Außerdem hatte er wahrscheinlich recht. Wenn Lance Fraley keinen Anteil am Leben seiner Kinder hatte, war seine Anwesenheit kaum ein Trost.

Josie legte Noahs Smartphone auf den Beistelltisch, setzte sich neben ihn und nahm seine Hand in ihre. Sie wusste, dass jedes Wort überflüssig war. Sie selbst hatte vor vier Jahren ihren Mann und zugleich ihren geschätzten Chief durch ein Gewaltverbrechen verloren. Der Schmerz war unausweichlich und übermächtig über sie gekommen, eine riesige Welle, die einen mitriss und jeden Augenblick in den Abgrund ziehen konnte. Ein Schmerz, für den es keine Linderung gab. Man musste sich einfach so fest wie möglich an den letzten verbliebenen Rest Verstand klammern, bis man irgendwann wieder in ruhigere Gewässer gespült wurde. Allerdings erinnerte sie sich auch mit Schaudern daran, dass dieser Schmerz einen nie ganz verließ. Er war immer präsent und konnte einen jederzeit wieder überwältigen, wenn man am wenigsten damit rechnete. Es gab nichts, womit sie Noah davor bewahren konnte. Trost gab es kaum, wie sie aus eigener Erfahrung wusste. Sie konnte nur herauszufinden versuchen, wer seine Mutter umgebracht hatte, und den Mörder für immer hinter Gitter bringen.

Nach einer Pause fragte sie: »Noah, kannst du dir vorstellen, warum im Garten deiner Mutter ein kaputter Rosenkranz vergraben war?«

Er drehte seinen Kopf langsam in ihre Richtung. Ihr brach das Herz, als sie seine rot umrandeten Augen sah. »Was?«, fragte er.

»Tut mir leid. Ich weiß, das ist der falsche Zeitpunkt, dir Fragen zu stellen. Aber die Spurensicherung hat einen Rosenkranz im Garten deiner Mutter gefunden. Es sieht aus, als hätte sie versucht, ihn auszugraben. Mettner wollte, dass ich dich frage ...«.

»Meine Mom ist Katholikin«, unterbrach sie Noah, als würde das alles erklären.

»Ist das ein katholischer Brauch, Rosenkränze zu vergraben?«

»Wenn sie kaputt sind, ja«, antwortete er. »Sie sind gesegnet. Mom hat immer gesagt, man darf sie nicht wegwerfen, deshalb vergräbt sie sie zwischen ihren Blumen.«

»Kannst du dir vorstellen, warum Colette sie wieder ausgegraben haben könnte?«, fragte Josie.

Noah fuhr mit beiden Händen über sein Gesicht. »Denkst du wirklich, sie war im Garten, um alte Rosenkränze wieder aus der Erde zu holen?«

»Ich weiß nicht, was ich denken soll«, erwiderte Josie. »Vielleicht hat sie einfach nur im Garten gearbeitet und sie versehentlich ausgegraben.«

»Schon möglich.«

»Noah, du hast gesagt, dass deine Mutter in letzter Zeit Gedächtnisprobleme hatte. Wie schlimm war das denn?«

»Ich weiß nicht ... es war ...«, stammelte er.

Sie legte ihre Hand auf seinen Arm. »Schon gut, tut mir

leid. Wir reden später darüber. Wann hast du das letzte Mal mit ihr gesprochen?«

»Heute Morgen«, antwortete er. »Das weißt du doch. Ich habe dir gesagt, dass ich sie angerufen habe, um ihr zu sagen, dass wir kommen.«

»Denkst du, dass sie es vergessen hat und deshalb im Garten war?«

Seine Augen wurden schmal. »Warum fragst du mich das?«, wollte er wissen. »Warum behandelst du das wie einen Fall?«

»Weil es ein Fall ist«, erwiderte Josie. Sie bemühte sich, ruhig und freundlich zu bleiben. »Noah, jemand hat deine Mutter umgebracht.«

»Das wissen wir doch noch gar nicht. Sie kann einen Herzinfarkt oder ein Aneurysma gehabt haben und in das Beet gefallen sein. Als wir sie gefunden haben, war sie ... war sie ...«

Seine Stimme brach. Er wandte den Blick von ihr ab. Erneut flossen Tränen über sein Gesicht.

»Noah«, sagte Josie. »Du stehst noch unter Schock. Ich weiß, wie du dich fühlst. Aber nur weil sie mit dem Gesicht voran ins Blumenbeet gefallen ist, kann sie nicht so viel Erde in die Atemwege bekommen haben. Jemand ...«. Sie verstummte abrupt, brachte die Worte nicht über ihre Lippen. Sie konnte ihn nicht weiter quälen, vor allem nicht in dem Zustand, in dem er sich befand.

»Niemand würde meiner Mutter etwas antun«, brachte Noah hervor. »Du hast doch noch nicht einmal den Autopsiebefund. Du weißt nicht, ob es Mord war.«

»Jemand hat in ihrem Haus etwas gesucht, Noah«, insistierte Josie. »Du hast doch die Schubladen im Wohnzimmer und in der Küche gesehen.«

»Wahrscheinlich hat *sie* nach etwas gesucht.«

»Und dann das ganze Durcheinander so gelassen, um nach draußen zu gehen und im Garten zu arbeiten?«, fragte Josie. »Noah, das Haus deiner Mutter war immer tipptopp aufgeräumt.«

Er seufzte. »In letzter Zeit nicht. Willst du wissen, wie sehr sie abbaute?« Er wischte eine Träne weg, die seine Wange hinunterlief. »Als ich letzten Monat bei ihr war, hatte sie vergessen, wer ich war. Sie redete mit mir, als wäre ich mein Vater. Sie haben früher oft darüber gestritten, wie viel Geld er für Sachen ausgab, die wir nicht brauchten. Sie fing an, mir vorzuwerfen, ich hätte einen Videorekorder für zweihundert Dollar gekauft. Einen Videorekorder!«

»Das wusste ich nicht, Noah. Tut mir leid. Jedes Mal, wenn ich sie gesehen habe, wirkte sie ganz okay.«

»Die meiste Zeit war sie es auch. Diese ... Aussetzer kamen nur immer öfter. Deshalb haben Laura und ich darüber geredet, einmal mit ihr zu einem Neurologen zu gehen. Aber wir sind nie dazu gekommen. Und jetzt ... «

Er driftete wieder weg, beugte sich vor, die Ellbogen auf den Knien und das Gesicht wieder in den Händen. Aber Josie hörte das nicht Ausgesprochene: *Jetzt ist es zu spät.*

Josie streichelte über seinen Rücken. »Es tut mir so leid, Noah, so leid.«

4

Wie ein Tornado brach Laura Fraley-Hall ein paar Stunden später über sie herein. Sie stürmte ohne anzuklopfen durch die Tür, warf ihre Handtasche und Jacke auf den Boden und rannte vom Flur zur Couch, auf der Noah noch immer saß. Laura war drei Jahre älter als er. Sie hatte das gleiche dichte, braune Haar – bei ihr fiel es wellenförmig über den Rücken – und seine haselnussbraunen Augen. Allerdings war sie einen Kopf kleiner und hatte ein runderes, weicheres Gesicht. Sie trug ein eng anliegendes, marineblaues Etuikleid und um den Hals einen farbenfrohen Schal. Er reichte fast bis zu ihrem unverkennbaren Babybauch, auf den sie eine Hand legte, als sie sich neben Noah auf die Couch fallen ließ. Sie umfasste seine Schultern, zog ihn von Josie weg und nahm ihn in die Arme.

»Ich kann's nicht glauben«, flüsterte sie.

Noah tauchte gerade so lange aus seiner Schockstarre auf, dass er ihre Umarmung erwidern konnte. Wieder rannen Tränen über sein Gesicht und mischten sich mit denen seiner Schwester. Josie stand auf und ging in die

Küche, um die beiden eine Weile allein zu lassen. Sie beschäftigte sich damit, eine Kanne Kaffee zu kochen, und warf einen Blick in den Kühlschrank, um zu sehen, ob etwas da war, was sie Laura zum Essen anbieten konnte. Doch dann fiel ihr ein, dass Laura wohl genauso viel Appetit wie Noah haben würde. Josie wartete, bis die beiden aufgehört hatten zu schluchzen und wieder Stimmen zu hören waren. Sie ging zurück ins Wohnzimmer, blieb aber in der Tür stehen und beobachtete die zwei Geschwister eine Weile.

»Wo ist Grady?«, fragte Noah Laura.

»Er kommt in ein, zwei Stunden. Packt uns nur noch ein paar Taschen. Als Josie mich angerufen hat, bin ich sofort ins Auto gestiegen und losgefahren. Ich hatte gerade einen beruflichen Termin.«

Josie wusste, dass Laura in den letzten Jahren zur Vizepräsidentin von Sutton Stone Enterprises befördert worden war, wo Colette über vierzig Jahre lang als Sekretärin und Assistentin des Inhabers und Geschäftsführers gearbeitet hatte. Das Unternehmen war zunächst als kleiner Familienbetrieb in einem nahen Steinbruch gegründet worden und hatte Blaustein, Kalk und anderes Gestein abgebaut. Inzwischen war es zu einem florierenden, viele Millionen schweren Konzern angewachsen. Zur Gruppe gehörten ein Bauunternehmen und eine Spedition; außerdem im gesamten Bundesstaat Steinbrüche und Tagebaue, in denen Asphalt- und Betonzuschlagstoffe, Sand und Kies abgebaut wurden. Anfang des Jahres hatte Colette stolz verkündet, dass Laura mit der Inbetriebnahme der Anlage in Bethlehem im Osten von Pennsylvania betraut worden war. Sie nannte Laura und Grady das Power-Paar der Familie, denn während Laura die Karriereleiter von Sutton Stone immer weiter nach oben kletterte, führte Grady ein erfolgreiches Buchhaltungsunternehmen und konnte deshalb die meiste Zeit von zu Hause aus arbeiten.

Laura klatschte sich mit der Hand an die Stirn. »Oje. Ich denke, Mr. Sutton sollte das von niemandem außer mir erfahren.«

»Mr. Sutton – dein Chef?«, fragte Josie, aber Laura ignorierte sie.

»Denke ich auch«, pflichtete Noah ihr bei. »Er mochte Mom. Kannst ... kannst du ihn anrufen?«

Laura tätschelte Noahs Knie. »Klar.«

Wieder empfand Josie Mitleid für Noah und seine Geschwister. Es schien ihnen wichtiger, Colettes alten Chef über ihr vorzeitiges Ende zu unterrichten, als den Vater ihrer Kinder. Im Stillen ärgerte sie sich darüber, dass sie die ganze Geschichte über Noahs Vater nicht schon vorher in Erfahrung gebracht hatte. Noah kannte all ihre Geheimnisse – doch was wusste sie von ihm? Was konnte sie ihm in einer Krise wie dieser bieten? Er war immer ihr Fels gewesen, hatte sie unterstützt und durch die schrecklich dunklen Zeiten begleitet, in die das Leben sie ein ums andere Mal gestürzt hatte. Was konnte sie nun ihm geben?

»Warum gehst du nicht nach oben und machst dich frisch?«, fragte sie ihn sanft. »Ziehst deine schmutzigen Sachen aus und duschst. Vielleicht legst du dich ein bisschen hin.«

Bevor Laura gekommen war, hatte Josie das schon ein paarmal vorgeschlagen. Aber diesmal befolgte Noah den Rat, stand auf und ging langsam und gebückt die Treppe hoch. Josie und Laura hörten ihn eine Weile oben herumschlurfen. Als die Dusche anging, sah Josie Laura in die Augen. »Noah meinte, es gäbe keinen Grund, euren Vater zu informieren.«

Laura lachte bitter. »Nein, eigentlich nicht. Aber ich sage ihm trotzdem Bescheid. Er wird sich nicht einmal die Mühe machen, zur Beerdigung zu kommen, aber ich schreibe ihm eine Nachricht. Mom hätte gewollt, dass wir es ihm sagen.«

»Wir müssen wahrscheinlich noch irgendwann mit ihm reden«, bemerkte Josie. »Wenigstens um eine Beteiligung auszuschließen.«

»Beteiligung? Dass ich nicht lache!«, meinte Laura abfällig. »Aber gut. Ich schicke dir seine Nummer. Tu, was du tun musst. Josie, hat die Polizei eine Ahnung, wer meiner Mutter das angetan hat? Ich will die Wahrheit.«

Josie schüttelte den Kopf. »Nein, tut mir leid. Noch nicht. Aber unser Team ist jetzt in diesem Augenblick an der Sache dran. Laura, ich muss wissen, ob es jemanden gab, mit dem deine Mutter Streit hatte? Einen Freund oder Nachbarn? Oder sogar einen Liebhaber?«

Laura kicherte, obwohl ihr Tränen in die Augen traten. »Sie hatte keinen Liebhaber. Nachdem mein Vater sie verlassen hatte, hatte sie einige Beziehungen, sagte aber immer, dass sie nicht wieder heiraten wollte. Nein, da war kein Liebhaber oder Lebensgefährte. Ich bin sicher, mein kleiner Bruder hat dir schon gesagt, dass viele sie mochten. Sie engagierte sich sehr in der Kirche und hatte ein gutes Verhältnis zu ihren Nachbarn.«

»Ja«, pflichtete ihr Josie bei. »Ich weiß, dass sie viel ehrenamtlich für Pflegekinder in der Gemeinde getan hat. Noah meinte, dass sie Nachbarn oft Essen brachte, wenn sie sich nicht selbst versorgen konnten. Laura, ich weiß, wer eure Mutter war. Deshalb erscheint es mir umso rätselhafter, dass ihr jemand etwas antun wollte.«

»Niemand wollte ihr was antun«, entgegnete Laura mit

belegter Stimme und Tränen in den Augen. Genau das hatte auch Noah schon gesagt.

»Es könnte ein Zufall gewesen sein«, räumte Josie ein. »Dem Zustand des Hauses nach zu schließen hat jemand nach etwas gesucht. Weißt du, ob sie Wertsachen hatte? Wenn du mir sagst, was gestohlen hätte werden können, kann ich mein Team fragen, ob alles noch da ist.«

Laura zog ein Taschentuch aus einem Päckchen auf Noahs Beistelltisch und putzte sich die Nase. »Sie hatte nie viel Bargeld im Haus, das kann es also nicht gewesen sein. Da waren ein paar Ringe und Halsketten, die ihr ihre Mutter vermacht hatte. Als Grady und ich uns verlobt haben, gab sie ihm den Ring, den mein Vater ihr gegeben hatte. Grady ließ die Steine entfernen und einen neuen Ring daraus schmieden.« Laura hielt eine Hand hoch und zeigte Josie ein dickes Band aus funkelnden Diamanten. »Grady dachte, es würde Unglück bringen, wenn er mir mit einem Ring meiner Mutter einen Heiratsantrag machen würde, da meine Eltern sich scheiden hatten lassen. Aber er verstand, dass es ihr etwas bedeutete. Meine Mutter wollte etwas weitergeben, das für sie wertvoll und mit Erinnerungen behaftet war.«

»Ein sehr schöner Ring«, pflichtete ihr Josie bei. Sie wartete einen Augenblick, dann fragte sie weiter.

»Ist da noch etwas, was jemand genommen oder sogar gesucht haben könnte?«

Laura schüttelte den Kopf. »Nein, ich glaube nicht. Auf jeden Fall nichts, wofür man jemanden umbringen würde.«

Aber Josie wusste, dass das für manche Verbrecher keine Rolle spielte. Sie töteten so gedankenlos, wie sie atmeten. Andererseits, wenn Colette im Garten war, hätte jemand theoretisch das ganze Haus durchsuchen können, ohne dass sie es bemerkt hätte. Warum also nach draußen gehen und sie auf sich aufmerksam machen? Warum sie so grausam und brutal töten? Josie dachte an die zu Mördern gewordenen Einbrecher, die ihr im Lauf ihrer Karriere begegnet waren. Die Täter hatten mit wenigen Ausnahmen stets Schusswaffen bei sich. Wurde von Schusswaffen kein Gebrauch gemacht, gab es fast immer Hinweise auf einen langen Kampf. Oft wurden die Überfallenen in ihren Wohnungen auf die eine oder andere Weise gefesselt. Colette Fraley dagegen hatte ausgesehen, als habe sie einfach nur in ihrem Garten gearbeitet und sei dabei eines natürlichen Todes gestorben. Bis auf die Erde in ihren Atemwegen. Josie hatte schon viele Tatorte gesehen, aber dieser hier war ganz und gar ungewöhnlich. Da musste mehr dahinterstecken. Sie erzählte Laura von dem Rosenkranz. Laura sagte das Gleiche wie Noah: dass Colette ihre kaputten Rosenkränze schon als sie Kinder gewesen waren vergraben hatte – sowohl im Haus, in dem sie aufgewachsen waren, als auch in dem kleineren Haus, das sie nach der Scheidung gekauft und in dem sie gelebt hatte, als sie ermordet worden war.

»War das alles, was sie in ihrem Garten vergrub?«, hakte Josie nach.

Lauras Augen wurden schmal. »Worauf willst du hinaus?«

»Ich will auf gar nichts hinaus«, entgegnete Josie. »Ich versuche nur herauszukriegen, was eurer Mutter zugestoßen ist. Es grenzt den Kreis der Verdächtigen ein, wenn wir wissen, ob beim Verbrechen persönliche Motive eine Rolle spielten oder ob es einfach nur Zufall war.«

»Hat die Polizei von Denton keine anderen Beamten, die sich damit beschäftigen können?«, fragte Laura unverblümt.

»Natürlich«, erwiderte Josie. »Nur haben wir im Moment etwas Personalmangel. Eine unserer besten Beamtinnen ist gerade nicht einsatzfähig. Aber da ist noch Finn Mettner, der uns bei den Ermittlungen unterstützt. Er arbeitet heute wahrscheinlich die ganze Nacht durch.«

»Okay«, meinte Laura mit durchdringendem Blick. »Aber ich gebe dir einen guten Rat: Das Beste, was du jetzt tun kannst, ist, für Noah da zu sein.«

Josie schoss die Röte ins Gesicht. War sie nicht gerade jetzt in dieser Sekunde für Noah da? War sie nicht in den letzten Jahren neben Colette die einzige wichtige Person in seinem Leben gewesen? Seit sie zusammen waren, hatte er seine Geschwister nur zu Weihnachten gesehen. Josie war es gewesen, die versucht hatte, wieder Luft in Colettes Lungen zu pumpen, selbst nachdem sie erkannt hatte, dass es im Grunde aussichtslos war. Aber Josie sagte nichts. Was sie oder Noah jetzt am wenigsten brauchen konnten, war ein Krach zwischen ihr und Laura. Nicht solange die Fraley-Kinder den Verlust ihrer geliebten Mutter betrauerten.

»Ich sehe mal nach ihm«, meinte Josie nur und ging die Treppe hoch.

5

Josie und Laura verbrachten einen Großteil des Abends damit, herumzutelefonieren und Freunde und Verwandte über Colettes Tod zu informieren. Josie ging nach oben, um nach Noah zu sehen, bevor Grady eintraf. Sie war froh, als sie ihn schlafend vorfand, zog sich um und kletterte zu ihm ins Bett. Ständig driftete sie zwischen Schlafen und Wachen, während Noah sich neben ihr unruhig hin und her warf und alle paar Stunden aufstand, um im Zimmer herumzuwandern. Jedes Mal rief sie ihn schlaftrunken zurück und hielt ihn fest, bis er wieder einschlief. Sie wusste nur zu gut, wie schrecklich es war, in der Nacht aufzuwachen und stets aufs Neue erkennen zu müssen, dass die Welt in Trümmern lag.

Mehrmals in der Nacht hörte sie Laura und ihren Mann im Gästezimmer am Ende des Flurs gedämpft reden, ohne zu verstehen, worüber sie sprachen. Als frühmorgens das erste Licht durch die Jalousien fiel, hörte sie die Treppenstufen knarzen, als die beiden zur Küche hinunterschlichen. Bald darauf drang wie von fern Geschirrklappern nach oben.

Als Frühstücksduft unter der Tür ins Schlafzimmer zog, begann Josies Magen zu knurren.

»Du bist hungrig«, murmelte Noah unter seinem Kissen.

»Ja, aber mir ist nicht nach Essen zumute«, erwiderte Josie. »Trotzdem sollten wir frühstücken.«

Sie zogen sich an und gingen hinunter in die Küche, wo Grady gerade Eier kochte und Toast röstete – in Mengen, die für viel mehr als nur sie gereicht hätten. Laura saß am Tisch und starrte ins Leere, vor sich ein volles Glas Orangensaft, das sie noch nicht angerührt hatte.

Grady lächelte ihnen gequält zu, als sie eintraten. Josie hatte ihn erst ein einziges Mal getroffen und für nett befunden. Er war sehr liebevoll mit seiner Frau umgegangen. Grady war in den Vierzigern und groß gewachsen, hatte halblanges, schwarzes Haar und dunkle Augen. Aber er war dünner, als sie ihn in Erinnerung hatte. Er drehte die Herdplatten ab, als sie hereinkamen, und ging zu Noah, begrüßte ihn mit einer festen Umarmung und klopfte ihm auf die Schulter. »Es tut mir so leid«, sagte er. »Das ist so ... ich kann's noch gar nicht glauben. Keiner von uns kann es begreifen. Gerade jetzt, wo ihr erstes Enkelkind ...«

»Hör auf«, fiel ihm Laura heiser ins Wort. »Red nicht darüber. Das verkrafte ich nicht.«

Grady sah zu seiner Frau »Tut mir leid, Laura. Ich wollte euch nicht noch mehr aufregen.« Er wandte sich Josie zu. »Weiß man schon, wer es war?«

»Unser Team arbeitet daran«, antwortete Josie. »Ich treffe heute noch Officer Mettner. Mal sehen, ob meine Leute inzwischen mehr wissen.«

Noah setzte sich gegenüber seiner Schwester an den Tisch. Laura meinte: »Wir müssen anfangen, die Beerdigung zu planen. Ich habe Theo geschrieben. Er müsste in etwa einer Stunde hier sein.«

Aber Noah starrte Josie an. »Mett?«, fragte er. »Sollte nicht Gretchen an Moms Fall arbeiten?«

»Der Chief lässt sie nicht aus dem Büro«, erwiderte Josie. »Nicht einmal dafür.«

Noah grunzte verächtlich.

»Mettner ist gut«, verteidigte Josie ihn.

»Nicht so gut wie Gretchen. Nicht so gut wie du. Er hat nicht die Erfahrung ...«

Laura fiel ihm ins Wort. »Hast du gehört, was ich gesagt habe, Noah? Wir müssen Moms Beerdigung planen.«

Er sah sie an, antwortete jedoch nicht.

Grady ging zum Herd zurück und schlug zwei weitere Eier in die Pfanne. Überzeugt, nun Noahs ganze Aufmerksamkeit zu haben, lächelte Laura und wandte sich an Grady: »Darling, ich denke, wir haben jetzt genug zu essen.«

Grady lächelte zurück, doch Josie sah Tränen in seinen Augen glänzen. »Tut mir leid«, entschuldigte er sich. »Ich muss etwas zu tun haben. Das gibt mir das Gefühl, nützlich zu sein.«

»Mir geht es genauso«, meinte Josie und ging zur Arbeitsplatte, um Teller für sich und Noah zu füllen. »Schmeckt großartig«, lobte sie Grady. »Danke fürs Zubereiten.«

Sie aßen schweigend. Die Fraley-Geschwister bewegten sich wie in Zeitlupe und mit leerem Blick. Fast war es eine Erleichterung, als Josies Smartphone in ihrer Tasche brummte. »Wer ist das?«, wollte Noah wissen.

»Mettner. Er schreibt, dass Dr. Feist die Autopsie schon abgeschlossen hat.«

»Was ist dabei herausgekommen?«, fragte Laura.

»Hat er nicht geschrieben. Ich soll ihn anrufen.«

»Geh zu ihm«, drängte Noah. »Ich weiß, dass du ihn treffen willst.«

Josie sah ihn erstaunt an. Er hatte es ohne Hintergedanken gesagt, aber er hatte es gesagt. »Ich will nicht gehen«, erwiderte sie. »Ich will bei euch bleiben. Ich habe euch ja gesagt, Mettner ist gut. Ich denke, er kriegt das hin.«

Noah öffnete den Mund, um etwas zu sagen, aber Laura kam ihm zuvor. »Um ehrlich zu sein, Josie, wir möchten, dass du so viel wie möglich herausfindest. Wenn Theo da ist, müssen wir ins Bestattungsinstitut, um alles zu erledigen. Vielleicht kannst du mit dem anderen Beamten und der Gerichtsmedizinerin reden und herausfinden, wann unsere Mutter freigegeben wird. Das würde sehr helfen.«

Josie sah Noah an. »Nur wenn das für dich in Ordnung ist.«

Er fuhr sich mit der Hand über die Augen und atmete tief durch. »Ist schon okay. Wirklich. Geh nur und sieh, was Mettner für dich hat. Wahrscheinlich wird er Theo, Laura und Grady bitten, aufs Revier zu kommen und ihre Fingerabdrücke abzugeben, damit man sie mit denen im Haus abgleichen kann.«

»Ja«, pflichtete Josie ihm bei, »wahrscheinlich wird er sich deswegen noch melden.«. Und wenn nicht, würde sie dafür sorgen, dass er es tat. Es war nun einmal seine erste Mordermittlung.

»Und jemand von uns muss im Haus alles durchgehen und sehen, ob etwas fehlt. Ich kann es später machen. Oder Laura.«

»Ich weiß nicht, ob das eine gute Idee ist«, wandte Grady ein und sah seine Frau fragend an. »Ich mache mir schon genug Sorgen wegen des Stresses, dem du und das Baby ausgesetzt seid. Ich weiß nicht, ob es gut ist, dorthin zu gehen, wo deine Mutter ...«

Laura legte eine Hand auf seine. »Schon gut. Ich muss es nicht machen. Noah hat gesagt, er tut es.«

Noah lächelte Josie matt an. »Ruf mich an, okay?«

6

Das Leichenschauhaus von Denton befand sich im Keller des Denton Memorial Hospital, eines alten Backsteingebäudes auf einem Hügel, von dem aus man einen Blick über fast die ganze Stadt hatte. In der kleinen Flucht aus nüchternen, fensterlosen Räumen, dem Reich von Gerichtsmedizinerin Dr. Anya Feist, hing ein Geruch von Chemie und biologischem Verfall. Josie hatte sich mit den Jahren daran gewöhnt, aber als sie den großen Untersuchungsraum betrat, wurde ihr klar, dass Mettner noch ein gutes Stück Wegs vor sich hatte, bis er ebenfalls so weit war. Er war etwas grün im Gesicht, als er mit einer Akte vor sich neben Dr. Feist an einem der Tische stand.

Am Ende des Raums lag Colette unter einem Laken. Nur ihr graubraunes Haar war zu sehen. Josie schauderte es. Sie konnte noch immer nicht glauben, dass das alles tatsächlich passiert war. Es zerriss ihr das Herz, wenn sie an Noah dachte. Stets hatte sie ihn um seine ganz normale Kindheit beneidet und war dankbar, aber auch ein wenig eifersüchtig gewesen, dass er eine so nette, liebevolle Mutter gehabt hatte.

»Ich habe heute nicht mit dir gerechnet«, sagte Dr. Feist, als sie Josie sah. Und fügte mit einem mitfühlenden Lächeln hinzu: »Richte Noah mein herzliches Beileid aus.«

»Du hättest nicht kommen müssen«, fügte Mettner hinzu. »Ich wollte dich einfach über den Fortschritt auf dem Laufenden halten.«

Josie steckte ihre Hände in die Taschen ihrer Jeans. »Noah wollte, dass ich komme. Die Familie möchte wissen, was passiert ist.«

Dr. Feist runzelte die Stirn. Dann hielt sie Josie widerwillig eine Seite aus der Akte hin. »Ich weiß nicht, wie ich dir das sagen soll, aber Mrs. Fraley wurde definitiv ermordet. Erstickt. Sie hat Erde eingeatmet.«

Josie schluckte den Kloß in ihrer Kehle hinunter. »Sie ist an der Erde erstickt?«

Dr. Feist legte das Blatt auf den Tisch und trat auf Josie zu. Sie sah sie teilnahmsvoll an. »Josie, bist du sicher, dass du dir das anhören willst?«

»Ich muss es«, erwiderte Josie mit belegter Stimme.

Dr. Feist deutete auf Mettner. »Ich bin sicher, Mett bekommt das hin. Er hat mir verraten, dass das sein erster Mord ist. Aber jeder muss irgendwann mal anfangen. Vielleicht kann er dich über die Details später informieren, nachdem etwas Zeit vergangen ist. Wir können den Leichnam morgen für die Familie freigeben. Wenn du nach der Beerdigung immer noch Näheres wissen willst, erfährst du von Mett sicher alles Nötige.«

Josie spürte, wie ihr Tränen in die Augen traten, und blickte zu Colettes kleinem, verhülltem Körper hinüber. Sie wollte die grausamen Einzelheiten des Mords nicht erfahren, musste aber alles wissen – das schuldete sie Noah. Mettner war ein guter Beamter und Josie bezweifelte nicht, dass er eines Tages einer der besten Ermittler sein würde, die die Polizei von Denton je hatte. Aber sie konnte ihm eine so persönliche Angelegenheit nicht allein überlassen. Wenn Noah nach einer gewissen Zeit seinen Schock und seine Trauer zum Teil überwunden hatte, würde er Gerechtigkeit und Aufklärung wollen. Das wusste Josie aus eigener Erfahrung, denn auch sie hatte geliebte Menschen durch Gewaltverbrechen verloren. Zudem war sie sich darüber im Klaren, wie entscheidend die ersten Ermittlungsphasen in einem Mordfall waren. Sie musste dafür sorgen, dass alles korrekt ablief, dass kein Detail unbeachtet blieb und Mettner in jede, aber auch wirklich jede Richtung ermittelte.

Josie blinzelte die Tränen aus ihren Augen. »Mir geht es gut. Bitte. Erzähl mir einfach, was du herausgefunden hast.«

Mit einem Seufzer fuhr Dr. Feist fort. »Ich sagte ›eingeatmet‹, weil Partikel, kleine Mengen Erde, in ihren Lungen waren. Sie hat sie aktiv eingeatmet. Aber um auf deine Frage zu antworten: Ja, sie ist daran erstickt. Ihre Atemwege waren völlig blockiert. In der Bindehaut ihrer Augen waren kleine Petechien erkennbar.«

Mettner zog sein Handy heraus und wischte darüber, bis er seine Notiz-App gefunden hatte. »Petechien?«, fragte er.

Josie erklärte es ihm. »Petechiale Blutungen. Sie sehen aus wie winzige Blutpünktchen in den Augen und manchmal auch auf der Haut. Einige sind so klein, dass man sie nur unter dem Mikroskop erkennen kann, andere ein paar Millimeter groß. Sie entstehen durch Sauerstoffmangel. Die winzigen Kapillaren in den Augen werden durchlässig oder reißen durch den Druck auf die Venen im Kopf.«

Dr. Feist nickte anerkennend, während Josie redete. »Genau. Sie deuten auf Tod durch Ersticken hin, etwa bei

Erhängen oder Strangulation. In diesem Fall aber steht außer Zweifel, wie sie erstickt wurde.«

Mettner tippte mit einem Finger auf das Blatt Papier, das Dr. Feist auf den Tisch gelegt hatte. »Man hat Spuren auf ihren Armen gefunden – Quetschungen und Wunden. Wir glauben, dass es sich um Abwehrverletzungen handelt. Keine Anzeichen für sexuelle Nötigung.«

Dr. Feist fügte hinzu: »Ihr Gehirn zeigte …« Sie hielt inne, sah zu Colettes Leichnam und trat von einem Bein auf das andere. Sie fühlte sich sichtlich unwohl – so hatte Josie sie noch nie gesehen. Vermutlich war sie es nicht gewohnt, die klinischen Aspekte ihrer Untersuchungen mit Menschen zu erörtern, die den Opfern so sehr nahestanden.

»Schon gut. Noah und seine Schwester vermuteten bei ihr eine Form von Demenz. Hast du das herausgefunden?«, fragte Josie drängend.

Dr. Feist nickte. Sie winkte Josie in eine Ecke des Raums, in der an der Wand eine lange Edelstahlkonsole befestigt war. In der Mitte stand ein Mikroskop, daneben lagen mehrere gläserne Objektträger. Dr. Feist beugte sich nach vorn und sah sich die Glasplättchen, die alle Colettes Namen trugen, genau an, bevor sie eines davon unter das Objektiv schob. Sie warf einen kurzen Blick in das Okular und bedeutete Josie, es ihr gleichzutun.

Auf Josie wirkte der Ausschnitt, den sie sah, als hätte ein Kind mit einer rotvioletten Kreide darin herumgekritzelt. Sie erkannte ungleichmäßige rötliche Punkte auf dem Glasplättchen, einen großen, dunklen, fast braunen Klecks in der Mitte und darin einen weiteren violetten Punkt, der wesentlich größer war als die anderen. »Wonach soll ich suchen?«, fragte sie.

»Ich habe mehrere Proben aus Mrs. Fraleys Gehirn

entnommen«, erklärte Dr. Feist. »Die hier stammt aus ihrem Hippocampus. Es handelt sich dabei um eine Pyramidenzelle aus der CA1-Region des Hippocampus.«

Josie sah auf. Hinter ihr meldete sich Mettner: »Der Hippocampus ist für die Erinnerung zuständig.«

»Mehr oder weniger«, pflichtete ihm Dr. Feist bei.

Josie deutete auf das Mikroskop. »Das hier stammt also aus Colettes Hippocampus.«

»Korrekt. Die große, rundliche Masse, die du in der Mitte siehst ...«

»Die mit dem violetten Punkt darin?«

Dr. Feist lächelte.

»Ganz unwissenschaftlich gesagt«, fügte Josie hinzu.

»Von mir aus«, erwiderte Dr. Feist. »Ja, der violette Punkt. Das ist ein Lewy-Körperchen.«

Mettners Daumen kamen zum Stillstand. Er blickte von seinem Handy auf. »Ein was?«

Dr. Feist winkte ihn heran. Mettner legte sein Smartphone auf den Tresen und sah in das Mikroskop, während Dr. Feist zu einer Erklärung ansetzte. »Also, ganz unwissenschaftlich gesagt, ist ein Lewy-Körperchen eine abnorme Eiweißmasse, die sich im Inneren von Nervenzellen bildet. Diese Proteinablagerungen hemmen die chemischen Prozesse im Gehirn. Das kann zu Beeinträchtigungen im kognitiven Bereich, bei der Motorik, der Wahrnehmung und dem Verhalten führen ...«

Josie driftete weg. Sie dachte daran, was Noah ihr erzählt hatte: Colette hatte ihn für seinen Vater gehalten, ja, mehr noch, sie hatte sich sogar in die Zeit zurückgedacht, als sie mit ihm verheiratet gewesen war. Traurigkeit überkam sie. Eine Frau wie Colette verdiente Besseres. Sie hatte es nicht verdient, kurz vor der Geburt ihres ersten Enkelkinds ihre geistigen Kräfte zu verlieren. Trotzdem: Wäre sie noch am Leben, hätte man vielleicht mit Behandlungen oder Medikamenten ihre Lebensqualität verbessern oder ihre lichten Momente verlängern können. Man würde es nie mehr erfahren.

»Josie?«, holte Dr. Feist sie zurück.

Mettner hatte wieder sein Smartphone genommen. Er sah von einer Frau zur anderen und wartete auf weitere Informationen, die er eintippen konnte.

Josie schüttelte ihre Trauer ab. »Alles okay. Sie hatte also Demenz? Alzheimer?«

»Nun, die Lewy-Körper-Demenz ist eine spezielle Form der Demenz. Bei Alzheimer müsste man senile Plaques und Alzheimer-Fibrillen im Gehirn sehen. Das hier könnte also eine Lewy-Körper-Demenz sein.«

»Könnte?«

»Eine weitere mögliche Diagnose beim Auftreten von Lewy-Körperchen wäre Parkinson. Hatte Mrs. Fraley erkennbare neurologische Symptome? Gleichgewichts- oder Koordinationsprobleme? Zitterten ihre Hände? Waren ihr Rumpf oder ihre Glieder auffällig steif?«

Josie schüttelte den Kopf. »Ich glaube nicht. Noah hat nie so etwas erwähnt. Und ich habe auch nie gesehen, dass sie beeinträchtigt gewesen wäre.«

»Aber ihre Kinder vermuteten schon so etwas wie Demenz?«, warf Dr. Feist ein.

Wieder verdrängte Josie die Gefühle, die sie zu überwältigen drohten. Ohne es zu wollen, wanderte ihr Blick wieder zu Colettes abgedecktem Leichnam. Sie versuchte zu sprechen, doch gelang ihr nur ein Krächzen. Sie räusperte sich und setzte erneut an: »Ja, also, sie war ... sie ließ im Kopf nach. Hatte Erinnerungslücken.«

Dr. Feist nickte. Sie stellte sich vor Josie, sodass diese Colette nicht mehr sehen konnte. Mit ihren schlanken Fingern berührte sie Josies Arm. »Ich müsste ihre Familie ausführlich befragen, um absolut sicher sein zu können. Aber meine vorläufige Diagnose wäre Lewy-Körper-Demenz. Obwohl das wahrscheinlich jetzt keine Rolle mehr spielt.«

Mettners Daumen kamen zum Stillstand. »Keine Rolle mehr?«

»Nein«, erwiderte Dr. Feist. »Auf die Anzeichen einer Demenz bin ich zufällig gestoßen. Das hat nichts mit ihrem Tod zu tun und auch nicht dazu beigetragen, außer sie war nicht bei sich, als sie ihrem Mörder begegnete.«

»Du meinst, sie könnte gedacht haben, der Killer sei jemand, den sie kannte, jemand, dem sie vertraute?«, hakte Josie nach. »Anders gesagt: Wäre sie klar im Kopf gewesen, hätte sie ihn vielleicht nicht in ihr Haus gelassen?«

Dr. Feist zuckte mit den Schultern. »Vielleicht. Aber es ist wirklich völlig unerheblich. Die Todesursache ist, wie gesagt, Ersticken, die Todesart ein Tötungsdelikt. Es tut mir so leid, Josie, aber das hier ist definitiv Mord.«

7

Mettner und Josie fuhren jeder mit seinem Auto zu Colettes Haus. Das Absperrband war bereits entfernt worden. Es musste jemand vom Team gewesen sein, der wusste, dass Noah irgendwann zurückkommen musste und ihn nicht noch zusätzlich belasten wollte. Mettner und Josie stellten ihre Autos ab und gingen gemeinsam zum Haus. »Hast du von den Nachbarn etwas herausgekriegt?«, fragte ihn Josie.

»Nichts«, antwortete Mettner und holte den Schlüssel aus der Tasche, als sie die Tür erreichten. Er schloss auf und sie traten ein. In der Wohnung herrschte eine seltsame Stille, von der Josie eine Gänsehaut bekam. »Sie haben überhaupt nichts Ungewöhnliches bemerkt. Colettes Auto stand gestern den ganzen Tag in der Einfahrt. Niemand hat Besucher oder Fremde in der Gegend gesehen. Colette hat heute nur ein einziges Mal telefoniert – und zwar heute Morgen mit Noah. Das Gespräch dauerte rund fünf Minuten und wurde von ihrem Handy aus geführt. Sie hat kein Festnetz.«

»Habt ihr die Anrufe der letzten Wochen gecheckt?«, wollte Josie wissen.

»Natürlich. Gretchen hat das erledigt. Wir sind einen ganzen Monat zurückgegangen. Sie hat ihre Kinder angerufen oder Anrufe von ihnen bekommen. Einmal hat sie mit ihrem Hausarzt telefoniert. Dann waren da noch ein paar Gespräche mit Bekannten aus dem Kirchenkreis und ein Anruf beim Thai-Lieferservice.«

»Nichts Verdächtiges also.«

»Nichts«, bestätigte Mettner.

Das Haus war noch so, wie Josie es vorgefunden hatte. Sie wusste, dass ihre Leute alles fotografiert und Fingerabdrücke genommen hatten, aber sauber gemacht hatten sie nicht. Das war auch nicht ihre Aufgabe. Das mussten die Fraley-Kinder erledigen, sobald sie die Nerven dazu hatten. Josie folgte Mettner nach draußen in den Garten, wo er auf einen Abdruck in der Erde deutete. Es sah aus, als sei etwas Rundes in den Boden gedrückt worden. Colettes Kopf, stellte Josie fest. »Jemand hat sie festgehalten«, sagte sie zu Mettner gewandt.

Er nickte. »Vermutlich. Und hier, zwei weitere Vertiefungen, sie sind im Gras nur schlechter zu sehen.« Sie knieten sich beide hin. Josie sah zwei kleinere runde Abdrücke im Rasen. Würde sie sich auf den Rücken legen, erkannte sie, würde ihr Schädel in den größeren Abdruck passen und die beiden kleinen befänden sich in etwa zu beiden Seiten ihrer Hüfte.

»Jemand hat sich rittlings auf sie *gesetzt*«, erkannte Josie.

»Genau. Wer auch immer der Mörder war, er saß auf ihr, drückte ihr den Kopf auf den Boden und stopfte ihr Erde in den Mund. Meiner Meinung nach ein Mann, denn dafür braucht man viel Kraft. Mrs. Fraley war in ihren Sechzigern, aber körperlich gesund, wenn ich das richtig verstanden habe. Gegen einen kleineren Gegner hätte sie sich wohl stärker gewehrt, sodass sie mehr Quetschungen und Wunden gehabt hätte. Auch wären deutlichere Kampfspuren auf Erde und Gras zu sehen. Ich denke, dass der Typ so groß und kräftig war, dass sie keine Chance hatte und er sie festhalten konnte, bis sie tot war.«

»Aber dann hat er sie umgedreht, sodass sie mit dem Gesicht nach unten lag«, warf Josie ein.

»Boss«, fing Mettner an.

»Nur Josie, vergessen?«

»Josie«, korrigierte sich Mettner verlegen. »Ich glaube, das war etwas Persönliches.«

Josie nickte. »Noch persönlicher geht's nicht, oder? Von oben herab jemandem in die Augen zu sehen, während man ihn erstickt, und ihn dann umzudrehen, damit man nicht sehen muss, was man getan hat. Du solltest die Alibis der Familie überprüfen.«

»Ich dachte, die Familie lebt weit weg«, erwiderte Mettner.

»Noahs älterer Bruder hat ein ziemlich wasserdichtes Alibi, denn er lebt in Arizona. Trotzdem könntest du ein paar Anrufe machen. Finde raus, wo er zum Todeszeitpunkt war und wer das bestätigen kann. Das ist reine Routine. Laura und ihr Mann Grady wohnen nur ein paar Fahrstunden von hier. Und Colettes Ex lebt irgendwo in unserem Bundesstaat. Also auch nicht allzu weit weg. Noch mehr Grund, die Alibis zu überprüfen. Wir müssen von vornherein diejenigen ausschließen, die dem Opfer am nächsten standen.«

»Meinst du, dass einer von denen zu so was fähig wäre?«, fragte Mettner.

Josie zuckte mit den Schultern. Die Trauer, die sie bei Noah gesehen hatte, war echt. »Eigentlich nicht. Aber wäre das kein Fall, in den einer von uns involviert wäre, würden wir als Allererstes nachprüfen, ob jeder, der dem Opfer nahestand, ein Alibi hat.«

»Stimmt«, räumte Mettner ein. »Ich dachte, Mrs. Fraley hätte sich vor Jahren von Noahs Vater scheiden lassen.«

»Hat sie auch«, bestätigte Josie. »Aber wir wissen nicht, welche Beziehung sie damals hatten oder ob sie danach noch in Kontakt waren. Es lohnt sich, auch das nachzuprüfen.«

»Du hast recht. Aber jetzt komm mal mit mir nach oben. Dort sind auch einige Schubfächer durchwühlt worden.«

Die Zimmer im oberen Stock waren in einem ähnlichen Zustand der Unordnung wie das Wohnzimmer und die Küche. Auf den ersten Blick sah es so aus, als hätte Colette einfach nur etwas gesucht. Die Schubläden ihrer Nachtkästchen und die oberen Fächer der Kommode standen halb offen, ihr Inhalt lag teilweise auf dem Boden. Die Schranktüren waren aufgerissen worden und die Deckel einiger Schuhschachteln saßen schief, als hätte sie jemand hastig wieder geschlossen. Auch ein großer Schmuckkoffer in der Zimmerecke war aufgebrochen worden. Ein rascher Blick hinein verriet Josie, dass derjenige, der das Zimmer durchsucht hatte, einige, wenn nicht sogar alle wertvollen Schmuckstücke zurückgelassen hatte. Sobald Noah das Ganze in Augenschein genommen hatte, würden sie besser wissen, was fehlte.

»Jemand hat nach etwas gesucht«, folgerte Josie, zu Mettner gewandt.

»Ja«, pflichtete Mettner ihr bei. »Schau mal hier. Sieh dir das an.«

Im Bad stand der Arzneischrank offen. Eine Packung Schmerztabletten und eine Tube Zahnpasta lagen im Waschbecken darunter. Aus dem Unterschrank waren allerlei Reinigungsmittel herausgefallen. Die schwere Abdeckung des Spülkastens hing schief.

»Was zum Teufel hat der Typ gesucht?«, fragte Josie.

»Genau das müssen wir herausfinden. Hast du von Noah oder seiner Schwester irgendwas Brauchbares erfahren?«

»Nichts. Sie sagen, dass sie mit niemandem Probleme hatte, nicht viele Wertsachen in ihrem Haus aufbewahrte und keiner ihr etwas antun würde.«

»Welche Geheimnisse hatte sie dann? Sogar vor ihren Kindern?«

»Auch das müssen wir herausfinden.«

Colettes Gästezimmer, in dem ihre Kinder schliefen, wenn sie zu Besuch kamen, war größtenteils unberührt. Lediglich aus dem Wandschrank waren Colettes alte Handtaschen herausgezogen worden und lagen auf dem Boden. Ein weiteres Zimmer hatte sie vor langer Zeit zu einer Nähstube umfunktioniert. Am hinteren Ende befand sich ein Schrank mit vielen Schubladen, die alle offen standen. Die große Nähmaschine auf dem langen, schmalen Nähtisch in der Zimmermitte war umgestoßen worden. Ansonsten hatte der Täter augenscheinlich nichts angefasst. Auch die Regale mit Stoffen und Garnspulen an einer Wand und die Wollkörbe hatte er nicht angerührt. In einer Ecke stand ein hüfthohes Holzgestell, über das Colette ihre neuesten Patchwork-Meisterwerke drapiert hatte.

»Wenn sie das genäht hat, hatte sie definitiv nicht Parkinson«, stellte Josie fest, als sie ins Zimmer traten.

»Wir haben schon alles fotografiert und Fingerabdrücke genommen«, ließ Mettner sie wissen. »Du kannst dich also ruhig umsehen.«

Josie ging ehrfürchtig im Zimmer herum. Colette musste

unzählige Stunden an ihrem geliebten Nähtisch verbracht haben. Ob sie die neueste Patchworkdecke für ihr künftiges Enkelkind genäht hatte? Der Gedanke schnürte ihr die Brust zusammen, und sie versuchte, sich schnell wieder auf den Fall und eventuelle Anhaltspunkte zu konzentrieren. Auf jeden Fall war es der Killer gewesen, der das Haus auf den Kopf gestellt hatte, und nicht Colette in einem Anfall von Verwirrtheit. Hatte er das Gesuchte gefunden und war er damit verschwunden? Warum war das Haus nicht gründlicher durchsucht worden? Oder wollte jemand, dass es so *aussah*, als wäre es Colette gewesen, die nach etwas gesucht hatte? Josie fuhr mit den Fingern über die Patchworkdecke auf dem Holzgestell, eine schöne, perfekt genähte Arbeit, bei deren Anblick es ihr erneut die Brust zusammenschnürte. Colette würde nie wieder etwas nähen.

Mettner sah ihr mit verschränkten Armen von der Türschwelle aus zu. »Möchtest du aufräumen, bevor sich Noah das Haus ansieht? Wir könnten hier anfangen, hier ist nicht ganz so viel Chaos.«

Josie wusste, dass es Noah helfen würde, wenn er das Haus seiner Mutter in seinem ursprünglichen aufgeräumten Zustand vorfand. Sie drehte sich um und begann die vielen kleinen Schubfächer zurückzuschieben. Dann ging sie zum Tisch und stellte die Nähmaschine wieder aufrecht. Obwohl sie stand, wackelte sie noch etwas. »Ist die schwer«, murmelte sie.

Mettner kam, packte die Maschine an beiden Seiten und schob sie hin und her, damit sie eben stand.

»Vorsicht«, ermahnte ihn Josie, ohne zu wissen, warum, denn Colette würde die Maschine nie wieder benutzen. Außerdem war sich Josie ziemlich sicher, dass keines ihrer Kinder mit dem Nähen anzufangen gedachte.

Mettner kippte die Nähmaschine und bückte sich, um sich die Unterseite anzusehen. »Der Sockel ist lose«, stellte er fest.

Josie ging auf seine Seite des Tischs und sah nach. »Oje«, meinte sie. »Da ist ein Riss auf einer Seite. Deshalb sitzt der Sockel nicht fest. Trotzdem sollte sie aufrecht stehen. Probier's noch mal.«

Mettner versuchte mehrere Male, sie so hinzustellen, dass sie gerade stand. Plötzlich hörten sie, dass etwas brach.

»Oh nein«, schimpfte er. »Verdammt. Tut mir leid.«

»Shit«, entfuhr es Josie. »Leg sie wieder auf die Seite. Ich will nicht, dass noch mehr kaputtgeht. Wir lassen sie erst einmal so. Ich kann später versuchen, sie zu reparieren, bevor ihre Kinder alles durchgehen. Es ist nur Plastik, mit einem Tropfen Kleber müsste ich es wieder hinbekommen.«

Mettners große Hände umfassten beide Enden der Maschine. Aber er zögerte, sie noch einmal zu bewegen, um nicht noch mehr Schaden anzurichten. »Komm, Mett«, meinte Josie. »Wir holen gleich einen Sekundenkleber und füllen die Risse.«

Er sah nicht ganz überzeugt aus, legte die Maschine aber langsam wieder auf die Seite. »Der ist nicht nur gebrochen«, sagte er. »Sieh dir das an.«

Der Plastiksockel hing fast komplett von der Unterseite herunter.

»Oje«, seufzte Josie. »Gut, lass es, wie es ist.«

Vorsichtig versuchte sie, den Sockel wieder auf die Maschine zu drücken, aber er wollte nicht halten. Mettner stand mit vor der Brust verschränkten Armen stumm dabei, als sähe er bei einer Operation zu. Josie schüttelte den Kopf und wollte gerade gehen, als sie etwas bemerkte. Sie beugte sich zur Maschine und betrachtete sie eingehend. Aus dem

Mechanismus im Inneren ragte der Rand eines durchsichtigen Plastikbeutels mit Schiebeverschluss heraus.

»Was ist denn das?«, fragte sie.

Mettner machte einen Schritt nach vorn und sah über Josies Schulter, während sie vorsichtig an der Ecke des Plastikbeutels zog. Er fiel mit einem leisen Klacken auf den Holztisch. Josie und Mettner starrten darauf. »Hast du Handschuhe?«, fragte Josie.

»Meinst du, das ist wichtig?«

»Ich weiß nicht, aber wenn, dann möchte ich Handschuhe tragen.«

Mettner fasste in seine Jacke, holte ein Paar Einweghandschuhe heraus und gab sie Josie. Sie zog sie an, nahm den Beutel und hielt ihn gegen das Licht, um besser sehen zu können, was sich darin befand.

Josie bewegte den Beutel hin und her. Er schien drei Gegenstände zu enthalten.

»Soll ich die Spurensicherung holen?«, fragte Mettner. »Und eine Beweismittelkette erstellen?«

Josie nickte. »Ich weiß nicht, was das ist, aber es ist auf jeden Fall merkwürdig, dass Colette es im Sockel ihrer Nähmaschine versteckt hat.«

Mettner holte sein Telefon heraus. »Ich weiß noch, als meine Großmutter allmählich dement wurde, verlegte sie ihre Sachen immer an ganz komischen Orten. Einmal habe ich ihre Autoschlüssel im Gefrierschrank gefunden.«

Josie schüttelte den Kopf. »Nein, ich glaube, das hier hat sie absichtlich gemacht. Das ist kein leicht zugängliches Versteck. Sieh dir mal an, wie verknittert und zerdrückt der Beutel ist. Der steckt hier schon seit einiger Zeit. Ruf die Spurensicherung.«

8

Mettner rief Hummel an, den Leiter der Spurensicherung. Er traf zehn Minuten später ein, fotografierte Beutel und Nähmaschine und schüttelte anschließend den Inhalt des Beutels mit angezogenen Handschuhen auf den Nähtisch. Auch Mettner zog sich Handschuhe an, während er zusah, wie Josie die Gegenstände einen nach dem anderen in die Hand nahm. Der erste war ein USB-Stick, auf dem etwas geschrieben stand.

»Was steht darauf?«, wollte Mettner wissen, als Josie mit zusammengekniffenen Augen die kleinen, handgeschriebenen Buchstaben auf dem Gehäuse las.

»Pratt«, antwortete Josie. Sie sah Mettner und Hummel an. »Sagt euch das etwas?«

Beide schüttelten den Kopf. Josie legte den USB-Stick beiseite und nahm den nächsten Gegenstand, einen flachen Stein, nicht größer als ihre Hand, der zu einem Ende hin schmaler wurde. Das andere Ende war breit und gerade, aber an beiden Seiten eingekerbt.

»Was ist das?«, fragte Mettner.

Josie drehte es auf ihrer behandschuhten Hand hin und her. »Sieht aus wie eine Pfeilspitze.« Sie war hellbraun und hatte eine unebene, aber zugleich stumpfe Oberfläche, die abgegriffen wirkte. »Jaspis«, stellte Josie fest.

»Was?«

»Ein Gestein. Die Spitze ist aus Jaspis. Die amerikanischen Ureinwohner, die vor der Gründung der USA auf dem Gebiet von Pennsylvania lebten, stellten Werkzeug, Schmuck und viele andere Gegenstände aus Stein her. Pfeilspitzen machten sie aus mehreren hier vorkommenden Gesteinsarten – Feuerstein, Quarz und Jaspis. Ray und ich haben in den Wäldern oft danach gesucht, als wir noch Kinder waren.«

»Ich glaube, mein Großvater hatte auch so eine«, fiel Mettner ein, als er den Stein nahm und in der Hand wog. »Aber die hatte eine andere Farbe.«

»Dann war es wahrscheinlich Feuerstein oder Quarz«, meinte Hummel. »Was haben wir noch?«

Josie hob den dritten Gegenstand auf, eine schwere Gürtelschnalle, so groß wie ihre Handfläche. Sie war vergoldet und hatte vorne ein Relief. Es zeigte zwei Gewehre mit überkreuzten Läufen über einer eingravierten Darstellung mehrerer Kiefern. Darunter war die Jahreszahl 1973 eingeprägt. Sie gab es Mettner.

Er fragte: »Wie alt war Colette Fraley 1973?«

»Anfang zwanzig, denke ich. Aber ich glaube nicht, dass die Schnalle ihr gehört hat.«

»Was ist mit ihrem Mann? Könnte es seine sein?«

»Möglich. Ich weiß nur, dass Colette sich von Noahs Vater scheiden ließ, als Noah achtzehn war. Er ist weggezogen. Keines der Kinder hat noch Kontakt zu ihm, aber wir können ihn finden und nach der Schnalle fragen. Noahs Schwester Laura wollte mir seine Telefonnummer schicken.«

»Das machen wir«, erwiderte Mettner. »Aber wenn es nicht ihrem Ex gehört, wem dann? Was macht eine Frau wie Colette Fraley mit einer fünfundvierzig Jahre alten Gürtelschnalle, einer Pfeilspitze amerikanischer Ureinwohner und einem USB-Stick mit der Aufschrift ›Pratt‹? Versteckt im Boden ihrer Nähmaschine?«

Hummel hielt den USB-Stick hoch. »Am sinnvollsten ist es wohl, wenn wir damit anfangen. Bringt es zur Dienststelle und seht euch an, was darauf gespeichert ist, bevor wir Fingerabdrücke nehmen. Die Bedampfung bei der Sichtbarmachung der Abdrücke könnte die Lesbarkeit beeinträchtigen.«

Mettner hielt ihm einen Spurensicherungsbeutel hin und Hummel ließ den Stick hineinfallen. »Wird gemacht«, nickte er.

»Wir brauchen einen Durchsuchungsbeschluss«, wandte sich Josie an Mettner. »Für den Inhalt. Wenn wir ihn uns ansehen, ohne einen zu haben, sich aber herausstellt, dass der Inhalt für die Ermittlungen relevant ist, könnte er als Beweisstück unzulässig sein.«

»Okay«, sagte Mettner. »Ich besorge ihn. Dann sehen wir, ob der Mörder eventuell danach gesucht hat.«

9

Josie wusste, dass es ein paar Stunden dauern würde, bis sie einen Durchsuchungsbeschluss bekämen, um sich den USB-Stick ansehen zu können. Als sie zu Noahs Haus zurückfuhr, fand sie dort niemanden vor. Sie schickte Noah eine Nachricht und er gab ihr die Adresse des Bestattungsinstituts in der Nähe, das sich auch um die Beerdigung ihres verstorbenen Mannes gekümmert hatte. Ray Quinn war vor vier Jahren zu Grabe getragen worden. Ihr Herz schlug einen Takt lang schneller, als sie durch die schwere Holztür ging. Das Institut sah noch so aus wie damals. Es war mit dicken Teppichen und schallschluckenden Wänden in gedeckten Tönen ausgestattet, die vermutlich beruhigen sollten, ihr jedoch nur auf den Magen schlugen. Sie war seit dem Fall der vermissten Mädchen, bei dem Ray getötet worden war, auf mehr als genug Beerdigungen gewesen, und hatte nicht die geringste Lust auf noch mehr, vor allem nicht auf die von Colette Fraley.

Aber da saßen nun einmal Colettes Kinder mit verweinten, trauernden Gesichtern um einen großen Tisch im Büro des Bestatters, während er ihnen einen großen Ordner mit Särgen zeigte. Nachdem Josie Laura und Grady wortlos zugenickt und Theo kurz gedrückt hatte, setzte sie sich neben Noah und nahm seine Hand. Sie versuchte, sich auf das Gespräch zu konzentrieren, aber ihre Gedanken wanderten zu dem Fund in Colettes Nähmaschine. Wer oder was war Pratt?

»Josie?«, sprach Noah sie an.

Sie zwang sich zurück in die Wirklichkeit und lächelte ihn an. »Tut mir leid, was hast du gesagt?«

Laura ergriff das Wort. »Hast du mit der Gerichtsmedizinerin gesprochen? Wann wird unsere Mutter freigegeben?

»Ach so, sorry, ja, hab ich. Sie wird morgen freigegeben.«

Alle wandten sich wieder dem Bestatter zu und begannen über Termine zu sprechen. Dann kam das Gespräch auf Geld. Selbst wenn man die preiswertere Feuerbestattung wählte, kamen einige Tausend Dollar zusammen. Nach einer kurzen Diskussion einigten sich die Geschwister darauf, jeweils ein Drittel der Kosten zu tragen und sich das Geld wieder zurückzuholen, wenn Colettes kleine Lebensversicherung ausbezahlt worden war.

Anschließend beschlossen sie, essen zu gehen, obwohl niemand aussah, als hätte er Hunger. Theo fuhr mit seinem Mietwagen zu einem Restaurant. Laura und Grady folgten ihm in ihrem SUV, nachdem Noah ihnen versichert hatte, dass er mit Josie mitfahren würde. Die beiden standen noch eine Weile vor dem Eingang des Bestattungsinstituts. Wenigstens war heute ein schöner Tag, dachte Josie, als die Sonne sie wärmte und ein kühler Wind über ihre Gesichter strich.

»Mein Auto ist dort drüben«, meinte Josie, als sie sah, dass Noah keine Anstalten machte, zum Parkplatz zu gehen.

Er aber stand einfach nur da und starrte mit leeren Augen in die Ferne.

Josie fasste ihn am Arm. »Noah?«

»Schon gut«, murmelte er.

»Du musst nicht mit zum Essen gehen. Ich bin sicher, dein Bruder und deine Schwester verstehen das.«

Er sagte nichts.

Sie wollte nicht gerade jetzt damit kommen, wusste aber nicht, wann sie wieder allein sein würden. Deshalb räusperte sie sich und fragte ihn: »Noah, sagt dir der Name ›Pratt‹ etwas?«

Er drehte sich zu ihr und runzelte die Stirn. »Was?«

»Pratt«, wiederholte Josie. »Sagt dir das was? Kennst du jemanden, der so heißt?«

»Warum fragst du?«

»Ich war gerade mit Mettner im Haus deiner Mutter. Oben waren ein paar Sachen in Unordnung. Wir haben versucht, ihre Nähmaschine wieder aufzustellen und fanden ein paar ... Gegenstände im Sockel, darunter einen USB-Stick mit der Aufschrift ›Pratt‹.«

Noah schüttelte den Kopf. »Ich kenne niemanden, der Pratt heißt. Und meine Mutter hat auch niemanden mit diesem Namen gekannt.«

»Bist du da sicher?«

»Es kann nicht ihr Stick gewesen sein.«

»Aber er war im Sockel ihrer Nähmaschine versteckt. Sie hat fast jeden Tag mit der Maschine genäht, oder nicht? Wo hatte sie die Maschine her? Hat sie sie neu gekauft?«

»Nein, ich habe sie ihr vor ein paar Jahren zu Weihnachten geschenkt.«

Josie holte ihr Telefon heraus und zeigte ihm Fotos von der Gürtelschnalle und der Pfeilspitze. »Kennst du die?«

Noah schüttelte den Kopf. »Nie gesehen. Sieht wie eine Pfeilspitze aus. Manchmal findet man solche in den Wäldern.«

Josie steckte ihr Telefon enttäuscht wieder ein. »Was ist mit der Gürtelschnalle? Kann sie deinem Vater gehört haben? Oder jemand anderem, den deine Mutter gekannt hat?«

»Nein. Mein Vater hat so etwas nie getragen. Und nachdem er fort war, hatte meine Mutter keinen festen Partner mehr. Ich habe keine Ahnung, wo das her ist oder wem es gehört. Warum fragst du mich das alles?«

»Ich versuche nur herauszufinden, was passiert ist«, erwiderte Josie ruhig.

»Meine Mutter ist tot. Das ist passiert«, sagte er tonlos und ging zum Auto.

»Noah?«

Sie lief ihm hinterher und stellte sich ihm in den Weg. »Ich weiß, dass es dir im Moment nicht gut geht. Aber jemand hat deine Mutter umgebracht und es ist meine Aufgabe, den Mörder zu finden. Soweit wir wissen, läuft er da draußen noch frei herum. Ich will nicht, dass noch jemand zu Schaden kommt oder getötet wird. Du weißt, dass ich dir diese Fragen stellen muss.«

Er starrte eine Sekunde auf den Asphalt und lachte dann heiser aus tiefster Kehle. »Kannst du nicht einfach nur ... *Josie* sein?«

Sie trat einen Schritt zurück. »Was?«

Mit seinen braunen Augen sah er ihr fest ins Gesicht. »Es ist nicht deine Aufgabe, den zu finden, der meine Mutter umgebracht hat. Es ist nicht deine Aufgabe, diese Fragen zu stellen. Du musst hier nicht auf einen Kreuzzug gehen. Wir haben andere, die das erledigen können. Gretchen, Hummel, Mettner.«

»Du weißt, Gretchen ist zur Schreibtischarbeit verdonnert. Hummel leitet die Spurensicherung, er ist kein Ermittler. Und Mettner ist gut, aber unerfahren. Möchtest du wirklich, dass der Fall deiner Mutter vom Unerfahrensten unserer Leute allein und ohne Aufsicht übernommen wird?«

»Aufsicht durch dich, meinst du.«

»Falls ich Gretchen nicht vom Schreibtisch wegbekomme, ja.«

Er sagte nichts, sah aber betrübt und frustriert an ihr vorbei.

»Noah. Es ist dir vielleicht in deinem Kummer im Augenblick nicht so ganz klar. Aber eines Tages, da bin ich mir sicher, wird dir sehr daran gelegen sein, den Mörder deiner Mutter hinter Gittern zu sehen.«

Er fuhr sich mit der Hand durch das Haar. »Das macht sie nicht wieder lebendig. Nichts, was du tust, macht sie wieder lebendig.«

»Meinst du, das weiß ich nicht?«

Ihre Blicke trafen sich. »Dann sei jetzt einfach nur meine Freundin.«

Sie merkte, wie ihr Tränen in die Augen schossen, und legte eine Hand auf ihre Brust. »Ich bin deine Freundin, Noah, und jetzt in diesem Augenblick ganz bei dir. Hör zu, ich weiß, dass du durcheinander bist, aber warum ... willst du nicht ...?«

»Willst was nicht?«

Josie schüttelte den Kopf. »Ich weiß nicht. Ich weiß nur, wenn jemand umgebracht worden wäre, der mir sehr nahegestanden hätte, könnte ich weder essen noch schlafen noch mich auf irgendetwas konzentrieren, bis ich den Mörder gefunden und ins Gefängnis gebracht hätte. Chitwood müsste mich einsperren, um mich von den Ermittlungen fernzuhalten.«

»Meinst du, mir macht es nichts aus, dass meine Mutter ermordet wurde?«

»Das habe ich nicht gesagt. Ich wollte nur …«

Er unterbrach sie. »Genau das hast du gesagt.«

»Nein, überhaupt nicht. Du weißt genau, dass ich das nicht gemeint habe. Noah, ich will nur sichergehen, dass alles richtig gemacht wird.«

»Nichts kann mehr ›richtig‹ gemacht werden. Verstehst du das nicht? Den Mörder finden … ihn ins Gefängnis stecken … das bringt mir meine Mutter nicht zurück. Ich kriege einfach ihr Gesicht nicht aus dem Kopf. Du weißt schon, als wir versucht haben, sie wiederzubeleben.« Er ließ den Kopf hängen, aber zuvor sah Josie noch frische Tränen in seinen Augen.

Sie berührte ihn sanft am Arm. »Ich weiß. Es tut mir so leid.«

Es dauerte eine Weile, bis er sich gesammelt hatte. Dann machte er eine wegwerfende Handbewegung. »Gehen wir einfach essen, okay?«

Vorsichtig nahm Josie ihn an der Hand. Sie ging mit ihm zum Auto und fuhr nach Denton. Während der Fahrt sprach Noah kein Wort und starrte nur aus dem Fenster. Es war noch keinen Tag her, dass sie Colette gefunden hatten. Er stand noch unter Schock. Sie merkte, wie der Schmerz ihn in Wellen erfasste – ungefiltert und gnadenlos. Mehr als alles in der Welt wünschte sie sich, ihm das Leid abnehmen zu können, ihm wiedergeben zu können, was für immer verloren war. Aber sie wusste, dass das nicht möglich war. Sie konnte nichts tun, außer ihm zur Seite zu stehen und zu versuchen, den Mörder seiner Mutter zu finden.

10

Beim Mittagessen herrschte eine bedrückte Atmosphäre, niemand sprach oder aß viel. Grady versuchte verzweifelt, eine Unterhaltung in Gang zu bringen. Er erkundigte sich bei Laura, ob sich das Baby viel bewege, wollte von Theo wissen, wie das Wetter in Arizona sei, und fragte Josie und Noah nach Neuigkeiten von der Arbeit. Jedes Mal fuhr ihm Laura gereizt über den Mund: »Grady, niemand interessiert sich für das Wetter. Und du weißt verdammt gut, was es Neues bei Noahs und Josies Arbeit gibt: Unsere Mutter wurde gerade umgebracht.«

Grady lief rot an und sah betreten auf sein noch unangetastetes Truthahn-Sandwich. Josie versuchte, ihn zu verteidigen. »Ich glaube nicht, dass sich niemand für das Wetter interessiert.« Sie wandte sich an Theo. »Stimmt es, dass ihr in Arizona heftige Staubstürme habt? Wie heißen die gleich noch?«

»Das darf doch nicht wahr sein!«, bellte Laura. »Reden wir jetzt hier über das Wetter?«

»Laura, bitte«, versuchte Grady sie zu beruhigen.

Auch Josie wollte etwas erwidern, doch Noah kam ihr zuvor. »Es war deine Idee, dass wir gemeinsam essen. Wir sind in der Öffentlichkeit. Wir können versuchen, zivilisiert miteinander umzugehen. Mom hätte das so gewollt.«

Theo räusperte sich und lächelte Josie gequält an, aber sie konnte sehen, dass sich die Falten um seine braunen Augen erleichtert glätteten. »Sie heißen Haboobs.«

Josie ignorierte Lauras eisigen Blick und unterhielt sich weiter mit ihm. »Ich kenne sie nur von Videos in den Nachrichten. Sie sehen beängstigend aus. Habt ihr viele bei euch?«

Am Rande nahm sie wahr, wie das Besteck klirrte, als es auf die Teller abgelegt wurde, und wie Noah zur Kaffeetasse griff.

»Als ich das erste Mal einen gesehen habe, dachte ich: Jetzt ist es um mich geschehen.« Er lachte. »Für einen Jungen aus Pennsylvania sind die eindeutig eine Nummer zu groß.«

Sie unterhielten sich die restliche Zeit weiter über belanglose Dinge. Nur Grady schaltete sich von Zeit zu Zeit ein. Als die Rechnung kam, war der größte Teil der Gerichte noch auf dem Teller. Die Kellnerin wollte wissen, ob sie ihnen die Reste einpacken sollte, aber alle lehnten ab. Grady zahlte und sie gingen still.

Zurück in Noahs Haus baten die Geschwister Josie, zu Colette zu fahren und alle Fotoalben zu bringen, die sie dort finden konnte. Das Zusammenstellen von Familienbildern für eine Diashow bei der kirchlichen Begräbnisfeier war das Einzige, was die Fraley-Geschwister wenigstens vorübergehend aus ihrer Trauer riss, vor allem nachdem Theo eine Flasche Wein in Noahs Speisekammer entdeckt hatte. Josie freute sich, Noah bei den vielen Erinnerungen an eine gemeinsame Kindheit lächeln zu sehen. Josie bestellte eine Pizza zum Abendessen. Danach küsste Noah sie sogar, bevor sie heimfuhr, um sich umzuziehen. Sie hatte gerade die Sachen zum Übernachten eingepackt, als Gretchen anrief.

»Das mit Mrs. Fraley tut mir sehr leid. Richte Noah mein herzliches Beileid aus.«

»Danke, mach ich«, entgegnete Josie. »Rufst du mich an, weil dich Chitwood wieder aus dem Büro lässt?«

Gretchen lachte kurz und trocken. »Keine Chance. Aber ich habe Mettner nach Kräften unterstützt. Solange ich mich nicht vom Schreibtisch wegbewege, hat Chitwood kein Problem. Ich weiß, dass Noah dich jetzt braucht, und ich würde normalerweise nicht fragen, aber im Moment bist du unsere inoffizielle Verbindungsperson zur Familie.«

»Was hast du rausgefunden?«, fragte Josie. Sie war erleichtert, dass Mettner Gretchen so viel wie möglich übertrug.

»Da gibt's ein paar Sachen, die solltest du dir ansehen. Vielleicht kannst du was damit anfangen oder die Familie fragen. Hast du Zeit, aufs Revier zu kommen?«

»Konntest du die Dateien auf dem USB-Stick öffnen?«

»Ja, wir haben den Durchsuchungsbeschluss bekommen. Aber ich kann mit den Dateien nichts anfangen. Sie enthalten so etwas wie alte Gerichtsdokumente. Sogar ein Kontoauszug ist dabei, aber den Namen Pratt habe ich nirgends entdeckt. War Colette bei einem Gericht oder für eine Bank tätig?«

»Nein, sie hat in einem Steinbruch gearbeitet, als Sekretärin im Büro, glaube ich. Vor ein paar Jahren ist sie in Rente gegangen. Wie weit reichen die Dokumente zurück?«

»Mindestens fünfzehn Jahre. Es ist leichter, wenn ich sie dir zeige.«

Josie sah auf ihren Wecker. Sie war sich sicher, dass die Fraleys bis weit in die Nacht ihre Familienfotos durchblättern und in Erinnerungen schwelgen würden. Sie konnte sich also beruhigt mit Gretchen treffen.

»Ich bin in zehn Minuten bei dir.«

Die Polizei von Denton war in einem dreistöckigen alten, denkmalgeschützten Gebäude untergebracht, das fast aussah wie ein Schloss. Es war groß und grau, hatte viele zweiflügelige Bogenfenster mit kunstvollem Zierrat darüber und einen alten Glockenecktturm. Früher war es als Rathaus genutzt worden, doch vor fünfundsechzig Jahren hatte man es in ein Polizeirevier umfunktioniert. Josie stellte ihr Auto auf dem Gemeindeparkplatz ab und betrat das Gebäude durch die Hintertür. Unten befanden sich die Zellen, während das Obergeschoss ein offenes Großraumbüro mit Schreibtischen enthielt. Die Tische von Josie, Noah und Gretchen bildeten ein T in der Raummitte. Gretchen hatte bereits die PDF-Dateien auf ihren Computer kopiert. Josie zog ihren Stuhl neben den von Gretchen und begann zu scrollen.

»Das sind vertrauliche Gerichtsakten«, stellte Josie fest. »Strafanzeigen gegen Jugendliche.«

»Genau«, erwiderte Gretchen. »So wie ich es sehe, geht es in den Dokumenten um drei Jugendliche. Zwei Jungen und ein Mädchen zwischen vierzehn und sechzehn.«

Josie ging die Anzeigen durch. »Hausfriedensbruch. Ladendiebstahl. Vandalismus. Alles keine schwerwiegenden Straftaten. Dafür bekommt man was auf die Finger, und das war's dann. Würde mich wundern, wenn einer der Fälle überhaupt vor Gericht gelandet wäre. Falls es Ersttäter sind, erreicht selbst ein Pflichtverteidiger, dass sie mit einer Geldstrafe oder einem Straferlass davonkommen. Die Anzeigen stammen aus dem Jahr 2005. Das war vor fünfzehn Jahren. Hast du die Kids überprüft?«

»Ja. Außer ihren aktuellen Wohnsitzen habe ich nicht viel rausgekriegt. Aber wenn du weiter nach unten scrollst, siehst du, dass jeder sechs bis vierzehn Monate in einer Jugendstrafanstalt in Alcott County absitzen musste.«

»Das ist ganz schön viel für so geringfügige Vergehen.« Josie ging die Dokumente weiter durch, bis sie den Namen des Jugendgefängnisses fand. Wood Creek. Im hintersten Winkel ihres Gedächtnisses blitzte ein Funke auf, aber so schnell, wie er gekommen war, war er auch wieder erloschen. Sie blätterte weiter, bis sie die letzten Seiten des PDF-Dokuments erreicht hatte. »Das sind Kontoauszüge.«

Gretchen nickte. »Zwei, um genau zu sein. Einer scheint von einem Geschäftskonto zu stammen, der andere von einem Privatkonto.«

Josie las die Namen. »Das Privatkonto gehört einem Eugene Sanders. Die Adresse ist geschwärzt. Das Geschäftskonto läuft auf die Wood Creek Associates.« Aus dem Funken in Josies Hinterkopf wurde ein regelrechtes flammendes Inferno. »Himmel«, stieß sie hervor. »Weißt du, was das ist?«

Sie sah Gretchen an, die das Gesicht verzog. »Nein. Jedenfalls wusste ich es nicht gleich. Aber als ich dann nach Eugene Sanders und der Strafanstalt Wood Creek suchte, fiel es mir wieder ein. Das war die Wood-Creek-Schmiergeldaffäre – in der Presse machte sie als Kids-gegen-Geld-Skandal Schlagzeilen. Jugendliche wurden gegen Bestechungsgelder in den Knast geschickt. Sanders war der Richter, der sie verdonnerte.«

»Genau«, sagte Josie.

»Ich war damals bei der Polizei von Philadelphia. Ich

meine mich zu erinnern, dass ich aus den Nachrichten von der Angelegenheit erfahren habe. Ich habe mich aber nicht groß darum gekümmert. Dazu war ich zu sehr mit meiner Arbeit in der Mordkommission beschäftigt.«

Josie seufzte, lehnte sich zurück und strich ihr dunkelbraunes Haar aus der Stirn. »Die Wood-Creek-Schmiergeldaffäre in Alcott County machte kurz nachdem ich zur Polizei gegangen war Schlagzeilen. Die Sache lief jahrelang, bis sie 2010 aufgedeckt wurde.«

»Sanders nahm Geld dafür, dass er Jugendliche zu völlig überzogenen Haftstrafen in Wood Creek verdonnerte, oder?«

Josie nickte, während sie die Listen der beiden Kontoauszüge durchging. »Genau. Wood Creek war ein gewinnorientiertes, privat geführtes Gefängnis. Es gehörte den Wood Creek Associates, einem Haufen von Sanders' Kumpanen, die sich zusammengetan und die Strafanstalt finanziert hatten. Sie errichteten sie und gaben Sanders feste Prämien für jeden Jugendlichen, den er in ihren Knast schickte – je länger, desto besser. Die Kids wurden völlig überflüssigerweise für kleine Vergehen ins Gefängnis gesteckt. Wood Creek war ein Rattenloch, in dem die meisten von ihnen auch noch missbraucht wurden.«

»Die Typen von Wood Creek Associates wanderten aber auch hinter Gitter, wenn ich mich recht erinnere«, warf Gretchen ein.

»Ja. Allerdings nicht so lang wie Sanders. Er war derjenige, der die ganzen übertriebenen Haftstrafen verhängt hatte. Er hat das Leben vieler ruiniert. Hier«, sie deutete auf Eugene Sanders' Kontoauszug, »eine Einzahlung von fünftausend Dollar am 20. April 2005. Und hier das Konto der

Wood Creek Associates – gleiche Summe, genau am selben Tag abgebucht.«

Gretchen lehnte sich über Josies Schulter und starrte auf den Bildschirm. Sie fanden zwei weitere Einzahlungen in Höhe von fünftausend Dollar auf Sanders' Konto, die immer genau dann eingegangen waren, wenn das Konto der Wood Creek Associates mit fünftausend Dollar belastet worden war. »Das war Beweismaterial«, stellte Gretchen fest. »2005 hatte jemand Beweise für das, was da ablief. Aber der Fall wurde erst fünf Jahre später aufgearbeitet.«

»Wieso um alles in der Welt hatte Colette Fraley diese Unterlagen?«, fragte Josie.

»Und wer ist Pratt?«

»Das müssen wir herausfinden«, entgegnete Josie, öffnete den Browser und rief Google auf.

11

»Quinn!« Eine männliche Stimme hinter ihnen ließ sie zusammenzucken.

Josie und Gretchen drehten sich um. Über ihre Schultern beugte sich Bob Chitwood, ihr neuer Polizeichef. Sein normalerweise rotes, von Akne gezeichnetes Gesicht war aschfahl, als er an ihnen vorbei auf den Monitor starrte. Er deutete auf den Schirm. »Konnten Sie was von dem USB-Stick retten, den Sie am Fraley-Tatort gefunden haben?«

Gretchen nickte. »Ja. Und jemand hat den Namen Pratt außen auf den Stick geschrieben.«

»Wissen Sie schon, was das zu bedeuten hat?«

»Noch nicht, Sir«, erwiderte Gretchen.

»Weitersuchen«, befahl Chitwood ihr. »Quinn. In mein Büro. Sofort.«

Und Josie fügte hinzu: »Schau mal, was du herausfindest.«

Gretchen nickte und wandte sich wieder dem Bildschirm zu. Josie folgte Chitwood in sein Büro. Als sie in einem der beiden Besucherstühle vor seinem großen

Schreibtisch saß, fiel ihr auf, dass er endlich den Umzugskarton voller persönlicher Dinge ausgepackt hatte. Er hatte ihn mitgebracht, als er seinen Posten als Polizeichef angetreten hatte. Josie warf einen Blick auf die Wände, aber aufgehängt war dort noch nichts. Dafür standen mehrere Bilderrahmen hinter seinem Schreibtisch an die Wand gelehnt auf dem Boden. Nicht zum ersten Mal fragte sie sich, was für ein Mensch sich hinter Chitwoods übler Laune verbarg.

»Wie geht's Fraley?«, wollte Chitwood wissen, als er die Bürotür schloss und sich wieder hinter seinen Schreibtisch setzte.

»Den Umständen entsprechend«, antwortete Josie, erstaunt, dass Chitwood sich überhaupt die Mühe machte, zu fragen. »Ich glaube, er steht noch unter Schock.«

Chitwood seufzte. »Wir werden ihn brauchen. Nicht bei der Arbeit, sondern weil er uns viele Fragen beantworten muss. Sie wissen, dass wir immer mit der Familie anfangen und uns von dort aus weiterarbeiten.«

Josie rutschte unbehaglich auf ihrem Stuhl hin und her. Sie dachte daran, wie fabelhaft es gelaufen war, als sie heute versucht hatte, Noah Fragen zu stellen. »Ich weiß. Hören Sie, Chief. Ich glaube, wir brauchen Gretchen. Sie sollte die Ermittlungen leiten.«

Chitwood verschränkte die Arme vor seiner Brust. »Nein.«

»Sir, sie ist die erfahrenste Mordermittlerin, die wir haben. Erfahrener als ich. Sie haben sie nur zur Büroarbeit verdonnert, weil ...«

Er fiel ihr ins Wort und wedelte dabei mit dem Finger. »Vorsicht, Quinn. Sie sitzt am Schreibtisch, weil sie beim letzten Mordfall, den wir in dieser Stadt hatten, Mist gebaut hat. Eigentlich hätte ich sie rauswerfen müssen. Meinen Sie, ich weiß nicht, dass Sie Ihre Hände im Spiel hatten?«

»Ich will jetzt nicht mit Ihnen darüber diskutieren, Sir. Ich will schnellstmöglich Colette Fraleys Mörder finden. Sie und ich wissen, dass wir die besten Chancen haben, wenn Gretchen das übernimmt.«

»Zweifeln Sie mein Urteilsvermögen an, Quinn?«

»Ich sage, bei dieser Ermittlung brauchen wir Gretchen.«

Er deutete zur Tür. »Sie haben sie. Sie kann Ihnen viel vom Schreibtisch aus helfen.«

»Wir brauchen sie draußen.«

»Nein.«

»Sir ...«

»Wollen Sie, dass ich Sie auch freistelle? Ich kassiere Ihre Marke wegen Befehlsverweigerung, Quinn. Das ist jetzt meine Abteilung, nicht Ihre. Wenn Detective Palmer mir beweist, dass sie in der Spur bleibt, während sie am Schreibtisch arbeitet, kann sie wieder vor Ort ermitteln. Dabei bleibt's, verstanden?«

Josie wollte noch etwas entgegnen, wusste aber, dass sie sich auf dünnem Eis befand. Sie durfte es sich Noah zuliebe nicht mit Chitwood verderben. Mettner war gut, aber jemand musste den Überblick über die Ermittlungen behalten. Das konnte Josie nur, wenn sie mit dabei war.

»Ja.«

»Gut. Sehen Sie, was Sie aus Fraley rauskriegen. Ich weiß, er trauert. Aber wir müssen einen Mord aufklären.«

12

Gretchen sah Josie hoffnungsvoll an, als sie aus Chitwoods Büro kam, doch Josie schüttelte den Kopf. Als Gretchen in sich zusammensackte, legte Josie ihr die Hand auf die Schulter und setzte sich neben sie. »Hab noch ein bisschen Geduld. Ich bleibe dran.«

»Danke.«

»Hast du was über Pratt herausgefunden?«

»Nein. Leider ist Pratt ein ziemlich häufiger Name. Allein in Pennsylvania gibt es einhundertfünfzig Unternehmen, in deren Namen das Wort Pratt vorkommt.«

»Ich glaube nicht, dass Pratt in diesem Fall der Name eines Unternehmens ist.«

»In den ganzen Dokumenten auf dem USB-Stick kommt kein einziges Mal der Name Pratt vor.«

»Hast du die Mitglieder der Wood Creek Associates überprüft?«

»Ja. Keiner heißt Pratt.«

»Wir wissen auch, dass die Konten auf niemanden mit Namen Pratt gelaufen sind.«

»Aber der Stick hat entweder jemandem gehört, der Pratt heißt, oder war für einen Pratt bestimmt.«

»Ja«, pflichtete Josie Gretchen bei. »Ich denke, davon können wir ausgehen.«

»Was also hat Colette Fraley damit zu tun?«

»Lassen wir das für einen Augenblick beiseite. Konzentrieren wir uns auf Pratt. Nehmen wir mal an, du hättest Beweise für die Schmiergeldzahlungen ...«

»Du meinst, Colette hatte welche? Hast du nicht gesagt, dass sie für einen Steinbruch gearbeitet hat?«

»Hat sie auch. Ich weiß nicht, wie sie an den Stick gekommen ist oder warum sie ihn hatte. Aber bleiben wir doch bei Pratt. Gehen wir einfach mal davon aus, dass die Person, die die Dateien auf den Stick kopierte, egal ob es Colette oder jemand ganz anderes war, sie jemandem namens Pratt geben wollte. Wem würde man so etwas geben?«

»Der Polizei«, erwiderte Gretchen wie aus der Pistole geschossen.

»Dann fragen wir bei der County-Polizeiverwaltung nach einem Beamten namens Pratt. Wir fangen in Alcott County an und arbeiten uns von dort aus weiter. Die Wood-Creek-Schmiergeldaffäre fand allerdings hier in Alcott County statt. Wenn es also einen Pratt gibt, dann finden wir ihn hier, würde ich sagen.«

Gretchen nahm das Telefon und begann die Nummer der Leitstelle zu wählen. »Kannst du dich an einen Polizisten namens Pratt erinnern, der hier gearbeitet hat?«

»Nein«, erwiderte Josie. »Nicht seit ich hier bin. Ich rufe mal Sergeant Lamay an. Er ist der Dienstälteste hier.«

Lamay saß im Vorraum am Empfang. Er nahm beim zweiten Klingeln ab, hörte sich an, was sie zu sagen hatte, und meinte nur: »Lass mich nachdenken.« Josie hörte seinen Atem, während sie wartete. Dan Lamay war seit fast fünfundvierzig Jahren bei der Polizei von Denton. Er hatte fünf Polizeichefs – einschließlich Josie – kommen und gehen sehen und einen Riesenskandal überlebt. Inzwischen war er im Rentenalter, hatte ein kaputtes Knie und einen immer größer werdenden Bauch. Josie hatte ihn während ihrer Zeit als Polizeichefin im Innendienst behalten, weil sich seine Frau in dieser Zeit gerade von einer Krebstherapie erholte und seine Tochter noch auf das College ging. Er war ihr gegenüber absolut loyal und hatte sie unterstützt, als sie es am dringendsten brauchte. Sie befürchtete, dass Chief Chitwood ihn loswerden wollen würde, aber bislang hatte er ihn noch nicht auf dem Radar, denn er versah seinen Dienst ruhig und effizient.

»Nein«, sagte er schließlich. »Ich kenne keinen Pratt. Mein Gedächtnis ist nicht mehr das beste, Boss.«

»Ist okay«, erwiderte Josie. »Gretchen telefoniert gerade mit der Polizeiverwaltungsbehörde des Countys. Vielleicht wissen die mehr. Ich dachte nur, dass du dich vielleicht erinnerst.«

»Tut mir leid, ich kann dir nicht weiterhelfen. Aber irgendwie kommt mir der Name bekannt vor.«

»Danke.« Josie hängte auf. Auch ihr sagte er etwas, doch konnte sie ihn noch immer nicht zuordnen.

Nach einem mehrminütigen Telefongespräch legte Gretchen mit einem tiefen Seufzer auf. »Kein Pratt bei den Strafverfolgungsbehörden von Alcott County – zumindest nicht in dem Zeitraum seit Ausfertigung der Dokumente auf dem Stick.«

»Irgendwas übersehen wir«, war sich Josie sicher. Sie holte ihr Smartphone hervor, aber Noah hatte weder geschrieben noch angerufen. Das gab ihr noch etwas Zeit. »Wir gehen die Sache falsch an.«

»Sollen wir das FBI einschalten?«, schlug Gretchen vor.

»Die befassen sich zwar mit Bestechung, aber damit würde ich vorerst noch warten. Ich denke, wir müssen einfach nur genauer hinschauen. Überleg dir mal: Was passiert mit einem Fall, wenn die Polizei ihn aus der Hand gibt?«

Gretchen setzte sich aufrecht. Ihre Augen begannen wie die von Josie zu funkeln. »Ein Staatsanwalt übernimmt.«

Josie rief auf ihrem Computer den Browser auf und tippte »Pratt«, »Staatsanwalt«, »Alcott County« und »Pennsylvania« ein. Als die Ergebnisse erschienen, fiel es ihr wieder ein.

»Drew Pratt«, rief sie. »Er war stellvertretender Bezirksstaatsanwalt im County. 2006 verschwand er plötzlich. Ich war damals auf dem College.«

»2006«, wiederholte Gretchen. »Da habe ich in Philadelphia gearbeitet.«

Josie klickte den Bild-Suchbutton an. Auf dem Schirm erschienen Fotos von Drew Pratt. Gretchen beugte sich vor. Drew Pratt lächelte in die Kamera, seine dunklen Augen blitzten gut gelaunt auf. Er war knapp sechzig, hatte graumeliertes Haar, das über den Schläfen lichter wurde, und stand vor dem Gerichtsgebäude von Alcott County.

»Ich erinnere mich daran«, bemerkte Gretchen, während Josie sich durch die Fotos klickte. »Er fuhr 2006 eines Tages mit dem Auto weg und wurde nie wieder gesehen, stimmt's?«

»Genau. Das war damals einer der bekanntesten Vermisstenfälle im ganzen Bundesstaat.«

»Jetzt fällt es mir wieder ein. Das Auto hat man gefunden, oder?«

»Ja. Aber ihn nicht. Keine Leiche, nichts. Man dachte, dass ...«

Sie hörte mitten im Satz auf, als sie auf ein neues Foto klickte. Ihre Finger erstarrten auf der Computermaus.

»Ist das der, von dem ich denke, dass er es ist?«, fragte Gretchen. Sie setzte ihre Lesebrille auf und ging näher an den Bildschirm heran. »Mach das Bild mal größer.«

Josie klickte mehrmals darauf. Man sah Drew Pratt mit einigen Männern in Anzügen und mehreren Polizisten in Uniform vor einem Bundesgebäude stehen. Alle lächelten – offensichtlich feierten sie einen Erfolg vor Gericht. Hinter Drew Pratt stand, zwanzig Jahre jünger, aber genauso zerfurcht und dünn wie heute, Bob Chitwood.

»Druck das aus«, sagte Gretchen.

»Bin schon dabei.«

13

Chief Chitwood saß noch hinter seinem Schreibtisch, als Josie und Gretchen ohne anzuklopfen hereinplatzten. Eine seiner Augenbrauen wanderte nach oben. »Was zum Teufel soll das?«

Josie hielt ihm das Foto unter die Nase, bevor sie es ihm auf seinen Schreibtisch legte. »Wir glauben, dass der USB-Stick entweder für Drew Pratt gedacht war oder ihm gehörte. Wie kommt es, dass Sie ihn kennen?«, fragte sie Chitwood. »Ich dachte, Sie wären vorher in Pittsburgh gewesen – am anderen Ende des Bundesstaats?«

»Zweifeln Sie meine Integrität an, Quinn?«, blaffte Chitwood sie an und warf einen beiläufigen Blick auf das Foto.

»Ich stelle Ihnen eine Frage, Sir«, antwortete Josie ungerührt. Sie war seine Ausbrüche inzwischen gewohnt und nahm sie kaum noch zur Kenntnis.

»Wir haben zusammen in einer Taskforce gegen Drogenhandel gearbeitet. Das ist ewig her. Da waren Sie wahrscheinlich noch in den Windeln.«

»Was hat die Wood-Creek-Schmiergeldaffäre mit Drew Pratt zu tun?«, fragte Gretchen.

Chitwood lehnte sich in seinem Stuhl zurück und faltete die Hände unter seinem Kinn. »Setzen Sie sich. Beide«, wies er sie an.

Josie sah Gretchen an, die kaum merklich mit den Schultern zuckte. Wenn Chitwood auskunftswillig war, würden sie auch zuhören.

»Wenn Sie sich an den Fall Drew Pratt erinnern, wissen Sie wahrscheinlich auch, dass es rund ein halbes Dutzend Theorien darüber gibt, was wirklich mit ihm passiert ist«, sagte Chitwood.

Josie hatte im Lauf der Jahre ein paar TV-Dokus über Drew Pratts Verschwinden gesehen. »Ich erinnere mich«, erwiderte sie. »Manche sagen, er habe Selbstmord begangen. Andere glauben, dass er sein altes Leben hinter sich lassen wollte und ein neues unter anderer Identität angefangen hat. Außerdem kursierten etliche Theorien, wonach jemand, den er in der Vergangenheit angeklagt hatte, ihn ermordet und seinen Leichnam versteckt hätte.«

Chitwood nickte. »Vor ein paar Jahren meldete sich sogar ein Häftling und behauptete, er wüsste, wo seine Leiche sei. Angeblich hätte ihn eine Bande umgebracht und in einer entlegenen Gegend vergraben, aus Rache dafür, dass er einen der ihren ins Gefängnis gebracht hatte.«

»Es kam nichts dabei heraus«, warf Gretchen ein. »Ich erinnere mich, dass es in den Nachrichten war.«

»Genau«, pflichtete Chitwood ihr bei. »Der Häftling wollte nur eine Strafmilderung erreichen. Es gab weder eine Leiche noch sonst irgendeinen Beweis, der seine Behauptungen untermauert hätte.«

Da fiel Josie plötzlich der Bezug zur Wood-Creek-

Schmiergeldaffäre ein. »Drew Pratt hatte 2005, in dem Jahr, bevor er verschwand, Hinweise auf die Machenschaften von Richter Sanders und der Wood Creek Associates erhalten. Trotzdem hat er sie nicht angeklagt. Als die Sache 2010 aufflog, fiel auch sein Name wieder. Sogar die Presse nahm sich der Sache erneut an, oder?«

»Genau. Man dachte, er sei ausgestiegen, weil er den Skandal kommen sah und wusste, dass man ihm vorwerfen würde, Richter Sanders nicht früher angeklagt zu haben. So hieß es wenigstens. Niemand konnte je Beweise dafür vorbringen, dass er von der Schmiergeldaffäre wusste, bevor er verschwand. Bei der Bezirksstaatsanwaltschaft hatte man keine Akte darüber. Weder in seinem Büro noch in seinen privaten Unterlagen wurde je etwas gefunden. Dass es einen USB-Stick mit relevanten Dateien gibt, höre ich heute zum ersten Mal. Ich kannte Drew Pratt. Er war ein grundsolider Mann. Es kümmerte ihn einen Dreck, wem er an den Karren fuhr. Hätte er eindeutige Hinweise darauf gehabt, dass Sanders Geld nahm, um unschuldige Jugendliche in ein Rattenloch zu schicken, hätte er ihn zweifellos angeklagt.«

Josie merkte, wie Gretchen sie ansah. »Chief«, warf sie ein. »Es gab Hinweise. Ich habe sie hier auf meinem Computer. Das Zeug auf dem USB-Stick ist ein klarer Beweis für die Machenschaften von Sanders und den Wood-Creek-Leuten.«

»Und sein Name ist auf dem Stick«, fügte Gretchen hinzu. Wieder fragte sich Josie, welche Verbindung es zwischen Pratt, Sanders, Wood Creek und Colette Fraley gab.

»Sein Name ist drauf«, räumte Chitwood ein. »Aber das heißt nicht, dass er den Stick je bekommen oder gesehen hat.«

»Wenn wir seine Fingerabdrücke darauf finden, wissen wir, dass er ihn in den Händen gehalten hat«, warf Gretchen ein.

Chitwood hob den Finger. »Das beweist nicht, dass er den Inhalt auch gesehen hat.«

Josie zermarterte sich noch immer den Kopf und versuchte, alles zu rekapitulieren, was sie über die Schmiergeldaffäre und die Rolle des vermissten Staatsanwalts wusste. »Es gab da noch eine Theorie, nicht wahr?«

Chitwood und Gretchen sahen sie an. Sie fuhr fort. »Ich muss nachsehen, aber ich bin mir ganz sicher. Da war eine Mutter, deren Sohn wegen irgendeiner Lappalie ins Wood-Creek-Gefängnis wanderte. Er wurde dort schrecklich misshandelt. Als er wieder herauskam, war er nicht mehr derselbe. Irgendwann hat er sich umgebracht.«

Gretchen nickte. »Ja, jetzt erinnere ich mich. Seine Mutter hat einen der Wood-Creek-Typen getötet – jemanden aus dem Vorstand. Sie hatte vor, jeden umzubringen, der irgendwie in die Sache verwickelt war, aber wir haben sie schnell gefasst.«

»Stimmt«, nickte Josie. »Es gab Gerüchte, dass sie Pratt getötet hätte, weil sie dachte, dass er von der Sache gewusst und nichts dagegen unternommen hatte. Da war auch ein Wärter, der in dem Gefängnis gearbeitet hatte. Er beging Selbstmord. Nach der Verhaftung der Mutter wurde sein Fall noch einmal aufgerollt, weil die Polizei sie im Verdacht hatte, jahrelang Menschen umgebracht zu haben.«

»Wie hieß sie?«, wollte Gretchen wissen.

»Patti irgendwas ... Pattie Snyder«, schaltete sich Chitwood ein.

»Sie kannten sie?«, fragte Josie.

»Nein. Ich kannte sie nicht, habe aber aus mehreren

Quellen erfahren, dass man intensiv ermittelte, ob sie etwas mit Drews Verschwinden zu tun hatte, vor allem, weil er in den Stunden davor von einer Überwachungskamera auf einem Markt gefilmt wurde, wie er mit einer Frau sprach, die Snyder ähnelte.«

Josie nahm sich vor, bei nächster Gelegenheit so viel wie möglich über Drew Pratts Fall herauszufinden.

»Glauben Sie, dass sie es war?«, fragte Gretchen.

Chitwood zuckte die Schultern. »Ich weiß es nicht. Es gibt, wie gesagt, nicht einmal einen Beweis, dass Drew über Sanders und Wood Creek Bescheid wusste. Das ist alles Spekulation. Seit Jahren. Außerdem war Patti Snyder komplett durchgeknallt.«

»Oder vor Kummer verrückt«, warf Josie ein.

Und Gretchen fügte hinzu: »Egal was diese Snyder getan oder nicht getan hat und was mit Drew Pratt passiert ist, die eigentliche Frage ist doch, warum Noahs Mutter diesen USB-Stick hatte. Warum hat sie ihn versteckt? Und hat ihr Mörder danach gesucht?«

»Die Sache ist doch schon vor Jahren aufgeflogen«, gab Josie zu bedenken. »Und Pratt ist seit über zehn Jahren verschwunden. Außerdem enthält der Stick nichts, was so wichtig wäre, dass es versteckt werden müsste.«

»Stimmt«, räumte Gretchen ein. »Ich überprüfe alle, die in den Dokumenten erwähnt werden, und sehe, ob ich was herausfinde. Wir müssen wissen, was Colette damit zu tun hatte. Falls sie überhaupt etwas damit zu tun hatte.«

14

Die Fraley-Geschwister konnten sich nur vage an Drew Pratt und den Wood-Creek-Skandal erinnern und wussten lediglich, was sie in den Nachrichten gehört oder online gelesen hatten. Niemand konnte sich erklären, warum Colette den USB-Stick besaß. »Sie muss ihn gefunden oder sonst irgendwie zufällig in seinen Besitz gekommen sein«, mutmaßte Laura.

Noah pflichtete ihr bei. »Glaube ich auch. Ich weiß nicht, woher er ist, aber ich denke, sie hatte keine Ahnung, was darauf war.«

»Immerhin wusste sie so viel, dass sie ihn versteckt hat«, wandte Josie ein.

Laura lachte. »Mit zwei anderen Gegenständen, die überhaupt nichts miteinander zu tun haben, wie Noah erzählt hat. Du musst verstehen, Josie, je dementer sie wurde, desto mehr merkwürdige, nicht nachvollziehbare Sachen hat sie gemacht. Wer weiß, wo sie das alles herhatte, aber ich denke, sie hat es während einer ihrer verwirrten

Phasen dort hineingetan. Wahrscheinlich sind im ganzen Haus Dinge versteckt.«

Aber als Noah mit Mettner alles durchgegangen war, hatten sie keine anderen versteckten oder sonstigen ungewöhnlichen Gegenstände gefunden.

Angesichts der bevorstehenden Beerdigung hatte Josie Noah geholfen, das Haus seiner Mutter in Ordnung zu bringen und aufzuräumen, bevor es seine Schwester sah. Lauras letzter Schwangerschaftsmonat nahte und Noah machte sich Sorgen über den Stress, dem Laura durch Colettes Tod ausgesetzt war. Er wollte nicht, dass sie auch noch die Unordnung sah. Kaum war das Haus auf Vordermann gebracht, ging Laura Colettes Schrank durch und wählte Kleider und Schmuck für die Beerdigung aus. Josie versuchte nach Kräften, die Fraleys zu unterstützen. Die Tage und Nächte vergingen wie in Trance. Josie hatte kaum Zeit, sich mit Mettner oder Gretchen kurzzuschließen, und ehe sie sich's versah, betrat sie Hand in Hand mit Noah die Trauerhalle.

Sie waren alle schon lange vor dem offiziellen Beginn der Trauerfeier eingetroffen. Eine seltsame, bedrückende Stille überkam sie, je weiter sie in das Gebäude hineingingen. Als Josies Füße in den schlichten schwarzen, flachen Schuhen im dicken Teppich der Trauerhalle versanken, kam die Erinnerung an die Beerdigung ihres Mannes Ray wieder hoch. Obwohl inzwischen mehrere Jahre vergangen waren, trauerte sie noch immer; die Wunde war kaum verheilt. Eine Welle aus Mitleid für Noah überkam sie. Mit dem Verlust musste er nun für alle Zeit leben.

Josie drückte Noahs Hand, als der Bestatter in den Raum kam und die Fraleys in das Vorzimmer bat, wo die Fotos aufgestellt worden waren. Sie blieb etwas zurück, während

Noah, Theo, Laura und Grady die letzten Details durchsprachen, bevor die Trauergemeinde eintraf. Colettes Leichnam lag in einem schönen, glänzenden roségoldenen Sarg an der Stirnseite des Raums. Um ihn herum waren Dutzende Gestecke arrangiert. Josie las jede Karte. *Mit tiefster Anteilnahme,* stand auf einer und darunter ein Familienname. Ein Kloß bildete sich in ihrem Hals, als sie erkannte, im Leben wie vieler Menschen Colette eine Rolle gespielt hatte.

Sie drehte sich um, als die Fraley-Geschwister und Grady zurückkamen. Laura liefen Tränen über die Wangen. Eine Hand hatte sie auf ihren Bauch gelegt, in der anderen hielt sie ein zerknülltes Taschentuch. Noah kam zu Josie und nahm ihre Hand.

Theo sah auf sein Smartphone. »Bald werden die ersten Leute kommen. Wir stellen uns am besten auf.«

Sie gingen zur Längsseite des Saals. Theo stand direkt neben dem Sarg, dann kamen Laura und Grady und schließlich Josie und Noah. Laura putzte sich die Nase, lehnte sich nach vorn, sah zu Theo und dann zu Noah. »Noah«, sagte sie mit zitternder, schriller Stimme. »Josie kann hier sitzen.« Sie deutete auf die Stuhlreihen vor Colettes Sarg. Einen Augenblick fühlte Josie Blut in ihre Wangen steigen, aber um kein unnötiges Aufsehen zu erregen, stand sie auf und wollte zu den Stühlen gehen. Noah ließ ihre Hand nicht los.

»Josie bleibt beim Kondolieren neben mir«, erklärte er seiner Schwester.

Laura trat aus der Reihe, drängte sich an Grady vorbei und postierte sich vor Noah. Sie zeigte mit einem Finger in Josies Richtung. »Ihr seid nicht verheiratet. Sie kann nicht in der Kondolenzreihe bleiben.«

»Laura, also wirklich. Mach dich nicht lächerlich«, wies Theo sie zurecht.

Laura warf ihm einen bösen Blick zu. »Halt du dich da raus, Theo. Du selbst hast kaum ein Recht, hier stehen zu dürfen. Wann hast du das letzte Mal mit Mom gesprochen?«

»Laura, Himmel«, beschwor Grady sie und nahm sie beim Arm. »Hör auf.«

»Ich denke nicht daran«, fuhr sie ihn an. »Das ist die Beerdigung meiner Mutter.«

»Es ist auch die Beerdigung meiner Mutter«, schaltete sich Noah ein, »und ich möchte, dass Josie an meiner Seite bleibt, um mir beizustehen.«

Laura überkreuzte ihre Arme über ihrem Babybauch. »Ich will sie nicht mit uns in der Reihe haben.«

Josie spürte Ärger und Verlegenheit in sich aufsteigen. Eine bissige Bemerkung lag ihr auf der Zunge, aber sie schluckte sie hinunter.

Noah gab nicht nach. »Sie bleibt.«

Josie sah, wie Lauras Wangenmuskel zu zucken begann. Sie versuchte, ihre Hand aus der von Noah zu ziehen. »Ist schon gut, Noah«, murmelte sie. »Ich setze mich.«

Er ließ sie jedoch nicht los. Mit ihrer freien Hand berührte sie seine Wange. »Wirklich. Alles okay. Ich setz mich direkt hier vor dich. Wenn du mich brauchst, bin ich da.«

Unter Lauras wütendem Blick lockerte er langsam seinen Griff und ließ ihre Hand los. Als sich Josie an das Ende der nächsten Stuhlreihe direkt gegenüber Noah setzte, formte Theo stumm ein *Sorry* mit dem Mund. Josie gelang ein knappes Lächeln.

Die vier standen aufrecht und mit angespannten Gesichtern in einer Reihe; die Spannung ließ sich nahezu mit Händen greifen. Es war fast eine Erleichterung, als die Trauergäste nach und nach eintrafen. Josie kannte keines der

Gesichter. Wie sie den wenigen Worten entnahm, die die Ankömmlinge mit den Fraley-Geschwistern wechselten, nachdem sie sie mit einem Händedruck oder einer Umarmung und Beileidsbekundungen begrüßt hatten, handelte es sich um Freunde, Nachbarn und Kirchenmitglieder. Die lange Reihe der Kondolierenden ließ keinen Zweifel daran, dass Colette sehr beliebt gewesen und von vielen geschätzt worden war.

Eine Hand legte sich sanft auf Josies Schulter. Sie drehte sich leicht und sah Gretchen im Stuhl hinter sich sitzen. Erleichterung überkam sie. »Danke fürs Kommen«, wisperte sie ihr zu.

»Stehst du nicht in der Kondolenzreihe?«

Josie schüttelte den Kopf. »Frag nicht.«

Gretchen lehnte sich zu Josie und flüsterte ihr ins Ohr: »Ich habe übrigens ihre Alibis überprüft. Mettner ließ es mich telefonisch machen. Theo war auf einer Geschäftssitzung in Phoenix. Sein direkter Vorgesetzter konnte es mir bestätigen. Laura leitete eine Berufsmesse in Bethlehem. Das haben mehrere Leute bestätigt. Und die Haushälterin der Halls bezeugt, dass Grady zu der Zeit, als Colette ermordet wurde, den ganzen Tag zu Hause war.«

»Gut. Ich war sicher, dass keiner von ihnen etwas mit ihrem Tod zu tun hat, hatte Mettner aber gebeten, es trotzdem auszuschließen.«

»Ist ihr Vater aufgetaucht?«, fragte Gretchen. »Lance Fraley?«

»Nein. Laura meinte, er würde nicht kommen. Sie scheint recht gehabt zu haben. Hast du mit ihm gesprochen?«

»Noch nicht. Ich habe ihn noch nicht erreicht. Hey, wer ist denn der gutaussehende ältere Herr dort?«

Josie blickte auf und sah einen großen, kräftigen Mann in den Siebzigern mit auffallend weißem, dichtem Haar selbstbewusst auf die Fraley-Geschwister zugehen. Er begrüßte zunächst Noah und arbeitete sich dann die Reihe entlang, kondolierte allen, sprach ihnen Trost zu und nahm sich für jeden mehrere Minuten Zeit, während die Schlange der Kondolierenden hinter ihm immer länger wurde.

»Ich glaube, das ist Zachary Sutton«, klärte Josie sie auf. »Colettes ehemaliger Chef und Lauras jetziger.«

»Also der Ex-Chef kommt zur Beerdigung, der Ex-Mann und Vater ihrer Kinder nicht?«

Josie sagte nichts. Sie hatte genau den gleichen Gedanken gehabt. Allerdings wusste sie auch, wie sehr Scheidungen Menschen gegeneinander aufbringen konnten. Sie hielt Lance Fraley nicht unbedingt für verdächtig, nur weil er hier nicht aufkreuzte.

Als sich die Reihe der Kondolierenden gelichtet hatte, stand Gretchen auf und ging zu den Fraley-Geschwistern, um ihnen ebenfalls ihr Beileid auszusprechen. Josie sah noch weitere Mitglieder der Polizei von Denton in der Reihe, einschließlich Chief Chitwood. Als alle kondoliert hatten, war die Halle so gedrängt voll, dass die meisten nur noch stehen konnten. Durch die vielen Körper und die Trauerstimmung war die Luft im Saal drückend geworden. Ein süßlicher Geruch hing im Raum. Josie zog die Bolerojacke aus, die sie über ihrem schwarzen Kleid trug, und strich sich ihr dunkles Haar von den Schultern, um sich etwas Kühlung zu verschaffen. Mehrere Trauergäste hielten Ansprachen, in denen sie hervorhoben, was für ein freundlicher, großzügiger Mensch Colette gewesen war und was sie alles für ihre Kinder und die Kirchengemeinde getan hatte. Dann hielt Theo eine bewegende Traueransprache. Als Josie sich gegen

Ende der Rede umblickte, sah sie, dass die meisten Anwesenden still vor sich hin weinten.

Nachdem alle Gebete gesprochen und alle Lieder gesungen waren, fühlte sich Josie ausgelaugt, obwohl sie den ganzen Vormittag nichts anderes getan hatte, als pflichtschuldig auf ihrem Stuhl zu sitzen. Als sie mit Noah zum Autokorso ging, der Colettes Leichnam zur letzten Ruhestätte geleiten sollte, legte sie ihre Hände zwischen seine Schulterblätter. Laura, Grady und Theo stiegen in Lauras SUV ein, während Josie mit Noah in ihrem eigenen Auto fuhr. Zumindest gab es diesmal keine Diskussionen über Josies Platz in der Autoschlange. Die Stimmung auf dem Friedhof war düster und besserte sich auch nicht beim Leichenschmaus, zu dem die Familie in ein nahes Restaurant eingeladen hatte.

Zurück in Noahs Haus ging Josie mit ihm ins Schlafzimmer, wo er in voller Montur auf das Bett fiel. Sie versuchte einige Male, ein Gespräch mit ihm zu beginnen, aber er meinte nur, er sei müde und wolle die Augen zumachen. Sie blieb neben ihm auf dem Bett sitzen und strich ihm über das Haar, bis er eingeschlafen war. Josie selbst war völlig erschöpft. Auch sie versuchte zu schlafen, kam aber nicht zur Ruhe. Sie gab es auf, zog ihren Laptop aus der Reisetasche und schaltete ihn ein.

Gretchen und Mettner würden alles Menschenmögliche tun, um Colettes Mörder seiner gerechten Strafe zuzuführen, dessen war sie sich sicher. Dennoch musste sie wissen, was es mit Drew Pratt auf sich hatte. Sie erinnerte sich nur noch dunkel an die Umstände seines Verschwindens. Mehrere Male hatte sie während der Woche angefangen, über den Browser auf ihrem Smartphone zu recherchieren, ihre Suche aber immer wieder unterbrochen, weil sie nicht unhöflich und unsensibel gegenüber Noah und seinen Geschwistern sein wollte. Nachdem Noah gesagt hatte, dass sie nichts weiter sein solle als seine Freundin, wollte sie nicht, dass er sich gerade dann vernachlässigt fühlte, wenn er sie am dringendsten brauchte. Es stimmte zwar, dass sie darauf brannte, Noahs Mörder dingfest zu machen, doch vor allem brach es ihr Herz, Noah so sehr trauern zu sehen. Sie konnte es nicht ertragen, lediglich an der Seitenlinie zu stehen. Deshalb wollte sie nun unbedingt loslegen und die Person, die Noah so viel Leid zugefügt hatte, zur Rechenschaft ziehen.

15

Eine schnelle Googlesuche lieferte Tausende Treffer. Josie klickte die Reportage eines örtlichen Fernsehsenders namens WYEP an, die Jahre nach Pratts Verschwinden ausgestrahlt worden war. Damals hatte ihre Zwillingsschwester Trinity Payne für WYEP als Korrespondentin gearbeitet. In dem Clip stand sie in einem hautengen roten Kleid neben einem großen Monitor; die Lippen leuchteten passend zum Kleid glänzend rot. Ihr langes schwarzes Haar fiel in Wellen über ihren Rücken – es sah aus, als sei es mit Spray in Form betoniert worden. Erstaunt stellte Josie fest, wie jung Trinity damals ausgesehen hatte. Das war allerdings noch vor dem Fall der vermissten Mädchen und auch vor dem von Lila Jensen gewesen, die sie beide sichtlich altern hatten lassen.

»2006 nahm sich der stellvertretende Bezirksstaatsanwalt Drew Pratt einen Tag frei und stieg in sein Auto«, begann Trinity ihre Reportage.

Auf dem großen Monitor neben Trinity erschien Drew Pratts Gesicht und darunter in großen Lettern »VER-MISST«. Durchdringende blaue Augen starrten die

Zuschauer an, um den Mund des Staatsanwalts lag ein grimmig-entschlossener Zug. Josie konnte sich gut vorstellen, dass er vor Gericht seinen Gegnern hart zugesetzt hatte.

»Er fuhr von seinem Haus in Bellewood zum Susquehanna-Kunsthandwerker- und Bauernmarkt in Denton«, setzte Trinity ihren Bericht fort.

Neben ihr erschienen Bilder vom Markt auf dem Bildschirm. Josie kannte ihn. Es gab in Denton zwei Brücken über den Susquehanna-Fluss: eine kaum benutzte im Süden und eine wesentlich stärker frequentierte im Osten. In der Nähe der östlichen stand am Ufer eine alte Scheune, die renoviert und innen modernisiert worden war. Der Eigentümer vermietete darin Standplätze an Einheimische, die kunsthandwerkliche und landwirtschaftliche Produkte verkaufen wollten. Der Markt fand nur an einigen Tagen in der Woche statt, war aber in Denton eine feste Größe, seit Josie denken konnte.

Trinity fuhr fort: »Dass Drew Pratt den Kunsthandwerkermarkt besuchte, war nichts Ungewöhnliches. Nach Angaben seiner Tochter unterstützte er mit Vorliebe örtliche Künstlerinnen und Künstler. Die meisten Werke, die Pratt im Lauf der Jahre dort erstanden hatte, hingen in seinem Haus in Bellewood.«

Die Kamera fuhr ins Innere des umfunktionierten Gebäudes und zeigte die einzelnen Stände der örtlichen Kunsthandwerker, die von großen Wandgemälden bis hin zu Weihnachtsdekoration alles Mögliche feilboten.

»Drew Pratt betrat die Halle am Vormittag gegen zehn Uhr. Dies geht aus der polizeilichen Auswertung der Überwachungskamera im Gebäude unzweifelhaft hervor. Auf den Aufnahmen ist zu erkennen, wie der Bezirksstaatsanwalt sich die verschiedenen Stände ansieht und anschließend ein

Gespräch mit einer Frau führt. Der Polizei zufolge war jedoch wegen der mangelhaften Bildqualität der Kamera eine Identifizierung der Frau nicht möglich. Die Auswertung ergab lediglich, dass sie, verglichen mit Pratts Größe von etwas über einsachtzig, gut einssechzig groß war und kurzes, dunkles Haar hatte.«

Auf dem Bildschirm erschien ein älterer Hispanoamerikaner mit schütterem grauem Haar, einem marineblauen Anzug und einer roten Krawatte. Am unteren Rand wurde sein Name eingeblendet: Dom Hernandez, FBI-Agent. »Wir kennen die Frau nicht«, erklärte er. »Wir wissen nicht, ob Pratt sie kannte oder nur zufällig traf. Genauso wenig, worüber sie gesprochen haben oder ob sie zusammen weggegangen sind. Leider hat die Polizei der Unbekannten bei den ersten Ermittlungen wenig Bedeutung beigemessen, weshalb die Presse nicht über sie informiert wurde. Hätte man ihr Bild unmittelbar im Anschluss an Drew Pratts Verschwinden veröffentlicht, wären möglicherweise einige Hinweise zu ihrer Identität eingegangen. Inzwischen sind mehrere Jahre vergangen. Deshalb ist die Wahrscheinlichkeit gering, dass noch jemand auftaucht, der die Frau kennt und weiß, wo sie sich jetzt aufhält.«

Nun war wieder Trinity an der Reihe. »Die Polizei weigert sich nach wie vor, die Bilder der Überwachungskamera freizugeben, die Drew Pratt und die geheimnisvolle Frau zeigen. Die Frau des Bezirksstaatsanwalts war zehn Jahre vor seinem Verschwinden nach langem Kampf gegen den Krebs verstorben. Seiner erwachsenen Tochter zufolge hatte er zum Zeitpunkt seines Verschwindens keine Beziehung. Was wir allerdings wissen, ist, dass sein Fahrzeug noch vierundzwanzig Stunden später – zu dem Zeitpunkt, da seine Tochter ihn als vermisst meldete – auf dem Parkplatz der Markthalle stand. Beth Pratt hatte 2006 gerade ihren Abschluss an der Pennsylvania State University gemacht und war wieder bei ihrem Vater eingezogen, um von dort aus eine Arbeit zu suchen. Wie sie der Polizei später erklärte, sei es äußerst ungewöhnlich gewesen, dass ihr Vater über Nacht weggeblieben sei, ohne ihr zu sagen, wo er sich aufhielt.«

Nun erschien ein Deputy Sheriff von Alcott County auf dem Bildschirm. Im Hintergrund konnte Josie den Fluss träge vorbeifließen sehen. »Das Fahrzeug war verschlossen. Mr. Pratts Schlüssel und sein Handy befanden sich noch im Wagen. Als wir das Fahrzeug öffneten, drang uns ein starker Geruch nach Zigarettenrauch entgegen. Wie die Familie erklärt, war Mr. Pratt allerdings Nichtraucher. Wir fanden außerdem Zigarettenasche auf dem Beifahrersitz und gehen deshalb davon aus, dass vor seinem Verschwinden jemand mit ihm im Auto saß. Leider war der Parkplatz nicht videoüberwacht. Wir wissen also nichts über die Identität dieser Person. Im Wagen fanden wir lediglich Fingerabdrücke von Mr. Pratt selbst, seiner Tochter und einigen seiner Kolleginnen und Kollegen, die alle ein Alibi für den Tag seines Verschwindens hatten.«

Trinity wurde wieder eingeblendet. »Das einzige Beweismaterial, das im Fall Pratt sichergestellt werden konnte, ist sein Laptop. Er wurde fast zwei Monate später ans Ufer des Susquehanna gespült. Nach Auskunft seiner Tochter war es nicht ungewöhnlich, dass er ihn mit sich führte, denn er arbeitete gern in Cafés in der Umgebung, weil er dort mehr Ruhe hatte als in seinem lauten Büro. Leider war die Festplatte so stark beschädigt, dass sich eine Datenrettung als unmöglich erwies. Nach dem Fund mutmaßten viele Angehörige der Strafverfolgungsbehörden, Drew Pratt habe sich möglicherweise das Leben genommen, indem er von der nahe gelegenen Brücke in den Fluss gesprungen sei. Doch selbst nachdem die Wasserschutzpolizei den Fluss wochenlang abgesucht hatte, fand sie keine Spur des Bezirksstaatsanwalts.«

»Es ist, als hätte er sich in Luft aufgelöst«, erklärte eine junge Frau auf dem Bildschirm neben Trinity. Josie schätzte sie auf Anfang zwanzig. Sie hatte eine auffallende Ähnlichkeit mit Drew Pratt. Als ihr Name auf dem Monitor erschien, verstand Josie auch, warum: Es handelte sich um seine Tochter, Beth Pratt. »Aber ich glaube nicht, dass Dad mich einfach im Stich gelassen hat. Ich kann mir auch nicht vorstellen, dass er sich umgebracht hat. Er war nicht depressiv, sondern hatte ein sehr ausgefülltes, abwechslungsreiches Leben und mochte seine Arbeit. Er war sehr engagiert. Ich bin davon überzeugt, dass an der Sache etwas faul ist. Irgendjemand weiß, was mit ihm passiert ist. Er muss sich melden.«

Es erschienen mehrere Bilder, die Polizeiboote beim Absuchen des Flusses und Drew Pratts verlassenes Auto auf dem Parkplatz der Markthalle zeigten, während Trinitys Stimme aus dem Off zu hören war: »Es gibt zahlreiche Theorien über den Verbleib des beliebten Bezirksstaatsanwalts von Alcott County. Seine Tochter schließt einen Selbstmord zwar kategorisch aus, seinem Neffen jedoch geben die Umstände seines Verschwindens zu denken.«

Auf dem Bildschirm erschien ein junger Mann mit dichtem sandblonden Haar. Er wirkte etwa älter als Beth Pratt. Die Fußzeile auf dem Monitor wies ihn als Mason Pratt aus. Er stand mit Jeans, einem Kapuzenpullover und Stiefeln am schlammigen Ufer des Susquehanna und hatte die Hände in den Taschen. »Ist irgendwie seltsam, das Ganze. Ich meine, echt abgefahren. Mein Dad ist 1999 genau in diesem Fluss ertrunken. Das lief damals fast genauso ab. Er war weder zu Hause noch bei der Arbeit. Keiner konnte ihn auftreiben. Meine Mom und ich haben ihn als vermisst gemeldet, als er am Abend nicht heimkam. Die Polizei hat sein Auto hier gefunden.« Mason deutete auf das Ufer. »Ich meine, hier ist Bellewood, wir sind über sechzig Kilometer von der Stelle weg, an der Onkel Drew verschwunden ist. Dads Auto war genau hier im Schlamm abgestellt. Seine Brieftasche und die Schlüssel lagen im Auto. Es war abgeschlossen, aber er selbst war wie vom Erdboden verschluckt. Ein paar Tage später wurde seine Leiche angespült. Man hat uns gesagt, es sei Selbstmord gewesen. Er hatte eine bipolare Störung und immer mit Depressionen und so Zeugs zu kämpfen. Aber ich hätte nie gedacht, dass er sich mal umbringen würde.«

Wieder erschien Trinity auf dem Bildschirm und neben ihr weitere Bilder von Drew Pratt. Manche stammten von einer Pressekonferenz, andere waren privat aufgenommen und zeigten ihn und seine Tochter. Über den Selbstmord seines Bruders war sicher nicht so viel in der Presse berichtet worden, falls das überhaupt eine Meldung wert gewesen war, denn WYEP zeigte weder Fotos noch Filmaufnahmen. »Samuel Pratts Sohn Mason ist nicht der Einzige, der bezweifelt, dass sein Vater Selbstmord begangen hat. Freunden und Familienangehörigen zufolge ist auch Drew Pratt stets der Überzeugung gewesen, dass beim Tod seines Bruders etwas nicht mit rechten Dingen zugegangen war.«

Die Szene wechselte. Nun wurde ein Staatsanwalt vor dem Gerichtsgebäude von Bellewood interviewt. »Ja, Drew hat nie geglaubt, dass Sam sich umgebracht hat. Ich weiß, dass ihn das beschäftigt hat. Er verlangte alle paar Jahre von der Polizei, sich noch einmal mit der Angelegenheit zu befassen. Aber sie haben nichts Verdächtiges gefunden.«

Wieder wurde Trinity eingeblendet: »Zwei Brüder. Sieben Jahre und gut sechzig Kilometer dazwischen. Beide Fahrzeuge wurden in Flussnähe mit dem Schlüssel im Wagen gefunden. Samuel Pratt hat man ertrunken aufgefunden, zwei Tage nachdem er als gemisst gemeldet worden war. Von Drew Pratts Körper hingegen fehlt bis heute jede Spur. Sein Verschwinden bleibt eines der größten Rätsel in der Geschichte des Bundestaates.«

Der Bericht endete damit, dass eine Telefonnummer eingeblendet wurde und Trinity die Zuschauer bat, sich bei sachdienlichen Hinweisen an die Polizei zu wenden. Josie klappte den Laptop zu und legte ihn beiseite. Sie war innerlich auf Hochtouren, an Schlaf war deshalb nicht zu denken. Neben ihr schnarchte Noah.

Josie nahm ihr Handy vom Nachttisch und schrieb Gretchen. *Ich glaube, wir müssen uns mit dem Fall Drew Pratt befassen. Erinnerst du dich an die mysteriöse Frau, die mit ihm an dem Tag, an dem er verschwand, gesprochen hat? Die Bilder von dem Treffen wurden nie veröffentlicht. Meinst du, du kannst sie bekommen?*

Gretchens Antwort kam keine Minute später. *Hab ich schon. Mettner hat sich die Akte aus dem Archiv für ungeklärte Fälle geholt. Zeig ich dir morgen, wenn du Zeit hast vorbeizukommen. Mettner hat am späten Nachmittag außerdem ein Treffen mit Beth Pratt arrangiert. Möchtest du dabei sein? Ich bin gerade dabei, den Neffen ausfindig zu machen.*

Genau deshalb hatte Josie Gretchen angestellt, als sie zeitweilig die Dienststelle geleitet hatte: Sie waren oft auf einer Linie. Lächelnd schrieb Josie zurück: *Hervorragend. Habt ihr etwas im Haus gefunden? Fingerabdrücke? Fasern? Haare? DNA?*

Gretchen antwortete: *Nicht viel. Keine Fingerabdrücke, die wir nicht zuordnen konnten. Keine DNA auf dem Körper.*

Natürlich nicht, dachte Josie. Sie und Noah hatten alle DNA-Spuren, falls überhaupt welche vorhanden gewesen waren, vernichtet, als sie Colette wiederzubeleben versucht hatten. Bei den Bemühungen, sie zurückzuholen, hatten sie den Tatort teilweise kontaminiert – oder sogar völlig ruiniert.

Gretchen schrieb zurück: *Wir haben allerdings einen Fußabdruck im Garten gefunden. Männlich, Schuhgröße vierundvierzig. Das ist aber auch schon alles. Welche Schuhgröße hat Noah?*

Josie seufzte. *Fünfundvierzig. Immerhin. Danke,* antwortete sie. *Bis morgen.*

16

Laura stand mit in die Hüfte gestützten Händen in Noahs Küchentür und starrte Josie mit einem Gesichtsausdruck an, der sich nur als Abscheu beschreiben ließ. »Was heißt das: Du kommst heute nicht mit uns zum Abendessen?«

»Bitte, Laura«, versuchte Noah sie von seinem Platz am Küchentisch gegenüber von Josie zu beschwichtigen.

»Hör mir auf mit ›Bitte, Laura‹. Das ist unser letztes Abendessen, bevor Grady und ich nach Bethlehem heimfahren und Theo nach Arizona zurückfliegt. Sie sollte dabei sein.«

Noah lachte. »Warum? Josie und ich sind nicht verheiratet. Das hast du bei Moms Beerdigung sehr deutlich klargestellt. Ohne uns sind sie im Moment auf der Dienststelle ziemlich unterbesetzt. Wenn sie arbeiten will, ist das okay.«

Josie stellte die Kaffeetasse weg und meinte: »Ich muss nicht arbeiten. Mettner bekommt die Befragungen sicher auch ohne mich hin. Er ist mehr als fähig und Gretchen geht vom Schreibtisch aus jedem kleinsten Anhaltspunkt nach. Kein Problem also. Ich dachte nur ...«

Laura fiel ihr ins Wort. »Meine Mutter hat gesagt, du seist zu sehr auf die Arbeit fixiert. Deshalb mochte sie dich nicht, weißt du das?«

Gradys Kopf erschien mit verlegener Miene über Lauras Schulter. »Jetzt ist's aber gut, Liebling. Beruhige dich.« Und zu Josie und Noah gewandt, meinte er: »Schwangerschaftshormone.«

Laura schlug Grady mit dem Handrücken auf die Brust. »Schieb's nicht auf die Schwangerschaft.«

Josie stand auf. »Ich dachte, sie mag mich nicht, weil ich Noah angeschossen habe.«

Das brachte alle zum Schweigen. Josie ging zum Spülbecken, goss den restlichen Kaffee in den Abfluss und atmete tief ein.

»Welche Befragungen?«, wechselte Laura das Thema. »Befragt ihr Leute im Zusammenhang mit dem Mord an unserer Mutter?«

»Wissen wir noch nicht genau. Wir gehen im Moment jeder Spur nach.«

»Was zum Teufel heißt das jetzt wieder?«, fauchte Laura.

»Laura, beruhig dich«, mischte sich Noah ein.

»Ich beruhige mich nicht. Wusstest du, dass eine eurer Ermittlerinnen unsere Angestellten angerufen hat? Meine und die von Theo? Sogar unsere Haushälterin. Sie wollte unsere Alibis überprüfen. Für den Mord an meiner eigenen Mutter.«

Ruhig erwiderte Grady: »Ich glaube, das ist eine normale Vorgehensweise, Liebling. Nicht wahr, Noah? Als Erstes die Familie ausschließen?«

»Ja«, bestätigte Noah. »Wir überprüfen routinemäßig das

nächste Umfeld der Opfer. Das hat gar nichts zu bedeuten, Laura.«

»Von wegen«, fuhr Laura ihn an.

»Hört zu«, meldete sich Josie wieder zu Wort, bevor Laura weiterreden konnte. Sie wandte sich allen zu. »Ich weiß, dass eure Mutter mit mir nicht warm geworden ist. Und es tut mir leid, dass wir nicht Gelegenheit hatten, uns besser kennenzulernen, vor allem, da ich sie ehrlich bewundert und respektiert habe. Das Letzte, was ich jetzt will, ist, euch alle noch mehr zu belasten. Aber tatsächlich möchte ich unbedingt loslegen und mithelfen, den Mörder zu finden. Damit ist alles gesagt. Wenn Noah mich beim Essen dabei haben will, bin ich da. Punkt.«

Es war still im Raum. Noahs Stuhl schabte hörbar über die Fliesen, als er ihn nach hinten schob und aufstand. Er ging zu Josie, nahm sie bei den Schultern, zog sie zu sich und gab ihr einen sanften Kuss auf die Stirn. »Ich liebe dich. Jetzt geh an die Arbeit.«

Tränen traten in Josies Augen. Zum ersten Mal seit sie Colettes Leiche gefunden hatten, klang er annähernd wieder so wie der Noah, den sie kannte.

Zehn Minuten später war sie auf dem Revier, saß eingezwängt zwischen Mettner und Gretchen vor Gretchens Computer und sah sich mit ihnen die unscharfen Sequenzen an, die die Überwachungskameras der Markthalle vor zwölf Jahren von Drew Pratts Zusammentreffen mit der geheimnisvollen Frau aufgezeichnet hatten. Sie gingen nebeneinander ins Bild und dann langsam den Mittelgang entlang. Dabei bewegten sie sich so nah und synchron zueinander, dass von einer zufälligen Begegnung nicht die Rede sein konnte. Aber nur ein einziges Mal wandten sie einander die Köpfe zu. Leider waren die Aufzeichnungen von so schlechter Qualität, dass nicht einmal ersichtlich war, ob sie miteinander sprachen. Die Kamera war so hoch angebracht gewesen, dass sie fast senkrecht von oben gefilmt hatte.

»Jetzt verstehe ich, warum sich die Polizei nicht die Mühe gemacht hat, das zu veröffentlichen«, meinte Gretchen. »Das bringt überhaupt nichts. Mit Sicherheit lässt sich nur sagen, dass die Frau kleiner war als Pratt, relativ dünn und kurzes, dunkles Haar hatte. Nicht einmal ihr ungefähres Alter kann man erkennen.«

»Ja«, pflichtete ihr Josie bei. »Aber wenn es mein Fall gewesen wäre, hätte ich wenigstens publik machen lassen, dass er vor seinem Verschwinden mit einer kleinen, dunkelhaarigen weißen Frau gesehen worden ist, und sie gebeten, sich zu melden.«

Gretchen seufzte. »Ja, ich auch. Wenn du genug Artikel zu dem Fall googelst, wirst du darauf stoßen, dass sich die verschiedenen Strafverfolgungsbehörden irgendwann gegenseitig Versagen vorgeworfen haben. An dem Fall waren die örtliche Polizei, die bundesstaatliche Polizei, die County-Ermittler aus dem Büro des Bezirksstaatsanwalts, der Sheriff und sogar das FBI dran.«

Mettner tippte weiter Notizen in sein Handy, während die beiden miteinander sprachen. »Hat sich keiner der Marktbesucher, die an dem Tag dort waren, an die beiden erinnert?«, wollte er wissen. »War es nicht möglich, ein Phantombild anfertigen zu lassen?«

»Nein«, antwortete Gretchen. »Ich bin die Akte durchgegangen. Es wurden viele Aktenvermerke gemacht und Leute befragt. Damals war die Halle gut besucht. Aber nicht einmal an Drew Pratt konnte sich jemand erinnern. Er war einfach nur einer von vielen. Weder Pratt noch die geheimnisvolle Frau sind den Händlern auch nur im Geringsten aufgefallen, sodass sie keine Beschreibung geben oder bei der Zeichnung eines Phantombilds mithelfen konnten. Wenn hier nicht jemand redet, der etwas weiß, dann bleibt dieser Fall ungelöst.«

»Vielleicht, vielleicht aber auch nicht«, entgegnete Josie und holte ihr Telefon heraus. Sie hatte fast die ganze Nacht die Fotoalben der Fraleys durchgeblättert und nach Bildern gesucht, die in etwa zu der Zeit, als Drew Pratt verschwand, von Colette gemacht worden waren. Dann hatte sie sie mit ihrer Handykamera fotografiert. Sie zeigte die Aufnahmen Gretchen und Mettner. »Einmal dachte ich eine Schrecksekunde lang, dass Colette die rätselhafte Frau gewesen sein könnte, aber wie ihr seht, hatte sie immer langes Haar. Ich habe kein einziges Foto gefunden, auf dem sie kurze Haare trägt.«

Gretchen nahm Josies Handy und blätterte die Bilder durch. »Aber einen ähnlichen Körperbau hat sie tatsächlich. Vielleicht war sie verkleidet?«

»Aber warum?«, warf Josie ein. »Welchen Grund hätte Colette Fraley haben sollen, sich mit Drew Pratt zu treffen? Und noch dazu verkleidet?«

Seufzend gab Gretchen Josie das Gerät zurück und griff zur Maus, um das Video zu schließen und ein paar Fotos auf den Schirm zu holen. »Ich weiß nicht«, erwiderte sie. »Aber seht mal hier – das sind Fotos von Patti Snyder aus dem Jahr 2006.«

Sie zeigte auf ein Foto aus Patti Snyders Führerschein. Ihre Haut war gebräunt. In den Winkeln ihrer blauen Augen und um den Mund herum begannen sich erste Fältchen zu bilden. Ihr dunkles Haar war lang genug, um mit den Fingern hindurchzufahren, für einen Pferdeschwanz aber zu kurz. Seitlich schien es kurz rasiert zu sein. Ein weiteres Foto aus der Akte zeigte sie neben einem Weihnachtsbaum stehend. Auf dem Kopf trug sie ein Haarband mit Rentiergeweih und um ihren Hals eine lange weihnachtliche Lichterkette. Im Hintergrund sah Josie einen Marmorboden und Glaswände.

»Sie hatte ohne jeden Zweifel kurzes Haar und einen ähnlichen Körperbau wie die unbekannte Frau«, stellte Josie fest. »Hat Patti Snyder geraucht? Den Berichten zufolge hat man Zigarettenasche in Pratts Wagen gefunden.«

»Nach Aktenlage nicht. Und Colette?«

»Vor vielen Jahren. Ich weiß es auch nur, weil Noah mal erzählt hat, dass sie von einem Tag auf den anderen aufgehört hat und wie schwer es ihr fiel.«

»Das würde für Colette sprechen«, warf Mettner ein.

»Aber das kurze Haar für Patti Snyder«, entgegnete Josie. »Man hat sie doch befragt, oder?«

»Das FBI«, antwortete Gretchen. »Sie nehmen sie alle paar Jahre in die Mangel. Sie weigert sich, mit irgendjemandem von den Strafverfolgungsbehörden zu reden. Sie sagt, als ihr Sohn zu zwei Jahren in Wood Creek verurteilt wurde, hätte ihr niemand zugehört.«

»Das macht die Sache nicht gerade einfacher, wenn wir mit ihr reden wollen. Was ist das im Hintergrund? Wo war sie da?«

»Bellewood First National Bank. Sie hat dort als Kreditberaterin gearbeitet.«

»Es wäre also möglich, dass die Kontoauszüge auf dem USB-Stick von Patti Snyder stammen.«

»Möglich, ja. Und bevor du fragst: Nein, Mett und ich konnten keine Verbindung zwischen Colette und Patti Snyder finden. Keinerlei Gemeinsamkeiten. Weder wohnten sie je in unmittelbarer Umgebung noch gingen sie in dieselben Schulen, besuchten dieselben Kirchen oder hatten denselben Arzt – nichts. Wir haben sogar überprüft, ob es eine Verbindung zwischen ihrem Sohn und Noah oder seiner Schwester und seinem Bruder gab. Aber wir haben nichts gefunden.«

»Das alles ergibt keinen Sinn«, seufzte Josie.

»Stimmt«, pflichtete Mettner ihr bei. »Selbst wenn wir annehmen, dass Patti Snyder die Dateien auf den USB-Stick kopiert und Drew Pratt gegeben hat: Wie um alles in der Welt ist Mrs. Fraley an ihn gelangt?«

»Und nicht nur das«, warf Josie ein. »Warum? Und wann?«

Gretchen sah auf die Uhr ihres Handys. »Ich kann auf jeden Fall einen Besuch bei Patti Snyder arrangieren, vorausgesetzt, sie empfängt dich und Mettner im Gefängnis. Und ihr könntet zu Beth Pratt fahren und herausfinden, ob sie brauchbare Informationen hat.«

17

Beth Pratts eingeschossiges Haus im Rancherstil befand sich neben einer Landstraße im Umland von Denton, einer spärlich besiedelten, hügeligen Gegend, in der zwischen den Häusern mindestens ein Hektar Land lag. Lange Kieszufahrten führten zu den Gebäuden. Beths von hohen Eichen gesäumtes Haus stand mindestens 60 Meter von der Straße entfernt. Es war klein und weiß und hatte schwarze Fensterläden. Eine Veranda oder einen Vorbau gab es nicht, lediglich eine kurze Steintreppe, die direkt zur Haustür führte.

Josie und Mettner parkten hinter einem kleinen roten Honda und stiegen aus. Als sie zum Haus gingen, hörte sie leise Geräusche, die an eine Spielshow im Fernsehen erinnerten. Hinter der Fliegengittertür stand die schwere Wintertür offen. Mettner klopfte an den Türrahmen und rief: »Miss Pratt?«

Er bekam keine Antwort. Im Haus war nichts zu hören außer dem laufenden Fernseher. Josie sah an Mettner vorbei in das Wohnzimmer. Von draußen hatte man einen relativ ungünstigen Blickwinkel, da der Raum hinter der Haustür nach rechts verlief. So konnte sie lediglich ein Stück Couch, den Rand eines Fernsehgeräts auf einem Tischchen und einen dicken Teppich in Beige erkennen. Ins Blickfeld ragte außerdem eine nackte Fußsohle. Josies Herz setzte einen Schlag aus. Ihre Hand fuhr zur Dienstpistole. Geschickt öffnete sie das Holster an ihrer Taille und packte den Griff der Waffe. »Mett«, flüsterte sie, »hier ist etwas faul.«

Mit dem Kinn deutete sie ins Wohnzimmer. Als Mettners Blick auf den Fuß fiel, zog auch er seine Waffe. Mit nach unten gerichtetem Lauf drangen sie in das Haus ein und riefen laut und deutlich »Polizei!«. Niemand antwortete. Mettner lief sofort nach rechts, wo eine Frau mit dem Gesicht nach unten vor einem Beistelltisch auf dem Teppich lag. Ein Kissen verdeckte einen Teil ihres Kopfs. Sie trug ein violettes T-Shirt und eine schwarze Stretchhose. Beide Füße waren nackt. Einen Arm hatte sie seitlich am Körper, der andere war so nach oben abgewinkelt, dass die Hand über dem Kopf lag. Neben ihren Füßen befand sich eine umgekippte Tasse, daneben ein dunkelbrauner Fleck. Etwa einen Meter von ihr entfernt lag eine Fernbedienung und eine Ausgabe der Zeitschrift *People*. Am anderen Ende des Raums türmten sich vor einem leeren Regal Bücher und Fotoalben, die aus den Fächern gerissen worden waren.

Mettner ging neben der Frau in die Hocke und nahm eine Hand von der Waffe, um an ihrem Hals den Puls zu fühlen. Er sah Josie an. »Sie ist tot.« Vorsichtig berührte er ihren Arm. »Kalt«. Was bedeutete, dass sie schon seit geraumer Zeit hier gelegen haben musste und eine Wiederbelebung sinnlos war.

Josie nickte in Richtung Flur, der zur Rückseite des Hauses führte. Sie schlich voran, dicht gefolgt von Mettner. Vorschriftsmäßig sicherten sie das Terrain und warfen einen

Blick in jeden Raum sowie auf die Terrasse hinter dem Haus. Dann gingen sie zu Beths Leiche zurück. Die Wohnung erinnerte auf unheimliche Weise an die von Colette Fraley, nur dass derjenige, der sie durchsucht hatte, wesentlich mehr in Eile gewesen war und ein viel größeres Chaos hinterlassen hatte. Die Schubladen in der Küche waren komplett aus ihren Führungen gerissen und auf den Fliesenboden geworfen, ihr Inhalt im ganzen Raum verteilt worden. In einem Raum, der wie ein Arbeitszimmer aussah, waren überall Papiere, Stifte und andere Büroartikel verstreut. Im großen Schlafzimmer lag haufenweise Kleidung auf dem Boden und darauf Schubläden, die allesamt aus den Kommoden gerissen worden waren. Der Schrank stand offen, sein Inhalt türmte sich davor zu einem Stapel. Selbst das Bad hatte man auseinandergenommen – was aus Arzneikästchen und Unterschrank herausgeräumt worden war, bedeckte den Boden.

»Jemand hat hier etwas gesucht«, murmelte Josie.

Nachdem sie sich vergewissert hatten, dass niemand mehr im Haus war, nahmen sie sich den Hof vor, doch auch dort war keine Spur vom Täter zu finden. Sie steckten ihre Waffe wieder ein und gingen zur Leiche zurück. Josie holte ihr Telefon heraus und rief die Leitstelle an. »Wir brauchen die Spurensicherung und die Gerichtsmedizinerin«, erklärte sie. »Besorgt uns am besten auch einen Durchsuchungsbeschluss. Sieht aus, als hätten wir einen weiteren Mord.«

18

Eine Stunde später standen Josie und Mettner in Beth Pratts Wohnzimmer und sahen Gerichtsmedizinerin Dr. Anya Feist bei einer ersten Untersuchung der Leiche zu. Die Sanitäter halfen ihr, Beth Pratt auf den Rücken zu drehen, um den Defibrillator anzulegen, doch war schnell klar, dass eine Reanimation keinen Sinn mehr hatte. An der Stelle, an der Beths Arme Bodenkontakt gehabt hatten, bildeten sich bereits Totenflecken. Dr. Feist seufzte: »Ich denke, sie ist seit ungefähr zwei Stunden tot.«

Mettner machte sich Notizen auf seinem Smartphone, Josie verzog das Gesicht. Wären sie nur früher hier gewesen.

»Ist das ganz sicher die Hausbesitzerin?«, fragte Dr. Feist und sah zu beiden auf.

»Ja«, antwortete Josie. »Der Mörder hat ihre Geldbörse auf dem Esstisch ausgeleert – wir nehmen zumindest an, dass er es war. Ihr Führerschein lag auch dort.« Mit Handschuhen zog sie ihr Smartphone aus der Tasche und zeigte der Ärztin das Bild, das sie gemacht hatte. Dr. Feist nahm das Handy und sah sich Beth Pratts lächelndes Gesicht genauer an. Dabei wanderte ihr Blick mehrmals zwischen dem Foto und der toten Frau hin und her. Das wächserne, ausdruckslose Gesicht der Leiche war wenig aussagekräftig, aber anhand des Lichtbildausweises konnte man sehen, dass Beth das kantige Kinn, den schmalen Mund und das dunkle Haar von ihrem Vater geerbt hatte. Josie wusste aus ihren Nachforschungen, dass Drew Pratt über einen Meter achtzig groß gewesen war, aber Beth mit ihren knapp ein Meter sechzig hatte wohl wenig Chancen gegen einen größeren Angreifer gehabt.

Dr. Feist gab Josie das Telefon mit kummervoller Miene zurück. »Ja, ich denke, durch das Führerscheinbild lässt sie sich eindeutig identifizieren.« Sie zog eine kleine Taschenlampe aus der Jackentasche und leuchtete damit in Beth Pratts glasige Augen. »Dachte ich mir. Petechien. Mehr kann ich sagen, wenn ich sie auf meinem Tisch habe. Aber soweit ich das hier sehe, würde ich sagen, Tod durch Ersticken.« Mit Handschuhen betastete sie Beth Pratts Lippen und zog sie mit fachkundigen Griffen von den Zähnen. Dann drückte sie einen Finger auf das Kinn, um den Kiefer zu öffnen und die Mundhöhle mit ihrer Lampe in Augenschein zu nehmen.

»Ich sehe Schnitte auf der Innenseite der Lippen und so etwas wie Teppichfasern auf der Zunge. Scheint, als hätte jemand ihr Gesicht auf den Teppich gedrückt.« Dr. Feist deutete auf das Kissen neben Beth Pratts Kopf. »Wahrscheinlich wurde das auf ihren Kopf gedrückt, um sie unten zu halten und am Schreien zu hindern.«

Die ganze Szenerie jagte Josie einen Schauder über den Rücken.

»Nach dem, was hier herumliegt, sieht es fast so aus, als hätte es einen Kampf gegeben«, urteilte Mettner.

»Gehen wir einmal davon aus, dass sie auf ihrer Couch saß«, begann Josie. »Sie hat eine Zeitschrift gelesen, eine Tasse Kaffee getrunken und auf uns gewartet.«

Mettner deutete auf das große Fenster des Wohnzimmers zur Straße hin. Von hier aus konnte man die gesamte Zufahrt sehen. Im Augenblick war sie mit Polizeifahrzeugen, Dr. Feists Van und einem Rettungswagen zugestellt. »Der Mörder fährt also vor. Die schwere Haustür war wahrscheinlich offen, denn sie rechnete ja mit uns.«

»Die Fliegengittertür ist unbeschädigt«, stellte Josie fest. «Vielleicht ist sie sogar zur Tür gekommen und hat sie geöffnet, als sie ihn kommen sah.«

Mettner ging zur Fliegengittertür und schob sie auf, als würde er jemanden hereinlassen. »Als sie erkennt, dass sie es nicht mit der Polizei von Denton zu tun hat, ist es zu spät. Er steht bereits in der Tür und geht ins Haus.«

»Oder sie sitzt noch auf der Couch und wartet, bis er klopft. Er drückt stattdessen an die Tür, merkt, dass sie offen ist, geht hinein, überrascht sie und stürzt sich sofort auf sie. Sie kämpfen. Er wirft sie mit dem Gesicht nach unten auf den Teppich, drückt ihr das Kissen auf den Kopf und erstickt sie.«

»Dann durchsucht er das Haus.«

»Und wir wissen nicht, ob er gefunden hat, was er suchte«, meinte Josie schulterzuckend. »Als Gretchen mit ihr telefonierte, hat Beth da erwähnt, ob sie mit jemandem zusammenwohnt?«

»Gretchen erzählte mir, dass sie früher mit ihrer Lebensgefährtin hier gewohnt hat«, erwiderte Mettner. »Vor drei Monaten haben sie sich jedoch getrennt. Demnach hat sie allein gelebt.«

»Drei Monate? Das ist noch gar nicht so lang her. Wir

checken als Erstes das Alibi der Ex. Ist sie sauber, kann sie sich ja mal hier umschauen und uns sagen, ob etwas fehlt.« Sie wandte sich zu Dr. Feist: »Meinst du, es war derselbe, der Colette umgebracht hat?«

Dr. Feist stand auf, zog die Handschuhe aus und stopfte sie in ihre Jackentaschen. »Eine klinische Analyse kann ich jetzt noch nicht geben. Sobald ich die Leiche auf meinem Tisch habe, weiß ich mehr. Die Todesursache dürfte die gleiche sein – Ersticken. Aber du weißt so gut wie ich, dass es deshalb noch lange nicht derselbe Mörder sein muss.«

Mettner kam wieder herein. »Die Tatorte sehen schon verdammt gleich aus. Eine einzelne Frau, alleinstehend. Kein gewaltsames Eindringen, ein ziemlich brutal ersticktes Opfer, das Haus durchsucht, aber keine verschwundenen Wertsachen. Das können wir auf jeden Fall jetzt schon sagen.«

»Genau«, bekräftigte Josie. »Das ist mir auch aufgefallen. In Beth Pratts Schlafzimmer liegt eine Menge Schmuck herum. Im Haus gibt es etliche elektronische Geräte und in der Geldbörse stecken rund dreihundert Dollar. Der Mörder muss also etwas sehr Spezielles, nur für ihn Wertvolles gesucht haben.«

»Genau wie bei Colette«, fügte Mettner hinzu.

»Wir wissen nicht, wonach er bei Colette gesucht hat. Aber nehmen wir mal an, es war der Beutel mit Gegenständen, der in der Nähmaschine steckte. Der USB-Stick im Beutel hat uns zu Drew Pratt und anschließend seiner Tochter geführt. Ich glaube nicht, dass dieser Mord hier Zufall war.«

»Ich auch nicht«, pflichtete Mettner ihr bei und verzog dabei das Gesicht.

Dr. Feist ging zur Tür und rief die Sanitäter, damit sie Beths Leiche in die Rechtsmedizin brachten. Josie und Mettner machten ihnen reichlich Platz, indem sie sich in eine Wohnzimmerecke neben den leergeräumten Bücherregalen zurückzogen. »Was hat Beth Pratt gehabt, das so wichtig war, dass man sie dafür umbrachte?«

Mettner schüttelte den Kopf. »Was kann sie schon gehabt haben? Sicher keine Beweise für das, was mit ihrem Vater passiert war. Sie hätte doch nicht jahrelang darauf gesessen, ohne sie herauszurücken.«

Josie sah sich im Zimmer um – ein eigentlich heller, einladender, jetzt verwüsteter und von Gewalt gezeichneter Ort. »Vielleicht besaß sie etwas Wichtiges, wusste aber nicht, dass es wichtig war. Oder der Killer dachte nur, dass sie etwas Wichtiges hätte.«

»Wie Colettes USB-Stick? Darauf ist nichts, was auch nur im Entferntesten einen Mord rechtfertigt.«

»Für uns vielleicht nicht. Wir übersehen etwas. Etwas Entscheidendes. Wer ist Beths nächster Verwandter?«

»Mason Pratt. Samuel Pratts Sohn. Er und seine Mutter sind ihre nächsten Verwandten – wenigstens hier in der Gegend. Die Familie von Beths Mutter lebt in Texas. Ich habe Gretchen, schon bevor wir hierhergefahren sind, gebeten, Mason anzurufen.«

»Vielleicht sollten wir ihm einen Besuch abstatten«, schlug Josie vor. Sie sah auf die Uhr ihres Smartphones. »Hummel kommt gerade zur Schicht. Ruf ihn an und sag ihm, er soll Mason holen. Wir reden auf dem Revier mit ihm.«

Während Mettner telefonierte, ließ Josie ihren Blick über den Boden wandern, auf dem haufenweise Taschenbücher und Fotoalben lagen. Ein Album war offen. Darin klebten Fotos, die dem Anschein nach von Drew Pratts Hochzeit stammten. Sie ging in die Hocke, um sie sich genauer anzusehen. Die Bilder waren Schnappschüsse, die Freunde und andere Familienmitglieder gemacht hatten, und bereits alt und vergilbt. Sie ging einige durch, bis sie eines entdeckte, auf dem Drew Pratt und sein älterer Bruder Samuel zu sehen waren. Beide hatten altmodische blaue Smokings an und lächelten in die Kamera. Samuel trug einen sauber gestutzten Kinnbart, der ihn älter aussehen ließ. Seine Augen waren wie die von Drew braun, standen aber unter buschigeren Augenbrauen enger beisammen. Dafür waren Nase, Kinn und die dunkelbraune Haarfarbe exakt gleich. Samuel war etwas größer als sein Bruder.

»Vielleicht kann uns Mason auch etwas über seinen Vater erzählen«, murmelte Josie, als Mettner seinen Anruf beendet hatte. Sie blätterte noch ein paar Seiten im Album weiter, bis sie auf Fotos von Drew und seiner Frau stieß. Danach war auf fast jedem Bild zwischen beiden ein kleines Kind in Windeln zu sehen. Als Josie das Album durch hatte, nahm sie ein anderes. Aufnahmen mit Beth als Baby und ihrer Mutter waren darin nicht mehr enthalten, stattdessen sah man Drew und Beth im Teenageralter neben Samuel, der wesentlich älter aussah, und einem Jungen, der zweifellos Mason Pratt war. Gelegentlich war eine Frau mit auf dem Foto. Josie nahm an, dass es sich um Samuels Frau handelte. Die meisten Bilder aber zeigten die beiden Brüder und ihre halbwüchsigen Kinder – beim Wandern, Kanufahren, Rafting und etlichen weiteren Outdoor-Aktivitäten. Samuel Pratts Frau war nur bei nicht sportlichen Unternehmungen wie einem Besuch in New York dabei, wo sie vor einem Broadway-Theater standen, oder bei einem Ausflug nach Disneyworld.

»Hey«, sagte Josie und winkte Mettner heran. »Sieh dir das an.«

Mettner ging neben Josie in die Hocke und nahm das offene Album in die Hände. »Was soll ich sehen?«

Josie deutete auf eine Aufnahme mit den beiden Pratt-Brüdern und ihren Kindern. Sie standen in Wanderstiefeln und mit Rucksäcken auf einem Berggipfel. Ihre Gesichter waren verschwitzt und rot, doch sie lächelten in die Sonne.

»Das ist Samuel Pratt, denke ich.«

»Sieht ganz so aus«, pflichtete Mettner ihr bei.

Josie deutete auf seine rechte Hand, in der er ein kleines, helles Objekt hielt. »Was ist das?«

Mettner kniff die Augen zusammen. »Keine Ahnung.«

Josie blätterte um und deutete auf ein weiteres Foto mit allen vieren. Sie standen an einem Ufer, hinter sich zwei Kanus, und hatten die Arme umeinander gelegt. Samuel Pratts linker Arm lag auf der Schulter seines Sohns, aber seinen rechten ließ er hängen. Und wieder umklammerte er etwas, dessen helle Oberfläche gerade noch sichtbar war.

Mettner blätterte einige Seiten weiter. »Er hält das Ding auf fast jedem Foto.«

»Genau. Nur hier nicht.« Josie blätterte ein paar Seiten zurück zu einem der Kanufotos. Darauf standen Drew und Beth am Ufer vor einem Lagerfeuer. Die Kanus lagen zu ihrer Rechten. Links von ihnen saß Samuel Pratt auf einem Campingstuhl und blickte konzentriert auf einen Apfel in seiner Hand, den er gerade mit einem Gemüsemesser schälte. Die Kamera war nicht auf ihn gerichtet und hatte ihn nur zufällig im Hintergrund eingefangen. Josie deutete auf seinen Schoß. Auf seinen marineblauen Shorts lag ein kleiner, heller Gegenstand.

Mettner hielt die Aufnahme näher an sein Gesicht. »Himmel«, stieß er hervor. »Ist das ...?«

»Es ist ein bisschen verschwommen«, sagte Josie. »Aber es sieht aus wie eine Pfeilspitze, oder nicht?«

19

Zurück auf dem Revier wartete schon Bob Chitwood auf sie. Er stand hinter Gretchen, die an ihrem Schreibtisch saß und einen Telefonhörer am Ohr hatte. Seine Arme waren über der schmalen Brust verschränkt. Er hatte wieder seine hellrote Gesichtsfarbe zurück, sodass sich sein dünner weißer Bart noch mehr von seiner Haut abhob. »Quinn«, brüllte er, als sich die beiden näherten. »Soll das ein Witz sein?«

»Sir?«, fragte Josie und warf die Schüssel auf ihren Schreibtisch. Sie grüßte Gretchen mit einer kurzen Handbewegung.

Chitwood deutete mit dem Finger auf sie. »Haben Sie und Mett gerade tatsächlich Beth Pratt ermordet aufgefunden? Ausgerechnet Beth Pratt? Können Sie sich vorstellen, was das für einen Aufruhr gibt? Der Fall ihres verschwundenen Vaters geht sogar jetzt, nach zwölf Jahren, immer wieder durch die Presse. Das gibt einen Shitstorm sondergleichen, ist Ihnen das klar?«

Josie stützte die Hände in die Hüften. »Jepp.«

»Was, das ist alles? Jepp? Ich weiß nicht, was hier abgeht,

Quinn, aber Sie hängen sich gefälligst da rein, als ob Ihr Job davon abhinge, weil genau das nämlich der Fall sein könnte. Ich versuche, das so lange wie möglich aus der Presse herauszuhalten.«

Josie ignorierte seine Tirade und meinte nur: »Sir, das ist vielleicht eine gute Gelegenheit, Detective Palmer wieder vollumfänglich einzusetzen. Schicken Sie sie in den Außendienst zurück.«

»Versuchen Sie's nicht einmal, Quinn.«

»Sir«, protestierte Josie.

Chitwoods Gebrüll übertönte jedes andere Geräusch im Raum. »Herrgott noch mal, Quinn, ich habe Nein gesagt. Palmer bleibt an ihrem verdammten Schreibtisch. Das ist mein letztes Wort.«

Mettner räusperte sich hinter Josie. »Sir, wir haben jemanden unten, den wir befragen müssen. Hummel hat ihn gebracht und in den Konferenzraum gesetzt.«

»Hab ich schon mitbekommen«, erwiderte Chitwood. »Mason Pratt. Halten Sie ihn für verdächtig?«

»Nein. Im Moment noch nicht.«

Mit einem letzten wütenden Blick zog sich Chitwood wieder in sein Büro zurück, während er etwas von Menschen, die wie Fliegen sterben, und der verfluchten Pratt-Sippschaft murmelte.

Mettner sah erleichtert aus, Josie und Gretchen unterdrückten ein Grinsen. »Komm, wir reden mit Mason Pratt«, forderte Josie Mettner auf.

»Und ich bleibe hier am Schreibtisch«, seufzte Gretchen.

»Kannst du mal sehen, ob die Spurensicherung etwas über die Fußabdrücke hinter Colette Fraleys Haus herausgefunden hat?«, fragte Mettner.

Gretchen nickte und nahm den Telefonhörer. »Gute Idee. Ich bin dran.«

Josie schnappte sich die Fraley-Akte, ein paar Notizblöcke und Stifte und marschierte nach unten in den Konferenzraum, wo Mason Pratt vor einer vollen Tasse Kaffee saß. Auf dem sandfarbenen Haar hatte er eine Baseballmütze, die Augen waren rot geweint. Hummel hatte ihn direkt von seiner Arbeitsstelle in einem Baumarkt weggeholt. Sein Vorgesetzter hatte bestätigt, dass er dort schon seit sechs Uhr morgens gearbeitet hatte. Er trug einen dunkelgrünen Kapuzenpulli. Unter dem Tisch sah Josie, dass er Jeans und Stiefel anhatte. Als sie eintraten, stand er auf und schüttelte ihnen die Hand. Sowohl Mettner als auch Josie drückten ihm ihr Beileid aus.

»Danke«, erwiderte Mason. »Ich kann es noch gar nicht glauben.«

»Wurde Ihre Mutter benachrichtigt?«, fragte Mettner. »Hatten Sie schon Gelegenheit, sie zu kontaktieren?«

»Ich war noch nicht bei ihr. Was passiert ist, hat mir Ihr Kollege gesagt, als er mich abgeholt hat. Meine Mom ist in Rockview.«

»Im Altersheim?«, fragte Mettner.

»Das kenne ich«, warf Josie ein. »Meine Großmutter lebt auch dort.«

»Standen Sie und Beth sich nahe?«, wollte Mettner wissen.

Mason nahm seine Mütze ab und fuhr sich durch das Haar. »Ja, kann man so sagen, ziemlich nah. Ich meine, zuerst mein Dad und dann ihrer. Gleich zwei Katastrophen – so etwas passiert auch nicht jedem, oder? Aber Beth und ich ...« Er brach ab und senkte den Blick. »Himmel, allmählich denke ich, dass meine Familie verflucht ist.«

»Sie müssen eine Menge verkraften«, sagte Josie, »und haben viel durchgemacht. Wir machen das gar nicht gern, vor allem nicht nach so einem Schock, aber wir müssen Ihnen ein paar Fragen über Beth, Ihren Onkel Drew und Ihren Vater stellen. Ist das okay für Sie?«

Er nickte. »Was möchten Sie wissen?«

Mettner begann. »Gibt es jemanden, der Grund gehabt haben könnte, Beth etwas anzutun?«

Mason schüttelte den Kopf. »Nein, niemanden. Ich meine, sie war wie Onkel Drew stur und durchsetzungsstark, aber Feinde hatte sie nicht. Jedenfalls nicht dass ich wüsste. Sie hat am College gearbeitet. Wussten Sie das?«

»Ja«, antwortete Mettner. »Als Detective Palmer sie anrief, um den Termin für heute auszumachen, hat sie es erwähnt. Sie war in der Verwaltung, stimmt das?«

»Ja. Es gefiel ihr dort sehr. Sie ist bestens mit ihren Kolleginnen und Kollegen ausgekommen. Ich kann mir nicht vorstellen, dass dort jemand Grund gehabt hätte, sie umzubringen. Haben Sie mit ihrer Freundin, sorry, Ex-Freundin, gesprochen?«

»Wir versuchen gerade, sie zu finden«, schaltete sich Josie ein. »Wann haben Sie das letzte Mal mit Beth gesprochen?«

»Ungefähr vor einer Woche. Ich habe sie nach der Trennung öfter mal angerufen, um zu fragen, wie es ihr geht. Sie hat sehr darunter gelitten.«

Josie holte ein Foto von Colette heraus, das sie aus dem Familienalbum der Fraleys abkopiert hatte, und zeigte es Mason. »Kennen Sie diese Frau?«

Ein leerer Ausdruck trat in sein Gesicht. »Nein, ich habe sie noch nie gesehen. Wer ist das?«

»Sie wurde ungefähr eine Woche vor Beth ermordet.

Wir untersuchen gerade, ob ein Zusammenhang zwischen beiden Taten besteht.«

»Vielleicht kennt meine Mom sie«, mutmaßte er.

Josie steckte das Foto wieder weg. »Wir überprüfen das.« Sie griff zu ihrem Handy und suchte einige der Bilder heraus, die sie von den Fotos in Beth Pratts Haus gemacht hatte, scrollte sie durch und deutete beim letzten Bild auf das, was wie eine Pfeilspitze aussah. »Können Sie uns sagen, was Ihr Vater auf diesen Fotos in der Hand hält?«

Ein leichtes Lächeln huschte über Masons Gesicht. »Ja. Diese bescheuerte Pfeilspitze. Sie kennen diese Dinger, oder?«

»Ja«, antworteten Mettner und Josie im Chor.

»Hatte die Spitze hier auf dem Foto für ihn eine besondere Bedeutung?«, fragte Josie.

»Kann man so sagen. Mein Vater war schließlich Archäologe.«

»Das wussten wir nicht.«

»Er war Professor an der Denton University. Aber Archäologie war nicht nur sein Beruf, er lebte dafür. Bevor ich auf die Welt kam, war er viel unterwegs zu Ausgrabungsstätten auf der ganzen Welt.«

»Hat er die Pfeilspitze von einer solchen Ausgrabung mitgebracht?«, fragte Mettner.

»Nein, die hat er hier in Pennsylvania gefunden. Als Kind ist er immer zum Spielen in die Wälder gelaufen und tat dort so, als sei er ein weltberühmter Archäologe. Einmal hat er tatsächlich etwas gefunden, diese Pfeilspitze eben. Sie war nichts wert, bedeutete ihm aber sehr viel. Wenn er zu Ausgrabungen fuhr, hatte er sie immer als Erinnerung an zu Hause mit dabei. Um ›geerdet‹ zu bleiben, wie er es ausdrückte. Als er später hier sesshaft wurde und seine Lehrtätigkeit aufnahm, hat er sie in seiner Tasche herumgetragen. Immer wenn er ängstlich oder nervös war, hat er sie herausgeholt und ist mit den Fingern über die Kanten gefahren.«

Josies Herz schlug kurz höher, als sie an die abgegriffene Pfeilspitze dachte, die sie in Colettes Nähmaschine gefunden hatten.

»Wie alt war Ihr Vater, als er starb?«, fragte sie Mason.

»Neunundfünfzig.«

»Hatte er diese Pfeilspitze schon als Kind?«

»Ja, ungefähr seit er neun oder zehn war.«

Also hatte er rund fünfzig Jahre lang immer wieder mit den Fingern über die Kanten der Pfeilspitze gerieben. Kein Wunder, dass sie so abgegriffen war.

»Wissen Sie, was damit passiert ist?«, fragte Mettner.

»Nö. Meine Mom und ich nahmen an, dass sie in seiner Tasche war, als er in den Fluss gesprungen ist, und mit ihm fortgeschwemmt wurde. Er ist nie ohne sie weggegangen. Und in seinem Auto war sie nicht.«

»Können Sie uns etwas über den Tag erzählen, an dem sich Ihr Vater ertränkt hat?«, wollte Josie wissen.

Seit dem traumatischen Verlust seines Vaters waren neunzehn Jahre vergangen. Mason berichtete sachlich, fast emotionslos, als hätte er die Geschichte schon viele Hundert Male erzählt. Hatte er vermutlich auch, dachte Josie bei sich. »Ich ging damals noch auf die Highschool. Wir wohnten zwischen hier und Bellewood, außerhalb von Bowersville. Er fuhr an dem Tag ganz normal zur Arbeit, denn er hielt um neun Uhr eine Vorlesung. Anschließend ging er wie jeden Tag in die Cafeteria und trank einen Kaffee. Dort hat ihn die Kamera erfasst. Dann verließ er die Cafeteria und zwei Tage lang hat ihn niemand mehr gesehen. Meine Mom meldete ihn am Abend, als er nicht zum Essen kam, als vermisst. Aber die Polizei fing erst vierundzwanzig Stunden später an, nach ihm zu suchen. Am nächsten Tag fand die Staatspolizei sein Auto am Ufer des Susquehanna in Bellewood. Es war verschlossen. Seine Schlüssel, das Telefon, die Brieftasche, alles war noch im Wagen. Außer ihm selbst.«

»Litt er an Depressionen?«, wollte Josie wissen.

»Mein Dad war ständig depressiv, er hat quasi sein ganzes Leben dagegen angekämpft. Er war bipolar, entweder himmelhoch jauchzend oder kurz davor, sich umzubringen. Aber niemand hätte gedacht, dass er es mal wirklich tut.«

»Hat er je Selbstmordabsichten geäußert?«, fragte Mettner.

»Nicht so, dass wir wirklich Angst um ihn hatten. Wenn er eine seiner schlechten Phasen hatte, war er einfach nur todtraurig und übellaunig, schlief auch viel. Manchmal sagte er so etwas wie ›Ich wollte, ich wäre tot‹. Aber wir hatten nie das Gefühl, dass er tatsächlich plante, sich umzubringen. Er hatte einen Therapeuten und einen Psycho-Doc, der ihm Medikamente verschrieb. Meine Mom hat sich sehr um ihn gekümmert, denn sie sagte, wenn er nicht aufpassen würde, könnte er eine Dummheit begehen. Selbst als seine Leiche angespült wurde, hat sie nicht geglaubt, dass er sich umgebracht hatte. Aber es gab keinen Beweis für das Gegenteil.«

»Was haben Sie geglaubt?«, wollte Josie wissen.

»Ich weiß nicht. Ich habe lange gedacht, dass meine Mom recht hatte. Aber als ich älter wurde, war ich mir nicht mehr so sicher. Inzwischen weiß ich nicht mehr, was ich denken soll. Ich meine, es heißt doch, wer sich wirklich umbringen will, redet vorher nicht darüber, sondern macht es eines Tages einfach. Ich habe seitdem viel über Selbstmord gelesen. Vielleicht hat er einfach beschlossen, dass es jetzt an der Zeit war. Die Polizei sagte, er habe keine Verletzungen gehabt ... also, da waren ein paar Abschürfungen auf Rücken, Schultern und Armen, aber sie rührten angeblich daher, dass sein Körper an Felsen und Ästen im Fluss und seichten Wasser vorbeigeschrammt war. Sie fanden keinen Hinweis, dass es einen Kampf gegeben hatte.«

»War er ein guter Schwimmer?«, fragte Mettner.

»Ein passabler.«

»Was dachte Ihr Onkel?«, wollte Josie wissen.

»Dass er dort hingegangen ist, um jemanden zu treffen, und dass diese Person ihn entweder umgebracht und seinen Körper in den Fluss geworfen oder ihn ins Wasser gedrückt und ertränkt hat.«

»Die Todesursache war Ertrinken, oder?«, hakte Mettner nach.

»Ja.«

»Wen hat er nach Ansicht Ihres Onkels getroffen?«, fragte Josie.

»Weiß nicht. Das haben wir nie herausgefunden. Meine Mom und Onkel Drew haben seine E-Mails auf der Arbeit und zu Hause durchgesehen, sind sein Büro daheim und an der Uni durchgegangen, haben mit seinen Assistenten, Kollegen, Studenten gesprochen und das Handy durchsucht. Soweit ich mich erinnere, haben sie nichts Ungewöhnliches gefunden. Und wenn, haben sie es mir nicht gesagt. Ich habe mich immer gefragt, ob es, wenn er jemanden getroffen hätte, nicht irgendeine Spur davon geben müsste – einen Telefonanruf, eine Mail, irgendwas.«

»Sollte man meinen«, bemerkte Josie.

Sie dachte an die mysteriöse Frau, die Drew Pratt an dem Tag, an dem er verschwand, auf dem Kunsthandwerkermarkt getroffen hatte. Auch da hatte es keinerlei Hinweise darauf gegeben, dass er vorgehabt hatte, sich mit ihr zu treffen. Hatte er sie schon gekannt, bevor er auf den Markt gegangen war? War er in der Absicht, sie zu treffen, hingegangen oder ihr zufällig begegnet? Wie dem auch sei, sie hatte ihn wohl kaum umgebracht. Beide Pratt-Brüder waren über einsachtzig. Jemand hätte sehr kräftig, sehr geschickt oder beides sein müssen, um sie zu überwältigen. Selbst wenn die Unbekannte sie auf eine Weise getötet hätte, die keine rohe körperliche Kraft erforderte, etwa mit Gift, hätte sie jemanden gebraucht, der ihr half, die Leichen zu beseitigen.

Das Knistern eines Spurensicherungsbeutels riss Josie aus ihren Gedanken. Mettner zog Handschuhe an und holte den Beutel heraus, den sie in Colettes Nähmaschine gefunden hatten. Es fehlte lediglich der USB-Stick, der nach dem Herunterladen der Daten ins Labor geschickt worden war, damit man ihn dort nach Fingerabdrücken absuchte. Mettner zeigte Mason den Beutel, bat ihn aber, ihn nicht anzufassen, und strich das Plastik glatt, damit er den Inhalt besser sehen konnte. »Sieht das zufällig nach der Pfeilspitze Ihres Vaters aus?«

Mason starrte sie mit zusammengekniffenen Augen an, stand auf und beugte sich nach vorn, um sie sich genauer anzusehen. »Wo haben Sie die her?«

»Wir haben sie kürzlich an einem Tatort gefunden«, verriet ihm Josie, »können allerdings wegen der Unebenheiten keine Fingerabdrücke abnehmen. Die Oberfläche ist zwar recht abgegriffen, aber noch immer zu rau. Wir versuchen herauszufinden, was die Spitze für eine Bedeutung hat.«

Mason deutete auf den Beutel. »Können Sie ihn mal umdrehen?«

Mettner wendete ihn und hielt ihn Mason hin. Der

zeigte auf die untere Kante. »Hier«, rief er mit stockendem Atem. Josie kam näher und sah einen undeutlichen schwarzen Fleck am unteren Ende der Kante, der ihr bisher noch nicht aufgefallen war. Mason wiederholte: »Wo haben Sie die gefunden? An welchem Tatort?«

»Gehörte sie Ihrem Vater?«, wollte Mettner wissen.

Tränen traten Mason in die Augen. »Ja, ich glaube schon. Er hat einmal im Sommer unser Haus neu gestrichen. Ich war damals noch ein Kind, vielleicht zehn, elf Jahre. Die Pfeilspitze hatte er auf den Tisch auf der Veranda gelegt. Ich wollte ihm helfen, die Hausverkleidung zu lackieren, und habe dabei dunkelblaue Farbe auf seine geliebte Pfeilspitze getropft. Ich dachte, er bringt mich um. Er war völlig aus dem Häuschen. Die meiste Farbe hat er wieder abgekriegt. Bis auf diesen kleinen Fleck. Der hat ihn immer gestört.«

Josie und Mettner sahen sich mit großen Augen an. Colette Fraley war im Besitz von zwei persönlichen Gegenständen gewesen, die zwei Personen gehört hatten, von denen die eine tot war und die andere seit zwölf Jahren als vermisst galt. Keiner von beiden sprach es aus, aber Josie wusste, dass Mettner genau das gleiche dachte wie sie: *In was zum Teufel war Colette da hineingeraten?*

20

»Sagt Ihnen der Name Colette Fraley etwas?«, fragte Josie Mason Pratt.

Er schüttelte den Kopf. »Nein, nie gehört. Wer ist das?«

»Sie war die Frau, die letzte Woche ermordet wurde. Die Umstände ihres Todes und der Tatort waren denen von Beth sehr ähnlich. Wir haben die Pfeilspitze Ihres Vaters in ihrem Haus gefunden.«

»Mit dieser Gürtelschnalle«, fügte Mettner hinzu und drehte den Beutel in seiner Hand, sodass Mason ihn sehen konnte. »Erkennen Sie sie?«

Mason lehnte sich über den Tisch und machte einen langen Hals, um sie besser sehen zu können. Mettner drehte sie einige Male, damit Mason sie sich genauer ansehen konnte. Schließlich sagte Mason: »Nein. Was hat sie mit Beth oder meinem Dad zu tun?«

Während Mettner den Plastikbeutel wieder in die Spurensicherungstasche zurücksteckte, erklärte Josie: »In dem Beutel war ein weiterer Gegenstand, ein USB-Stick mit dem Namen Pratt darauf. Wir glauben, er gehörte Ihrem Onkel Drew.«

Mason runzelte die Stirn. »Meinem Onkel Drew? Was war denn drauf?«

»Rechtliche Dokumente«, antwortete Mettner.

»Aber nichts, was uns verrät, was mit ihm passiert ist«, fügte Josie hinzu. »Wir waren auf dem Weg zu Beth, um mit ihr über das Verschwinden ihres Vaters zu reden, und haben sie tot aufgefunden.«

»Warum wollten Sie mit ihr reden? Sie sind die Polizei. Sie müssten doch schon alles über sein Verschwinden wissen.«

»Wir haben zwar eine Akte«, erklärte ihm Josie, »weil er innerhalb der Stadtgrenzen verschwunden ist. Aber im Lauf der Jahre haben viele Dienststellen an dem Fall gearbeitet. Deshalb sind unsere Unterlagen möglicherweise nicht komplett. Außerdem ist es passiert, als wir alle noch gar nicht in der Abteilung gearbeitet haben. Wir wollten die Aussagen einiger Leute, die Drew noch persönlich kannten, direkt aus ihrem Mund hören. Sagen Sie, was hielt Beth von den Theorien über das Verschwinden ihres Vaters?«

Mason rieb sich mit beiden Händen die Wangen. Er sah mit jeder Sekunde erschöpfter aus. »Beth glaubte, dass ihr Vater tot war. Aber nicht, dass er Selbstmord begangen hatte. Sie war immer überzeugt, dass ihn jemand umgebracht hat. Man musste nur noch seine Leiche finden.«

»Hatte sie eine Vorstellung davon, wer ihn getötet haben könnte oder aus welchem Grund?«, wollte Mettner wissen.

»Sie dachte, dass die offensichtlichste Erklärung wohl die richtige war.«

»Und die war?«, fragte Josie. »Dass er von jemandem ermordet worden war, den er strafrechtlich verfolgt hatte?«

Mason nickte zustimmend. »Genau. Das ist doch das Erste, woran man denkt, oder? Der erfolgreiche, geachtete stellvertretende Bezirksstaatsanwalt, der jahrzehntelang seine Arbeit macht. Onkel Drew hat Waffenschieber, Drogenhändler und jede Menge Bandenmitglieder, angefangen von Motorrad-Gangs bis zu rechtsextremen Rassisten, zu Gefängnisstrafen verdonnert. Selbst diese Latino-Gang – diese 23, Sie wissen schon.«

Josie durchfuhr es wie ein Stromschlag. »Ja, ich kenne die 23. Einige ihrer Mitglieder waren vor ein paar Jahren an einer Schießerei auf der Autobahn hier in Denton beteiligt.« Über diese Schießerei war Josie selbst tief in den Fall der vermissten Mädchen verwickelt worden. Die Sache hatte damals nicht nur die Stadt, sondern das ganze Land in Aufruhr versetzt.

Mason kratzte sich hinter dem Ohr. »Ja, ich erinnere mich. Auf jeden Fall hat Onkel Drew einen ganzen Haufen Ganoven hinter Gitter gebracht. Beth war immer sicher, dass jemand aus dem organisierten Verbrechen ihm das angetan hat.«

»Nicht Patti Snyder?«, fragte Josie.

Mason zog eine Augenbraue hoch.

»Sie war ...«, begann Josie, aber er unterbrach sie.

»Ich weiß, wer sie war ... ist. Glauben Sie mir, Beth und ich kennen alle Akteure jedes Szenarios, das die Presse in den letzten zwölf Jahren ausgekotzt hat. Ich verstehe, dass viele da einen Zusammenhang vermutet haben. Aber es gab nie einen Beweis dafür, dass Onkel Drew von der Wood-Creek-Schmiergeldaffäre wusste. Also, nein, Beth hat nie geglaubt, dass Patti Snyder ihren Vater umgebracht hat.«

»Einige der Ermittler, die sich im Lauf der Jahre mit dem Fall befasst haben, hielten es für möglich, dass die Frau, die mit Drew Pratt am Tag, an dem er verschwand, auf dem Markt sprach, Patti Snyder gewesen sein könnte«, warf Josie ein.

»Jaja, ich weiß schon.«

»Hatte Beth eine Theorie, was diese Frau anbelangte?«, fragte Mettner.

»Sie hat nicht geglaubt, dass es Patti Snyder war. Sie meinte aber, dass ihre Aufgabe gewesen sein könnte, Onkel Drew in die Falle zu locken. Sie war eine der Letzten, die ihn lebend gesehen und mit ihm geredet haben. Wenn sie nichts mit dem Fall zu tun hatte, warum hat sie sich nie gemeldet? Außerdem: Wäre es Patti Snyder gewesen und wüsste sie, was mit ihm passiert ist, warum hat sie es nie als Druckmittel eingesetzt, um eine Strafmilderung oder so etwas zu erreichen?«

»Gute Frage«, räumte Josie ein.

»Und da waren noch die zwei, drei Wochen, in denen Onkel Drew … « Mason brach abrupt ab. Ein Anflug von Panik war auf seinem Gesicht zu erkennen, als hätte er zu viel gesagt.

Leise fragte Josie: »In denen Ihr Onkel was?«

»Beth hat es nie jemandem erzählt, weil sie dachte, dass die Cops und die Presse dann sofort Selbstmord schreien würden. Aber in den zwei, drei Wochen vor seinem Verschwinden, sagte sie, sei es Onkel Drew gar nicht gut gegangen.«

»Inwiefern?«, hakte Mettner nach.

»Sie sagte, er habe weder gegessen noch geschlafen, sei leicht reizbar gewesen und irgendwie mürrisch.«

»Was war der Grund dafür?«

»Er wollte nicht darüber reden. Beth hat ihn immer

wieder gefragt, was los sei, doch er hat nur abgewinkt und gemeint, er sei wegen seiner Arbeit gestresst.«

»Aber seine Akten wurden nach seinem Verschwinden gründlich überprüft«, wandte Josie ein. »Er hatte in der Zeit keine größeren Fälle zu bearbeiten, nur Kleinkram.«

»Ja. Beth hat nach Onkel Drews Verschwinden deshalb immer wieder Druck gemacht bei der Polizei. Aber sie haben ihr gesagt, dass er bei der Arbeit keinen großen Stress hatte.«

»Trotzdem war sie der Ansicht, dass ihn jemand umgebracht hatte, den er strafrechtlich verfolgte?«

»Ja. Sie dachte, dass er vielleicht ein paar Wochen vor seinem Verschwinden bedroht worden sein könnte.«

»Es gab keinen Hinweis darauf. Die Ermittler haben sein ganzes Leben durchforstet.«

Mason warf die Arme in die Luft. »Ich weiß. Ich sage nur, was Beth denkt ... dachte. Mein Gott, das ist doch nicht möglich. Ich kann noch gar nicht glauben, dass sie tot ist. Wer tut denn so etwas? Und warum?«

Als Tränen seine Wangen hinunterrannen, spürte Josie einen dicken Kloß im Magen. Erst hatte er seinen Vater verloren, dann seinen Onkel und jetzt seine Cousine – alle unter mysteriösen, nicht nachvollziehbaren Umständen. Sie hätte gern mehr Antworten für ihn gehabt.

»Das wollten wir Sie fragen«, entgegnete Mettner. »Beths Haus sah aus, als hätte jemand ihre ganzen Sachen durchwühlt und nach etwas gesucht. Haben Sie eine Ahnung, was sie Wichtiges gehabt haben könnte?«

Er schüttelte den Kopf. »Nein, ich habe nicht die leiseste Ahnung. Nichts, wofür man jemanden umbringt.«

21

Sie machten eine Pause und ließen Mason im Konferenzraum allein. Aus dem Aufenthaltsraum im ersten Stock holten sie für ihn eine Flasche Wasser und für sich Kaffee. Josie legte einen frischen Filter in die Kaffeemaschine, löffelte Pulver hinein und goss Wasser in den Behälter. »Wir sollten ihn in Schutzgewahrsam nehmen.«

Mettner lachte. »Gibt es so was hier in Denton überhaupt?«

»Du weißt, was ich meine. Wenigstens Personenschutz wäre gut. Findest du das nicht seltsam? Colette hatte Gegenstände, die Drew und Samuel Pratt gehörten. Sie wird ermordet. Wir wollen Drews Tochter befragen, aber auch sie wird ermordet. Was, wenn Mason als Nächster an der Reihe ist?«

»Okay, das mit dem Schutz ist gar keine schlechte Idee. Aber Chitwood wird sicher nicht die Überstunden für eine Überwachung dieses armen Kerls genehmigen.«

Josie sah sich die Kaffeetassen auf dem Abtropfgestell neben der Spüle an und nahm für sich und Mettner zwei heraus. »Doch, wird er. Wenn er verhindern will, dass die Angelegenheit noch mehr aus dem Ruder läuft. Er zerbricht sich schon jetzt den Kopf darüber, was passiert, wenn die Presse herausfindet, dass Drew Pratts Tochter ermordet wurde.«

»Okay, wir lassen Mason Pratt überwachen, bis wir die Dinge in den Griff bekommen. Ich fahre nach Rockview und rede mit seiner Mutter. Mal sehen, ob sie Colette Fraley kannte.«

»Wir sollten auch mit Patti Snyder reden. Oder es zumindest versuchen.«

»Denkst du, dass sie die geheimnisvolle Frau in dem Video ist?«

»Ich weiß es nicht, aber ich möchte herausfinden, ob sie etwas über den USB-Stick weiß, den Colette hatte.«

Hummel steckte den Kopf zur Tür des Aufenthaltsraums herein. »Boss«, grüßte er. »Mett.«

»Jetzt nur noch Detective Quinn«, sagte Josie.

»Was gibt's?«, fragte Mettner.

»Wir haben was auf dem USB-Stick gefunden. Einen teilweisen Daumenabdruck.«

»Teilweise?«, fragte Josie. »Wie viele mögliche Übereinstimmungen?«

»Fünf«, erwiderte Hummel. »Aber Drew Pratt ist darunter. Detective Palmer hat den Bericht.«

Josie ließ den Kaffee stehen. Mettner reichte Hummel eine Flasche Wasser, als sie durch die Tür gingen, und bat ihn, sie dem Jungen im Konferenzraum zu bringen und ihm Bescheid zu geben, dass sie in zehn Minuten zurück sein würden. Kaum waren sie im Treppenhaus, rannten sie die Stufen hinauf und stürmten gleichzeitig in den großen Raum. Gretchen saß mit dem Bericht in der Hand an ihrem

Schreibtisch und ging die Namensliste durch. »Kein anderer Name auf der Liste sagt mir etwas«, bemerkte sie, als die beiden näherkamen.

Josie und Mettner standen hinter Gretchen und lasen die Namen. »Nur Drew Pratt hat einen Bezug zu unseren Fällen. Ich würde sagen, das beweist ziemlich eindeutig, dass er den Inhalt des Sticks kannte«, folgerte Josie.

»Nein«, widersprach Gretchen. »Das beweist nur, dass er ihn in der Hand hatte. Wir wissen nicht sicher, ob er die Daten je gesehen hat.«

»Hm, stimmt. Andererseits könnte es das gewesen sein, was ihm vor seinem Verschwinden so auf die Stimmung gedrückt hat. Nehmen wir mal an, er hatte den USB-Stick kurz vorher bekommen, aber noch nichts in der Sache unternommen.«

Gretchen gab die Liste Mettner, damit auch er einen Blick darauf werfen konnte. »Wenn er die Daten gesehen hat, wusste er, dass er ein Verfahren einleiten musste – oder wenigstens Ermittlungen. Vielleicht war er gerade dabei, es sich durch den Kopf gehen zu lassen, als er verschwand. Aber wir können noch immer nicht mit Sicherheit sagen, dass der Stick etwas mit seinem Verschwinden zu tun hat.«

»Stimmt«, räumte Josie ein. »Aber zumindest können wir davon ausgehen, dass er irgendwann in seinem Besitz war und später in Colette Fraleys Hände gelangte. Wir wissen nur nicht, wie oder warum.«

»Außerdem müssen wir uns auch noch mit der Gürtelschnalle beschäftigen«, brummte Mettner.

Josie spürte, wie sich ihr die Nackenhaare sträubten. »Ich habe Angst vor dem, was wir herausfinden werden.«

»Ja, ich auch«, pflichtete ihr Gretchen bei. Sie nahm einen weiteren Stapel Papiere und gab sie Josie, die sofort sah, dass es sich um Aufnahmen der Fußabdrücke vom Tatort, an dem Colette ermordet worden war, handelte. Außerdem waren noch Fotos von den Gipsabdrücken dabei, die das Team abgenommen hatte, und ein Bericht der Spurensicherung.

»Was haben sie herausgefunden?«, fragte Mettner.

»Die Fußabdrücke sind Größe vierundvierzig, das wissen wir bereits. Und ihre Tiefe lässt darauf schließen, dass der Täter zwischen achtzig und neunzig Kilo wog. Der etwas schärfere Umriss im vorderen Bereich des Abdrucks deutet darauf hin, dass er sich gebückt und dabei einen Großteil seines Gewichts auf den Fußballen verlagert hat.«

»Um sich hinzuknien und auf Colette zu setzen«, stellte Gretchen fest.

»Der Abdruck wurde einer sehr gängigen Sportschuhmarke zugeordnet. Es gibt sie in praktisch jedem Laden, der Sportschuhe verkauft.«

»Das grenzt den Täterkreis aber mächtig ein«, warf Mettner sarkastisch ein.

»Ja«, seufzte Josie, »das bringt uns wohl nicht weiter.«

Gretchen deutete auf die Wanduhr, die dreiundzwanzig Uhr zeigte. »Warum gehst du nicht heim und kümmerst dich um Noah? Ich schreibe alle Berichte von heute. Du und Mett, ihr könnt euch morgen daran machen.«

22

Noahs Haus war dunkel. Als Josie eintrat und vom Flur durch das Wohnzimmer in die Küche ging, spürte sie ein Kribbeln auf ihrer Haut. Erst vor wenigen Monaten waren sie hier angegriffen worden. Sie hatte noch immer Schwierigkeiten, hier zu sein, doch er weigerte sich umzuziehen. Die meiste Zeit hatten sie in ihrem Haus verbracht, aber seit Colettes Tod hielten sie sich überwiegend bei ihm auf. Als Josie das Küchenlicht einschaltete, sah sie, dass Noah eine Notiz an den Kühlschrank geheftet hatte. *Nimm dir was zu essen. Bin müde und ins Bett gegangen. N.*

Sie öffnete den Kühlschrank und lächelte. Erleichterung verdrängte die Traurigkeit, die seit Colettes Ermordung auf ihr lastete. Noah sorgte stets dafür, dass sie genug aß. Der köstliche Geruch eines perfekt gegrillten Steaks zog ihr aus einer Frischhaltedose im obersten Fach in die Nase. Josie setzte sich an den Tisch und schlang es hinunter. Anschließend ging sie in Noahs Schlafzimmer, wo sie noch ihre Kleider liegen hatte. Sie zog sich eine Jogginghose und ein T-Shirt an, putzte sich die Zähne und kroch neben ihn ins Bett.

Als sich ihre Augen an die Dunkelheit gewöhnt hatten, sah sie, dass sich seine nackte Brust hob und senkte. Sie strich ihm durch das Haar und küsste ihn auf die Wange, doch er rührte sich nicht.

Ihre Glieder waren schwer vor Erschöpfung, nachdem sie sich aber einige Minuten hin und her gewälzt hatte, merkte sie, dass an Schlaf noch nicht zu denken war. Sie schnappte sich ihr Handy vom Nachtkästchen und schrieb ihrer Schwester Trinity. *Noch wach?*

Schon ein paar Augenblicke später kam Trinitys Antwort. *Für dich immer, Schwesterherz. Was ist los? Wie geht's Noah?*

Am Boden zerstört, schrieb Josie zurück. *Hör mal, du hast doch über das Verschwinden von Drew Pratt berichtet, als du noch Lokalreporterin warst. Erinnerst du dich daran?*

Klar, war schließlich einer der sensationellsten Fälle in PA. Ist die Polizei in der Sache weitergekommen?

Mehr oder weniger. Kann ich im Moment noch nicht genau sagen. Ich wollte nur wissen, was deiner Meinung nach mit ihm passiert ist.

Es dauerte eine Weile, bis Trinity antwortete. Einen Augenblick dachte Josie schon, dass sie vielleicht eingeschlafen war, doch da leuchtete ihre Antwort auf. *Ich glaube, jemand hat ihn umgebracht. Jemand, den Patti Snyder entweder kannte oder anheuerte. Weißt du, wen ich meine?*

Ja, nur zu gut. Du denkst also, es war Snyder?

Das ist das Einzige, was Sinn ergibt, wenn man die geheimnisvolle Frau in Betracht zieht. Die Polizei hat mir das Video gezeigt, als ich meinen Beitrag für den örtlichen Nachrichtensender gemacht habe. Ich glaube, Snyder hat Pratt erzählt, was da vor sich ging. Als er beschloss, der Sache nicht nachzugehen, hat sie ihn umgebracht. Das wird sie aber nie zugeben. Denn dann müsste sie auch den Mörder verraten.

Danke dir, antwortete Josie.

Ich will wissen, wenn es in der Sache was Neues gibt!!!, schrieb Trinity sogleich zurück. *ALS ERSTE.*

Josie schmunzelte und legte das Telefon wieder auf den Nachttisch. Sie zog ihr Kissen neben das von Noah und sog seinen vertrauten, beruhigenden Geruch ein. Die Gedanken rasten in ihrem Kopf. Nach weiteren mindestens zwanzig Minuten unruhigen Hin- und Herwälzens gab sie es auf, einschlafen zu wollen, griff erneut zum Handy und googelte Patti Snyder. Die alleinerziehende Mutter hatte am Kassenschalter einer Bank gearbeitet, als ihr einziger Sohn 2002 wegen leichter Körperverletzung verhaftet worden war, nachdem er sich mit einem anderen Jungen geprügelt hatte. Die beiden waren während eines Football-Spiels zwischen rivalisierenden Highschools an einer Schlägerei zwischen beiden Mannschaften auf dem Feld beteiligt gewesen. Das Ganze war gefilmt worden und jemand von der Presse hatte das Video ausfindig gemacht, nachdem die Wood-Creek-Sache aufgeflogen war. Soweit man in den verschwommenen, aus einiger Entfernung gefilmten Aufnahmen erkennen konnte, war die Auseinandersetzung nicht besonders brutal gewesen. Die Prügelei zwischen Snyders Sohn und dem anderen Jungen war im Film mit einem Kreis hervorgehoben.

Trotzdem hatte Richter Eugene Sanders Patti Snyders Sohn zu fast zwei Jahren in Wood Creek verdonnert. Sein Pflichtverteidiger hatte noch versucht, eine Verständigung zwischen den Beteiligten durchzusetzen, aber Sanders hatte das abgelehnt. Snyders Sohn saß seine Zeit in Wood Creek ab und kam nach Angaben seiner Mutter nur noch als leere

Hülle des Menschen heraus, der er vor dem Haftantritt gewesen war. Nichts hatte ihn aus seiner Depression holen können. Sie hatte sich verzweifelt um professionelle Hilfe für ihn bemüht, die sie fast finanziell ruiniert hatte. Dann, im Jahr 2005, hatte er sich im Hinterhof erhängt, als sie gerade auf Arbeit war. Bei der Gerichtsverhandlung beschrieb Patti Snyder, wie sie ihn gefunden und vom Seil geschnitten hatte. Im Gerichtssaal war kein Auge trocken geblieben.

Trotzdem hatte man sie ohne die Möglichkeit auf Bewährung lebenslang ins Gefängnis gesteckt.

Patti Snyder hatte schon früh geahnt, dass in Wood Creek nicht alles mit rechten Dingen zuging. Sie recherchierte in der Bank, in der sie arbeitete, illegalerweise auf eigene Faust und förderte Belege zutage, die ihren Verdacht bestätigten. Nach eigenem Bekunden hatte sie immer wieder versucht, die Sache publik zu machen, aber niemand hatte ihr zugehört. Als das Ganze 2010 doch aufflog, heuerten die Beschuldigten teure Anwälte an. In der Presse wurde gemutmaßt, dass die meisten einen Deal aushandeln würden, der sie vor einer Gefängnisstrafe bewahren würde. Da ging Snyder zu einem der Geldgeber der Wood Creek Associates, klopfte an seine Tür und als er öffnete, schoss sie ihn in die Brust und ließ ihn liegen. Er starb noch am Tatort.

Noah drehte sich zur Seite. Durch die unvermittelte Bewegung erschrak Josie so sehr, dass ihr das Telefon aus der Hand und in den Schoß fiel. Sie kramte es wieder aus der Decke hervor, legte es auf den Nachttisch zurück und schloss es an das Ladegerät an. Genug recherchiert für eine Nacht. Morgen würde Gretchen ein Treffen mit Patti Snyder zu arrangieren versuchen. Hoffentlich konnte sie von ihr erfahren, wie viel Drew Pratt über den Schmiergeldskandal wusste, bevor er verschwand – und ob sie die geheimnisvolle Frau war, die auf dem Markt mit ihm gesprochen hatte.

Josie sank in einen unruhigen Schlaf und wachte ein paar Stunden später auf, als das Tageslicht bereits durch Noahs Jalousien fiel. Er hatte seinen Arm um ihre Hüfte gelegt. Sein Körper schmiegte sich in der Löffelchenstellung eng an den ihren. Als sie sich bewegte, rührte auch er sich. Ihre Hände begannen einander schläfrig zu erkunden und ihre Körper wurden heiß vor Verlangen. Sie fanden eine süße Erfüllung, die sie atemlos und verschwitzt zurückließ. Josie döste gerade wieder in Noahs Armen ein und war endlich bereit für mehrere Stunden erholsamen Schlaf, als ein Klopfen an der Haustür beide hochfahren ließ.

Gespannt warteten sie auf ein weiteres Klopfen, das tatsächlich kam.

»Ich sehe nach«, sagte Noah zu ihr. »Bleib hier.«

Josie sah ihm zu, wie er sich etwas überzog und im Flur verschwand. Sie hörte, wie er zur Tür ging, sie öffnete und mit einer Frau sprach. Sie stand auf, zog sich ebenfalls an und tapste nach unten. Als sie im Flur war, hatte er die Tür bereits wieder geschlossen. In den Händen hielt er einen großen Topf, an dessen Deckel mit Klebeband ein Umschlag befestigt war.

Noah lächelte sie an. »Eine ältere Frau aus Moms Kirchengemeinde«, erklärte er. »Sie dachten, ich könnte vielleicht etwas zu essen gebrauchen.«

Josie folgte ihm in die Küche. »Das ist aber nett von ihnen.«

»Ich soll es fünfundzwanzig Minuten bei 180 Grad im Ofen aufwärmen, hat sie gesagt«, murmelte er, als er den Topf in den Kühlschrank stellte. Er kam mit dem Umschlag in der Hand zum Tisch, öffnete ihn, holte eine Karte heraus, überflog sie und gab sie ihr, bevor er zum Kühlschrank zurückging, um etwas zum Frühstücken zu suchen. »Das sind wirklich nette Leute«, sagte er über die Schulter zu ihr.

»Sind sie«, pflichtete Josie ihm bei, als die die Karte las. Es war eine recht unspektakuläre Beileidskarte. Statt alle Mitglieder der Kirchengemeinde unterzeichnen zu lassen, hatte jemand mit blumiger Schrift geschrieben: *Bitte melden Sie sich, wenn Sie Hilfe brauchen. Wir schließen Sie in unsere Gebete ein. Ihre Familie von der St. Mary's Episcopal.*

»Hast du nicht gesagt, dass deine Mutter katholisch war?«, fragte Josie.

»Was sagst du?«, erwiderte Noah und schloss die Kühlschranktür. In der Hand hatte er nur eine Packung Orangensaft.

»Ich dachte, deine Mutter sei Katholikin gewesen. Sie ging in eine Episkopalkirche?«

Er nahm einen Schluck Orangensaft direkt aus der Packung. »Und?«

»Eine Episkopalkirche ist etwas anderes als eine katholische Kirchengemeinde. In Denton gibt es vier katholische Kirchen. Eine davon ist näher an ihrem Haus als die St. Mary's Episcopal«, erklärte Josie.

»Josie, wen interessiert's, in welche Kirche meine Mom ging?«

»Wie lang ist sie schon in die St. Mary's gegangen?«

Er atmete genervt durch und meinte: »Ich weiß nicht. Sie ist schon immer bei denen gewesen.«

Also solange Noah denken konnte. Josie stand vom Küchentisch auf und ging zur Arbeitsfläche, auf der die Kaffeemaschine stand. Sie nahm Filter und Kaffeepulver aus dem Schrank darüber. »Noah, die Sachen, die wir in der Nähmaschine deiner Mutter gefunden haben ... «

Er rammte den Saftkarton auf den Küchentisch. Josie fuhr herum und starrte ihn an. »Warum fängst du immer wieder damit an? Ich habe dir gesagt, das muss ein Irrtum sein. Die sind doch unwichtig. Altes Zeug und ein USB-Stick, der irgendeinem Anwalt gehört hat.«

Josie wandte sich ihm ganz zu. »Nicht ›irgendein‹ Anwalt, Noah. Drew Pratt. Der stellvertretende Bezirksstaatsanwalt, der vor zwölf Jahren verschwunden ist. Gestern wurde Drew Pratts Tochter ermordet. Auf ganz ähnliche Weise wie deine Mutter. Der Mörder hat sie in ihrem eigenen Haus erstickt. Wer das gemacht hat, war auf der Suche nach etwas, denn das Haus wurde auf den Kopf gestellt. Wir mussten danach ihren Cousin, Mason, befragen. Mettner hat ihm die Pfeilspitze gezeigt und er sagt, sie hätte seinem Vater gehört.«

»Ja, und?«

»Sein Vater ist auch tot.«

Noahs Ärger verflog etwas, denn er ließ seine hochgezogenen Schultern ein Stück weit sinken. »Was?«

Sie berichtete ihm in Kurzfassung, was sie, Gretchen und Mettner über die Pratt-Brüder herausgefunden hatten.

»Meine Mom hat diese Männer nicht gekannt«, widersprach er.

»Woher willst du das wissen? Meinst du, du hast alles über sie gewusst?«

»Zumindest genug. Ich sage dir, sie hat die zwei nicht gekannt.«

»Wie ist sie dann an ihre Sachen gekommen?«

»Da muss irgendwo ein Fehler sein«, beharrte Noah und wurde lauter.

»Tut mir leid, Noah, das glaube ich nicht. Zwei Männer, einer tot, der andere vermisst – und auch noch Brüder.

Deine Mutter hielt persönliche Dinge, die ihnen gehört hatten, in ihrem Haus versteckt. Meinst du nicht, dass sie etwas verschwiegen hat?«

Er kam auf sie zu und blieb so dicht vor ihr stehen, dass sie sehen konnte, wie sich seine Brust rasch hob und senkte. »Was denn? Was hätte sie denn zu verschweigen gehabt?«

»Das versuche ich ja gerade herauszufinden.«

Er deutete mit einem Finger auf ihre Brust. »Finde lieber heraus, wer sie umgebracht hat. Stattdessen beißt du dich daran fest, warum sie etwas versteckt hat.«

Josie legte eine Handfläche auf ihre Brust. »Weil genau das der Punkt ist. Ich denke, dass sie wegen dieser Sachen umgebracht wurde.«

»Was kann das denn schon Wichtiges gewesen sein? Was? Denkst du, dass sie eine mehrfache Mörderin war? Männer in Flüssen ertränkt hat? Und es aussehen ließ, als hätten sie sich selbst umgebracht? Denkst du das wirklich?«

Josie wich an der Arbeitsfläche entlang vor ihm zurück. »Das habe ich nie gesagt. Trotzdem, Noah, sie hatte Geheimnisse. Das musst du doch sehen.«

Sein Gesicht verzerrte sich zu einem Ausdruck, den sie noch nie von ihm gesehen hatte. Als er zu seiner nächsten Tirade ansetzte, erkannte sie auch, warum ihr dieser Zug an ihm unbekannt war: Er hatte sie noch nie schlecht behandelt. Bisher hatte er allerdings auch noch nicht unter einem solchen Schock gestanden und sich so seltsam benommen. »Ich weiß, dass du von einer Frau aufgezogen wurdest, die die Schwester des Teufels hätte sein können. Für dich ist so eine Mutter normal, du kennst es nicht anders. Aber normale Mütter haben keine Geheimnisse und meine Mutter war normal. Du weißt gar nicht, was normal ist. Vielleicht begreifst du es aus diesem Grund nicht, vielleicht hörst du mir deshalb nicht zu. Meine Mutter war ehrlich, da gab's kein Hintenrum. Sie hätte sich nie in so eine Sache verwickeln lassen wie die, von der du da sprichst. Ich weiß nicht, woher das Zeug stammt, das in ihrer Nähmaschine war, oder wie es dort hineingekommen ist. Aber sie hat nichts Unrechtes getan.«

Josie versuchte, einen ruhigen, vernünftigen Ton zu bewahren. »Noah, ich habe nicht gesagt, dass sie etwas Unrechtes getan hat. Ich habe nur gesagt, dass sie Geheimnisse hatte. Diese Geheimnisse haben sie das Leben gekostet.«

»Meine Mutter hatte keine Geheimnisse. Ich weiß, dass du und deine Großmutter und dieses Miststück, das dich aufgezogen hat, dass ihr alle so viele Geheimnisse hattet, dass ihr den Überblick darüber verloren habt, aber ...«

Josie unterbrach ihn. »Was soll das heißen?«

»Das soll heißen, dass du von einem Haufen Lügnerinnen aufgezogen wurdest. Alles in deinem Leben war eine Lüge. Jetzt siehst du alles durch diesen Filter. Du siehst Dinge, die nicht da sind. Nicht jeder ist so verlogen und hinterhältig, wie du es von deiner Familie gewohnt bist. Meine Mutter war ...«

Josie konnte ihren Ärger nicht länger zügeln. Sie ging auf ihn zu und stieß ihr Kinn nach vorn. »Deine Mutter war was? Eine perfekte Heilige? Du meinst tatsächlich, dass sie noch nie in ihrem ganzen Leben gelogen hat?«

»Rede nicht so über meine Mutter«, schrie er.

Diesmal gab Josie nicht nach. »Noah, eine weitere unschuldige Frau ist tot. Ob es dir passt oder nicht, in dieser Stadt läuft ein Mörder frei herum. Wir müssen ihn finden.«

Er wandte sich von ihr ab.

»Wo gehst du hin?«, fragte sie.

Er blieb in der Tür stehen, sah sie aber nicht an.

»Warum machst du das?«, fuhr ihn Josie mit schriller, aufgeregter Stimme an. Kaum hatte sie es gesagt, tat es ihr schon wieder leid. »Warum benimmst du dich so?«

»Wie benehme ich mich denn?«

»Als ob es dir egal wäre, wer deine Mutter umgebracht hat.«

Er drehte sich mit Tränen in den Augen zu ihr hin. »Natürlich ist mir das nicht egal. Ich denke an nichts anderes. Aber bitte trampel nicht mit Füßen auf dem Andenken meiner Mutter herum.«

»Ach Noah, das würde ich doch nie …«

Er hob die Hand, um sie zum Schweigen zu bringen. »Ich will nicht mehr darüber reden. Vielleicht gehst du jetzt besser nach Hause.«

Sie kämpfte mit den Tränen, beherrschte sich jedoch. Sie befürchtete, jedes weitere Wort würde nur zu noch mehr Streit führen, und murmelte lediglich: »Bitte. Wenn du das willst.«

Er sagte nichts. Sie stand wie versteinert in der Küche und hörte, wie er durch das Haus ging. Seine Schlüssel klapperten, dann fiel die Haustür ins Schloss. Als sie ihn wegfahren hörte, ließ sie ihren Tränen freien Lauf.

23

»Ich erkenne ihn nicht wieder«, beklagte sich Josie bei Gretchen. Die beiden saßen in Komorrah's Koffee, nur wenige Blocks vom Polizeirevier entfernt, an einem Tisch. Josie hatte gerade ihren dritten Käseplunder verputzt und nippte an einem Kaffee.

Gretchen nahm ein Pekannuss-Croissant und legte es auf den Teller vor sich. Als Josie gekommen war, hatte Gretchen beschlossen, dass heute ein Tag war, den man nur mit haufenweise Gebäck ertragen konnte, und prompt eine ganze Schachtel bestellt. Die teilten sie sich nun. »Jeder verarbeitet Trauer auf seine Weise«, erklärte Gretchen Josie. »Du und ich, wir packen sie weg, unterdrücken sie und stürzen uns in die Arbeit.«

»Stimmt.«

»Andere werden depressiv und funktionieren nicht mehr. Und wieder andere werden wütend und beißen um sich. Ich habe fast das Gefühl, Noah gehört zur letzteren Kategorie.«

Josie stellte die Kaffeetasse ab und seufzte. »Es ist nur so untypisch für ihn. Er war sonst immer so … ausgeglichen und vernünftig.«

Gretchen lachte. »Ich weiß, ich weiß. Wenn alle anderen durchdrehen, kommt er in den Raum und im Handumdrehen herrscht wieder Ruhe.«

»Ja, dafür hat er ein Talent«, pflichtete Josie ihr bei. »Ich wünschte, Chitwood würde dich vom Schreibtisch weglassen. Dann könnte ich öfter bei ihm zu Hause bleiben und wäre nicht diejenige, die unangenehme Fragen stellen müsste.«

Gretchen biss von ihrem Croissant ab und kaute langsam und mit nachdenklicher Miene. Als sie den Bissen hinuntergeschluckt hatte, meinte sie: »Ich weiß nicht, ob es leichter für ihn wäre, wenn jemand anders die Fragen stellen würde.«

»Da hast du auch wieder recht.«

»In meinem dritten oder vierten Jahr in der Mordkommission hatte ich einen Fall, bei dem der Enkel einer Frau erschossen worden war. Er war noch ein Teenager. Sie hatte ihn aufgezogen, die beiden hatten nur sich gehabt. Danach war sie am Boden zerstört, daran gab es keinen Zweifel, doch von unseren Ermittlungen wollte sie nichts wissen. Selbst als wir den Mörder gefasst hatten, wollte sie nur sicher sein, dass er hinter Gittern saß. Die meisten Familien rufen sechsmal am Tag an, um das Neueste zu erfahren. Aber es gab immer ein, zwei, die alles von sich ferngehalten haben – den Mord, die Einzelheiten, die Ermittlungen. Es war zu viel für sie, zu schmerzhaft. So geht es auch Noah im Augenblick. Der Schmerz ist einfach im Moment noch zu groß.«

»Er ist so wütend.«

»Nicht auf dich«, versicherte ihr Gretchen. »Er ist

wütend auf die ganze schreckliche Situation. An dir lässt er es nur aus.«

»Na, großartig«, entgegnete Josie trocken. Sie schnappte sich den vierten Käseplunder und biss herzhaft hinein. Bei dem Gedanken an die vielen Kalorien, die sie gerade in sich hineinstopfte, nahm sie sich vor, nachher noch zu joggen. Seit sie nicht mehr trank, war sie zur Stressesserin geworden.

»Er hat noch nie jemanden verloren, der ihm wirklich nahestand, oder?«, wollte Gretchen wissen.

Josie schüttelte den Kopf. »Nein.«

»Da gibt es kein Patentrezept, das weißt du. Er wird noch lange trauern.«

»Weißt du, ob Mettner mit Mason Pratts Mutter gesprochen hat?«, wechselte Josie das Thema. Gretchen hatte recht. Sie war jemand, der Schmerz durch Arbeit verdrängte.

»Ja. Sie hat noch nie von Colette Fraley gehört oder sie gesehen.«

»Also eine Sackgasse in unseren Ermittlungen.«

»Ich fürchte, ja. Ich habe übrigens im Gefängnis angefragt, in dem Patti Snyder einsitzt, aber der Direktor hat mir gleich gesagt, dass sie nie mit Polizisten oder Journalisten spricht.«

»Klingt ja vielversprechend.«

Die Tür zum Café ging mit einem Schwung auf und schon donnerte Chief Chitwoods Stimme durch den Speisebereich. Beide zuckten zusammen. »Quinn! Palmer!«

Gretchen winkte ihm verhalten zu. Er marschierte zu ihnen herüber und sah auf den Tisch. »Was zum Teufel ist das?«

»Sir?«, fragte Josie.

»Ich dachte, die haben hier Käseplunder? Was ist das für ein Zeug? Pekannüsse?«

Josie sah warnend zu Gretchen, die sich sichtlich bemühte, nicht zu grinsen. »Nicht«, flüsterte sie ihr zu.

»Quinn hat sie alle gegessen«, platzte Gretchen heraus. »Es ist ihr Lieblingsgebäck.«

Chitwood warf Josie einen überraschten Blick zu. »Ach was? Da haben wir ja sogar was gemeinsam.«

»O Gott«, murmelte Josie.

»Rutschen Sie rüber«, befahl ihr Chitwood und quetschte seinen langen, dünnen Körper neben sie auf die Bank, noch bevor sie reagieren konnte. Sein knochiger Ellbogen stieß gegen den ihren, als er sich eines von Gretchens Pekannuss-Croissants schnappte und spöttisch beäugte.

»Sir, möchten Sie, dass ich Ihnen etwas von der Theke hole?«, fragte Gretchen. »Kaffee? Käseplunder?«

»Nein, danke.«

»Sie sind aber nicht wegen eines Käseplunders hier«, sagte Gretchen.

Chitwood rieb sich sein fusselbärtiges Kinn und bedachte Josie mit einem Seitenblick. »Nein. Ich bin hier, weil Patti Snyder, die bis jetzt noch nie mit jemandem von den Strafverfolgungsbehörden gesprochen hat, seit sie im Gefängnis sitzt, bereit ist, mit Quinn zu reden.«

»Was?«, stießen Josie und Gretchen im Chor hervor.

Chitwood drehte den Kopf und sah Josie lange und durchdringend an. Sie hielt seinem Blick so lange stand, bis er als Erster wegsah. »Quinn, kennen Sie diese Frau?«

»Nein, Sir. Ich bin ihr noch nie begegnet.«

»Sie hat ausdrücklich gesagt, dass sie nur mit Ihnen reden möchte. Nicht mit Mettner. Mit Ihnen. Was zum Teufel hat das zu bedeuten?« In Chitwoods Stimme lag mehr

Erstaunen als Verachtung, was eine willkommene Abwechslung war.

»Ich weiß es wirklich nicht, Sir.«

Chitwood legte das Croissant wieder auf den Teller in der Tischmitte und meinte resigniert: »Ist auch egal, oder?« Sein Gesicht verzerrte sich, als würde ihm das, was er gleich sagen wollte, erhebliche Schmerzen bereiten. »Gute Arbeit, Quinn. Sie will heute Nachmittag mit Ihnen reden. Ich habe alles mit dem Direktor geklärt. Das Muncy-Gefängnis ist zwei Fahrstunden von hier entfernt, Sie sollten also allmählich in die Gänge kommen. Wir müssen in der Pratt-Sache von gestern Resultate liefern. Ich kann die Presse nicht mehr lange raushalten, sie hat Informanten in der Strafvollzugsbehörde. Sobald durchsickert, dass Snyder nach all diesen Jahren mit einer Polizistin geredet hat, werden die Geier kreisen.«

Gretchens Handy zwitscherte. Sie holte es heraus und sah darauf. »Mettner ist wegen Beth Pratts Autopsie unterwegs in die Gerichtsmedizin. Ich überprüfe mal das Alibi ihrer Freundin. Wir treffen uns wieder, wenn du zurück bist.«

24

Dreimal sah Josie auf dem Weg zum Muncy-Gefängnis auf ihr Handy und warf es anschließend wieder auf den Beifahrersitz ihres Ford Escape, aber von Noah kam weder ein Anruf noch eine Nachricht. Sie dachte über das nach, was Gretchen gesagt hatte – wie unterschiedlich Menschen mit Trauer umgingen. Sie begriff, dass der Tod seiner Mutter Noah in eine völlig neue Situation gebracht hatte. Der Verlust war viel zu einschneidend und übermächtig, als dass er damit umgehen konnte. Auf Josie war er losgegangen, weil sie eben gerade in der Nähe war. Trotzdem fragte sie sich, ob sie den Vorfall beiseiteschieben sollte oder nicht. Auch für sie war das eine völlig neue Situation.

Das State Correctional Institute von Muncy war das einzige Hochsicherheitsgefängnis für Frauen in Pennsylvania. Josie wusste das, weil Lila Jensen, die ihre Familie auseinandergerissen und ihre Kindheit zerstört hatte, ihre lebenslange Freiheitsstrafe ohne Aussicht auf Bewährung dort absaß. Josie hatte gehofft, dass sie der Krebs, der sie seit

Jahren innerlich auffraß, dahinraffen würde, aber sie war noch am Leben.

Die Justizvollzugsanstalt lag in einem grünen Tal von Lycoming County und sah auf den ersten Blick eher wie ein College-Campus als ein Gefängnis aus. Eine breite, baumgesäumte Straße führte von der State Route 405 zum Areal. Josie stellte ihr Auto auf dem Besucherparkplatz vor dem Stacheldrahtzaun ab, hinter dem sich ein Steingebäude mit weißem Uhrenturm befand, der Dreh- und Angelpunkt der weitläufigen Anlage. Das Areal selbst umfasste insgesamt zwölf Hektar, war aber von mehr als dreihundert Hektar dichtem Wald umschlossen. Josie wusste, dass in der umzäunten Anlage mehr als siebzig Gebäude standen, von denen fast zwanzig die Zellen der Inhaftierten enthielten.

Am Eingang erledigte sie die nötigen Formalitäten. Dann wurde sie von einem Strafvollzugsbeamten, der auf Anweisung des Direktors auf sie gewartet hatte, ins Besucherzentrum gebracht. Dort gab sie ihre Waffe ab und folgte einem weiteren Beamten durch ein Labyrinth aus Gängen, bis man sie schließlich in einen beige gestrichenen Raum mit einem langen Metalltisch in der Mitte setzte. Sie saß dort mit dem Gesicht zur Tür, als ein Wächter Patti Snyder hereinbrachte. Er nahm ihr die Handschellen ab und verließ den Raum, blieb aber vor der Glasfenstertür stehen und behielt sie im Auge, obwohl Josie informiert worden war, dass die Gefangene sich seit ihrer Inhaftierung vorbildlich geführt hatte. Josie hatte von Snyder nur ein Video und Fotos gesehen, die unmittelbar nach ihrer Verhaftung und während der Gerichtsverhandlung von ihr aufgenommen worden waren. Damals war sie etwas mollig gewesen und hatte ein weiches, rundes Gesicht sowie langes, glattes Haar mit grauen Strähnen gehabt. Jetzt saß vor Josie eine schlanke, muskulöse und kantige Frau. Ihr braunes Haar war zu einem formlosen Kurzhaarschnitt geschoren, damit niemand sie an den Haaren packen konnte. Patti Snyder hatte etwas Hartes an sich, das früher nicht da gewesen war.

Sie faltete die Hände auf dem Tisch und sah Josie lange an. »Sie sind kleiner, als ich dachte.«

Das hatte Josie nicht erwartet. »Sie haben mich in den Nachrichten gesehen, nehme ich an.«

»Ein paarmal.«

Danach schwiegen beide. Josie wartete kurz, ob Patti ihr etwas anbieten würde, aber sie blieb stumm. Also kam sie direkt zur Sache. »Ich muss Ihnen ein paar Fragen zu Drew Pratt stellen.«

Pattis Blick wanderte zum Fenster, hinter dem der Wächter sie mit vor der massigen Brust verschränkten Armen beobachtete. Langsam drehte sie den Kopf wieder zu Josie. »Wissen Sie, was meinen Sohn getötet hat?«

Josie brauchte ein paar Sekunden, bis sie verstand. Patti meinte das nicht im wörtlichen Sinn. »Gier«, erwiderte Josie.

Ein Lächeln zeigte sich auf Pattis Gesicht. »Nicht ganz. Aber fast. Gier spielte eine Rolle, hat ihn aber nicht umgebracht. Bestechlichkeit kostete ihn das Leben.«

»Ich verstehe«, pflichtete Josie ihr bei. Die Wood Creek Associates waren gierig gewesen und hatten Jugendliche geopfert, um sich ihre Taschen zu füllen, aber der Richter hatte davon profitiert. Ein Richter sollte gerecht und unparteiisch sein. Stattdessen hatte er völlig überzogene Urteile ausgesprochen und das Leben zahlloser Kinder ruiniert, nur um Geld zu scheffeln.

»Ich wusste, dass Sie es verstehen würden. Auch Sie mussten unter Bestechlichkeit leiden, stimmt's?«

Josie schluckte. Sie wusste sofort, dass Patti auf den Fall

der vermissten Mädchen anspielte, durch den Josie in und um Denton zu einer Berühmtheit geworden war. »Ja.«

»Bestechlichkeit hat Ihren Mann das Leben gekostet, oder? Ganz gleich, was den ganzen Mädchen und Ihrem alten Vorgesetzten passiert ist ...«

»Kann man so sagen.«

»Nach dem, was meinem Sohn passiert ist, werde ich nie wieder einem Cop oder Anwalt oder Richter trauen. Aber mit Ihnen rede ich. Nur heute. Sie haben nur diese eine Chance, also fragen Sie, was Sie wissen möchten, und ich werde ehrlich antworten. Aber wenn Sie versuchen, etwas davon gegen mich zu verwenden, um mich reinzulegen oder mich in irgendetwas zu verwickeln, mit dem ich nichts zu tun haben möchte, werde ich alles abstreiten.«

Josie deutete mit dem Kopf zum Glasfenster. »Das wird alles aufgezeichnet, Patti.«

Patti zuckte mit den Schultern. »Das spielt keine Rolle. Hier behauptet jeder alles Mögliche. Vielleicht erzähle ich Ihnen nur irgendwas, weil ich eine lokale Berühmtheit sehen möchte.« Sie zwinkerte und Josie hatte das Gefühl, sie würde die Wahrheit sagen. Das konnte, je nachdem was Patti wusste, gut oder schlecht sein. Erzählte sie etwas schrecklich Belastendes, würde Josie es nicht oder nur sehr schwer verwenden können. Wusste sie jedoch etwas, das wichtig oder nützlich für die Aufklärung der Fälle Colette Fraley und Beth Pratt war, dann lohnte es sich, dieses Spiel mitzuspielen.

»Haben Sie Drew Pratt getötet?«, begann Josie.

Patti lachte und sah Josie bewundernd an. »Sie kommen aber wirklich gleich voll zur Sache. Nein. Ich habe Drew Pratt nicht umgebracht. Er wäre auf meiner Liste gewesen, aber als ich die Liste machen wollte, war er schon verschwunden.«

»Wissen Sie, was mit ihm passiert ist?«

»Nein. Ich weiß es nicht. Und das ist die reine Wahrheit.«

»Haben Sie sich an dem Tag, als er verschwunden ist, mit ihm getroffen?«

»Nein.«

»Haben Sie ihm einen USB-Stick mit Beweisen für Sanders' Machenschaften gegeben?«

Pattis braune Augen weiteten sich vor Schreck, aber sie bekam sich schnell wieder unter Kontrolle. »Ja, das habe ich.«

»Wann?«

»Ungefähr fünf oder sechs Monate, bevor er verschwand.«

»Sind Sie da ganz sicher?«

»Ja. Drew Pratt hat fast jeden Morgen an der Theke dieses Diners in Bellewood gefrühstückt.«

»Der Diner gegenüber dem Gericht?«

Patti nickte. »Genau der. Meine Chefin war in ihn verknallt. Pratt war Single – oder Witwer oder was auch immer – und sie wollte ihn sich angeln. Er war eine gute Partie, hatte einen super Job, war in der Gemeinde angesehen und nicht zu alt. Sie saß ebenfalls fast jeden Morgen, bevor die Bank aufmachte, in diesem Diner. Da bin ich auf die Idee gekommen, mit ihm zu reden.«

»Hat Ihre Kollegin das arrangiert?«

»Nein, sie hatte nicht die geringste Ahnung. Donnerstags hatte sie ihren freien Tag. Ich habe also an einem Donnerstag alles auf den Stick kopiert, bin hingegangen und habe in diesem Diner gefrühstückt. Ich saß an der Theke direkt neben ihm.«

»In welchem Monat war das?«

»Anfang Dezember. Nach Thanksgiving, aber noch vor Weihnachten. Ich weiß es noch so genau, weil es mir damals gar nicht gut ging. Es war das erste Weihnachtsfest ohne meinen Sohn.«

Das passte zu ihrer Angabe, dass sie ihm den Stick fünf, sechs Monate vor Drews Verschwinden gegeben hatte. Er war im April als vermisst gemeldet worden.

»Haben Sie ihm gesagt, was auf dem Stick war?«

»Nein. Ich wollte nicht, dass uns jemand zuhört. Ich habe ihm nur gesagt, dass da etwas drauf ist, was er sich ansehen sollte.«

»Hat er es sich angesehen?«

»Zunächst nicht, denke ich. Ich habe ihn etwa einen Monat danach wieder an einem Donnerstag im Diner angetroffen. Es fiel mir schwer, so lang zu warten, aber ich wollte nicht zu aufdringlich sein oder riskieren, dass uns andere in einem zu kurzen Abstand zusammen sehen und auf dumme Gedanken kommen. Damals hatte ich das Gefühl, dass die Wood-Creek-Typen viel Einfluss hatten. Sehr viel Einfluss. Ich wusste nicht, ob es gefährlich für mich war, die Angelegenheit ans Tageslicht zu bringen.«

»Aber er hat ihn sich irgendwann angesehen.«

»Ich habe ihn im Februar kurz vor dem Valentinstag wieder im Diner getroffen. Er bat mich, mit ihm spazieren zu gehen, was ich auch getan habe. Er meinte, nichts, was ich ihm gegeben hatte, sei zulässig oder beweise wirklich etwas. Und dass er Sanders sowieso nicht auf der Basis einiger Kontoauszüge anklagen könne.« Sie schnaubte frustriert. »Ich war am Boden zerstört. Aber er meinte, wir sollten nicht aufgeben. Ich sollte ihn in zwei Monaten wieder treffen und ihm etwas Zeit geben, damit er eigene Nachforschungen anstellen könne.«

»Dann verschwand er.«

»Ja, er war auf einmal weg.«

»Aber es hat keine Ermittlungen gegeben«, sagte Josie. »Ich habe mir die Polizeiakten angesehen. Drew Pratts Leben in den Monaten vor seinem Verschwinden wurde mehrmals gründlich durchforstet. Weder auf seinem Computer zu Hause noch auf dem auf der Arbeit gab es einen Hinweis auf Sanders oder Wood Creek.«

»Ich weiß nicht, was er nach unserem Gespräch im Februar gemacht hat. Ich kann nur erzählen, was er damals zu mir gesagt hat.«

»Glauben Sie, dass Sanders oder irgendjemand von den Wood-Creek-Typen mit seinem Verschwinden zu tun hatte?«

»Ich weiß nicht. Und wenn, dann haben sie sich nicht selbst die Hände schmutzig gemacht.«

»Da haben Sie recht«, räumte Josie ein.

»Drew Pratt ist jetzt seit zwölf Jahren verschwunden. Habt ihr so lange gebraucht, um herauszufinden, was auf dem USB-Stick war?«

»Nein, wir haben ihn erst kürzlich gefunden.«

»Sind Sie deshalb hier?«

»Nein, ich bin hier, weil Beth Pratt umgebracht wurde.«

»Was hat das mit mir zu tun?«

Josie atmete durch. »Wohl nichts. Aber sie wurde direkt nachdem wir den USB-Stick gefunden haben ermordet. Deshalb haben wir angefangen, uns näher mit dem zu befassen, was mit ihrem Vater passiert ist.«

»Schade.«

»Ja«, pflichtete ihr Josie bei. »Sie war noch sehr jung.«

»Nein. Es ist schade, dass Drew ihren Tod nicht mehr erlebt hat. Dann wüsste er, wie es ist, ein Kind zu verlieren.«

25

Wieder zurück im Revier saß Josie an ihrem Schreibtisch und tippte einen Bericht über das, was sie von Patti Snyder erfahren hatte. Sie roch den beruhigenden Duft von Kaffee, noch bevor Gretchen zu ihr kam und einen mitternachtsblauen Pappbecher mit der Aufschrift Komorrah's Koffee vor sie hinstellte. Einen Moment lang wurde ihr schwer ums Herz. Normalerweise war es Noah, der sie mit Koffein versorgte und ihr bei wichtigen Ermittlungen Halt gab. Er hatte den ganzen Tag noch nicht ein einziges Mal angerufen oder eine Nachricht geschickt.

»Mettner ist auf dem Weg hierher«, ließ Gretchen sie wissen, als sie sich an ihren Schreibtisch setzte.

Wenige Augenblicke später erschien Mettner. Er war blass und hatte zerzaustes Haar.

»Warst du bei der Autopsie?«, fragte Josie.

Er nickte.

»Dauert, bis man sich daran gewöhnt«, meinte Gretchen mitfühlend.

Er sah keine von beiden an. Stattdessen nahm er sein

Telefon, ging seine Notizen durch und berichtete, was er von Dr. Feist erfahren hatte. »Die Autopsie hat nichts großartig Neues ergeben. Beth Pratt wurde nach einem kurzen Kampf erstickt. Ich habe ein paar von Colette Fraleys Bekannten und einige Leute, die sie aus der Kirchengemeinde kannten, befragt. Niemand konnte mir weiterhelfen. Dann habe ich alle überprüft, um herauszufinden, ob es eine Verbindung zwischen ihnen und Drew Pratt gab. Nichts. Anschließend bin ich zum Büro des Steinbruchunternehmens gefahren und habe mit ihrem Ex-Chef und ihren Kollegen von damals gesprochen. Auch das hat nichts gebracht. Keiner, mit denen ich gesprochen habe, hatte irgendeine Beziehung zu Drew Pratt. Zum Teufel, ich weiß nicht mehr, was ich noch machen soll, um etwas über die Gürtelschnalle herauszukriegen. Null verwertbare Fingerabdrücke darauf. Keine Ahnung, wo ich anfangen soll, nach Leuten zu suchen, die 1973 protzige Gürtelschnallen trugen.«

Josie lachte.

»Vielleicht sollten wir an die Presse gehen«, schlug Gretchen vor. »Oder es wenigstens in den sozialen Medien posten. Bitten wir die Öffentlichkeit um Mithilfe.«

»Nein«, lehnte Josie ab. »Ich denke, wir sollten das jetzt noch nicht riskieren. Jemand sucht ganz offensichtlich nach den Sachen. Aus irgendeinem Grund sind sie wichtig. Ich möchte nicht, dass wir uns vom Mörder in die Karten sehen lassen.«

»Wenn das Zeug so wichtig ist, müssten wir dann nicht leichter darauf kommen, was es damit auf sich hat?«, scherzte Mettner und sah sie zum ersten Mal direkt an.

Josie lächelte. »Sollte man meinen. Aber so einfach ist es nie. Fang mit Google an. Dann eBay. Hummel soll die

Schnalle in Leihhäusern und Antiquitätenläden herzeigen. Vielleicht erkennt sie dort jemand.«

»Gute Idee«, pflichtete Mettner ihr bei und tippte etwas in sein Handy. Er sah zu Gretchen. »Hast du das Alibi von Beth Pratts Lebensgefährtin überprüft?«

»Ja. Sie hat ein Alibi. Sie war auf der Arbeit. Das haben mir drei ihrer Kollegen bezeugt.«

»Was ist mit Noahs Vater? Hattest du schon Gelegenheit, mit ihm zu reden?«

»Ich habe sein Alibi überprüft. Er war in New York. Das hat das Hotel, in dem er übernachtet hat, bestätigt. Außerdem hatte er Tickets für eine Broadway-Show. Er hat mir sogar Fotos von den Kontrollabschnitten geschickt.«

Josie schaltete sich ein. »Was hat er gesagt? Über Colette, meine ich.«

»Es hat ihn getroffen, aber er hat gesagt, sie hätten sich seit mehr als zehn Jahren nicht mehr gesehen. Es gab keinen Grund dafür. Noah war ihr jüngstes Kind und bei ihrer Scheidung achtzehn Jahre alt. Er behauptete, er hätte keine Ahnung, wer seiner Ex-Frau etwas hätte antun wollen. Auch wenn ihre Ehe zerbrochen sei, so sei Colette doch ein guter Mensch gewesen.«

»Was ist mit seinen Kindern?«, fragte Josie. »Hat er sich nach ihnen erkundigt?«

»Nein. Aber er sagte mir, dass er im Lauf der Jahre versucht habe, mit ihnen Kontakt aufzunehmen, doch sie seien so wütend auf ihn gewesen, weil er sie verlassen hatte, dass sie nicht mit ihm hätten reden wollen. Irgendwann habe er es aufgegeben. Er meinte, wenn er zur Beerdigung gekommen wäre, hätte das alles nur noch schlimmer gemacht.«

»Ja«, bestätigte Josie. »Den Eindruck hatte ich bei Noah und seiner Schwester auch.«

Und Mettner fügte hinzu: »Ich denke, wir sollten uns weiter mit den Pratt-Brüdern befassen. Bei ihnen müssen wir ansetzen. Auch, weil gerade ein weiteres Mitglied der Pratt-Familie ermordet wurde. Wir sollten uns in den Kaninchenbau wagen und sehen, wohin er führt.«

»Klingt vernünftig«, pflichtete Josie ihm bei.

»Wie lief es mit Snyder?«, wollte Mettner wissen.

Josie trank ihren Kaffee und fühlte, wie sich seine Wärme in ihrem Körper ausbreitete und den Nebel aus Müdigkeit in ihrem Kopf vertrieb. Sie gab Mettner und Gretchen einen Überblick über ihr Treffen mit Patti Snyder.

»Glaubst du ihr?«, fragte Gretchen.

»Ich bin mir nicht sicher. Sie hatte nichts zu verbergen, warum also hat sie nie etwas davon erzählt? Sie hätte doch einfach sagen können: Ja, ich habe Drew Pratt den Stick gegeben, aber er ist der Sache nie nachgegangen?«

»Weil es dann noch mehr so ausgesehen hätte, als hätte sie mit Pratts Verschwinden zu tun«, warf Gretchen ein. »Bis jetzt hatten wir keine Verbindung zwischen den beiden, nur reine Spekulation. Jetzt wissen wir wenigstens, dass sie sich tatsächlich begegnet sind, miteinander geredet haben und Snyder ihm Hinweise darauf gegeben hat, was Sanders tat. Hätte die Öffentlichkeit das gewusst, wäre sie die Hauptverdächtige gewesen. Allerdings weiß ich aus den Akten, dass man trotzdem gegen sie ermittelt hat. Keine Strafverfolgungsbehörde hat auch nur das geringste Indiz dafür gefunden, dass sie einen Helfer hatte, der Pratt möglicherweise in ihrem Auftrag umbrachte.«

»Stimmt«, räumte Josie ein.

Und Mettner meinte: »Egal ob sie ihn ermordet hat oder

nicht, wir wissen jetzt wenigstens, dass Pratt den Inhalt des Sticks kannte und keine Ermittlungen eingeleitet hat.«

»Ich kann prüfen, ob es eine Verbindung von Richter Sanders und den Wood-Creek-Typen zu Drew Pratt gibt. Aber wenn sie etwas mit seinem Verschwinden zu tun hatten, dann haben sie es bis jetzt erfolgreich vertuscht. Es ist fraglich, ob wir da noch Beweise finden.«

»Ich bin mir nicht sicher, ob die Schmiergeldaffäre mit der Sache zu tun hat«, entgegnete Mettner. Josie sah ihn an. »Erinnerst du dich, was Mason gesagt hat? Drew fing zwei, drei Wochen vor seinem Verschwinden an, sich merkwürdig zu benehmen. Da wusste er aber schon monatelang von der Bestechung. Was also hat er in den zwei, drei Wochen vor seinem Verschwinden herausgefunden oder was ist in dieser Zeit passiert, was ihm so zugesetzt hat?«

»Wie zum Teufel sollen wir das herausfinden, wenn es sich nicht einmal seine eigene Tochter erklären konnte?«, murrte Mettner.

»Wir könnten es wenigstens versuchen«, schlug Josie vor. »Manchmal ist es gut, wenn andere mit einem neuen Blickwinkel an eine Angelegenheit herangehen.«

Mettner steckte sein Handy in die Gesäßtasche zurück. »Und wie sollen wir dabei vorgehen?«

Josie zuckte die Schultern. »Ich weiß nicht. Vielleicht können wir uns noch einmal in Beth Pratts Haus umsehen und dort ansetzen. Oder ein weiteres Mal mit Mason sprechen. Vielleicht weiß er, ob Beth Notizen oder Dokumente hatte, die ihrem Vater gehört haben. Möglicherweise hat sie einige persönliche Gegenstände ihres Vaters aufgehoben – oder sogar alle. Es wäre auch interessant zu wissen, ob Drew Aufzeichnungen über Samuels Tod hatte. Er hat die Polizei alle paar Jahre aufgefordert, sich noch einmal mit dem

Ableben seines Bruders zu befassen. Da muss er doch einige persönliche Unterlagen darüber aufbewahrt haben.«

»Und du meinst, Beth Pratt hätte so etwas behalten?«, fragte Gretchen.

»Wir sollten wenigstens versuchen, das herauszufinden«, entgegnete Josie. Sie sah auf die Uhr. Es war bereits Abend geworden. »Wir machen uns morgen dran. Als Erstes.«

26

Nachdem Josie das Revier verlassen hatte, fuhr sie an Noahs Haus vorbei. Die Lichter waren aus und sein Auto stand nicht vor dem Haus. Er antwortete auch nicht, als sie anhielt und ihm eine Nachricht schrieb. Als sie auf dem Nachhauseweg an einem Spirituosenladen vorbeikam, fuhr sie langsamer. Das Bedürfnis, sich eine Flasche Wild Turkey zu kaufen und ihren ganzen Schmerz über ihre Probleme mit Noah zu ertränken, wurde übermächtig. Schon allein beim Gedanken an den Whiskey spürte sie das heiße Brennen des Alkohols in ihrer Kehle. Aber sie hatte sich geschworen, die Finger davon zu lassen. *Es wäre so einfach*, hörte sie eine Stimme in ihrem Kopf. *Nur ein paar Stunden Betäubung.*

»Nein«, murmelte sie, drückte auf das Gaspedal und gab ihrem Wagen auf dem ganzen Nachhauseweg die Sporen.

Dort angekommen sah sie die Autos ihrer Mutter, Shannon Payne, und ihrer Freundin Misty Derossi in der Einfahrt stehen und war froh, dem Drang nicht nachgegeben zu haben. Gleich hinter der Eingangstür blieb sie kurz stehen. Aus der Küche drangen Frauenstimmen und

Gelächter zu ihr. Sie ging ein paar Schritte weiter und sah hinein. Dort saßen nicht nur Shannon und Misty, sondern auch ihre Großmutter Lisette Matson am Tisch, vor sich ein ganzes Sammelsurium an Kosmetika, vor allem Nagellack und diverses Manikürezubehör.

»Jo! Jo!« Sie erschrak, als sie plötzlich Harris Quinn rufen hörte. Sie senkte den Blick und sah den Zweijährigen quer durch die Küche auf sie zulaufen. Josie öffnete ihre Arme, schnappte sich den Kleinen gekonnt und hob ihn hoch. »Hi, Honey«, begrüßte sie ihn und gab ihm einen Kuss auf die Wange. Als sich Harris' Ärmchen um ihren Hals schlossen, waren die dunklen Gedanken, die sie im Auto bedrückt hatten, mit einem Mal verflogen.

Aber gleich nahm er einen Arm wieder weg und deutete zum Tisch. »Frauenabend!«

Siedend heiß fiel es ihr ein.

»Du hast es vergessen, stimmt's?«, rief Shannon, als sie den Schreck in ihrem Gesicht sah.

»Nein, ich habe ...«

»Sie hat's vergessen«, stellte Lisette fest. »Nicht schlimm, Josie. Wir hatten überlegt, den Abend wegen der ganzen Sache mit Noah abzusagen. Aber dann dachten wir, dass es dir vielleicht ganz guttun würde.«

Misty winkte ihr nervös lächelnd zu. »Ich war diesen Monat dran, also habe ich mich für einen Wellnessabend entschieden.«

»Nächsten Monat ist der Bücherabend an der Reihe«, fügte Shannon hinzu.

Diese ausgeflippte, aber wundervolle Patchworkfamilie, die sich um Josie gebildet hatte, traf sich nun schon seit geraumer Zeit jeden zweiten Dienstag im Monat und wählte jedes Mal ein Thema für den Abend. Auch Gretchen war eingeladen gewesen, hatte aber abgelehnt, also waren sie zu viert. Lisette wollte einen Spieleabend, Josie einen Filmabend, Shannon bestand stets auf einem Bücherabend und Misty kam immer mit etwas, was mit Selbstfürsorge zu tun hatte. Josie wusste nicht mehr, wessen Idee das alles gewesen war, aber sie genoss es mehr, als sie sich einzugestehen wagte.

Josie war von einer Frau aufgezogen worden, die sie als Kleinkind entführt hatte. Ihre richtige Mutter, Shannon, hatte sie erst kennengelernt, als sie dreißig war. Deshalb waren sie immer noch dabei, sich näherzukommen. Misty hatte eine Beziehung mit Josies verstorbenem Mann Ray angefangen, nachdem sich die beiden getrennt hatten. Kurz nach Rays Tod hatte Misty ihren gemeinsamen Sohn Harris zur Welt gebracht. Lisette wiederum war die einzige Konstante in Josies Leben. Und das hatte sich auch nicht geändert, obwohl sie inzwischen wussten, dass sie nicht blutsverwandt waren.

»Das ist gut«, freute sich Josie, setzte Harris auf ihre Hüfte und ging zum Tisch. »Sollen wir Essen bestellen?«

Zwei Stunden später waren ihre Nägel lackiert, ihre Mägen gefüllt und ihre Wangen schmerzten vor Lachen. Harris schlummerte friedlich im Reisebettchen in Josies Wohnzimmer.

»Musst du wieder zu Noah?«, fragte Lisette.

»Er will mich im Augenblick anscheinend nicht um sich haben«, murmelte Josie.

»Unsinn«, entgegnete Lisette. »Er braucht dich. Er hat gerade seine Mutter verloren. Wen hat er denn sonst noch?«

Niemanden, dachte Josie bei sich. »Ich bin auf dem Nachhauseweg an seinem Haus vorbeigefahren, aber er war nicht dort.«

»Wo könnte er denn sonst sein?«, fragte Shannon.

Die Lichter brannten in Colettes Haus und Noahs Wagen stand in der Einfahrt. Die Tür war nicht verschlossen. Josie drückte sie auf und rief seinen Namen. Sie fand ihn schließlich in der Nähstube seiner Mutter. Er hatte den Nähtisch zur Seite geschoben und mehrere Fotoalben und Dokumente auf dem Boden ausgebreitet. Neben ihm standen drei Aktenboxen aus Plastik. Er sah nicht auf, als sie eintrat, sagte aber: »Ich versuche, eine Verbindung zwischen Mom und den Pratt-Brüdern zu finden. Ich sage dir, Josie, es gibt keine.«

Josie setzte sich im Schneidersitz vor ihn. »Ich weiß«, pflichtete sie ihm bei. »Wir finden auch keine.«

Er schob ein paar Fotos auf dem Boden herum. »Was, wenn das alles ein Irrtum ist? Wenn sie das Zeug irgendwo gefunden hat, als sie einen ihrer ... weniger lichten Momente hatte und nicht wusste, was sie damit anstellen soll?«

»Und es dann versteckt hat? Noah, wenn sie während eines ihrer Verwirrtheitszustände darauf gestoßen wäre, hätte sie es gesehen, als sie wieder klar im Kopf war, und keine Ahnung gehabt, was es ist. Wenn mir das passieren würde, würde ich es wahrscheinlich wegwerfen. Oder es in den sozialen Medien teilen und den Besitzer auffordern, sich zu melden.«

Er fuhr sich mit einer Hand durch seine dichten Locken. »Wahrscheinlich hast du recht. Was, wenn ... was, wenn es ihr jemand gegeben und gesagt hat, dass es etwas sehr Wichtiges sei, und sie es daraufhin versteckt hat?«

»Wer? Mettner hat alle befragt, die sie kannten. Und

Gretchen hat auch noch ihren Background gecheckt. Wir haben keine Verbindung zu den Pratts gefunden.«

»Da muss noch etwas sein. Das ergibt alles keinen Sinn.«

»Da hast du recht.« Josie sah sich einige der Fotos an. Auf einem stand Colette in einem bauschigen Hochzeitskleid mit einem Bräutigam am Arm, der Noah zum Verwechseln ähnlich sah, in der Tür der Episkopalkirche. »Ist das dein Dad?«

»Ja.« Noah nahm ihr das Foto aus der Hand und legte es weg. Er durchwühlte weitere Bilder, bis Josie eines von Colette als junges Mädchen in einer katholischen Schuluniform sah. Sie war darauf schätzungsweise elf, zwölf Jahre alt, hatte ein kindlich frisches Gesicht und glänzendes dunkles Haar, in dem sich das Sonnenlicht fing. Es tauchten noch ein paar Fotos mit ihr und anderen Kindern in katholischer Schulkleidung auf.

»War die Episkopalkirche die deines Vaters?«, fragte Josie. »Hat sie deshalb die Kirche gewechselt?«

Zum ersten Mal sah ihr Noah in die Augen. »Was? Nein. Mein Dad war Atheist. Er hat den Glauben meiner Mutter toleriert, aber nur kirchlich geheiratet, weil sie darauf bestand.«

Auf seinen Wangen bildeten sich rote Flecken. Sie hätte gern noch mehr gefragt, aber weil er wieder mit ihr sprach und sie neuen Streit vermeiden wollte, wechselte sie das Thema. »Hast du sonst noch was gefunden? In den anderen Kisten?«

Noah klopfte auf den Deckel einer Box. »Gar nichts. Alte Rechnungen. Die Besitzurkunde des Hauses. Garantien für Haushaltsgeräte, Karten von ihren Kolleginnen und Kollegen, als sie in Rente ging. Die Heiratsurkunde, die Scheidungspapiere und ein paar alte Taschenkalender. Als sie dement zu werden begann, kaufte sie sich einen. Sie sagte, die Kalender würden ihr helfen, den Überblick zu behalten. Da ist einer von diesem Jahr und einer vom letzten.«

»Kann ich sie sehen?«

»Klar, warum nicht?« Er schob eine der Kisten zu ihr herüber. Sie öffnete sie und holte zwei kleine Wochenplaner heraus, blätterte sie durch, konnte aber nichts Ungewöhnliches finden. Nichts Auffälliges, lediglich Kirchentermine, Besuche ihrer Kinder und ein paar Arzttermine.

Ihr Handy klingelte. Sie zog es aus der Tasche. »Das ist Mettner«, erklärte sie Noah. »Ich muss rangehen.« Sie drückte auf das Abheben-Symbol. »Quinn«.

»Boss«, antwortete Mettner. Er klang leicht außer Atem. »Beth Pratts Haus steht in Flammen.«

Mettner und Josie standen am Straßenrand gegenüber von Beth Pratts Haus und sahen zu, wie die Feuerwehr von Denton den Brand zu löschen versuchte. Die Blinklichter vertrieben die Nacht, während die Hitze und Helligkeit der Flammen eine Atmosphäre wie an einem Augustnachmittag verbreiteten. Auf Josies Oberlippe bildeten sich Schweißperlen. Sie wischte sie mit dem Ärmel ihres Shirts weg. »Wo ist Mason Pratt?«, fragte Josie.

»Zu Hause. Ich habe die Einheit, die auf ihn aufpasst, schon dreimal angerufen.«

»Ich will, dass jemand bei ihm im Haus bleibt.«

Mettner runzelte die Stirn. »Ich weiß nicht, ob er das will, aber wir können es versuchen.« Er holte sein Telefon heraus und führte in paar Gespräche.

Josie sah, wie die Feuerwehr einen weiteren Schlauch aus einem zweiten Wagen holte, der direkt auf den Rasen vor Beth Pratts Haus gefahren war. Flammen schlugen aus Fenstern und Dach. Über dem gesamten Areal tanzten orange Funken. Josie bekam ein mulmiges Gefühl. Hoffentlich setzten die Funken nicht die Bäume in der Umgebung in Brand.

Mettner legte auf. »Wir haben zwei Einheiten, die Mason Pratt überwachen. Einer der Beamten vor Ort wird Pratt aufwecken und sehen, ob wir wenigstens eine Nacht lang einen unserer Jungs drinnen bei ihm postieren können.«

»Danke«, erwiderte Josie.

Eine Wolke aus grauem Rauch quoll in ihre Richtung. Beide husteten und wischten sich ihre tränenden Augen, als einer der Feuerwehrleute ihnen zurief, mehr Abstand zu halten. Sie gingen gegen die Windrichtung ein Stück weit die Straße hinunter. Die kühlere Luft hier war eine Erleichterung.

Ein dunkle viertürige Limousine fuhr die Straße entlang und blieb vor ihnen stehen. Josie wollte dem Fahrer gerade sagen, dass er im Moment hier nicht durchkönne, als sich das Fenster der Fahrertür öffnete und Chief Chitwood herausbrüllte: »Beth Pratts Haus brennt? Das darf doch nicht wahr sein!«

Chitwood fuhr sich durch sein lichter werdendes Haar. »Ich musste einfach herkommen und mir das selbst ansehen. Herrgott noch mal, das ist eine Katastrophe. Ich kann das vor der Presse nicht länger verheimlichen, das ist Ihnen schon klar, oder? Das gibt einen Skandal. Haben Sie wenigstens zusätzliche Einheiten zum anderen Pratt geschickt?

»Ja, Sir«, antwortete Josie.

»Warum zum Teufel brennt Beth Pratts Haus, Quinn?«

»Ich weiß es nicht, Sir. Vielleicht hat der Mörder beim letzten Mal nicht gefunden, wonach er gesucht hat, und dachte, wenn er das ganze Grundstück abfackelt, würde er es ein für allemal loswerden.«

»Sie glauben also, dass Beth Pratt etwas hatte, von dem der Killer nicht wollte, dass es jemand zu sehen bekommt? Was könnte das sein?«

»Wir wissen es nicht, Sir«, entgegnete Mettner.

Und Josie fügte hinzu: »Egal was es war, Beth Pratt hatte wohl keine Ahnung, dass es wichtig war.«

Chitwood wollte gerade etwas entgegnen, da klingelte Mettners Handy und unterbrach sie. »Mettner«, meldete er sich. Und dann: »Mist. Ja, wir sind gleich da.«

Josie und Chitwood starrten ihn an, als er das Gespräch beendete. »Mason Pratt wurde vor rund zwanzig Minuten bei sich zu Hause überfallen.«

28

Mason Pratt saß im Fond eines Krankenwagens, der in seiner Einfahrt stand, und hielt sich einen Eisbeutel seitlich an den Kopf. Als Mettner und Josie eintrafen, ließen sie als Erstes die Scheinwerfer aller Einsatzfahrzeuge ausschalten. Beth Pratts Ermordung und die Brandstiftung an ihrem Haus hatten schon genug Aufmerksamkeit erregt. Der Angriff auf Mason sollte die Gerüchteküche in der Nachbarschaft nicht noch zusätzlich anheizen. Mettner kletterte geduckt zu Mason in das Ambulanzfahrzeug und ließ sich auf der Kunststoffbank neben der Trage nieder, auf der Mason saß. Josie folgte ihm.

»Ich habe geschlafen«, fing Mason an, noch bevor sie Gelegenheit hatten, ihm Fragen zu stellen. »Ich dachte zuerst, ich träume.«

»Was genau ist passiert?«, wollte Josie wissen. »Woran erinnern Sie sich?«

»Ich schlafe immer auf dem Bauch. Irgendwann bin ich aufgewacht, weil ich zuerst einen Druck auf meinem Ober-körper und dann auf meinem Kopf spürte. Als ich ganz wach war, habe ich gemerkt, dass jemand auf mir saß und meinen Kopf in das Kissen drückte. Ich konnte kaum atmen.«

Josie spürte einen leichten Schauder. »Hat er etwas gesagt?«

Mason nahm den Eisbeutel weg und schüttelte den Kopf, zuckte jedoch zusammen und legte ihn sich schnell wieder an. »Nein. Die ganze Zeit kein Wort. Als mir klar wurde, dass es kein Traum ist, sondern wirklich passiert, habe ich angefangen zu kämpfen. Ich hatte das Gefühl, es dauerte ewig. Er war wahnsinnig kräftig. Sogar für mich. Ich war in der Highschool Ringer, aber der Typ war überall gleichzeitig. Irgendwie konnte ich ihn dann doch von mir wegbekommen, habe mich vom Bett gerollt und bin dabei mit dem Kopf an meinen Nachttisch geknallt.«

Er nahm den Eisbeutel wieder weg, drehte den Kopf und schob mit den Fingern sein Haar beiseite. Josie konnte sehen, dass sich unter seinen Locken schon eine große violette Beule gebildet hatte.

»Sie sollten das untersuchen lassen«, meinte Mettner. »Und vielleicht ein CT vom Kopf machen lassen.«

Mason stöhnte. »Mal sehen. Ich kann's noch gar nicht fassen. Erst Beth und jetzt das. Die Polizei hat mir von ihrem Haus erzählt.« Tränen traten in seine Augenwinkel. »Mann, das hört einfach nicht auf. Was zum Teufel geht hier vor?«

»Das versuchen wir gerade herauszufinden«, versicherte ihm Josie.

Und Mettner fragte weiter: »Was ist passiert, nachdem Sie vom Bett gerollt sind?«

»Er war noch da. Stand über mir und hat sich über mich gebeugt, als wollte er sich auf mich setzen. In diesem Augenblick hörten wir ein Klopfen an meiner Haustür. Eigentlich kein Klopfen, eher ein Hämmern. Richtig fest. Da hat er

Angst bekommen und ist davon. Ich glaube, er ist durch die Hintertür nach draußen. Das Nächste, was ich weiß, ist, dass Polizei in meinem Schlafzimmer stand und jeder herumgebrüllt hat. Ein Polizist ist hinten raus und hinter dem Typen her.«

Josie und Mettner wussten bereits von ihren Kollegen auf Streife, dass sie Masons Angreifer nicht erwischt hatten. Einer der uniformierten Polizisten hatte ihn verfolgt, aber im Labyrinth der Gärten hinter Masons Haus aus den Augen verloren. Eine weitere Einheit fuhr weiterhin das Viertel ab und hielt Ausschau nach dem Angreifer – beziehungsweise jedem, der irgendwie verdächtig aussah. Aber Josie hatte das Gefühl, dass er bereits über alle Berge war. Er hatte wertvolle Zeit gewonnen, bis der Polizist aus Denton die Verfolgung aufgenommen hatte. Wenn er in der Nähe geparkt hatte, musste er nur über ein paar Zäune springen und durch einen Durchgang schlüpfen, um zur Straße zu kommen, in der sein Auto stand, bevor jemand ihn bemerkte.

»Es tut mir sehr leid, dass Sie das alles durchmachen müssen«, wandte sich Josie an Mason. »Ich weiß, dass das nicht der beste Zeitpunkt ist, und ich bin der gleichen Meinung wie Officer Mettner, dass Sie sich im Krankenhaus untersuchen lassen sollten, aber ich würde Ihnen gern noch ein paar weitere Fragen stellen.«

»Schon gut«, erwiderte Mason und lehnte sich mit erschöpftem, schmerzverzerrtem Gesicht in seine Trage zurück.

»Haben Sie den Typen überhaupt gesehen?«, fragte Mettner.

»Nein, tut mir leid. Es war stockdunkel in meinem Zimmer. Er hat mich aus dem tiefsten Schlaf gerissen. Dann habe ich mir auch noch den Kopf angestoßen. Ich war erst einmal orientierungslos. Ich habe nur einen großen Schatten gesehen.«

»Ist Ihnen irgendwas Besonderes an ihm aufgefallen?«, wollte Josie wissen. »Konnten Sie erkennen, ob er eine Waffe hatte?«

»Nein. Nichts Auffälliges. Und keine Waffe, soweit ich sehen konnte.«

»Hören Sie«, begann Mettner. »Wir glauben, dass derjenige, der all das getan hat, etwas sucht. Oder glaubt, dass Sie entweder etwas wissen oder etwas Wichtiges, für ihn Belastendes besitzen.«

»Etwas Belastendes? Was denn?«

»Wissen wir nicht«, schaltete sich Josie ein. »Etwas, das möglicherweise einen Hinweis darauf gibt, was mit Ihrem Onkel passiert ist. Oder sogar Ihrem Vater.«

Masons Augen weiteten sich. »Sie glauben, dass mein Dad ermordet wurde?«

»Wir wissen es nicht«, räumte Josie ein. »Aber ganz egal, was der Angreifer sucht, er ist bereit, dafür zu töten – oder dafür zu sorgen, dass es nicht ans Tageslicht kommt. Wir wollten morgen Vormittag zu Beths Haus fahren und alles durchgehen, was sie hatte oder was ihrem Vater gehörte, bevor er verschwand. Wir dachten, dass sie ein paar Sachen von ihm aufbewahrt hat.«

»Hat sie auch«, pflichtete Mason ihr bei. »Sie glaubte zwar, dass er tot sei, konnte sich aber nicht von seinen Sachen trennen. Sie meinen also, dass der Mörder nach etwas sucht, was Onkel Drew gehört hat?«

»Im Augenblick ist das die einzig sinnvolle Erklärung«, antwortete Josie. »Es ist vielleicht etwas, was auf den ersten Blick unwichtig erscheint, aber das kann auch daran liegen, dass wir noch nicht alle Puzzleteile zusammengefügt haben.«

»Oder er will verhindern, dass wir sie zusammenfügen«, fügte Mettner hinzu.

»Genau«, pflichtete Josie ihm bei.

»Morgen früh kann ich Ihnen zeigen, was Onkel Drew gehört hat«, schlug Mason bereitwillig vor.

Josie und Mettner sahen sich fragend an. War er wegen der Kopfverletzung etwas verwirrt?

»Mason«, sagte Mettner, »in Beths Haus ist alles vernichtet. Wir kommen gerade von dort. Ich glaube nicht, dass da noch irgendetwas zu retten ist.«

»Ich weiß. Aber Beth hat die Sachen ihres Vaters nicht bei sich gehabt. Sie hatte gar nicht den Platz dafür. Und außerdem war es zu schmerzhaft für sie, das alles um sich zu haben.«

»Was sagen Sie da?«, fragte Josie ungläubig.

»Ich sage, sie hatte einen Lagerraum gemietet. Und ich habe den Ersatzschlüssel.«

29

Josie wollte den Lagerraum nicht einmal diese eine Nacht noch unbewacht lassen – nicht nach alledem, was in den letzten vierundzwanzig Stunden passiert war. Der Mörder, nach dem sie suchten, war unverfrorener und abgebrühter als alle Verbrecher, die Josie je gejagt hatte. Sie mussten davon ausgehen, dass er in Beth Pratts Haus einen Hinweis auf das Mietlager gefunden hatte, bevor er den Brand gelegt hatte. Josie schickte eine Streife zu der Adresse, die Mason ihnen gegeben hatte, um das Lager zu überprüfen und es die restliche Nacht im Auge zu behalten. Bevor sie nicht Rückmeldung bekam, dass alles in Ordnung war, konnte sie nicht nach Hause fahren und schlafen. Es war schon nach ein Uhr nachts, aber ihr Zusammensein mit Noah kurz zuvor hatte ihr wieder etwas Mut gegeben. Wenigstens hatte er sie nicht ignoriert oder sogar weggeschickt. Also sandte sie ihm eine Nachricht und fragte ihn, ob er noch wach sei. Aber sie bekam keine Antwort.

Am nächsten Morgen frühstückte Josie eilends mit Shannon, bevor sie sich mit Mettner und Mason Pratt beim

Lux Storage traf, einem großen, wuchtigen Flachbau an der Auffahrt zur Autobahn im Süden von Denton. Zu den einzelnen Einheiten in dem grauen Betonziegelgebäude führte jeweils eine knallgelbe Flügeltür.

Der von Beth angemietete Lagerraum befand sich fast ganz am Ende des Gebäudes und war von der Straße aus nicht zu sehen, was Josie nicht unrecht war. So konnten sie sich ungestört umsehen und mussten keine Fragen beantworten. Sie hielten hinter Masons Pick-up und stiegen aus. Auch Mason kam aus seinem Wagen. Er sah erschöpft aus. Josie fragte sich, ob er überhaupt Gelegenheit gehabt hatte, zu schlafen. Man hatte ihn in die Notaufnahme gebracht, während die Spurensicherung sein Schlafzimmer und die Hintertür auf Fingerabdrücke untersucht hatte. Das alles war erst vier, fünf Stunden her.

Er grüßte sie mit einer halbherzigen Handbewegung und holte einen Schlüsselbund aus seiner Jeans. Kurz darauf standen sie im Lager. Mason schaltete die Deckenbeleuchtung an, die den Lagerraum in ein grelles Licht tauchte. Mehrere Reihen Plastikkisten standen schulterhoch gestapelt auf dem Betonboden. Es roch muffig und die Luft war kalt.

»Ich weiß ehrlich gesagt nicht, was sie hier aufbewahrt hat«, sagte Mason und klopfte mit der Handfläche auf den Kistenstapel neben sich. »Aber Sie können sich so lange umsehen, wie Sie möchten.« Er warf Mettner die Schlüssel zu, der sie auffing. »Ich fahre jetzt nach Hause und lege mich hin«, fügte er hinzu. »Bringen Sie mir den Schlüssel einfach zurück, wenn Sie fertig sind.«

Er drehte sich um und ging zu seinem Pick-up zurück. »Mason«, rief Josie ihm nach. »Ich möchte einen Beamten in

Ihrem Haus und eine Einheit davor postieren, wenn es Ihnen nichts ausmacht.«

Er kratzte sich am Kopf. »Macht mir nichts aus. Besonders nicht nach letzter Nacht.«

Sie bedankten sich und machten sich an die Arbeit. Mettner ging die Kisten auf der linken Seite und Josie die auf der rechten durch. Sie arbeiteten sich bis zur Mitte vor. In den Behältern waren alte Kleider, Sport-Fanartikel, Küchenutensilien, ein paar Fotoalben, Drew Pratts eingerahmte Collegezeugnisse und Dutzende Notizbücher mit handschriftlichen Aufzeichnungen aus seiner Zeit als stellvertretender Bezirksstaatsanwalt.

»Himmel«, schimpfte Mettner und wischte sich mit dem Unterarm über die Oberlippe. Draußen war es kühl, aber je länger sie in dem engen Lagerraum arbeiteten, desto wärmer wurde ihnen. Bald waren sie in Schweiß gebadet. »Das dauert ja ewig, bis wir die alle durchhaben. Dabei wissen wir nicht einmal, wonach wir suchen.«

»Leg sie weg. Wir sehen sie uns später genauer an.«

»Wonach suchen wir eigentlich?«

»Keine Ahnung. Aber ich denke, wenn wir es finden, wissen wir es.«

Sie förderten etliche Schuhe und Krawatten zutage, mehrere Kisten mit Büchern, einige Decken und Bettwäschegarnituren sowie einen alten Werkzeugkoffer.

»Beth glaubte Mason zufolge zwar nicht, dass ihr Vater noch lebte. Aber es sieht so aus, als hätte sie alles aufbewahrt, was er besaß«, mutmaßte Mettner.

Josie spürte, wie es ihr das Herz zusammenschnürte. »Wahrscheinlich hoffte sie tief in ihrem Inneren noch immer, dass er eines Tages wieder durch die Haustür hereinspazieren würde.«

»Sieh dir das mal an.« Mettner holte eine kleine braune Schachtel aus einer der Plastikkisten. Obenauf stand mit dickem schwarzen Marker »Sam«. Er trug sie in den vorderen Bereich des Lagerraums, wo das Tageslicht am hellsten und die Luft am kühlsten war. Beide knieten sich auf den Boden. Josie öffnete die Schachtel. Darin waren ein Notizbuch, das aussah wie ein alter Terminkalender, und mehrere lose Blätter.

»Sieht aus wie Drew Pratts inoffizielle ›Akte‹ über den Tod seines Bruders«, stellte Josie fest. Sie versuchte sich vorzustellen, wie es für Drew Pratt gewesen sein musste, seinen Bruder unter solch merkwürdigen Umständen zu verlieren. Da wuchs man mit jemandem auf, glaubte ihn in- und auswendig zu kennen und dann passierte etwas so Unerwartetes. Josie hatte ihren Mann Ray schon seit ihrer Kindheit gekannt. Sie waren beste Freunde gewesen, dann ein Liebespaar auf der Highschool und schließlich Mann und Frau. Wie hätte sie reagiert, wenn Ray eines Tages weggegangen, 60 Kilometer zu einem Fluss gefahren und verschwunden wäre, nur um einige Tage später tot am Ufer angeschwemmt zu werden? Wie Drew Pratt hätte sie nie an Selbstmord geglaubt. Und genau wie er hätte sie auf eigene Faust ermittelt. Sie hätte einfach nicht anders gekonnt.

Mettner blätterte die losen Seiten durch. »Du hast recht. Hier ist der Autopsiebericht und hier ein paar Polizeiberichte.«

»Was ist das?«, fragte Josie und deutete auf einen Stapel von Blättern, die mit Schreibmaschine getippt und von einem dicken Gummiband zusammengehalten wurden.

Mettner zog sie aus dem untersten Stapel, den er sich geholt hatte, und ging sie durch. »Wissenschaftliche Artikel, die Samuel Pratt verfasst hat.«

Er gab sie Josie. Die archäologischen Fachbegriffe in den Titeln und Texten sagten Josie nichts, aber sie vermutete, dass es sich um Aufzeichnungen von Grabungen handelte, die Samuel Pratt in verschiedenen Ländern durchgeführt hatte – in Ägypten, Italien, Bosnien-Herzegowina, China und sogar ein paar Ausgrabungsstätten in den Vereinigten Staaten. Josie legte sie beiseite und kramte noch ein bisschen in der Schachtel herum. Da waren ein Hefter, ein winziger Zylinder mit Büroklammern und ein Tisch-Namensschild, auf dem ›Dr. Samuel Pratt‹ stand. »Einiges davon stammt aus Samuel Pratts Büro«, stellte Josie fest. »Der letzte Ort, an dem er lebend gesehen wurde.«

Josie nahm das Notizbuch und blätterte es durch. Es enthielt in Drew Pratts eng gedrängter Handschrift etliche Notizen über den Fall seines Bruders. Das meiste waren mit schwarzer Tinte geschriebene Fragen, die Pratt später mit blauer Tinte beantwortet hatte.

Hat er an dem Tag Anrufe im Büro bekommen?

Sekretärin weiß nur von einem einzigen Anruf vom Institutsleiter. Es ging um den Stundenplan für die Sommerkurse.

Ist jemand an diesem Tag in seinem Büro gewesen?

Sekretärin erinnert sich an einen Studenten, der vorbeischaute und eine überfällige Arbeit einreichte.

Hat ihn jemand im Café tatsächlich gesehen?

Der Barista sagt, Sam sei zur üblichen Zeit gekommen, habe sein übliches Getränk bestellt und sich ansonsten ganz normal verhalten.

. . .

Mettner pfiff leise hinter Josies Schulter. »Der Mann war echt gründlich. Etwas Verdächtiges hätte er sicher entdeckt.«

Josie blätterte weiter und überflog die Notizen, so rasch sie konnte, um wenigstens ihren Sinn zu erfassen. Zum Schluss blieb sie an einem ungewöhnlichen Eintrag hängen.

Wer/Was ist C. F.?

Drew Pratt hatte darunter mehrere mögliche Antworten geschrieben: *Computer-Fachseminar? Sam wollte in der Woche nach seinem Tod an einem Seminar teilnehmen. Café? Nein, Sam ist jeden Tag ins Café gegangen. Studenten? Sam hatte zwei Studenten mit diesen Initialen, aber beide waren den ganzen Tag in Vorlesungen. Chronisches Fatigue-Syndrom? Chronisches Fieber? War er ernsthaft krank? Hätte man das bei der Autopsie nicht feststellen müssen? Kollegen mit diesen Initialen? Hatte er, aber er wurde an besagtem Tag operiert. Affäre?*

Unter ›Affäre‹ stand nichts.

»Wo hat er diese Initialen her?«, wollte Mettner wissen.

Josies Hand zitterte leicht, als sie den Terminkalender herausholte, der ihr beim Öffnen der Schachtel aufgefallen war. »Von hier. An welchem Datum ist Samuel Pratt verschwunden?«

Mettner holte sein Telefon heraus und scrollte durch die Einträge in seiner Notiz-App, bis er das Datum fand. »14. April 1999.«

Josie öffnete den Terminkalender. Darauf stand Samuel Pratts Name, seine Büroadresse an der Universität von Denton und seine Telefonnummer. Sie blätterte bis April. In diesem Monat gab es ein paar Einträge – einige Sprechstunden, eine Abgabefrist für einen Artikel, Fakultätssitzungen und besagtes Seminar am Monatsende, aber am 14. April nur diesen einen Eintrag. Zwei Buchstaben.

C. F.

»Colette Fraley«, sagte Josie.

30

»Ich dachte, Colette Fraley und Samuel Pratt hätten sich nicht gekannt«, meinte Mettner.

Die beiden hatten das Lager wieder aufgeräumt, alle Kisten an ihren Platz zurückgestellt und die Schachtel mit der Aufschrift ›Sam‹ mitgenommen, nachdem sie Mason um Erlaubnis gebeten hatten. Nun fuhr Mettner zum Revier zurück, während Josie mit der Schachtel auf den Knien auf dem Beifahrersitz saß.

»Wer sonst sollte C. F. sein?«, entgegnete Josie. »Drew Pratt hat jahrelang herauszufinden versucht, für was oder wen die beiden Buchstaben standen. Vielleicht ist es ihm nie gelungen, weil er keine Ahnung hatte, wer Colette ist. Wir haben ja auch keine Verbindung zwischen ihr und den beiden Pratt-Brüdern entdeckt.«

Mettner runzelte die Stirn. »Sie könnte also doch eine Affäre gehabt haben. Das ist dir schon klar, oder? Vor neunzehn Jahren muss Noah auf der Middle School gewesen sein. Wann, sagtest du, haben sich seine Eltern scheiden lassen?«

»Als er achtzehn war. Im April 1999 war er etwa dreizehn. Also, ja, Colette wäre da noch verheiratet gewesen.«

»Eine Affäre würde erklären, warum Sam den ganzen
Weg nach Bellewood gefahren ist. Beide haben hier in
Denton gelebt und doch wurde Samuel Pratts Auto über
sechzig Kilometer entfernt gefunden.«

Josie hatte das Gefühl, als würde ihr das Herz wie ein
kalter Kloß in den Magen sinken. »1999 hatte wahrscheinlich noch keiner von ihnen ein Handy. Auch E-Mails waren
damals nicht allzu verbreitet.«

»Sie haben seine privaten oder geschäftlichen Telefon-
verbindungen wahrscheinlich nicht überprüft, wenn es nach
Selbstmord aussah«, fügte Mettner hinzu. »Gut möglich,
dass er und Colette schon seit geraumer Zeit in Verbindung
standen, ohne dass es jemand bemerkt hatte.«

Josie öffnete die Schachtel und holte den Terminkalender heraus. Sie ging die Einträge zwischen dem 1. Januar
und dem 14. April durch. Das Kürzel C. F. kam nur noch
einmal vor, etwa drei Wochen vor dem Eintrag am 14. April.
»Ich glaube nicht, dass sie eine Affäre hatten«, entgegnete
Josie. »Zumindest keine lange. Ich finde die Initialen nur
noch ein einziges Mal – ein paar Wochen, bevor Samuel
Pratt im Fluss starb. Aber wenn es eine Affäre war, was ist
passiert?«

»Wie meinst du das?«

Josie klappte den Terminkalender zu und legte ihn
wieder in die Schachtel. »Sie trifft ihn am Fluss und überredet ihn, sich umzubringen? Oder drückt ihn unter Wasser,
bis er ertrinkt? Hast du Fotos von Samuel Pratt gesehen? Er
war ein Riesenkerl. Jemand von Colettes Größe hätte gegen
ihn keine Chance gehabt.«

»Vielleicht hat sie Schluss gemacht mit ihm. Das hat er nicht verkraftet und sich umgebracht.«

»Gut möglich. Vor allem, weil er sowieso schon psychisch angeschlagen war.«

»Oder Colette hatte einen eifersüchtigen Liebhaber, noch einen. Oder ihr Mann hat von der Sache Wind bekommen, ist durchgedreht und hat ihn umgebracht.«

Josie hatte Colette Fraley nicht allzu lange und auch nicht sonderlich gut gekannt, konnte sie sich aber nur schwerlich als junge Verführerin mit zahlreichen außerehelichen Affären vorstellen. »Und was ist dann mit Drew Pratt?«

»Was soll mit ihm sein?«

»Colette hatte seinen USB-Stick. Sie war also mit großer Wahrscheinlichkeit die geheimnisvolle Frau auf dem Markt. Wie soll sie sonst zu dem Stick gekommen sein? Sie hat ihn zusammen mit Sams Pfeilspitze versteckt. Da muss es eine Verbindung geben. Hatte sie vielleicht auch mit Drew Pratt eine Affäre?«

»Hmmm«, meinte Mettner, »eher unwahrscheinlich. Außerdem, wenn sie sich sieben Jahre nach Samuels Tod mit seinem Bruder traf und tatsächlich ein Verhältnis mit ihm anfing, wäre sie da bereits geschieden gewesen. Drew Pratt war Single. Den Ehemann als eifersüchtigen Mörder können wir wohl ausschließen. Sie hätten auch gar keinen Grund für Heimlichtuerei gehabt. Aber ich glaube nicht, dass sie was mit Drew hatte.«

»Ich auch nicht. Vielleicht hast du recht: Sie hat Sam den Laufpass gegeben, er hat sich deswegen umgebracht und sie fühlte sich schuldig. Oder sie wusste, wer Sam ermordet hat, und versuchte, Drew reinen Wein einzuschenken. Andererseits, warum hätte sie damit so viele Jahre warten sollen? Es ergibt alles keinen Sinn«, sagte Josie.

»Vielleicht schon«, erwiderte Mettner. »Es könnte ihr Gewissen so sehr belastet haben, Sam in den Selbstmord getrieben zu haben, dass sie es gegenüber seiner Familie wiedergutmachen wollte. Oder sie hatte einen weiteren Liebhaber, der eifersüchtig geworden ist und Sam umgebracht hat. Womöglich wusste oder ahnte Colette, dass dieser eifersüchtige Lover hinter der Sache steckte. Sie konnte nicht länger mit der Schuld leben und beschloss, sich an Drew zu wenden. Er war Staatsanwalt. Vielleicht dachte sie, er könne ihr helfen. Aber das erklärt nicht, was sie mit dem USB-Stick gemacht hat.«

»Stimmt. Vielleicht war Drew Pratt deshalb in den Wochen vor seinem Tod so verstört – nicht wegen der Wood-Creek-Sache, sondern weil er endlich erfahren hatte, was mit seinem Bruder passiert war. Zum Schluss hat sie wie schon bei Sam auch Drews Tod verschuldet – vielleicht nicht absichtlich, aber passiert ist es trotzdem. Und wie du schon gesagt hast: Warum hatte sie Drew Pratts USB-Stick? Warum besaß sie persönliche Dinge von allen beiden? Und wem gehört die Gürtelschnalle?«

Selbst von der Seite konnte Josie sehen, dass Mettner die Stirn runzelte. »Irgendwie seltsam, oder? Normalerweise behalten doch nur Serienmörder Trophäen.«

»Genau. Ich kann mir zwar Colette beim besten Willen nicht als Mörderin vorstellen, aber möglich ist alles.« Josie seufzte. »Noah wird gar nicht erfreut darüber sein, in welche Richtung wir da denken.«

»Wir müssen uns eingehender mit seinem Vater unterhalten«, sagte Mettner.

»Auch das wird Noah nicht gefallen.«

»Davon bin ich überzeugt. Aber da draußen läuft ein Mörder frei herum. Und er dreht allmählich durch.«

Josie hätte schwören können, dass sie in ihren Haaren noch immer den Rauch des Feuers von Beth Pratts Haus letzte Nacht roch, obwohl sie sie schon zweimal gewaschen hatte. »Ich weiß«, pflichtete sie Mettner bei.

31

Zurück auf dem Revier informierten sie Chief Chitwood und Gretchen über die neueste Entwicklung und bestellten sich anschließend etwas zu essen. Josie sah auf ihr Handy, aber von Noah war nichts gekommen. Sie versuchte, ihn anzurufen, doch er ging nicht ran. Also sandte sie ihm halb im Scherz eine Nachricht, dass sie eine Streife bei ihm vorbeischicken werde, wenn er nicht bald ein Lebenszeichen von sich gäbe. Nach zehn Minuten antwortete er endlich. *Ich lebe. Räume heute Moms Haus aus.* Josie war erleichtert und besorgt zugleich. Natürlich freute sie sich, dass er geantwortet hatte, aber zugleich vermisste sie seine warmherzige, flirtende Art, die sie von ihm gewohnt war, wenn sie sich schrieben. Er hatte fast jede Nachricht mit einer Reihe von Smileys oder einem *»Liebe dich«* beendet. Sofort überkamen sie Schuldgefühle. Noah hatte gerade erst seine Mutter auf schrecklich gewaltsame Weise verloren. Josie Sicherheit zu geben war das Letzte, woran er im Augenblick dachte. Allein schon der Gedanke daran kam ihr egoistisch vor. Ihre Selbstvorwürfe wurden jedoch von einer anderen Sorge verdrängt:

War Noah sicher, so allein im Haus seiner Mutter? Sie wussten noch immer nicht, hinter was der Mörder her war. Binnen weniger Tage war Beth Pratt ermordet, ihr Haus niedergebrannt und Mason Pratt im Schlaf überfallen worden.

Sie nahm ihr Telefon und wählte die Leitstelle, um herauszufinden, ob Officer Hummel noch Schicht hatte. Dann rief sie ihn auf seinem Handy an und bat ihn, gelegentlich bei Colettes Haus vorbeizufahren.

Ohne von ihrem Computer aufzusehen, bemerkte Gretchen: »Gute Idee.«

Als Mettner neben ihrem Schreibtisch auftauchte, war Josie erleichtert. Er gab ihr eine Liste mit Antiquitätenhändlern und Pfandleihhäusern. »Ich habe Hummel heute darauf angesetzt. Er ist mit deiner Gürtelschnalle kein bisschen weitergekommen.«

Josie atmete tief durch und überflog die Liste. »Irgendwas machen wir falsch.«

Gretchen sah von ihrem Computer auf. »Wie meinst du das?«

»Das Jahr auf der Schnalle muss eine Bedeutung haben. Seitdem sind fünfundvierzig Jahre vergangen.« Sie sah Mettner an. »Schick jemanden nach Rockview.«

»In das Altersheim?«, fragte Mettner.

»Ja. Jemand muss mit den Bewohnern dort reden. Sie sollen sich die Fotos von der Gürtelschnalle ansehen. Viele dort dürften 1973 jung bis mittelalt gewesen sein. Vielleicht weiß einer der Insassen, was es damit auf sich hat oder wo sie herkommt.«

»Bin schon weg«, sagte Mettner und marschierte los.

Gretchen stand auf, streckte ihre Arme über den Kopf

und rief hinter ihm her: »Bleib in der Nähe. Ich habe für euch zwei ein Treffen mit Lance Fraley arrangiert.«

Chitwood erschien in der offenen Tür. »Palmer kann gehen«, sagte er.

Mettner, der fast schon an der Treppe war, erstarrte und sah zurück zum Chief.

Über Gretchens Gesicht huschte ein hoffnungsvoller Zug. »Ich darf vom Schreibtisch weg?«

Chitwood hob eine Augenbraue. »Nicht ganz. Aber wir haben zwei Morde – und der von Beth Pratt ist für die Öffentlichkeit von verdammt großem Interesse. Hinzu kommen eine Brandstiftung und ein weiterer Pratt, der in Gefahr schwebt. Also kann Palmer Sie *sehr zurückhaltend* bei den Ermittlungen draußen unterstützen. Quinn, Sie nehmen Palmer mit zu Lance Fraley. Mettner, Sie fahren selbst ins Altersheim und versuchen, etwas über die Schnalle herauszufinden. Ich habe die Spurensicherung schon Überstunden schieben lassen, damit sie mir etwas Handfestes vom Tatort liefert, an dem Pratt ermordet wurde. Jetzt muss sie sich auch noch mit ihrem ausgebrannten Haus und dem von Mason Pratt befassen. Ich habe im Moment mehr Verbrechen als Leute. Aber Palmer, ich schwöre Ihnen, wenn Sie auch nur einmal aus der Reihe tanzen, und sei es nur ein kleines bisschen, dann sitzen Sie am Schreibtisch, bis Sie in den Ruhestand gehen.«

Gretchen konnte sich ein Grinsen kaum verkneifen, als sie antwortete: »Ja, Sir.«

32

Noahs Vater lebte zwei Fahrstunden von Denton entfernt in einer Kleinstadt im Norden von New Jersey an der Grenze zum Bundesstaat New York. Gretchen hatte ihn vor der Fahrt angerufen, um sicherzugehen, dass er auch wirklich zu Hause war. Unterwegs sprachen sie die ganze Zeit über Gretchens erwachsene Kinder, mit denen sie seit Kurzem wieder Kontakt hatte – sie hatte während ihrer mehrmonatigen Auszeit viel Zeit mit ihnen verbracht und das Verhältnis war ganz gut. Die Wiedervereinigung mit Familienmitgliedern nach Jahrzehnten der Trennung war ebenfalls etwas, was Josie und Gretchen gemeinsam hatten. Als sie vor Lance Fraleys Haus hielten, fragte Josie sich, ob Noah je wieder Kontakt zu seinem Vater haben würde.

Als sie zwei Jungen in der Einfahrt Basketball spielen sah, begriff sie, dass das sehr unwahrscheinlich war. Beide waren vielleicht dreizehn, vierzehn Jahre alt und groß. Sie trugen Oversized-T-Shirts und locker sitzende Shorts, hatten zerzaustes braunes Haar und sahen aus wie Mini-Noahs abzüglich der Merkmale, die er von Colette geerbt hatte. Als

Josie und Gretchen ausstiegen und die Einfahrt entlang zum Haus gingen, rief einer der Jungen: »Dad! Deine Freundinnen kommen!«

Sie spielten weiter, als seien Josie und Gretchen gar nicht da. Die beiden Polizistinnen machten einen Bogen um das Eins-gegen-eins-Basketballspiel und gingen zur Eingangstür. Das Haus war groß, hatte zwei Stockwerke und eine cremeweiße Verkleidung mit leuchtend roten Leisten. Gesäumt wurde es von sorgfältig gepflegten Blumenbeeten. Auf der Veranda stand eine Hollywoodschaukel und von der Überdachung hingen mehrere Blumenampeln. Ein kleiner brauner Fußabstreifer vor dem Eingang empfing Besucher mit der Aufschrift »Die Fraleys«.

Josie blieb einen Augenblick das Herz stehen, als eine hübsche blonde Frau, die nicht viel älter als sie sein konnte, zur Tür kam. Sie lächelte sie strahlend an und trocknete sich die Hände mit einem Geschirrtuch ab, bevor sie die Fliegengittertür öffnete. »Sie sind die Detectives, nicht wahr? Kommen Sie herein.«

Sie bedeutete ihnen, ihr zur folgen, und führte sie in ein helles Foyer mit Holzboden und einem kleinen Tisch aus Kirschbaumholz, auf dem ein Stapel Post lag und eine Schale mit Schlüsseln stand. »Andi Fraley«, stellte die Frau sich vor und streckte ihnen die Hand hin. Gretchen schüttelte sie zuerst, dann Josie, die noch so erstaunt war, dass sie kein Wort herausbrachte. Zum Glück stellte Gretchen sie beide vor und stupste Josie, als Andi Fraley sie in ein geräumiges Wohnzimmer mit einer riesigen, graubraunen Sofagarnitur und einem dazu passenden Teppich auf dem glänzenden Holzboden führte.

»Kann ich Ihnen etwas anbieten? Es war sicher eine lange Fahrt. Wasser? Kaffee?«, fragte Andi.

»Kaffee wäre super«, erwiderte Gretchen. Als Josie nicht antwortete und ihren Blick abwesend durch das Wohnzimmer schweifen ließ, fügte Gretchen hinzu: »Detective Quinn nimmt auch einen Kaffee.«

Andi schenkte ihnen ein weiteres Superstrahlelächeln. »Natürlich. Ich hole Lance. Er ist in seinem Büro.«

Kaum war sie weg, zischte Gretchen Josie an: »Quinn, reiß dich am Riemen.«

Josie deutete auf die Wand gegenüber, wo ein großes Bücherregal stand. Auf den Regalen waren Fotos einer glücklichen Familie aufgestellt. Sie zeigten Andi, die beiden Jungen aus der Einfahrt und einen Mann, ganz offensichtlich Lance Fraley. Noah war ihm fast wie aus dem Gesicht geschnitten. Seine Schwester hatte ihr Aussehen zu ziemlich gleichen Teilen von beiden Eltern mitbekommen und Theo sah seiner Mutter sehr ähnlich, aber Noah war fast ein Klon seines Vaters.

Und dieser Lance Fraley hatte seine Frau nach vierunddreißig Ehejahren verlassen und eine neue Familie gegründet.

»Er hat noch einmal neu angefangen«, staunte Josie. »Ganz von vorn.«

»Das ist so, wenn Menschen sich scheiden lassen«, flüsterte Gretchen.

»Da muss noch mehr dahinterstecken«, erwiderte Josie. »Vielleicht ist er doch nicht so auf seine Kinder zugegangen, wie er behauptet hat.«

Josie verstand jetzt, warum Noah und seine Geschwister so verbittert darüber waren, dass ihr Vater sie verlassen hatte. Sie fragte sich, ob das wirklich wahr war, was Lance Gretchen über seine Bemühungen, mit seinen erwachsenen Kindern in Kontakt zu treten, erzählt hatte. Der Noah, den sie kannte, war freundlich, versöhnlich, ausgeglichen und fair. Man konnte sich kaum vorstellen, dass er so abweisend gegenüber seinem Vater war und keinerlei Wert auf Kontakt zu ihm legte. Nach dem, was sie wusste, schien es eher so zu sein, dass Lances »Bemühungen« minimal bis nicht existent gewesen waren. Angesichts des Alters seiner Kinder mit Andi bestand durchaus die Möglichkeit, dass er bereits eine Beziehung zu seiner neuen Frau gehabt hatte, als er noch mit Colette verheiratet gewesen war. Selbst wenn er versucht hätte, im Leben seiner Kinder weiter eine Rolle zu spielen, musste die Tatsache, dass er Noahs Mutter für eine andere Frau verlassen und eine völlig neue Familie gegründet hatte, für alle Zurückgelassenen äußerst schmerzhaft gewesen sein. Gretchen hatte zwar recht: Scheidungen und Neuanfänge kamen nun einmal vor. Aber wenn Lance für seine Kinder aus erster Ehe nach der Trennung so abwesend gewesen war, wie sie behaupteten, verstand sie, warum sie einen solchen Groll gegen ihn hegten. Sie fragte sich, wie es war, stets einen echten Vater zu haben, der fürsorglich, warmherzig, liebevoll und für einen da war – und der eines Tages einfach wegging und kaum noch zurückblickte.

Bevor sie weiter darüber spekulieren konnte, kam Lance Fraley, gefolgt von Andi, herein. Sie trug ein kleines Tablett mit Kaffeetassen, zwei Löffeln, einem kleinen Milchkarton und einer Zuckerdose darauf. Lance gab ihnen die Hand, während Andi das Tablett auf den Couchtisch stellte. Josie sah ihn sich an, als sie sich setzten. Er war wesentlich größer als Noah und hatte graues, aber genauso dichtes Haar wie Noah. Ihre Gesichter waren sich sowohl in natura als auch auf den Fotos, die sie gesehen hatte, fast zum Verwechseln ähnlich.

Mit einem weiteren strahlenden Lächeln ließ Andi sie

im Wohnzimmer allein. Lance setzte sich diagonal zu ihnen auf das zweite Element der Sofalandschaft und legte seine großen Hände auf die Knie. Sein Lächeln war eher eine Grimasse. Genauso sah Noah aus, wenn er wusste, dass er etwas tun musste, aber Angst davor hatte. »Womit kann ich Ihnen dienen, meine Damen?«, fragte er.

Josie fand ihre Stimme wieder. »Wir müssen mit Ihnen über Ihre Ex-Frau reden.«

Die Grimasse verwandelte sich in eine traurige Miene. »Ich tue, was ich kann.«

Gretchen holte ihr Smartphone heraus und wischte bis zu einem Foto der drei Gegenstände, die sie in Colettes Nähmaschine gefunden hatten. Sie zeigte die Aufnahme Lance, der jedoch keine Miene verzog. »Erkennen Sie einen dieser Gegenstände wieder?«, wollte Gretchen wissen.

Er schüttelte den Kopf. »Nein, tut mir leid. Was hat das mit Colette zu tun?«

»Vielleicht nichts«, erklärte Josie. »Wo haben Sie und Colette sich kennengelernt?«

»Auf der Highschool«, kam die Antwort unvermittelt. »Wir waren schon auf der Schule ein Paar.«

»Wie war Ihre Ehe?«, fragte Gretchen.

Er runzelte die Stirn. »Tut mir leid, ich verstehe nicht, inwieweit das wichtig ...«

Josie unterbrach ihn. »Wir müssen wissen, ob Colette Ihres Wissens nach jemals eine – oder auch mehrere – Affären hatte.«

Lance lachte. »Soll das ein Witz sein? Das ist ein Witz, oder? Haben die Kinder Ihnen das eingeredet? Nein, ich war derjenige, der fremdging. Ich hatte, noch während ich mit Colette verheiratet war, eine Affäre mit Andi. Andi wurde schwanger und ich bin weggegangen. Ich weiß, das war nicht ideal, aber es ist viele Jahre her. Sie müssen endlich darüber hinwegkommen.«

Josie tat Zucker und Milch in ihren Kaffee und nahm einen Schluck. Dabei verdeckte sie ihr Gesicht mit der Tasse, um ihr Entsetzen zu verbergen. Zwischen Lance und seinen erwachsenen Kindern war mehr böses Blut, als sie gedacht hatte.

Gretchen hob die Augenbrauen. »Wir sind hier, weil die Polizei von Denton in einer Reihe von Morden ermittelt, Mr. Fraley. Deshalb: Nein, niemand hat uns etwas ›eingeredet‹.«

»Eine Reihe von Morden?«, wiederholte er und wurde bleich.

»Ja«, antwortete Josie. »Wir haben Grund zu der Annahme, dass die Person, die Colette ermordet hat, noch eine weitere Frau umgebracht und außerdem versucht hat, eine dritte Person zu töten. Wir wollen so viel wie möglich über die Opfer in Erfahrung bringen. Wenn wir herausfinden, ob es eine Beziehung zwischen ihnen gab, würde das eventuell helfen, den Mörder zu finden.«

»Ach so, verstehe. Tut mir leid, Ich habe nur ... hören Sie, ich habe mit Colette seit unserer Scheidung nicht mehr gesprochen.«

»Nicht einmal über die Kinder?«, hakte Josie nach und stellte die Tasse zurück auf den Tisch. Sie erinnerte sich an die Fotos, die sie von Noahs College-Abschlussfeier gesehen hatte. Sein Vater war darauf nicht zu sehen gewesen. Sie fragte sich, ob er überhaupt wusste, dass Noah vor ein paar Jahren angeschossen worden war. Ihr war klar, dass die Eltern erwachsener Scheidungskinder nicht viel Grund hatten, in Kontakt zu bleiben. Aber bei den ganz großen Ereignissen – Studienabschlüssen oder schweren Krankheiten etwa – konnten sie doch wenigstens miteinander kommunizieren.

»Nein, unsere Kinder waren erwachsen«, erwiderte Lance. »Es gab keinen Grund, noch miteinander über sie zu reden.«

»Soso. Also sobald sie groß sind, braucht man sich nicht mehr mit ihnen abzugeben«, platzte es aus Josie heraus. Dafür bekam sie von Gretchen einen unsanften Ellbogenstoß in die Rippen. Sie presste die Lippen zusammen und überließ Gretchen das Reden.

»Mr. Fraley, was meine Kollegin sagen will, ist, dass wir Sie so verstehen, dass auch Sie nach der Scheidung wenig Kontakt zu Ihren Kindern hatten. Also können wir davon ausgehen, dass Sie sich in den letzten Jahren mit Colette weder direkt noch indirekt ausgetauscht haben.«

Lance rutschte unbehaglich hin und her, bestätigte es jedoch. »Ja.«

»Gut. Nachdem das geklärt ist, möchten wir Ihnen einige Fragen zu den allgemeinen Umständen stellen. Sie waren mehr als dreißig Jahre lang mit Colette verheiratet. Es ist also davon auszugehen, dass Sie sie in dieser Zeit ziemlich gut kennengelernt haben, oder?«

»Natürlich.«

»Ich stelle unangenehme Fragen genauso ungern, wie Sie sie beantworten. Aber es ist für unsere Nachforschungen unumgänglich. Wir müssen in jede Richtung umfassend ermitteln. Ich hoffe, Sie haben dafür Verständnis.«

»Klar.«

Josie sah zu, wie Gretchen Lance Fraley so professionell wie verständnisvoll für sich einnahm. Sie fuhr fort. »Also: Wissen Sie, ob Colette eine Affäre hatte?«

»Nein, nicht dass ich wüsste. Und, ehrlich gesagt, glaube

ich auch nicht, dass sie je eine hatte. Sie war einfach nicht der Typ dafür. Sie war sehr hingebungsvoll. Um ehrlich zu sein, ich hatte gar nicht so viel Lust darauf zu heiraten. Ich … ich wollte eigentlich nach der Highschool mit ihr Schluss machen, aber sie wurde mit Theo schwanger. Wissen Sie, damals war Nichtheiraten in so einer Situation undenkbar.«

»War Colette glücklich, als sie erfuhr, dass sie schwanger war?«

»Sehr aufgeregt, ja. Sie wollte, dass wir sofort heiraten. Wir haben in aller Eile eine Hochzeit geplant. Sind zusammengezogen, bekamen weitere Kinder. Es war nicht immer leicht, aber wir haben es hingekriegt. Das heißt, bis die Kinder älter wurden und ich Andi begegnet bin …«

Seine Gedanken schweiften ab. Er starrte auf einen Punkt über ihren Köpfen. Nach ein paar Sekunden fügte er hinzu: »Ich weiß, dass ich ihr wehgetan habe. Ich weiß, dass ich den Kindern wehgetan habe. Ich bedaure es zutiefst, aber es ging einfach nicht mehr so weiter … Noah war kurz davor, aufs College zu gehen. Dann wären nur noch wir zwei gewesen. Wissen Sie, wir hatten im Grunde nicht viel gemeinsam. Wenn man seit der Highschool zusammen ist, ist das nicht unbedingt …«

»Ich habe geheiratet, während ich auf der Highschool war«, unterbrach ihn Josie.

»Entschuldigung«, warf Lance rasch ein. »Ich wollte nicht … ich meine, manche werden ohne Wenn und Aber glücklich …«

Josie rang sich ein Lächeln ab. »Schon gut. Es hat nicht funktioniert. Wir … haben uns auseinandergelebt.«

Nach diesem Geständnis schien sich Lance sichtlich zu entspannen. Er setzte sein Lächeln wieder auf. »Ja, ich glaube, genau das ist auch mit uns passiert. Wir waren an unseren Kindern interessiert, und als sie nicht mehr als Gemeinsamkeit da waren, haben wir uns entfremdet. Dann bin ich Andi begegnet und alles ist anders geworden.«

»Sicher war es trotzdem schwer, das alles nach so langer Zeit aufzugeben«, wandte Josie ein. »Vor allem, da Sie sich so gut kannten und alles voneinander wussten.«

Lance nickte, während sie fortfuhr. »Soweit wir im Augenblick wissen, war Colette nicht unbedingt jemand, der Geheimnisse hatte.«

»Nein, das stimmt«, pflichtete Lance ihr bei. »Bei ihr wusste man immer, woran man war. Ich habe eigentlich nur ein einziges Mal gesehen, dass sie …«

Er verstummte.

»Was haben Sie gesehen, Mr. Fraley?«, drängte Josie.

Er winkte ab. »Es war eigentlich nichts. Ich weiß gar nicht, warum ich das erwähne.«

»Es kann nicht nichts gewesen sein, wenn es Ihnen nach so langer Zeit im Gedächtnis geblieben ist«, warf Josie ein.

»Ich habe sie einmal gesehen, wie sie mit einem anderen Mann sprach. Was eigentlich an sich nichts Ungewöhnliches war. Sie hat mit vielen geredet, war freundlich zu den Leuten in ihrer Kirche und bei der Arbeit. Der Fleischer im Lebensmittelmarkt war hin und weg, wenn er sie sah. Aber dieses eine Mal war es … irgendwie anders.«

Josie und Gretchen waren nach vorn gerückt und saßen auf dem Rand des Sofas.

»Ich habe sie im Park gesehen«, erinnerte sich Lance. »Sie kennen den Stadtpark von Denton?«

»Natürlich«, erwiderten Josie und Gretchen gleichzeitig.

»Wir hatten damals diesen kleinen Hund, als die Kinder – also Laura und Noah, Theo war da schon ausgezogen – halbwüchsig waren. Je älter sie wurden, desto weniger

Zeit wollten sie mit uns verbringen. Wir dachten, wenn wir uns einen Hund anschaffen, würde das der Familie guttun. Auf jeden Fall ging Colette nach dem Abendessen immer mit dem Hund spazieren. Noah war damals, ich weiß nicht, vielleicht dreizehn? Er hatte Besuch von einem Freund und sie alberten herum. Noah fiel hin und hat sich die Nase ziemlich ramponiert. Ich wollte ihn in die Notambulanz bringen und auf dem Weg dorthin einen Umweg über den Park machen, um Colette Bescheid zu geben. Wir fuhren also die Straße neben dem Park entlang und da sah ich sie mit dem Hund unter einem Baum stehen und mit diesem Typen reden. Er war groß, kräftig und hatte eine Glatze. Aber keine echte Glatze, sondern eine rasierte. Ein ziemlich harter Bursche, wie es aussah. Zuerst dachte ich, dass er sie bedroht, er war so der Typ. Aber als ich näherkam, sah es eher so aus, als würden sie sich unterhalten. Sie standen nah beieinander. Er beugte sich zu ihr. Dann ... dann legte sie eine Hand auf seine Brust.«

»So, als würde sie ihn wegschieben?«, fragte Josie. »Oder eher eine vertrauliche Geste?«

»Es war definitiv eher vertraulich«, meinte Lance. »Noah hat es nicht gesehen, weil er den Kopf nach hinten gelehnt hatte und einen dicken Eisbeutel auf sein Gesicht drückte. Ich bin weitergefahren. Ich habe mich die ganze Zeit in der Notaufnahme gefragt, was zum Teufel da vorging. Ich dachte wirklich, sie trifft sich mit dem Kerl, und hatte auf einmal den Verdacht, dass all diese Spaziergänge mit dem Hund nur Vorwände für ein Rendezvous mit ihrem Liebhaber waren.«

»Haben Sie sie darauf angesprochen?«, wollte Josie wissen.

»Ja, klar. Noch in derselben Nacht, nachdem die Kinder

im Bett waren, habe ich ihr gesagt, dass ich sie mit einem Mann im Park gesehen habe. Sie meinte nur: ›Ach, das war Ivan.‹ So, also ob das nichts wäre. Ich habe gefragt: ›Wer zum Teufel ist Ivan?‹«

»Und wer war Ivan?«, hakte Gretchen ungeduldig nach.

»Sie sagte, dass sie zusammen in der Grundschule waren und damals sehr gute Freunde gewesen seien. Wie Bruder und Schwester. ›Wenn ihr wie Bruder und Schwester wart, warum höre ich dann heute zum ersten Mal von ihm?‹, habe ich sie gefragt. Und sie antwortete, weil er vor langer Zeit aus Denton weggezogen sei, nur alle paar Jahre wieder heimkomme und sie sich in dieser Zeit einfach voneinander entfremdet hätten.«

»Hat sie gesagt, ob sie ihn an dem Tag im Park zufällig getroffen hat oder ob es geplant war?«, fragte Josie.

»Sie meinte, sie wäre ihm zufällig begegnet. Aber so ganz sicher bin ich mir da nicht.«

»Und das war's?«, wollte Gretchen wissen.

Er zuckte die Schultern. »Ich wollte es genauer wissen und war kurz davor, ihr vorzuwerfen, dass sie mich mit dem Kerl betrügt. Aber sie lachte nur und meinte, das sei absurd. So wie sie reagierte und es abtat, dachte ich, dass sie die Wahrheit sagte. Außerdem war Colette eine furchtbar schlechte Lügnerin. Ich war ziemlich sicher, dass sie mich nicht anlog.«

»Und doch ist es Ihnen jetzt wieder eingefallen, als wir Sie nach außerehelichen Beziehungen fragten?«, fragte Gretchen.

»Ja. Da war etwas zwischen ihnen. Wie Sie sagten, eine gewisse Vertrautheit. Eine Art Geborgenheit, die ich schon in den wenigen Sekunden von Weitem bemerkt habe. Ich weiß, das klingt seltsam, aber damals ist es mir wirklich aufgefallen.«

»Hatte Colette Geschwister?«, wechselte Josie das Thema.

»Nein. Sie und ihre Mutter waren allein. Ihr Vater starb, als sie acht war.«

»Kannte ihre Mutter Ivan? Haben Sie sie je darauf angesprochen?«

»Nicht ich, Colette selbst«, erwiderte er. »Als wir das nächste Mal bei ihr zum Essen waren, sagte sie bei Tisch: ›Mom, erinnerst du dich an Ivan aus der Schule? Ich habe ihn im April im Park getroffen.‹« Er lachte. »Ihre Mutter sagte, ja, sie erinnere sich an ihn. Er sei Ministrant gewesen, bevor er sich in Schwierigkeiten gebracht habe. Jugendlicher Übermut, sagte sie, Vandalismus und so. Die Familie habe ihre Zelte abgebrochen und sei umgezogen, nachdem er von der Schule geflogen sei.«

»Moment mal«, unterbrach ihn Josie. »Als sie und Colette sich in der Highschool trafen, ging sie da noch in die katholische Kirche?«

»Wir sind überhaupt erst aufeinander aufmerksam geworden, als wir im letzten Highschool-Jahr waren. Damals ging sie schon in die Episkopalkirche.«

»Wir haben vergrabene Rosenkränze in ihrem Garten gefunden.«

Wieder lachte er und bekam einen leicht nostalgischen Blick. »Oh ja, sie hat ihre katholischen Gepflogenheiten nie aufgegeben. Auch in dem Haus, in dem wir unsere Kinder aufzogen, waren ungefähr zwei Dutzend Rosenkränze im Garten verbuddelt. Colette war eine eifrige Rosenkranz-beterin.«

»Hat sie Ihnen je erzählt, warum sie zu den Episkopalen

gegangen ist, aber ihre katholischen Bräuche beibehalten hat?«

Wieder Schulterzucken. »Als wir geheiratet haben, wollte ihre Mutter, dass wir katholisch heiraten. Ihre Mutter hat fast ihr ganzes Leben für die Geistlichen im Pfarrhaus gearbeitet. Sie hat für sie gekocht und geputzt. Sie hatte natürlich auch eine andere Arbeit, aber mit der Beschäftigung im Pfarrhaus hat sie sich und ihr Kind nach dem Tod von Colettes Vater über Wasser gehalten. Aber Colette hat sich geweigert und gesagt, dass sie nie wieder einen Fuß in diese Kirche setzt. Da meinte ihre Mutter, sie könne ja in einer anderen katholischen Kirche heiraten, es müsse ja nicht die sein, in die sie als Kind gegangen sei. Sie schlug eine hübsche Kirche in Bellewood vor, wo wir uns trauen hätten lassen können, aber Colette blieb unerbittlich. Für sie gebe es keine katholische Kirche mehr, sagte sie. Sie und ihre Mutter stritten sich deswegen. Das war das einzige Mal, dass ich erlebt habe, wie sie ihre Mutter angeschrien hat, und eines der wenigen Male, dass sie vor Aufregung geweint hat.«

»Wäre es möglich, dass sie dort ... missbraucht wurde?«, warf Gretchen ein.

Lance dachte einen Augenblick darüber nach und schürzte dabei die Lippen. »Nein, das glaube ich nicht. Ich habe sie während des Streits über die Trauung gefragt, was los sei, weil ich sie noch nie so zornig erlebt hatte. Da war so viel Spannung zwischen ihr und ihrer Mutter. Ich wollte geradeheraus wissen, ob ihr einer der Priester je etwas angetan hat, aber sie verneinte es. Sie meinte, sie wolle nicht darüber reden, habe aber Dinge erlebt, die nicht sehr christlich gewesen seien. Mehr müsse ich nicht wissen. Also ist sie zur Episkopalkirche gewechselt und war dort sehr zufrieden.«

Josie fragte sich, ob Colettes Zorn gegen ihre frühere Kirche und Ivan irgendwie zusammenhingen. Das ließ sich nur herausfinden, wenn sie diesen Ivan ausfindig machten. Allerdings war sie nicht sicher, ob Colettes Wechsel von der katholischen Kirche zu Episkopalkirche wirklich etwas mit dem Fall zu tun hatte – es ging schließlich darum, den Mörder von Colette und Beth Pratt zu finden. Andererseits konnte es nicht schaden, mit Ivan zu reden. Colette war mit ihm gesehen worden, als Noah etwa dreizehn Jahre alt gewesen war, also in etwa zu der Zeit, als Samuel Pratt starb. Das war schon ein merkwürdiger Zufall.

»Haben Colette oder ihre Mutter je Ivans Nachnamen erwähnt?«, wollte Josie wissen.

»Nein«, erwiderte Lance. »Er war danach nie wieder ein Thema.«

»Was ist mit dem Namen Pratt?«, schaltete sich Gretchen wieder ein. »Kannte sie jemanden, der so hieß? Von dem Sie wussten?«

Er schüttelte den Kopf. »Nein, nie gehört.«

»Wie sah denn ihr Arbeitsalltag aus? Sie hat lange für Sutton Stone Enterprises gearbeitet, oder?«

»Ja, sie hat dort gearbeitet, seit sie etwa zweiundzwanzig war. Damals war es ein Geschenk des Himmels, denn ich war arbeitslos. Sie haben sie dort gut behandelt. Ich hatte das Gefühl, dass ihr die Arbeit dort sehr gefiel, und sie war auch nicht schwer. Sie tippte Briefe, nahm Telefongespräche an und machte Termine. Anfangs war sie im Schreibbüro, später wurde sie Assistentin des Chefs höchstpersönlich.«

»Sie hat dort also in Vollzeit gearbeitet?«, bohrte Gretchen nach.

Josie war klar, dass sie versuchte herauszufinden, wie flexibel Colettes Arbeitszeiten waren. Hätte sie Gelegenheit gehabt, tagsüber davonzuschleichen und sich regelmäßig mit Samuel Pratt zu treffen?

»Ja, viele Jahre lang«, erwiderte Lance. »Eigentlich schon Jahrzehnte. Wie gesagt, man ist dort gut mit ihr umgegangen. Sie bekam jedes Jahr eine Bonuszahlung und hatte eine gute Betriebsrente. Damals waren Betriebsrenten noch ein Thema.«

Sie stellten ihm ein paar weitere Fragen und verabschiedeten sich dann. Josie fiel auf, dass er hier einerseits ein perfektes Leben mit seiner neuen Familie zu führen und ein liebevoller Familienvater zu sein schien, sich andererseits aber kein einziges Mal nach seinen anderen Kindern erkundigt hatte, nun da Colette tot war. Sie fragte sich, ob er überhaupt wusste, dass er im Begriff war, Großvater zu werden.

Als sie wegfuhren und Josie das Haus der Fraleys im Rückspiegel sah, tat ihr Noah noch mehr leid als zuvor. Sie schrieb ihm und fragte ihn, wie es ihm ging, aber er antwortete nicht.

33

Es war dunkel, als sie zum Revier zurückkehrten. Während Gretchen ihren Computer hochfuhr, um den geheimnisvollen Ivan ausfindig zu machen, suchte Josie Mettner, um ihn auf den neuesten Stand zu bringen und zu fragen, ob er den Bewohnern von Rockview die Fotos der Gürtelschnalle gezeigt und etwas erfahren hatte. Sie entdeckte ihn im Aufenthaltsraum, wo er an einem der Tische saß und ein fettiges Stück Pizza aß. »Hey«, begrüßte er sie mit vollem Mund. »Die Opas in Rockview konnten mir tatsächlich weiterhelfen.«

Josie runzelte die Stirn. »Das sind Bewohner, Mett. Keine Opas.«

Er sah sie kurz an und schluckte. »Sorry, Boss. Bewohner.«

Sie setzte sich ihm gegenüber. Er deutete auf die Pizzaschachtel zwischen ihnen, aber sie schüttelte den Kopf. »Was hast du herausgefunden?«

Er wischte sich die Finger an einer Serviette ab, holte sein Telefon heraus und scrollte, bis er fand, wonach er suchte. »Ein paar Typen dort meinten, dass es in den Siebzigern hier in der Gegend Schützenvereine gab. Eigentlich im gesamten Bundesstaat.«

»Schützenvereine?«

»Ja, Sportschießen und so. Es gab sogar Wettbewerbe. Sie sagten, es habe mindestens ein Dutzend dieser Schießsportvereine gegeben. Sie veranstalteten Wettbewerbe für Gewehr und Pistole, bei denen Schnelligkeit und Präzision gefragt waren. Meistens im Freien.«

»So eine Art Liga?«, hakte Josie nach. »Wie beim Kegeln?«

»Ja, genau. Allerdings waren das nur ein paar Leute aus der Gegend, die sich trafen, ihre Freizeit miteinander verbrachten und Wettbewerbe austrugen. Auf jeden Fall organisierten sie ein paar Jahre lang sogar Meisterschaften. Die Vereine schickten ihren besten Schützen und einer wurde Meister. Der Sieger bekam die Gürtelschnalle.«

Josie spürte, wie ihr vor Aufregung flau im Magen wurde. Endlich eine Spur zur Herkunft der Gürtelschnalle. »Die Schnalle gehört also dem Meisterschützen von 1973?«

»Das vermuten sie jedenfalls. Und zwar beim Gewehrschießen, weil zwei Gewehre darauf zu sehen sind«, ergänzte Mettner.

»Und wie finden wir diese Vereine? Konnte jemand einen Namen nennen? Irgendetwas?«

Mettner schüttelte den Kopf. »Nein, aber sie haben gesagt, dass die Lokalpresse manchmal über die Wettbewerbe berichtet hat. Und mit Lokalpresse meine ich auch wirklich ›lokale‹ Presse. So wie es sie heute gar nicht mehr gibt. Ich weiß nicht, ob sie in der Gemeindebibliothek noch Ausgaben davon haben.«

»Haben sie«, rief Josie. »Ich weiß genau, wo ich nachsehen muss. Danke, Mett!«

»Was ist mit Lance Fraley?«, kam Mettner auf Noahs Vater zurück.

Josie fasste das Gespräch mit ihm zusammen.

»Versucht Gretchen, diesen Ivan aufzuspüren?«, wollte er wissen.

»Ja. Ich gehe jetzt wieder nach oben und schreibe ein paar Berichte.«

Als sie zurück im Büro war, berichtete Gretchen ihr, dass sie keinen ungefähr fünfundsechzig Jahre alten männlichen Weißen namens Ivan gefunden hatte. »Ich denke, ich gehe morgen zur katholischen Kirche, um zu sehen, ob sie dort noch Unterlagen haben.«

Josie erzählte ihr, was Mettner herausgefunden hatte. »Geh du zur Kirche und ich gehe in die Bibliothek.«

»Okay«, nickte Gretchen. »Solange Chitwood es sich nicht anders überlegt. Heute ist es aber zu spät. Das muss bis morgen warten.«

»Dann mach es morgen gleich als Erstes. Ich mache mich jetzt auch davon. Mir kommt es vor, als hätte ich Noah seit Wochen nicht gesehen. Ich muss mich erst mal um ihn kümmern.«

34

Josie fuhr zu Noahs bevorzugtem Barbecue-Restaurant und bestellte sein Lieblingsessen. Das hätte er ebenso für sie getan – hatte er auch immer, wenn sie unter großem Druck gewesen war. Er sorgte dafür, dass sie genug aß und schlief, selbst wenn es das Letzte war, wonach ihr gerade der Sinn stand.

Sie fand ihn in Colettes Haus. Alle Lichter waren an, die Eingangstür verschlossen. Als sie durch das Haus ging und seinen Namen rief, sah sie, dass sich in jedem Zimmer Kartons stapelten. Noah war in Colettes Schlafzimmer und warf Kleider aus ihrem Schrank in einen offenen Karton auf dem Bett. Schweiß floss ihm über das Gesicht. Sein nasses T-Shirt klebte am Körper. Er bewegte sich hektisch. Als der Karton voll war, drückte er die Kleider hinein, verschloss ihn mit Klebeband und schnappte sich einen weiteren vom Boden.

»Noah«, sprach ihn Josie an und stellte die Essensbox auf die leere Kommode.

»Hey«, antwortete er, sah sie kurz an und machte weiter,

indem er die Kleider von den Bügeln im Schrank zerrte und in den neuen Karton stopfte.

»Bist du schon den ganzen Tag damit zugange?«, wollte sie von ihm wissen. »Hast du was gegessen?«

»Nein. Ich möchte nur fertig werden.«

Josie ging einen Schritt auf ihn zu und hob einen leeren Karton auf. »Ich helfe dir.«

Er protestierte nicht. Sie arbeiteten schweigend weiter, bis alles im Zimmer in Kartons verstaut war. Noah sank auf die Bettkante und ließ die Schultern hängen. Er war blass und hatte dunkle Ringe unter den Augen. Josie ließ ihm einen Augenblick Zeit, wieder zu Atem zu kommen, setzte sich neben ihn und strich ihm sanft über den Rücken. »Ich habe dir was zu essen mitgebracht. Lass uns in die Küche gehen, okay? Du brauchst was in den Magen.«

Er deutete auf die Schachtel. »Ist das von Talulah's?«

»Ja.«

Als er sie anlächelte, hüpfte ihr Herz vor Freude. »Danke«, sagte er, nahm die Schachtel, öffnete sie, holte das Sandwich heraus und begann gleich dort, wo er saß, zu essen. Seine Bewegungen wurden, verglichen mit der fast manischen Hektik von soeben, allmählich ruhiger. Als er sie zwischen den Bissen fragte, ob es neue Entwicklungen gebe, war Josie überrascht. Sie begann ihm zu berichten, was sie und Gretchen den Tag über getan hatten. Aber kaum fing sie an zu erzählen, dass sie seinen Vater befragt hatten, drehte sich Noah zu ihr und starrte sie mit hängender Kinnlade an, ein halb zerkautes Stück Rindfleisch noch sichtbar im Mund. Röte stieg von seinem Hals bis zum Haaransatz hoch. »Du hast mit meinem Vater geredet? Bist zu ihm gefahren? Hinter meinem Rücken? Ohne mich zu fragen?«

Josie stand vom Bett auf. »Ich habe es nicht ›hinter

deinem Rücken‹ getan«, erwiderte sie perplex. »Noah, du weißt doch, dass das ganz normale Ermittlungsarbeit ist.«

»Wir reden hier von meinem Vater.« Er schrie fast, warf die Reste seines Sandwichs zurück in die Schachtel und lief im Zimmer auf und ab.

»Ja, aber für uns ist er das Familienmitglied eines unserer Opfer und weiß vielleicht etwas, was uns bei unseren Ermittlungen nützlich sein kann. Das brauche ich dir nicht zu sagen.«

»Er ist kein Familienmitglied«, knurrte Noah. »Er ist für mich nicht Familie. Er hat meine Mutter verlassen. Er hat sie betrogen, ist weggegangen und hat sich nie mehr umgedreht.«

Josie stand da und versuchte, ihn am Arm zu nehmen, aber er schubste ihre Hand weg und tigerte weiter durch den Raum. »Es tut mir leid, Noah. Es tut mir leid, dass deine Mutter tot ist. Es tut mir leid, dass wir mit deinem Vater reden mussten. Ich kann mir wahrscheinlich gar nicht vorstellen, wie schmerzhaft das für dich sein muss. Aber Mettner, Gretchen und ich versuchen denjenigen zu finden, der sie umgebracht hat. Das ist alles.«

»Was hat er dir erzählt? Was hat er über sie gesagt?«

»Dass sie eine hingebungsvolle Frau und Mutter war. Er hat zugegeben, dass er sie betrogen hat. Er hat mir erzählt, dass du mit einem Freund einmal herumgetobt bist und dir dabei die Nase gebrochen hast. Er sagt, er hätte dich damals ins Krankenhaus gebracht.«

Noah schnaubte verächtlich. »Ja, aber nur, weil meine Mom da gerade weg war.«

»Du warst damals dreizehn?«

»Ja, Mom war völlig aus dem Häuschen. Viel, viel aufgebrachter, als wir wegen einer gebrochenen Nase gedacht hätten. Einmal haben Laura und ich uns gestritten und dabei ihre Vitrine umgestoßen, sodass alles darin zerbrach – und Lauras Handgelenk noch dazu. Sie war damals zwölf. Musste dreimal operiert werden und lange zur Physiotherapie gehen. Es hat meine Eltern ein Vermögen gekostet. Nicht mal da hat sich meine Mom so aufgeregt wie später, als ich mir die Nase gebrochen habe ... Ich weiß nicht, vielleicht, weil es mein Gesicht war. Ich erinnere mich noch, dass kurz darauf Fotos von meinem Baseball-Team gemacht wurden. Sie kamen dann in einen Rahmen, der wie eine Baseball-Karte aussah. Auf jeden Fall habe ich auf den Aufnahmen ausgesehen, als hätte mich jemand verprügelt.«

»Ist das im Frühjahr passiert?«

»Ja. Theo hat am 28. April Geburtstag. Es war kurz vorher. Ich weiß das noch, weil er heimkam, um uns zu besuchen, und Mom noch immer wegen der Sache angepisst war und das ganze Wochenende in einer fürchterlichen Stimmung war. Theo hat Witze darüber gemacht, dass ich ihm seinen Besuch verdorben habe, weil ich Mom so viel Sorgen gemacht habe.« Als er das erzählte, musste er lachen. Dann verfinsterte sich sein Gesicht wieder und er fragte: »Warum reibt er dir die Geschichte unter die Nase? Wollte er dir damit weismachen, was für ein großartiger, fürsorglicher Vater er war?«

»War er das nicht?«, fragte Josie ehrlich neugierig. »Ich meine, die meiste Zeit wenigstens?«

»Ja, doch, schon. Zumindest, bis er abgehauen ist. Aber das war's dann auch. So fürsorglich kann er also nicht gewesen sein, oder? Er hat eine neue Familie gegründet. Hat vierunddreißig Jahre mit meiner Mutter verbracht und ist dann einfach weg und hat noch einmal ganz von vorn angefangen. Hat uns weggeworfen, als seien wir nichts.«

»Das tut mir so leid, Noah. Er sagte, er hätte sich bemüht, mit dir, Laura und Theo in Kontakt zu kommen.«

Noah schnaubte verächtlich. »Bemüht? Er hat mich einmal angerufen. Ein einziges Mal. Hat mir gesagt, wenn ich ihn treffen wollte, sollte ich ihn anrufen. Das war seine *Bemühung*. Er ist ein Lügner und ein Stück Scheiße. Wir und meine Mutter waren ihm völlig egal. Er spielt seit fast fünfzehn Jahren keine Rolle mehr in unserem Leben. Du hättest nicht mit ihm zu reden brauchen. Wenn du was über ihn hättest wissen wollen, hättest du mich fragen können.«

»Noah, wir tun, was wir im Zug unserer Ermittlungen tun müssen. Das weißt du genau. Meinst du, mir hat es gefallen, dass letztes Jahr mein Privatleben – alles Schreckliche, was mir je in meiner Kindheit widerfahren ist – zerpflückt und ausgebreitet wurde? Das war heftig. Aber ich habe es verkraftet, zum Teil auch, weil du für mich da warst. Jetzt versuche ich, für dich da zu sein.«

»Nein, du versuchst, einen Fall zu lösen.«

Josie warf die Arme in die Luft. »Ja, das natürlich auch! Das bestreite ich ja gar nicht. Wenn ich in der Nacht die Augen zumache, sehe ich noch immer das Gesicht deiner Mutter vor mir, genau wie du. Und ich sehe *dein* Gesicht. Ich sehe, wie du leidest, und ich möchte den Verursacher erwischen und zur Rechenschaft ziehen.«

»Du hättest heute nicht dorthin mitfahren müssen. Gretchen hätte das allein geschafft. Du hättest mich fragen können, wie das mit meinem Vater passiert ist. Aber stattdessen bist du dort gewesen, ohne mir vorher Bescheid zu sagen. Hast du wenigstens bekommen, was du wolltest?«

»Was wollte ich denn deiner Meinung nach? Ich weiß nicht, was …«

Das Geräusch von zerbrechendem Glas im Haus unterbrach sie. Beide erstarrten und sahen sich für den Bruchteil einer Sekunde an. Sie rannten aus dem Schlafzimmer und durch den Flur. Brandgeruch erfüllte die Luft. Noah stand vor Josie und lief in Richtung Treppe. Josie hielt ihn an der Schulter fest. »Noah, er ist hier.«

Dicker, grauer Rauch quoll aus dem Treppenhaus nach oben und hing an der Decke des Flurs.

»Runter«, flüsterte Josie und zog Noah auf den Boden.

Auf Händen und Knien krochen sie zur Treppe, aber der Rauch war so dick, dass sie nicht mehr nach unten konnten. Tränen traten in Josies Augen. Der Rauch brannte ihr in der Luftröhre und reizte sie zum Husten. Schon war sie so schweißnass, dass die Kleider ihr auf der Haut klebten. Sie packte Noah am Unterschenkel, um ihn daran zu hindern, sich weiterzukämpfen. Er sah sie über die Schulter hinweg an, doch sein Gesicht war im immer dichteren Rauch kaum noch zu erkennen. Josie wusste, dass bei Feuer Rauchvergiftung die Haupttodesursache war. Sie deutete auf eine Tür im Flur. »Ins Bad!«, rief sie.

Sie krochen den Flur entlang zum Badezimmer. Josie schloss die Tür hinter ihnen und lehnte sich dagegen. Ihr Atem kam stoßweise, die Brust brannte. An einer Wand des schmalen, engen Raums standen Kartons gestapelt. Noah riss einen davon auf. Er holte Handtücher heraus, feuchtete sie unter dem Wasserhahn an und reichte ihr eines. Sie wischte sich damit über das Gesicht. Eine angenehme Kühle linderte das Brennen auf ihrer Haut.

»Ich glaube, das untere Stockwerk brennt inzwischen lichterloh«, keuchte Josie. Sie zog das Handy aus der Gesäßtasche, rief die 911 an und verlangte sofort die Feuerwehr und einen Rettungswagen. Sie musste schwer husten, als sie das Telefon wieder einsteckte. Noah riss das Badfenster auf, schlug das Fliegengitter heraus und steckte seinen Kopf hinaus.

Josie stand auf. »Wie hoch ist es?«

Er zog seinen Oberkörper wieder hinein und bedeutete ihr, selbst nachzusehen. Von hier oben aus konnte Josie sehen, wie dunkler Rauch aus den Fenstern im Erdgeschoss quoll. Direkt unter ihnen befand sich eines von Colettes sorgfältig gepflegten Blumenbeeten. Das Fenster war so hoch, dass sie sich etwas brechen konnten, wenn sie sprangen, aber nicht hoch genug, um in den Tod zu stürzen. Josie drehte sich um. Sie sah Rauch unter der Tür hereinziehen, nahm eines der nassen Handtücher und drückte es gegen den Schlitz.

»Wir können nicht mehr warten«, rief Noah. »Wir müssen springen. In fünf, zehn Minuten brennt auch das obere Stockwerk.«

»Du hast recht«, erwiderte Josie und musste wieder husten.

Noah riss den Duschvorhang von der Stange und schlang das eine Ende um seine linke Hand und das Handgelenk. »Ich hänge den Vorhang aus dem Fenster und halte ihn fest. Du lässt dich daran hinunterrutschen und das letzte Stück fallen. So passiert dir nichts.«

»Was ist mit dir?«, wollte Josie wissen.

»Ich schaff das schon.«

Josie deutete zum Fenster. »Nein, das schaffst du nicht. Noah, du verletzt dich, wenn du springst.«

»Dann verletze ich mich eben. Josie, wir müssen hier raus. Jetzt!«

Er schob sie zum Fenster. Josie kletterte hinaus, hielt sich am Fensterbrett fest und ließ sich an der Wand nach unten gleiten. Während sie sich festklammerte, stiegen Hitze und Rauch herauf. Noah lehnte sich hinaus und ließ den Duschvorhang neben ihr hängen. Mit einer Hand griff Josie ein Stück des Kunststoffmaterials. Lange würde es nicht halten, aber vielleicht lang genug, damit sie ein gutes Stück nach unten rutschen konnte und nicht mehr so tief fiel. Kaum hatte sie den Vorhang mit der rechten Hand fest gepackt, hängte sie sich mit ihrem ganzen Gewicht daran, ließ mit der linken Hand das Fensterbrett los und hielt sich auch damit fest. Über sich sah sie Noahs vor Anstrengung rotes, schweißtriefendes Gesicht. »Los«, rief er ihr zu.

Nach und nach glitt sie immer tiefer, bis es nur noch wenige Zentimeter zum Ende des Vorhangs waren. Es blieb ihr keine Wahl mehr, sie musste loslassen. Der Abstand zum Boden war nicht mehr allzu groß, vielleicht noch knapp zwei Meter. Mit einem letzten Blick zu Noah ließ sie los. Sie rutschte an der Hauswand entlang und landete unsanft auf den Füßen. Ein jäher Schmerz schoss von den Fersen bis zum Oberschenkel. Ihre Knie gaben nach und sie fiel hart auf den Po. Aber sie war sicher aufgekommen und hatte sich nichts gebrochen. Da sah sie den Vorhang vom Haus wegfliegen. Noahs Beine erschienen im Fenster, zuerst das eine, dann das andere, bis er, wie sie kurz zuvor, am Fensterbrett hing.

Als er aufkam, hörte sie das Knacken eines brechenden Knochens. Er fiel zu Boden, krümmte sich und hielt sich das Bein. Josie kniete sich neben ihn und sah, wie sich sein Mund zu einem Schmerzensschrei öffnete, aber als er nach Luft schnappte, kam kein Laut. Sie wusste nicht, ob ihm der Fall, der Schmerz oder der giftige Rauch den Atem raubte, doch konnte sie nichts tun, als zu warten. Kaum war er wieder imstande, Luft zu holen, half sie ihm auf und presste seinen Körper mit ihrem linken Arm an sich. Sie stützte ihn, während er sein linkes Bein angewinkelt hielt, und so hinkten sie gemeinsam weg vom Haus. Josie hörte Sirenen in der Ferne. Sie legte Noah im Vorgarten des Nachbarhauses ab und sah sich um. Viele Anwohner hatten ihre Lichter eingeschaltet und waren nach draußen gelaufen. Colettes Haus stand bereits komplett in Flammen und tauchte die ganze Straße in ein helles Licht. Josie scannte mit einem raschen Blick die Fahrzeuge, die in den Einfahrten standen. Auf der Straße war kein einziges Auto geparkt. Da erkannte sie eine zusammengesunkene Gestalt in der Straßenmitte. »Warte hier«, beschied sie Noah. »Und beweg dich nicht.«

Sie rannte zu dem Liegenden und öffnete im Laufen ihr Holster. Aber als sie bei ihm war, erkannte sie, dass er keine Gefahr war. Vor ihr lag ein älterer Mann, seinem dünnen weißen Haar und dem faltigen, von Altersflecken gezeichneten Gesicht nach zu urteilen zwischen siebzig und achtzig. Er hatte sich zur Seite gerollt und stöhnte. Josie kniete sich neben ihn und berührte vorsichtig seine Schulter. »Sir«, fragte sie ihn. »Sind Sie okay?«

»Er hat mir eine verpasst«, keuchte der Mann. »Der Drecksack hat mich geschlagen.«

Vorsichtig drehte sie ihn auf den Rücken. »Wohin hat er Sie geschlagen?«

Schweiß rann von Josies Stirn. Sie spürte einen Druck auf der Brust. Der Mann deutete auf seinen Magen. »Hier. Er hat richtig hart zugeschlagen. Ich bin sofort hingefallen.«

»Wer war es?«, fragte Josie und presste zwei Finger auf die Innenseite seines Handgelenks, um seinen Puls zu prüfen. Er war kräftig und gleichmäßig.

»Der Typ, der Colettes Haus angezündet hat. Helfen Sie mir, mich aufzusetzen.«

Josie schob ihm einen Arm unter die Schulter und zog ihn in eine sitzende Position. »Sie haben ihn gesehen? Wie hat er ausgesehen?«

»Groß. Stämmig. Ganz in Schwarz gekleidet. Er hatte eine Baseballmütze auf. Ich wohne dort drüben.« Er drehte sich etwas und deutete auf das Haus direkt gegenüber von Colette. »Ich habe Noah heute Morgen kommen sehen. Habe mit ihm geredet. Auch Sie habe ich schon ein paarmal hier gesehen. Als Sie angekommen sind, wusste ich, dass alles okay war.«

Josie fragte sich, ob er Colettes Haus schon vor dem Mord bereits so gut im Auge behalten hatte. Als hätte er ihre Gedanken erraten, sagte er: »Ich habe erst angefangen, ein Auge auf das Haus zu werfen, nachdem Colette dort umgebracht worden war. Fürchterlich. Eine schreckliche Sache. So was ist hier noch nie passiert.«

Josie blickte zurück zu Colettes Haus, wo gerade zwei Feuerwehrfahrzeuge und ein Rettungswagen eingetroffen waren. Sie sah, wie zwei Sanitäter dorthin liefen, wo Noah auf dem Gras im Nachbargarten lag. »Ich weiß«, pflichtete sie ihm bei. »Das sollte nirgendwo passieren. Was ist denn geschehen? Haben Sie ihn aus dem Haus laufen sehen?«

»Ich habe ihn hineingehen sehen. Er kam von dort drüben.« Er deutete die Straße hinunter. »Ich habe ein paar Minuten gewartet. Irgendwann habe ich so etwas wie Feuer in einem Fenster im Erdgeschoss gesehen. Ich bin raus und bis zum Ende meiner Einfahrt gegangen. Ich hatte eigentlich noch gar nicht begriffen, was los war. Da hörte ich Geräusche aus dem Haus und bin auf die Straße gelaufen. Als ich Rauch aus den Fenstern kommen sah, war mir alles klar. Ich wollte wieder zurück ins Haus und den Notruf wählen, aber da kam er schon hinter dem Gebäude hervor und lief genau in meine Richtung.«

»Haben Sie sein Gesicht gesehen?«

Der Mann schüttelte den Kopf. »Nicht richtig. Er hatte eine Mütze auf. Da war es noch nicht so hell wie jetzt. Ich glaube, er hatte dunkle Augen, Knopfaugen wie eine Ratte. Und eine flache Nase, als ob sie schon ein paarmal gebrochen worden wäre. Mehr kann ich nicht sagen«, stöhnte er und hielt sich den Magen. »Tut weh. Er hat richtig hart zugeschlagen. Ich habe gerufen, dass er aufhören soll. Er hat kein Wort gesagt. Rammte mir nur die Faust in den Magen und ist davon.«

»Ich weiß, dass Sie Schmerzen haben, aber können Sie mir sagen, wie groß er in etwa war?«

»Vielleicht knapp einsachtzig«, meinte er unsicher. »Ungefähr neunzig Kilo.«

»Boss!« Mettner war aus seinem Streifenwagen gestiegen und kam zu ihr gelaufen, hinter ihm Sanitäter aus einem zweiten Rettungswagen mit einer Trage.

Als sie den alten Mann darauf hievten und zum Fahrzeug brachten, informierte Josie Mettner in Kürze über alles, was passiert war, und gab ihm eine Beschreibung des Mannes, der aus Colettes Haus gerannt war. »Ich will, dass Streifen nach dem Kerl suchen«, befahl sie. »Er war zu Fuß und hat vielleicht nicht weit von hier geparkt. Jemand soll die Anwohner in den Nachbarstraßen abklappern und fragen, ob sie fremde Autos, fremde Leute oder sonst irgendetwas Ungewöhnliches gesehen haben.«

»Mach ich, Boss«, erwiderte Mettner und lief davon.

Josie stand allein in der Straßenmitte und starrte die Anhöhe hinunter, über die der Brandstifter geflohen war.

Dann blickte sie zurück, dorthin, wo Noah gerade in ein Rettungsfahrzeug geschoben wurde. Die Feuerwehr spritzte mit ihren Schläuchen bereits volles Rohr auf das, was von Colettes Haus übrig war, und versuchte, den Brand unter Kontrolle zu bekommen. Als der Rettungswagen mit Noah wegfuhr, sprintete Josie los, den Hügel hinab.

35

Josie lief, bis ihr die Lunge brannte. Unterdessen legte sie sich im Geist eine Karte des Viertels zurecht. Colettes Haus war das letzte oben auf dem Hügel am Ende der Anhöhe. Dahinter ging es wieder bergab. Hinter dem Haus grenzte ihr Grundstück an ein kurzes Waldstück, das zu einer Felswand führte – die Siedlung war praktisch in einen Hang gefräst worden. Der Killer konnte nicht nach hinten geflohen sein, da es dort nicht weiterging. Theoretisch hätte er sich über die Gärten hinter den Häusern davonmachen können, doch waren die meisten durch hohe Zäune gesichert. Hätte er dort Lärm gemacht, wäre er entdeckt und vielleicht sogar in die Enge getrieben worden. Am wenigsten Aufmerksamkeit hätte er erregt, wenn er nach der Brandstiftung einfach nur die Straße in die eine oder andere Richtung gelaufen wäre. Das war zwar ebenfalls nicht ganz ungefährlich, denn man konnte ihn dort sehen, aber es war der direkteste Weg, der zudem weniger potenzielle Fallen und Tücken enthielt als die Gärten mit der Felswand dahinter. Außerdem hatte er die Dunkelheit als Verbündeten.

Er musste in der Nähe geparkt haben. Als Josie zur ersten Kreuzung am Fuß des Hügels kam, lief sie nach rechts. Hier war es dunkler, obwohl gerade an vielen Häusern das Licht anging, vermutlich wegen des Aufruhrs am oberen Ende der Straße. Josie lief die Straße entlang. Ihr Blick wanderte auf der Suche nach etwas Auffälligem konstant von links nach rechts und wieder zurück. Nichts war zu sehen. Die Straße lag still und verlassen da. Nur vier Autos standen am Straßenrand. Sie überprüfte sie, warf einen Blick ins Innere und legte die Hand auf die Motorhauben, um zu fühlen, ob sie warm waren. Nichts. Einen Augenblick später fuhr eine Streife vorbei. Sie winkte sie weiter und lief weiter, bis ihre Lungen fast platzten und sie einen Hustenanfall hatte, der sie fast erbrechen ließ. Nachdem sie sich durch sieben, acht Häuserblocks gearbeitet und nichts entdeckt hatte, rief sie Gretchen an.

»Hol mich ab. Ich glaube nicht, dass ich den ganzen Weg zurück noch schaffe.«

Allmählich begann Josie das Krankenhaus von Denton gründlich zu hassen. Sie hatte nur eine einzige gute Erinnerung daran: die Nacht, in der sie den kleinen Harris Quinn als Baby vor dem Ertrinken gerettet hatte. Sämtliche weiteren Erinnerungen waren traumatisch. Sie ging im Geist die letzten Besuche durch. Unterdessen lag sie auf einem Bett hinter einem Vorhang und wartete darauf, dass Gretchen ihr Neuigkeiten von Noah brachte. Josie hatte verzweifelt nach ihm gesucht, nachdem sie im Krankenhaus eingetroffen waren, aber man hatte ihn in den OP gebracht. Sein Bein war schlimmer gebrochen, als sie gedacht hatte.

»Sie sollten das drinbehalten, meine Liebe«, sagte eine Krankenschwester und huschte um das Bett herum, um die mit dem Sauerstofftank verbundene Sonde in Josies Nase zu schieben. Außerdem befestigte sie einen Clip an Josies Zeigefinger und eine Blutdruckmanschette an ihrem Oberarm – zum dritten Mal seit Josies Ankunft.

»Mir geht's gut«, protestierte Josie.

»Das lassen wir mal den Doktor entscheiden«, erwiderte die Schwester, während die Manschette pumpte und pumpte, um anschließend langsam wieder Luft zu verlieren. »Ihre Sauerstoffsättigung ist tatsächlich gut, wenn man bedenkt, was Sie durchgemacht haben, aber Ihr Blutdruck ist ein bisschen hoch, Schätzchen.«

»Das macht der Stress«, erklärte Gretchen, schob den Vorhang beiseite und trat an Josies Bett. »Noah hat sich den Wadenbeinschaft gebrochen.«

»Autsch«, zuckte Josie zusammen.

»Ja, er war verschoben. Sie mussten operieren, um ihn wieder einzurichten. Dauert wahrscheinlich ein paar Stunden. Soll ich seine Schwester anrufen?«

»Eigentlich nicht, aber es wird uns wohl nichts anderes übrig bleiben. Sie wird es wissen wollen. Insbesondere nach allem, was passiert ist.«

Josie holte sich Lauras Nummer auf das Handy, aber Gretchen nahm es ihr weg. »Ich mach das. Du ruhst dich jetzt ein bisschen aus.«

Gretchen ging aus dem Zimmer und kam ein paar Minuten später zurück. Sie verzog das Gesicht und gab Josie das Telefon. »Sie und ihr Mann sind in ein paar Stunden hier.«

»Ich schätze, niemand hat etwas gesehen. Den Kerl, der davongelaufen ist, hat man nicht aufgetrieben, oder?«

»Nein, Boss, sorry.«

»Na, großartig. Hör zu, Gretchen, ich denke, dass wir uns mehr ins Zeug legen müssen, um diesen Ivan ausfindig zu machen. Ich weiß, eine Verbindung zu ihm zu vermuten ist ein bisschen weit hergeholt, aber es ist die einzige Spur, die wir haben.«

»Du meinst, Colettes Freund aus der Grundschule läuft herum und bringt Leute um oder fackelt ihre Häuser ab?«

»Kurz bevor das Feuer ausbrach, bestätigte Noah, was Lance uns erzählt hat: dass er sich mit dreizehn die Nase gebrochen hat – im April, also genau in dem Monat, in dem Samuel Pratt starb. Noah zufolge reagierte seine Mutter völlig überzogen auf den Unfall. Anscheinend haben er und Laura es als Kinder ziemlich wild getrieben. Aber Laura hatte einmal eine wesentlich ernstere Verletzung und da war Colette lange nicht so aus dem Häuschen wie bei Noahs lädierter Nase.«

»Du denkst, sie war gar nicht wegen Noahs gebrochener Nase so aufgebracht?«

»Genau. Ich glaube eher, dass es das Gespräch mit Ivan war, das sie damals so aufgewühlt hat. Es ist nur zufällig zeitlich mit Noahs gebrochener Nase und Samuel Pratts Tod zusammengefallen. Vom Datum her würde es passen.«

»Was aber hatte sie dann für ein Verhältnis zu Ivan, Herrgott noch mal? Denkst du, sie waren ein Liebespaar? Sind wir wieder bei der Story vom eifersüchtigen Lover?«

»Meinst du wirklich, dass sie Ivan und Samuel Pratt gleichzeitig laufen hatte und Ivan Pratt aus reiner Eifersucht getötet hat?«, fragte Josie. »Ich halte diese Theorie für nicht besonders plausibel, denke aber, dass Ivan irgendwie in die Angelegenheit verwickelt ist. Das ist die einzige Spur, die wir haben.«

Es war nur der Hauch einer Spur und ziemlich weit hergeholt, aber Josie wollte die Mordserie in Denton unbedingt so rasch wie möglich beenden, vor allem, weil nun auch Noah in Gefahr war.

»Außerdem ist da noch die Gürtelschnalle«, gab Gretchen zu bedenken. »Wir sind uns also einig, was als Nächstes zu tun ist. Du siehst, was du in der Bibliothek herausfindest, ich statte der Kirche einen Besuch ab. Falls Chitwood mich lässt. Wenn ich mit Mettner hinfahre, gibt er vielleicht sein Okay.«

»Du und Mett, ihr solltet gehen«, pflichtete ihr Josie bei. »Gleich morgen früh als Erstes. Aber ich denke auch, dass wir noch einmal mit allen reden müssen, die Colette in den letzten zwanzig Jahren gekannt haben. Vielleicht gibt es ja Leute, die sich an diesen Typen erinnern oder an irgendetwas anderes, das ihnen verdächtig vorkam. Womöglich wissen sie etwas und wissen gar nicht, dass sie es wissen.«

»Also Kollegen oder jemand aus der Kirchengemeinde«, folgerte Gretchen. Sie nahm ihr Notizbuch heraus und blätterte mehrere Seiten zurück. »Mettner hat gesagt, dass es sowohl in der Kirche als auch auf der Arbeit eine Handvoll Leute gab, die sie so lange kannten. Nicht viele, aber ein paar. Wir können sie uns aufteilen. Mettner und ich befragen die aus der Kirche und du nimmst dir Sutton Stone Enterprises vor, okay?«

»Du hast Colettes ehemaligen Chef auf der Beerdigung gesehen. So, wie er um ihre Kinder herumscharwenzelt ist, hat er sie anscheinend sehr gemocht. Ich denke, ich bekomme ihn dazu, mir zu helfen.«

Die Krankenschwester kam zurück, checkte Josie noch einmal durch und schob ihr die Nasensonde tiefer in die

Nase. Ein paar Minuten lang machte sie ordentlich Hektik, dann trollte sie sich wieder. Kaum war sie weg, bat Josie Gretchen: »Du musst mich hier herausholen. Ich muss bei Noah sein, wenn er aus dem OP kommt.«

36

Josie schlief in einem Plastikstuhl neben Noahs Krankenbett einen unruhigen Schlaf. Er wachte nachts mehrmals auf, war jedoch stets apathisch und verwirrt. Sie nahm jedes Mal seine Hand, redete leise mit ihm und versicherte ihm, dass alles gut werden würde, fühlte sich dabei aber wie eine Lügnerin. Seine Mutter war ermordet worden, ihr Haus bis auf die Grundmauern abgebrannt und sie beide beinahe dabei umgekommen. In seinem benommenen Zustand, einer Nachwirkung der Narkose, ließ sich Noah von ihren Worten tatsächlich beruhigen und drückte ihre Hand, bevor er wieder wegdriftete. Sie musterte sein bleiches Gesicht mit den dunklen Ringen unter den Augen. Ihr Blick wanderte zum Infusionsschlauch in seiner rechten Armbeuge und hinunter zu seinem Bein, das in einem langen Gips steckte und auf Kissen hochgelagert war. Er sah irgendwie klein aus, als hätten ihm die letzten Wochen Lebensenergie entzogen und ihn schrumpfen lassen.

Als das erste Tageslicht durch die großen Fenster fiel, schmerzte Josies ganzer Körper. Ihre Augen brannten vor

Müdigkeit und auf ihrer Brust lastete nach wie vor ein Druck. Im Rachen hatte sie noch immer den Geschmack von Ruß und Rauch. Noahs Brustkorb hob und senkte sich gleichmäßig. Josie ging in das Bad, bespritzte ihr Gesicht mit kaltem Wasser und nahm ein paar Schluck direkt aus dem Hahn. Auf einem der Regale steckten in einem kleinen gelben Plastikbecher eine kleine Tube Zahnpasta und weitere Badartikel. Mit dem Zeigefinger rieb sie sich etwas Zahnpasta auf die Zähne.

Als sie aus dem Bad kam, stand Laura an Noahs Bett. Den kugelrunden Bauch an das Bettgestell gedrückt hielt sie seine Hand und streichelte sein Haar. Sie sah auf, als Josie hereinkam. »Ach, du bist auch da.«

»Ich war die ganze Nacht da«, erwiderte Josie und versuchte dabei, nicht allzu offensichtlich in die Defensive zu gehen.

»Was zum Teufel geht hier vor, Josie?«, fragte Laura. Tränen glänzten in ihren Augen.

Bevor Josie antworten konnte, kam Grady mit einem Becherhalter. Darin standen vier Kaffeebecher aus Pappe; Zucker und Milchkapseln waren in die Mitte geklemmt. Sogleich ging er zu Josie, gab ihr einen flüchtigen Kuss auf die Wange und reichte ihr einen Kaffeebecher. »Es tut mir so leid, was passiert ist«, meinte er mitfühlend. »Gut, dass ihr beide okay seid.« Er sah Noah an, als er die übrigen Becher auf den Betttisch stellte. »Naja, nicht ganz okay. Aber wenigstens noch am Leben.«

Tränen liefen über Lauras Gesicht. »Ich halte das nicht aus. Das muss aufhören, ganz egal, was hier vorgeht.«

»Wir versuchen ja, der Sache auf den Grund zu gehen«, tröstete sie Josie.

Der Kaffee war Balsam für Josies überstrapazierte

Nerven. Grady forderte sie auf, so viel Milch und Zucker hineinzugeben, wie sie mochte. Josie folgte seinem Rat, dann kippte sie den Kaffee gierig in sich hinein. Während sie darauf warteten, dass Noah aufwachte, sprachen sie über die Ereignisse der letzten Nacht. Laura war abwechselnd hysterisch und stoisch, doch Grady versuchte seelenruhig, ihre emotionalen Achterbahnfahrten unter Kontrolle zu bekommen. Josie war erleichtert, dass er mit dabei war. Er saß auf der anderen Seite des Betts, nippte an seinem Kaffee und sah zu, wie seine Frau vor ihm auf und ab lief.

»Laura«, setzte Josie an, nachdem sie all ihre Fragen zu dem Brand beantwortet hatte. »Erinnerst du dich daran, ob eure Mutter sich je mit jemandem aus ihrer katholischen Grundschule getroffen hat oder mit jemandem von dort in Kontakt geblieben ist?«

Laura blieb stehen und presste zwei Fäuste auf ihren unteren Rücken. »Was? Was meinst du damit?«

»Gab es jemanden aus der katholischen Schule, mit dem sie sich gelegentlich getroffen hat? Einen Mann, um genau zu sein.«

Laura schüttelte den Kopf. »Ich glaube nicht. Ich kann mich jedenfalls an niemanden erinnern.«

»Sagt dir der Name Ivan etwas?«

Sie drückte ihre Fäuste noch tiefer in ihr Kreuzbein und verzerrte dabei das Gesicht. »Wer?«

»Ivan. Kennst du jemanden, der so heißt? Hat deine Mutter jemanden gekannt, der so heißt?«

»Nein, ich glaube nicht. Ich kenne auf jeden Fall niemanden mit diesem Namen. Warum?«

»Der Name ist gefallen, als ich mit eurem Vater gesprochen habe. Wir versuchen herauszufinden, ob er irgendetwas mit der Sache zu tun hat.«

»Du hast mit unserem Vater geredet? Weiß Noah davon?«

»Ja, ich habe es ihm erzählt.«

»Und war er damit einverstanden? Kann ich mir kaum vorstellen.« Es klang wie ein Vorwurf.

Josie blieb ruhig. »Wir mussten ihn im Zuge der Ermittlungen befragen. Reine Routine.«

Laura öffnete den Mund, um etwas zu erwidern, aber Noahs Stöhnen ließ sie innehalten. Alle drei drehten den Kopf zu ihm. Seine Lider öffneten sich flatternd. Er sah sich langsam um und blinzelte die Müdigkeit weg. »Was zum Teufel ist passiert?«, krächzte er.

Josie stand auf einer Seite des Betts, Laura auf der anderen. Beide begannen gleichzeitig zu reden. Er hob die Hand, um sie zum Schweigen zu bringen. Dann sah er Josie an. »Bist du okay?«

Sie lächelte. »Ja, bin ich.«

»Wie schlimm steht es um mein Bein?«

»Es ist ein glatter Bruch, allerdings ein verschobener. Sie mussten operieren, um den Knochen einzurenken. Aber er kommt wieder völlig in Ordnung. Die Ärzte rechnen nicht damit, dass du Probleme haben wirst, wenn alles vollständig verheilt ist.«

»Aber du wirst eine Weile nicht auftreten können«, fügte Laura hinzu. Sie warf Josie einen Blick zu. »Ich bin seine nächste Verwandte. Ich habe mit dem Arzt gesprochen, als ich ankam.«

Josie sagte nichts.

»Es tut höllisch weh«, meinte Noah.

»Ich frage mal, ob sie dir noch mehr Schmerzmittel geben können«, versprach Josie ihm.

»Sie wollen dich morgen entlassen«, erklärte ihm Laura.

»Ich denke, du solltest eine Weile bei mir und Grady bleiben.«

»Was?«, stieß Josie hervor.

»Mir geht's gut«, entgegnete Noah. »Ich brauche nur ein paar Krücken.«

»Du brauchst Pflege«, widersprach Laura.

»Mir geht es gut«, wiederholte Noah.

»Warum liegst du dann mit einem gebrochenen Bein hier im Krankenhaus, nachdem du fast verbrannt bist?«, konterte sie. »Dir geht es nicht gut. Ich weiß nicht, was zum Teufel in dieser Stadt vor sich geht, aber ich denke, du musst eine Weile hier raus. Du hast so schon genug Stress. Du brauchst Leute, die sich um dich kümmern.«

Aber Noah war schon wieder am Wegdämmern. Josie verkniff sich die Worte, die ihr auf der Zunge lagen. Ein Kleinkrieg zwischen ihr und Noahs Schwester war das Letzte, was alle Beteiligten brauchten. Außerdem hatte Laura recht, so ungern Josie es zugab und so sehr sie fürchtete, noch mehr von Noah getrennt zu werden. Zwei Fahrstunden weg von hier, bei Laura und Grady, war er sicherer.

Laura knetete Noahs Unterarm, bis er die Augen wieder aufschlug.

»Kleiner Bruder«, bat sie ihn, »versprich mir, mit mir zu kommen.«

Er sah sie an, dann ließ er den Kopf zur anderen Seite fallen, wo Josie stand. Ihre Blicke trafen sich. Sie rang sich ein gequältes Lächeln ab.

Laura drängte weiter. »Kennst du jemanden, der Ivan heißt?«

»Moment mal«, entfuhr es Josie.

Laura ignorierte sie und beugte sich über Noahs Gesicht.

»Josie hat nach einem Ivan gefragt. Sie denkt, unsere Mutter hatte etwas mit jemanden, der so heißt.«

»Wovon redest du?«, erwiderte Noah. Seine Augen wirkten müde und verwirrt. Er drehte den Kopf wieder zu Josie. »Wer ist Ivan?«

Josie verschränkte die Arme vor der Brust. »Dein Vater hat ihn erwähnt. Er sagt, er hat deine Mutter an dem Tag, als du dir die Nase gebrochen hast, mit einem Mann namens Ivan gesehen, mit dem sie zur Schule gegangen war. Es ist eine mögliche Spur, der wir nachgehen.«

Laura lachte. »Also ist jetzt jeder, mit dem meine Mutter je gesprochen hat, ein potenzieller Mörder? Tut mir leid, dass ich damit gekommen bin. Noah, du kennst niemanden, der Ivan heißt, nicht wahr?«

Josie fragte sich, warum sie das angesprochen hatte. Sie schien entschlossen zu sein, einen Keil zwischen sie und Noah zu treiben. Warum sie das wollte, war Josie allerdings unbegreiflich. Colette war mit Josie zwar nicht warm geworden, aber sie hatte nie aktiv versucht, sie auseinanderzubringen.

Noah sah noch immer erstaunt aus, schüttelte aber den Kopf. »Ich habe noch nie von einem Ivan gehört. Kann mich nicht erinnern, dass Mom einen Freund hatte, der so hieß.« Er schloss die Augen, sprach aber mit vor Anstrengung und Schmerz rauer Stimme weiter. »Josie, glaub nichts, was mein Vater sagt. Er ist ein Lügner.«

»Wir müssen nicht jetzt darüber reden«, beschwichtigte Josie ihn.

»Ich will nie mehr darüber reden«, erwiderte Noah. »Bitte. Du weißt, wie ich zu meinem Vater stehe, und hast trotzdem mit ihm gesprochen.«

»Noah, ich habe nur meine Arbeit gemacht. Ich glaube

nicht, dass du im Moment klar denken kannst. Du hast viel durchgemacht.«

»Ich brauche ein bisschen Zeit«, murmelte er. »Zeit allein.«

»Zeit allein?«, wiederholte Josie und spürte, wie ihre Wangen heiß wurden. »Was willst du ... willst du damit sagen?« Sollte das heißen: ohne *sie*? Vorübergehend oder für immer, fragte eine leise Stimme in ihrem Hinterkopf. War die Kluft zwischen ihnen wirklich so groß geworden?

»Ja«, schaltete sich Laura ein. »Ich denke, Zeit allein ist genau das, was du brauchst.« Sie sah Josie feindselig an. »Du musst weg von diesem Durcheinander, von diesen ganzen lächerlichen Fragen.«

Weg von ihr, wollte Laura wohl sagen, dessen war sich Josie sicher. »Gut«, erwiderte sie. »Er muss jetzt keine Fragen beantworten. Er braucht Ruhe und muss sich erholen.«

Laura kreuzte die Arme über ihrem Bauch. »Das kann er bei uns, oder, Grady?« Sie sah an Josie vorbei ihren Mann an.

Grady macht ein leicht gequältes Gesicht, als er aufstand und in die Hände klatschte. »Äh, ja, klar. Noah ist immer willkommen.« Er lächelte Josie entschuldigend an. »Und du kannst ihn jederzeit besuchen.«

»Grady«, fuhr ihn Laura an. »Meinst du wirklich, dass das eine gute Idee ist?«

»Wie bitte?«, meldete sich Josie ungläubig zu Wort.

Laura deutete mit dem Finger auf Josie. »Jedes Mal, wenn du in der Nähe bist, passiert etwas Schreckliches. Ich versuche nur, meinen kleinen Bruder zu schützen. Ich denke, ihr zwei braucht eine Auszeit voneinander.«

»Ich glaube nicht ...« Josie fehlten die Worte. Das heißt, es lag ihr viel auf der Zunge, was sie Laura in diesem Augenblick gern gesagt hätte. Aber sie wollte Noah nicht noch mehr in Aufregung versetzen. Er stand schon jetzt enorm unter Druck. Ihn so leiden zu sehen war mehr, als sie ertragen konnte. Selbst wenn sie in Lauras und Gradys Haus nicht willkommen war, wäre Noah dort wenigstens aus der Schusslinie. Und genau das zählte.

Sie sah Noah ins Gesicht. »Willst du das?«, fragte sie ihn sanft.

Sein Blick flackerte zu seiner Schwester und dann zurück zu Josie. Dann nickte er und schloss die Augen.

»Okay«, murmelte Josie und kämpfte verzweifelt gegen die Tränen an. »Geh mit Laura und Grady. Ich versuche, mit Mettner und Gretchen den Fall aufzuklären.«

37

Die Bibliothek von Denton war in einem zweistöckigen Steingebäude untergebracht, das ein einheimischer Architekt Anfang des 20. Jahrhunderts im neoklassizistischen Stil mit Prachttreppe und großen dorischen Säulen entworfen hatte. Josie hatte hier als Teenager viele Stunden in der ehrwürdigen Stille, die über dem riesigen Bücherbestand lag, zwischen den Regalen verbracht. Später war ein Großteil des Gebäudes modernisiert worden. Man hatte die Tische durch Computerterminals ersetzt und Konferenz- sowie Arbeitsräume hinzugefügt. Aber selbst ihre geliebte Bücherei konnte Josie nicht aufheitern. Eine quälende Müdigkeit durchzog jede Faser ihres Körpers. Sie fühlte sich, als würde sie ein unsichtbarer Mantel erdrücken, und war tieftraurig über die Entfremdung zwischen ihr und Noah. Denn genau das war es, wie sie auf dem Weg vom Krankenhaus zur Bibliothek erkannt hatte – eine Entfremdung. In den letzten vier Jahren waren sie fast täglich Seite an Seite gewesen und hatten sich mit natürlicher Leichtigkeit gemeinsam durch ihr Privat- und Berufsleben bewegt. Nach vielen Fehlstarts hatten sie sich ineinander verliebt und eine Beziehung begonnen. Josie hatte geglaubt, dass ihre Liebe sich bewährt hatte, nachdem sie durch einige belastende, knifflige Fälle auf die Probe gestellt worden war. Nur um in diesem ganz besonderen Fall feststellen zu müssen, dass sie in einer Weise auseinanderdrifteten, die ihr überhaupt nicht gefiel.

Als Josie zur Infotheke ging, fragte sie sich, ob etwas mit ihr nicht stimmte, weil sie für den wichtigsten Menschen in ihrem Leben kein Halt sein konnte, verwarf den Gedanken jedoch schnell. Sie war mit Ray durch dick und dünn gegangen, bevor er starb. Nach ihm hatte sie eine ernsthafte Beziehung – eine Verlobung – mit Luke Creighton von der Staatspolizei gehabt. Sie hatte sich, nachdem er angeschossen worden war und seine Milz verloren hatte, über ein Jahr lang treusorgend um ihn gekümmert. Warum also gelang es ihr nun nicht, für Noah da zu sein?

»Hallo? Kann ich Ihnen helfen?«

Josie blinzelte, vertrieb ihre düsteren Gedanken und versuchte, sich wieder auf ihre Arbeit zu konzentrieren. Sie erklärte der Bibliothekarin, wonach sie suchte. Die Frau führte sie zu einem Terminal im zweiten Stock. Josie kannte sich mit der elektronischen Datenbank bereits aus, war aber zu müde, sie in ihrer langatmigen Einweisung zu stoppen, und hörte ihr kaum zu. Aufmerksam wurde sie erst wieder, als die Bibliothekarin die Vermutung äußerte, dass es sich bei den gesuchten Zeitungen aller Wahrscheinlichkeit nach um die *Denton Tribune* oder den *Bellewood Record* handelte. Aber da der *Record* das kleinere Blatt gewesen sei, müssten Meldungen wie die Ergebnisse von Schützenwettbewerben wohl eher dort erschienen sein.

Josie dankte der Frau für ihre Hilfe und nahm sich den *Bellewood Record* vor. Auf der Suche nach Berichten über

Schützenvereine und Schießwettbewerbe arbeitete sie sich bis in die frühen Siebzigerjahre zurück. Im hinteren Teil der Ausgaben aus der Zeit zwischen 1970 und 1980, in dem die Kirchengemeinden vor Ort Lebensmittelspendenaktionen, Ostereiersuchspiele, Mitbringpartys und andere Aktionen ankündigten, stieß sie auf mehrere Berichte über Wettbewerbe mit Datum, Uhrzeit und Austragungsort. Aber als sie die tags darauf erschienenen Ausgaben durchging, fand sie keine Ergebnislisten. Sie erweiterte ihre Suche auf die Achtzigerjahre, wurde aber auch in dieser Zeit nicht fündig. Dann nahm sie sich die *Denton Tribune* vor, in der sie auf einen kleinen Artikel aus dem Jahr 1976 stieß. Er stand in der unteren Ecke des Lokalteils und war mit der Titelzeile »Tri-County-Schützenverein löst sich auf« überschrieben.

Eines Abends Ende der Sechzigerjahre saßen Brody Wolicki und eine Handvoll Freunde nach dem wöchentlichen Schieß-training zusammen und tranken Bier. Im Verlauf der Unterhaltung entspann sich eine freundschaftliche Diskussion, wer von ihnen wohl der bessere Schütze sei. Das galt es herauszu-finden! Schon in der Woche darauf trafen sich die begeisterten Sportschützen zu einem inoffiziellen Wettbewerb auf dem Schießplatz von Bellewood. Wolicki musste klein beigeben, forderte aber Revanche. Also maßen die Freunde sich im Monat darauf erneut. Irgendwann kam jemand bei diesen inoffiziellen Turnieren mit dem Vorschlag, doch einen Schüt-zenverein zu gründen, um mehr Teilnehmer für die Wettbe-werbe zusammenzubekommen. So entstanden binnen weniger Jahre in Alcott County und zwei benachbarten Countys mehrere solcher Clubs. Wolicki bot sich damit die Gelegenheit, etwas Spaß zu haben und seinem Lieblings-

hobby nachzugehen. Prompt hob er die Tri-County-Schützen-liga aus der Taufe und organisierte Wettbewerbe, bei denen die Vereine gegeneinander antraten, um einen vereinsüber-greifenden Champion zu ermitteln. Die Turniere fanden viermal jährlich statt; hinzu kam eine abschließende Meister-schaft im Herbst. Mit den Beiträgen aus den Vereinen finan-zierte Wolicki die einzelnen Begegnungen und Preise für den Meisterschützen. »Anfangs haben wir den Siegern Pokale ausgehändigt«, erinnert sich Wolicki. »Dann hatte jemand die Idee, Gürtelschnallen als Preise zu vergeben. Das kam bei den Teilnehmern besser an.«

Sechs Jahre lang hatte Wolickis Liga Bestand. Dem Schützenkönig der jeweiligen Saison war nicht nur die Hoch-achtung und Bewunderung der übrigen Sportkameraden sicher, sondern auch eine ansehnliche Trophäe als Beweis für seine Treffsicherheit.

»Aber auf einmal wollten die Leute nicht mehr zahlen«, so Wolicki.

Zwar gingen auch die Mitgliederzahlen in der Tri-County-Liga zurück, das allein hätte Wolicki zufolge die Wettbewerbe jedoch nicht gefährdet. »Erst als die Mitglieder nicht mehr einsahen, warum sie Mitgliedsbeiträge entrichten sollten, wurde die Lage prekär. Was dachten die denn? Dass alles gratis war? Die Platzmiete, die Erfrischungsgetränke, die Preise, so etwas kostet. Ich kann doch nicht alles aus eigener Tasche zahlen.«

Somit wird die aktuelle Saison die letzte sein, in der eine Meisterschaft der Tri-County-Liga stattfindet. »Die Liga aufzulösen bricht mir das Herz«, räumt Wolicki ein. »Aber ich habe keine Wahl. Für Wettbewerbe braucht man Schüt-zen. Wenn die Mitglieder nicht zahlen, kommen sie auch nicht in den Verein. Keine Liga, keine Wettbewerbe.«

Ans Aufhören indes denkt Wolicki noch lange nicht. »Ich schieße weiter«, verkündet er. »Auf dem Schießplatz zu sein ist für mich das Größte. Aber wenn die Leute weiter Wettbewerbe wollen, muss jetzt ein anderer das Ganze in die Hand nehmen.«

Josie las den Artikel zweimal. Anschließend ging sie beide Zeitungen nach weiteren zwischen 1965 und 1977 erschienenen Artikeln über die Schützenliga durch, fand aber nichts mehr. Die Liga hatte nur sechs Jahre lang Bestand gehabt. Warum wurden nirgends die Sieger der Meisterschaften erwähnt?

»Weil das zu einfach wäre«, murmelte sie vor sich hin.

Sie druckte den Artikel am nächsten Drucker aus und verließ die Bibliothek. Wenn Brody Wolicki noch lebte, würde er sich vielleicht an den Namen des Gewinners erinnern, der 1973 die Gürtelschnalle als Preis bekommen hatte.

38

Endlich hatte Josie eine Spur zur Gürtelschnalle. Das gab ihr sofort neue Energie. Sie beschloss, direkt zum Hauptsitz von Sutton Stone Enterprises zu fahren und mit Zachary Sutton zu sprechen. Mettner hatte bereits vor der Befragung von Colettes Ex-Kollegen ein paar Recherchen über das Unternehmen angestellt und Josie darüber informiert. Sie wusste daher, dass sich der Hauptsitz fünfundvierzig Fahrminuten südöstlich von Denton in einer entlegenen, hügeligen Gegend befand. Der hohe, moderne Glasbau stand am Rand des einstigen Familiensteinbruchs der Suttons, den Zachary Suttons Urgroßvater Ende des 19. Jahrhunderts gegründet hatte. Die nächste Stadt war ein gutes Stück weit entfernt, postalisch allerdings gehörte das Areal zum winzigen Dorf Mount Haven in etwa siebzehn Kilometern Entfernung.

Zachary Sutton war in den 1960er-Jahren unter der Ägide seines Vaters in das Unternehmen eingestiegen und hatte im gesamten Bundesstaat Zweigstellen gegründet, indem er nach und nach immer mehr Grund aufgekauft und offene Wunden in die Landschaft geschlagen hatte.

Außerdem hatte er die Produktpalette ausgeweitet und bot nun neben Blaustein und Kalk auch Pflanzerde, Rollrasen und Zuschlagstoffe für Bauprojekte in aller Welt an. Josie wusste, dass er Laura Fraley-Hall früher viel Geld für die Leitung der Public-Relations-Abteilung bezahlt hatte. Colette hatte gegenüber Josie oft voller Stolz erwähnt, dass Laura als eine ihrer ersten Amtshandlungen Imagekampagnen gestartet hatte, um die Sympathie der Einheimischen zu gewinnen und die Reputation von Sutton Stone Enterprises blitzblank zu polieren. Dabei war sie so erfolgreich gewesen, dass sie die Karriereleiter souverän bis zu ihrem derzeitigen Posten als Vizepräsidentin des gesamten Konzerns hochgeklettert war.

Josie bekam große Augen, als sie nach der Fahrt über eine kurvige Bergstraße den Eingang des Steinbruchs erreichte. Dichtes Laubwerk säumte die Straße. Sie fühlte sich regelrecht eingeengt, doch als sie über eine Kuppe fuhr und das Gebäude von Sutton Stone Enterprises spektakulär im Sonnenlicht funkeln sah, kam es ihr vor, als hätte sie den Gipfel der Welt erreicht. Sie stellte ihr Auto auf dem Besucherparkplatz ab und ging zum Eingang. Beim Blick in den Steinbruch unter ihr wurde ihr leicht schwindelig. Lastwagen, schwere Baumaschinen und Steinhaufen wirkten wie Spielzeug in dem gigantischen Erdkrater, der aus nichts als Gesteinsschichten bestand. Sie hielt sich am Geländer fest, um wieder Bodenhaftung zu bekommen. Der Steinbruch war eingefasst von Wäldern, die sich so weit das Auge reichte erstreckten.

Hinter der Flügeltür befand sich die Rezeption, an der eine grauhaarige Dame mit rosa Bluse saß. Josie wies sich aus und bat darum, mit Mr. Sutton sprechen zu dürfen. Die Frau sah sie leicht spöttisch an, nahm aber den Hörer und rief

Sutton an. Sie schien überrascht, als er sie bat, Josie sofort in sein Büro zu schicken. Dabei sprach er so laut und klar, dass es bis zu Josie deutlich zu hören war. Nachdem die Empfangsdame ihr den Weg erklärt hatte, ging sie über eine gewundene Treppe zwei Stockwerke hoch bis zu einem Glasbalkon, von dem aus man einen Blick auf die Lobby hatte. Josie entdeckte Zachary Suttons großes Büro sofort. Es war von Glasflügeltüren umschlossen. Hinter dem ausladenden Schreibtisch und dem Empfangsbereich in der Raummitte erstreckte sich eine breite Fensterfront, durch die das Tageslicht mit fast blendender Intensität hereinschien. Josie fragte sich, ob es in dem Raum nicht brütend heiß war wie in einem Gewächshaus. Doch als Sutton zur Tür kam und sie hereinbat, stellte sie fest, dass es drinnen überraschend kühl war.

Vor seinem Schreibtisch stand ein niedriger, weißer, moderner Kaffeetisch mit vier korallenroten Stühlen. »Nehmen Sie doch Platz«, bat Sutton lächelnd. »Ich erinnere mich an Sie von Colettes Beerdigung. Wir hatten nicht die Gelegenheit, uns offiziell kennenzulernen, aber Noah erwähnte, wer Sie sind. Seine Lebensgefährtin, nicht wahr?«

»Äh, ja«, erwiderte Josie und setzte sich an den Rand eines Stuhls. »Noah und ich arbeiten zusammen im Polizeirevier von Denton.«

Sutton setzte sich ihr gegenüber und legte sein linkes Fußgelenk auf sein rechtes Knie. Er trug kakifarbene Hosen, Slipper und ein blaues, am Kragen aufgeknöpftes Hemd ohne Krawatte. Seine großen, von Adern durchfurchten Hände lagen auf dem Unterschenkel seines linken Beins. »Ich nehme also an, Sie sind in Ihrer Eigenschaft als Polizistin hier. Laura hat mir heute Morgen bereits erzählt, dass Colettes Haus gebrannt hat. Eine schreckliche Tragödie, vor allem nach ihrem Tod. Es tut mir leid, das mit Noahs Bein zu hören, bin aber froh, dass niemand getötet wurde.«

»Ich auch«, erwiderte Josie.

»Womit kann ich Ihnen helfen, meine Liebe?«, fragte Sutton. »Ihr Kollege war letzte Woche bereits hier und hat fast jeden im Haus befragt.«

»Mettner ist sehr gründlich«, bestätigte Josie. »Wir haben nur noch ein paar Fragen. Sie kannten Colette jahrzehntelang.«

Sutton nickte. Ein zugleich trauriger und wehmütiger Ausdruck trat in sein faltiges Gesicht. »Ich glaube, sie war Anfang zwanzig, als sie hier zu arbeiten begann. Zunächst im Schreibbüro. Sie war sehr tüchtig. Später machte mein Vater sie zu seiner Assistentin. Als ich drei Jahre später das Unternehmen übernommen habe, ich glaube, es war 1980, habe ich sie mit übernommen.«

»Sie haben also viele Jahre lang mit ihr zusammengearbeitet.«

»Oh ja, viele Jahre. Wir haben eine Menge erlebt miteinander. Gute und schlechte Unternehmenszeiten, die Geburt ihrer Kinder, den Tod ihrer Mutter und meines Vaters und das Scheitern ihrer Ehe.«

»Das klingt so, als hätten sie ein enges Verhältnis zueinander gehabt.«

»So eng, wie ein Chef und seine Angestellte nur sein können, würde ich sagen. So eng, wie zwei Menschen wie wir eben sein können.« Dabei lachte er leise.

»Was meinen Sie damit?«, wollte Josie wissen.

»Der Grund, warum Colette und ich so lange so gut ausgekommen sind, ist einfach: Wir waren uns sehr ähnlich. Zurückhaltend, gleichmütig und nicht zu großen Gefühlsausbrüchen neigend. Wissen Sie, als ihr Mann sie verlassen hat, kam sie in mein Büro und meinte nur: ›Meine Ehe ist kaputt. Das macht mir ein bisschen zu schaffen. Ich muss vielleicht ein paar Tage freinehmen.‹ In genau dem Ton, in dem sie mir auch meinen Wochenplan vorgelesen hat.«

»Nüchtern und sachlich.«

»Genau.«

»Haben Sie sie je weinen sehen?«

Er hob eine buschige weiße Augenbraue. »Ja, ich denke schon. Möglicherweise einmal, als sich eines ihrer Kinder die Nase gebrochen hat.«

»Von der Geschichte habe ich auch gehört. Es war Noah. Er musste nachher auf ein Foto und sah aus, als hätte ihn jemand verprügelt.«

Sutton lachte. »Jungs sind nun einmal Rabauken. Ich habe ihr gesagt, sie soll sich keine Sorgen machen. Die Schwellungen würden zurückgehen und die Kratzer heilen. Bald wäre ihr Sohn wieder so hübsch wie zuvor.«

»Wie ist es mit Ihnen? Haben Sie Kinder?«

Er winkte ab. »Ich nicht, nein. Habe nie geheiratet. Keine Kinder. Mein Unternehmen ist mein Baby. Mein ein und alles.«

Josie warf einen Blick zur Fensterfront. Gleich davor fiel das Gelände steil bis in die Tiefen des Steinbruchs ab. »Sie haben ein ganz schönes Imperium geschaffen. Was passiert, wenn Sie sich zurückziehen? Ich hoffe, die Frage ist nicht zu persönlich.«

Er blinzelte ihr zu. »Das möchte jeder gern wissen. Weil ich keine Erben habe. Wenn ich es Ihnen sage, müssen Sie es doch für sich behalten? Als Gesetzeshüterin sozusagen?«

Josie lächelte. »Sie meinen, wie ein Priester oder Anwalt? Nein, ich habe keine Schweigepflicht. Aber ich verspreche, es niemandem zu sagen.«

Sutton hob eine Hand und drohte ihr leise lächelnd mit dem Finger. »Nicht einmal Noah?«

Josie lächelte etwas angestrengt. Sie dachte daran, dass Noah im Augenblick überhaupt nicht in der Stimmung war, mit ihr zu reden, also spielte das keine Rolle. »Nicht einmal Noah«, versprach sie.

»Ich ziehe mir Laura ran, damit sie einmal übernimmt. Sie ist die Idealbesetzung. Ich habe schon alles arrangiert. Sie weiß es aber noch nicht.«

»Laura Fraley?«, rief Josie erstaunt, obwohl es auf der Hand lag. Sie wusste, mit welcher Hingabe Laura für Sutton Stone Enterprises arbeitete und wie sehr sie ihren Beruf liebte. Außerdem war sie bereits Vizepräsidentin.

Sutton nickte.

»Mr. Sutton, ich muss Ihnen ein paar Fragen stellen, die vielleicht unangenehm sind. Über Colette. Ich mache das nicht gern, aber es muss sein.«

»Wir hatten nie ein Verhältnis miteinander, falls Sie das denken. Abgesehen von ihrer Mutter, ihrem Mann und ihren Kindern hatte ich am längsten Anteil an ihrem Leben. Ich habe sie gut behandelt und nun wird ihre Tochter Präsidentin des Unternehmens. Da ist es ganz normal, dass jeder denkt, wir hätten eine Liaison gehabt. Ich glaube, viele hatten im Lauf der Jahre diesen Verdacht – zumindest die Leute hier im Unternehmen. Der Eigentümer eines großen Unternehmens hat immer ein Verhältnis mit seiner Sekretärin, nicht wahr?«

Josie starrte ihn an. »Ich weiß nicht, ob jeder das denkt. Aber ich muss zumindest in diese Richtung ermitteln.«

»Ich verstehe.«

»Wussten Sie, ob Colette je Affären mit anderen hatte?«

»Ich glaube nicht. Und wenn, dann hätte sie es mir wohl kaum erzählt. Über so etwas haben wir nicht gesprochen.«

»Hat sie jemals den Namen Ivan erwähnt?«

Er runzelte die Stirn. »Den Namen habe ich schon mal gehört.«

»Wir glauben, dass sie zusammen zur Schule gingen.«

Er schnippte mit den Fingern. »Ich glaube, das war der junge Mann, den sie mich einzustellen bat!«

»Sie bat Sie, jemanden einzustellen?«

»Vor Jahrzehnten. Ich glaube, er hieß so. Ein ungewöhnlicher Name. Ich meine mich zu erinnern, dass sie mir erzählt hat, sie wäre mit ihm auf der Schule gewesen.«

»Wie lang ist das her?«, wollte Josie wissen. Vor Aufregung bekam sie ein flaues Gefühl im Magen.

Sutton rieb sich das Kinn, als er darüber nachdachte. »Das muss gewesen sein, als ich das Unternehmen bereits von meinem Vater übernommen hatte. Ich weiß das so genau, weil sie damals mich gefragt hat und nicht meinen Vater. Das heißt, ich war schon am Ruder.«

»Was sollte er bei Ihnen arbeiten?«

Er zuckte die Schultern. »Irgendetwas, soweit ich mich erinnere. Sie sagte, es ginge ihm schlecht, aber er sei ein guter Mensch und brauche Arbeit.«

»Haben Sie ihn eingestellt?«

»Ja, als Arbeiter, wenn mich mein Gedächtnis nicht trügt.« Er sah ihr direkt in die Augen. »Detective Quinn, Sie müssen verstehen, dass das alles sehr lang her ist. Mein Gedächtnis ist nicht mehr so gut. Ich würde nicht meinen Hut darauf verwetten. Der junge Mann kann sonstwie geheißen haben.«

Aber Josie war sich sicher, dass er Ivan geheißen hatte.

»Wie lange hat er denn hier gearbeitet?«, wollte sie wissen.

»Nicht allzu lange, denke ich. Vielleicht ein paar Jahre. Ich habe viele Beschäftigte gehabt. Ich kann mich nicht an alle erinnern.«

»Reichen Ihre Personalakten so weit zurück?«, fragte Josie voller Hoffnung.

Er lächelte. »Das kann durchaus sein. Aber die Unterlagen, sofern wir sie noch haben, sind in einem externen Lager, das sich nicht hier auf dem Gelände befindet. Ich habe allerdings auch ein eigenes Lager und kann dort anrufen, damit meine Leute nachsehen. Und dank der modernen Technik kann ich sogar einscannen lassen, was man dort ausgräbt, und es Ihnen per E-Mail schicken. Ist das nicht großartig?«

Josie konnte sich ein Lächeln nicht verkneifen. »Das ist es in der Tat.«

»Nicht wahr? Sie sind zu jung, um zu wissen, wie es früher zuging, als wir die ganze Technik noch nicht hatten. Seither hat sich erstaunlich viel getan.«

»Wäre es möglich, dass Sie mir Personalunterlagen zur Verfügung stellen, die bis zu dem Zeitpunkt zurückreichen, als Ivan eingestellt wurde? Wir versuchen, alle Personen aufzutreiben, die Colette etwas besser kannten. Wenn es also Kolleginnen gab, mit denen sie lange zusammengearbeitet hat, würden wir sie gern finden und mit ihnen sprechen.«

Er stand auf und ging zu seinem Schreibtisch. »Ich schreibe es mir auf, meine Liebe.« Er nahm einen Stift und kritzelte etwas auf einen Notizblock. Dann öffnete er eine Schublade seines Schreibtischs und zog eine Visitenkarte heraus. Josie stand auf und ging zu ihm, um sie in Empfang zu nehmen. »Darauf steht meine Telefonnummer, mit der Sie mich direkt erreichen. Wenn Sie mir Ihre Karte dalassen, gebe ich Ihre Kontaktdaten an meine Belegschaft weiter und sorge dafür, dass Sie bekommen, was Sie brauchen. Aber behalten Sie trotzdem meine Karte, falls es Probleme gibt.«

Josie zog ihre eigene Karte aus der Jackentasche und gab sie ihm. »Ich weiß das wirklich sehr zu schätzen, Mr. Sutton.«

Die Haut um seine Augen runzelte sich. »Natürlich, meine Liebe. Colette war eine sehr liebenswerte Person. Ich hoffe, Sie führen ihren Mörder seiner gerechten Strafe zu.«

39

Josie betrat das Großraumbüro des Polizeireviers. Auf der Rückfahrt hatte sich das Adrenalin, das ihr Treffen mit Zachary Sutton und die mögliche neue Spur zu Ivan freigesetzt hatten, wieder abgebaut. Sie hatte Noah drei Nachrichten geschickt und versucht, ihn anzurufen, doch er hatte nicht reagiert. Inständig hoffte sie, dass Chief Chitwoods Tür geschlossen war oder er anderweitig zu tun hatte, doch erfüllte sich ihr Wunsch nicht. Kaum hatte ihr Hinterteil den Bürostuhl an ihrem Schreibtisch touchiert, donnerte schon seine Stimme durch den Raum. »Quinn!«

Sie drehte sich in ihrem Stuhl herum und sah ihn in der Bürotür stehen. Sein dünnes, weißes Haar – sein Markenzeichen – stand wild in alle Richtungen. »Sir?«, fragte sie.

Josie war auf eine Tirade über die Aufmerksamkeit gefasst, die der Fall Colette Fraley/Beth Pratt nach dem neuerlichen Brand auf sich zog. Aber Chitwood meinte lediglich: »Wie geht's Fraley? Haben Sie heute Morgen mit ihm gesprochen?«

Josie fuhr sich mit der Hand über das Gesicht. »Ja, habe

ich. Er war noch ein bisschen benommen und hatte etwas Schmerzen, war aber so weit okay.«

Chitwood nickte. »Ich war in der Nacht, als er aus dem OP kam, bei Ihnen, aber Sie schliefen beide.«

Genau das hätte Josie auch getan, wenn sie Polizeichefin gewesen wäre und zwei ihrer Leute nur knapp einem Brand entkommen wären, aber zu Chitwoods ruppiger Persönlichkeit passte das eigentlich gar nicht. Sie fragte sich, ob er wohl allmählich etwas wärmer mit ihnen wurde. Da bellte er: »Sie, Mettner und Palmer schlagen Punkt vier Uhr in meinem Büro auf. Ich will genauestens über diese Katastrophe informiert werden – und erwarte Fortschritte.«

»Da werde ich Sie wohl enttäuschen müssen«, murmelte Josie leise, nachdem er seine Bürotür wieder zugeschlagen hatte.

Sie hatte gerade die aktuelle Adresse von Brody Wolicki ausfindig gemacht, als Gretchen neben ihr auftauchte und einen Papierbecher mit Kaffee sowie einen Beutel von Komorrah's Koffee auf den Schreibtisch stellte.

Josie nahm den Beutel und öffnete ihn. Darin waren zwei Käseplunder. Sie sah Gretchen an, die sich bereits wieder an ihren Schreibtisch gesetzt hatte und dort ihren Kaffee trank. Mit gespieltem Ernst schlug Josie vor: »Ich denke, wir sollten heiraten.«

Gretchen musste so lachen, dass ihr Kaffee über das Kinn lief. Sie wischte ihn mit dem Ärmel ihrer Jacke weg. »Da hätte Noah aber was dagegen.«

Josie biss in einen Plunder und schüttelte den Kopf. »Glaube ich nicht.«

Sie erzählte Gretchen von der unschönen Auseinandersetzung mit Noah und seiner Schwester am Morgen.

»Naja. Es ist besser, wenn er nicht hier in der Gegend

ist. Gesünder für ihn. Wenn er Zeit braucht, gib sie ihm. Er liebt dich, das weißt du.«

Josie seufzte. Sie war sich nicht sicher, ob das reichte. Aber es gab jetzt Wichtigeres als ihre eigenen verletzten Gefühle. »Ich habe ein paar interessante Neuigkeiten, glaube ich. Holen wir Mett hoch.« Sie rief ihn am Handy an und fünf Minuten später saß er an Noahs leerem Schreibtisch, sodass sie ihm und Gretchen von dem Wolicki-Artikel und ihrem Treffen mit Sutton berichten konnte. Während Josie redete, tippte Mettner eifrig in sein Smartphone.

»Wie lange, denkst du, wird es dauern, bis du die Personalakte bekommst?«, wollte er wissen.

Josie zuckte die Schultern. »Wenn sie so weit zurückreichen? Vielleicht eine Woche. Ich habe Sutton das gefragt, bevor ich weggefahren bin. Wie lief's mit der katholischen Kirchengemeinde?«

Mettner nickte Gretchen zu, die einen Stapel Blätter von ihrem Schreibtisch nahm und Josie gab. »Hier ist eine Liste mit Schülern, die zwischen 1958 und 1966 in die Grundschule St. Agatha's gingen. Colettes Name ist dabei. Aber kein Ivan.«

»Was?«, rief Josie und ging die Namen auf den Seiten durch. »Ist das ein Witz?«

»Leider nein. Und wenn auch die Personalakten von Sutton nichts bringen, stehen wir schön blöd da. Aber es gibt auch gute Nachrichten. Ich habe eine neue Spur. Sieh dir die Liste der Lehrkräfte an.«

Josie suchte die Namen der Nonnen und Laienlehrer, die an der Grundschule gearbeitet hatten, als Colette dort Schülerin gewesen war. »Hier sind sie.«

»Da gab es eine Nonne, Schwester Mary Elsa. Ihr weltlicher Name ist Tracy Schmidt. Sie ist 1967 aus der Kirche ausgetreten.«

»Ausgetreten?«

»Ja. War anscheinend ein ziemlicher Skandal.«

Josie runzelte fragend die Stirn. »Woher weißt du das?«

Gretchen grinste. »Die Pfarrsekretärin ist Ende siebzig. Sie arbeitet seit ihrem sechsundzwanzigsten Lebensjahr in der Schule.«

»Und sie hat noch nie was von einem Ivan gehört?«

»Nein. Aber sie sagt, Namen konnte sie sich noch nie gut merken.«

Josie lachte. »Na, das ist ja eine tolle Schulsekretärin.«

»Da sind in den vielen Jahrzehnten an der Schule aber auch eine Menge Schüler zusammengekommen, an die sie sich erinnern müsste«, schaltete Mettner sich ein. »Lehrer und Angestellte dagegen bleiben länger. Gut kann sie sich allerdings an den Klatsch erinnern. Als Schwester Mary Elsa alias Tracy Schmidt der Kirche den Rücken kehrte, gab das einen ganz schönen Aufruhr.«

»Was ist passiert?«, wollte Josie wissen, legte die Liste weg und nahm einen Schluck Kaffee.

»Sie weiß nicht genau, warum sie gegangen ist, nur dass sie gegangen ist. Das war der eigentliche Skandal. Nonnen legen ihr Gelübde normalerweise auf Lebenszeit ab. Damals war es für eine Nonne gar nicht so einfach, es zu brechen und auszutreten.«

»Die Schulsekretärin meint also, dass diese Nonne etwas wissen könnte?«, hakte Josie nach.

»Anscheinend hatten sie und Colette ein recht enges Verhältnis«, warf Mettner ein.

»Und dann wechselt Colette irgendwann in der Highschool zur Episkopalkirche und will nie wieder was von den Katholiken wissen«, fügte Josie hinzu.

»Genau«, pflichtete Gretchen ihr bei. »Sie haben beide der katholischen Kirche den Rücken gekehrt. Das muss etwas zu bedeuten haben.«

»Vielleicht etwas, das uns zu diesem Ivan führt?«, fragte Josie voller Hoffnung.

Gretchen zuckte die Schultern. »Schwer zu sagen. Das erfahren wir nur, wenn wir nachfragen.«

Mettner stand auf. »Reden wir mit Tracy Schmidt.«

»Hoffentlich lebt sie überhaupt noch,« meinte Josie.

40

Während Mettner und Josie Tracy Schmidt ausfindig zu machen versuchten, kümmerte sich Gretchen um Brody Wolicki. Er lebe noch, schrieb sie Josie und Mettner, sei aber ins Sullivan County gezogen, eine entlegene Gegend im Norden von Pennsylvania, etwa drei Fahrstunden von Denton entfernt. Die Schwester von Josies Ex-Verlobtem Luke Creighton hatte eine Farm in dem County, weshalb Josie schon einmal dort gewesen war. Sie rief zweimal die Nummer an, unter der Wolicki gelistet war, aber er ging nicht ran. Nach einer kurzen Diskussion mit Mettner beschloss sie, morgen als Erstes hinzufahren, um etwas über die Gürtelschnalle in Erfahrung zu bringen.

Auch die ehemalige Ordensschwester Tracy Schmidt lebte noch. Sie war inzwischen über achtzig und wohnte in einem heruntergekommenen Viertel von Denton. Ihre Wohnung befand sich in einem bröckelnden fünfstöckigen Ziegelbau. Er gehörte zu einem Häuserblock, in dem Unkraut aus Rissen im Pflaster wuchs und in jedem Winkel der Betonwüste haufenweise Glasscherben und Müll lagen.

An das Haus mit Schmidts Wohnung grenzte ein abbruchreifes Gebäude an, dessen obere Stockwerke vor einigen Jahren von einem Feuer verwüstet worden waren. Die Fenster der unteren Stockwerke waren eingeschlagen und später mit Brettern vernagelt worden, von denen jedoch einige ebenfalls bereits durchbrochen worden waren. Von Streifenpolizisten wusste Josie, dass Obdachlose regelmäßig hier Unterschlupf suchten. Auf der anderen Seite stand ein Gebäude mit einem Chinarestaurant und einem kleinen Waschsalon im Erdgeschoss, während sich in den oberen Stockwerken allem Anschein nach Wohnungen befanden. Die Straßenseite direkt gegenüber wurde von mehreren gedrungenen zweistöckigen Reihenhäusern in Beschlag genommen. Im Erdgeschoss des Eckhauses gab es einen Minimarkt. Davor standen Männer mit Kapuzenpullovern und rauchten Zigaretten.

Josie und Mettner parkten vor Schmidts Haus und gingen durch zwei unverschlossene Holztüren mit Rauchglasfenstern in das Gebäude. Links hingen ein paar Briefkästen aus Metall an der Wand, rechts führte eine Treppe nach oben. »Sie wohnt in Nummer vier«, stellte Josie fest und deutete auf den Briefkasten, auf dem mit dickem schwarzem Marker »Schmidt« geschrieben stand.

Sie gingen die knarzenden Stufen bis zum zweiten Stockwerk hoch. Ein muffiger Geruch hing in der Luft. Im Flur, den zwei Hängeleuchten in ein weiches, gelbliches Licht tauchten, lag ein abgetretener dunkelroter Teppich. Die Türen zu den Wohnungen waren aus Holz. Sie sahen aus, als seien sie im Lauf der Jahre viele Male gestrichen worden, und hatten inzwischen alle eine undefinierbar dunkelbraune Farbe. Vor der Tür mit der Aufschrift »4«

blieben sie stehen. Mettner klopfte. Er wartete kurz und klopfte noch einmal.

Einen Augenblick lang fragte sich Josie, ob Tracy Schmidt drinnen erstickt auf dem Boden lag. Doch da hörten sie hinter der Tür ein Geräusch und eine Frauenstimme rief: »Moment, ich komme schon.«

Schritte näherten sich der Tür, dann ging sie mit einem Quietschen auf. Vor ihnen stand eine alte, gebeugte, hagere Frau mit kurzem grauem Haar und starrte sie an. Sie trug eine marineblaue Jogginghose und ein dazu passendes Sweatshirt. Rosa Pantoffeln gaben dem ganzen Outfit etwas Farbe. Jeder Zentimeter ihrer schlaffen Haut, von ihrem langen Gesicht bis zu den arthritischen Händen, war mit Falten übersät. Obwohl sie eine dicke Brille auf der schmalen Nase trug, kniff sie die Augen zusammen, als sie Josie und Mettner ansah. »Wer sind Sie?«, fragte sie.

Josie überließ es Mettner, sie vorzustellen. Noch bevor sie ihre Ausweise gezeigt hatten, winkte Tracy Schmidt die beiden schon herein. Sie bewegte sich langsam und vorsichtig. Josie erkannte, dass sie sich in einer Einzimmerwohnung befanden, die nicht größer war als Josies Wohnzimmer. Es gab nur zwei Sitzgelegenheiten: das Doppelbett und den durchgesessenen lila Sessel rechts davon. Neben dem Sessel stand ein Klapptisch mit einer Fernbedienung, einer Tasse Kaffee, einigen Küchentüchern und mehreren Pillenfläschchen darauf, am Fuß des Betts ein kleiner Tisch mit Fernsehgerät und eine Kommode. Gegenüber dem Bett und dem Sessel war eine Küchenzeile mit Arbeitsplatte, Spüle und Herd eingebaut. Daneben befand sich eine schwarz lackierte Tür, die halb offen stand. Josie konnte dahinter das Keramikweiß einer Toilettenschüssel erkennen.

»Setzen Sie sich«, forderte Tracy Schmidt sie auf. Sie

selbst ließ sich in den Sessel sinken. Josie und Mettner setzten sich an den Rand des Doppelbetts auf eine alte, geblümte Steppdecke. Mettner holte sein Handy heraus und öffnete seine Notiz-App. »Vielen Dank, dass Sie bereit sind, mit uns zu sprechen, Ms. Schmidt.«

Die Frau winkte ab. »Ich bekomme nicht viel Besuch. Nicht mehr. Sie wollen mit mir über St. Agatha's reden, nicht wahr?«

»Wir wissen, dass das lange her ist, aber vielleicht können Sie uns trotzdem helfen«, erwiderte Josie. »Erinnern Sie sich an eine Schülerin namens Colette Riggs? Sie muss zwischen 1958 und 1966 in St. Agatha's gewesen sein.«

Tracy nickte. »Lettie. So wurde sie damals genannt. So kannte ich sie. Sie ist vor Kurzem gestorben. Ich habe es in der Zeitung gelesen, konnte aber nicht zur Beerdigung gehen. Ich bin nicht mehr so mobil. Ich nehme an, sie wurde umgebracht. Das soll es wohl heißen, wenn in der Todesanzeige ›plötzlich verstorben‹ steht, oder?«

»Manchmal«, pflichtete Mettner ihr bei.

»Was hat St. Agatha's damit zu tun?«

»Das wissen wir noch nicht«, antwortete Josie. »Aber wir versuchen, jemanden aufzutreiben, der mit ihr zur Schule gegangen ist. Einen Mann. Wir haben seinen Namen nicht auf der Schülerliste gesehen, obwohl Colettes Name darauf war. Sie hat ihrem Mann gesagt, er hieß Ivan. Anscheinend kannte ihre Mutter ihn auch.«

Auf Tracys Wangen erschienen zwei rosa Flecken. Sie blinzelte mehrmals. »Den kenne ich.«

Josies Herz schlug schneller. Die Hoffnung, dass sie tatsächlich jemanden gefunden hatten, der vielleicht Licht in eine ihrer Ermittlungsrichtungen bringen würde, schickte einen Adrenalinstoß durch ihre Adern.

»War er dort Schüler?«, wollte Mettner wissen.

»Ja. In derselben Klasse wie Lettie. Sie waren gut befreundet, die zwei. Wissen Sie, ihre Mütter arbeiteten beide im Pfarramt. Sie waren Sozialfälle, konnten also nur auf die St. Agatha's gehen, weil ihre Mütter in der Pfarrei beschäftigt waren und dadurch weniger Schuldgeld zahlen mussten.«

»Wenn er dort Schüler war, warum ist dann sein Name nicht auf der Liste?«, bohrte Josie nach. »Colette steht da nämlich drauf.«

Tracy blinzelte wieder. Mit zitternder Hand griff sie zum Klapptisch, zog eine Papierserviette aus der Box und tupfte damit unter ihren tränenden Augen. »Weil etwas vorgefallen war. Die Dreckskerle haben seinen Namen in den Unterlagen getilgt, um keine Spuren zu hinterlassen.«

Josie stellten sich die Nackenhaare auf. »Was ist passiert?«

»Was glauben Sie wohl, was passiert ist?«, stieß Tracy hervor. »Einer der Priester hat sich am armen Ivan vergriffen. Hat ... Sachen mit ihm gemacht.«

»Und das hat Ivan erzählt?«

»Nein, natürlich nicht. Damals hat man so etwas nicht weitererzählt. Vor allem nicht Jungs. Lettie hat es erzählt. Sie hat sie einmal erwischt. Ivan war Ministrant und eines Tages hat Letties Mutter sie zum Abstauben in die Sakristei geschickt. Dort hat sie gesehen, wie der Priester Ivan missbraucht hat.«

»Wem hat sie es erzählt?«, bohrte Josie nach. Sie wusste, dass Missbrauchsfälle in der katholischen Kirche selbst heute noch eine außerordentlich heikle Angelegenheit waren und vielen Opfern nicht Gerechtigkeit widerfuhr, selbst wenn sie sich ihren Eltern anvertrauten und die Behörden über die Vorfälle unterrichtet wurden.

»Mir. Sie kam weinend und aufgewühlt zu mir. Lettie und ich kamen gut miteinander aus. Sie war so ein süßes Ding. Ein temperamentvolles süßes Ding. Ivan wollte nicht, dass sie irgendjemandem von der Sache erzählte. Sie gingen in die achte Klasse und waren kurz davor, auf die Highschool zu wechseln. Er war sicher, dass er nach Ablauf des Schuljahres kaum noch mit dem Priester zu tun haben würde. Ich glaube, er wollte einfach nicht, dass jemand von der Sache erfuhr, weil er sich schämte.«

»Das ist ja schrecklich«, meinte Josie, während Mettner weiter in sein Handy tippte. »Was haben Sie unternommen?«

»Ich bin zu meiner Mutter Oberin gegangen. Sie hat gesagt, sie würde für die Seele des Priesters beten.«

»Das war *alles*?«, rief Mettner erstaunt.

Tracy schüttelte den Kopf. »Das war noch nicht alles. Nicht für mich. Nicht für Lettie. Ich sagte ihr, dass ich etwas Zeit bräuchte, mir zu überlegen, was wir unternehmen sollten, aber sie beschloss, dass das nicht gut war. Ihrer Meinung nach ließen wir Erwachsenen uns viel zu viel Zeit. Vielleicht wusste sie auch, dass gar nichts passieren würde. Dass niemand von denen da oben zwei Kindern und einer Nonne glauben würde. Und wenn, dann würde es sie nicht interessieren.«

»Was hat sie gemacht?«, wollte Josie wissen.

»Ihre Mutter hat für die Priester gekocht. Sie war für all ihre Gerichte zuständig. Und Lettie hat sie ihnen aufs Zimmer gebracht. Zumindest Frühstück und Abendessen – also dann, wenn sie keinen Unterricht hatte. Der Priester, um den es ging, ist auf einmal ziemlich krank geworden. Er kam eine ganze Weile nicht mehr aus der Toilette heraus. Auf jeden Fall lange genug, dass er seiner Arbeit nicht mehr nachgehen und den Ministranten nachstellen konnte. Er nahm ziemlich ab. Dann schrieb Lettie dem Bischof auf eigene Faust. Der Bischof und seine Handlanger – sie waren so etwas wie seine Assistenten – suchten die Schule heim wie der Teufel die armen Seelen und versuchten, die Kinder zum Schweigen zu bringen. Sie haben nicht den Kinderschänder bestraft, sondern Lettie und Ivan. Es war ein Jammer. Colettes Mutter hätte fast ihre Arbeit verloren und Ivan und seine Mutter mussten die Stadt verlassen.«

»Was hat Colette dem Priester gegeben?«, fragte Josie. »Haben Sie das je herausgefunden?«

Tracy lächelte das erste Mal, seit sie hier waren. »Rizinusöl. Unmengen. Keine Ahnung, warum er das nie gemerkt hat. Ich weiß, ich hätte böse auf sie sein sollen, aber ich habe für sie gebetet. Ich habe sie nämlich gut verstanden. In ihrer Hilflosigkeit hat sie es ihm heimgezahlt. Ich selbst war nie so tapfer.«

»Aber Sie haben der Kirche den Rücken gekehrt«, fügte Mettner leise hinzu. »Das war auch tapfer, vor allem damals. Für eine exkommunizierte Nonne waren die Aussichten wohl nicht allzu rosig.«

»Sie haben ja so was von recht, mein Lieber«, pflichtete ihm Tracy seufzend bei. »Manchmal frage ich mich, ob es das wert war. Ich hatte mein ganzes Leben lang Gelegenheitsjobs, bis ich nicht mehr arbeiten konnte. Ich komme kaum über die Runden, nur für diese Wohnung reicht es gerade noch. Aber ich konnte einfach nicht länger in der Kirche bleiben, mit dem Wissen, was dieser Kerl tat und dass ihm niemand das Handwerk legen würde.«

»Das tut mir leid. Ich kann mir vorstellen, wie schwierig es für Sie gewesen sein muss.«

Und Josie fügte hinzu: »Haben Sie noch einmal etwas von Ivan gehört?«

Tracy schüttelte den Kopf.

»Erinnern Sie sich zufällig an seinen Nachnamen?«

»Hm«, dachte sie nach. »Ich bin mir nicht sicher. Es war ein deutscher Name. Hat mit einem U angefangen. Ich muss noch darüber nachdenken.«

Mettner gab ihr seine Visitenkarte. »Falls es Ihnen wieder einfällt, können Sie uns sofort anrufen? Es ist wichtig.«

41

»Tapfer«, sagte Josie nun schon zum fünften Mal, als sie ins Polizeirevier zurückfuhren. »Colette war tapfer.«

»Sie war extrem tapfer. Wie alt war sie damals? Dreizehn?«, erwiderte Mettner.

»Ein unglaubliches Kind. Aber so kannte Noah seine Mutter – und so kannte auch ich sie. Ein guter Mensch, keine mehrfache Mörderin. Auf keinen Fall jemand, der ein schreckliches Geheimnis hütete.«

»Stimmt.«

»Findest du, dass jemand, der so etwas für einen Freund tut, selbst wenn sie noch Kinder waren, dass so jemand viele außereheliche Affären gehabt haben könnte?«, fragte Josie.

»Schwer zu sagen. Menschen ändern sich.«

»So sehr auch wieder nicht. Ich denke, wir übersehen etwas. Sie weigerte sich, ein Geheimnis zu bewahren, als ein Pfarrer Ivan Schlimmes antat, obwohl es ihr selbst und ihrer Mutter schadete, als sie es preisgab. So wie es sich anhörte, hätte ihre Mutter ihre Arbeit verlieren können.«

»Sie war eine Whistleblowerin.«

»Genau. Warum also hat sie das Geheimnis über die Pratt-Brüder für sich behalten? Irgendwie kam sie zu etwas, das Samuel Pratt an dem Tag, als er ermordet wurde, bei sich trug. Und sie besaß den USB-Stick. Den hatte vielleicht Drew bei sich, als er verschwand.«

»Du meinst also, dass sie auf jeden Fall wusste, was mit ihnen passiert ist?«, hakte Mettner nach.

»Ich weiß es nicht. Ich rate nur. Ich will damit sagen, dass sie Geheimnisse hatte. Große Geheimnisse. Warum hätte sie gerade diese Geheimnisse für sich behalten sollen, wo sie doch als Kind nicht gezögert hatte, einen katholischen Priester an den Pranger zu stellen? In einer Zeit, als man das einfach nicht tat.«

»Weil sie erwachsen geworden war. Man ist als Erwachsener nicht mehr so mutig.«

Josie lachte bitter auf. »Das ist wahr. Aber sie hat Ivan eine Arbeit besorgt. Er lag ihr immerhin so sehr am Herzen, dass sie zu ihrem Chef ging und ihn freiheraus bat, ihn einzustellen.«

»Also hatte sie eine starke Bindung zu diesem Ivan. Und was ist mit den Pratts? Meinst du, sie wollte da ebenfalls etwas ans Tageslicht bringen? Oder wusste sie nur, was wirklich mit ihnen passiert war?«, fragte Mettner.

»Ich weiß nicht«, murrte Josie, frustrierter als je zuvor. Sie fühlte sich zunehmend erschöpft und drückte mit den Fingern auf ihre Augenlider. »Ich muss immer wieder daran denken, was Mason Pratt über Beth gesagt hat: dass sie der Meinung war, die einfachste und offensichtlichste Erklärung sei die richtige.«

»Also sind wir wieder bei außerehelichen Affären. Samuel Pratt. Oder auch Ivan.«

Josie klatschte mit beiden Händen auf ihre Schenkel.

»Und das passt einfach nicht. Ich kann mir nicht vorstellen, dass Colette ihren Mann ständig betrogen haben soll. Aber ich kann sie mir auch nicht als mehrfache Mörderin vorstellen. Oder die Komplizin eines mehrfachen Mörders.«

»Vielleicht bringt ja Ivan etwas Licht in die Angelegenheit.«

»Falls wir ihn auftreiben.«

Mettner fuhr auf den Gemeindeparkplatz hinter dem Polizeirevier. »Wie viele deutsche Nachnamen, die mit einem U anfangen, kann es in unserem Bundesstaat schon geben? Wir finden ihn. Mach dir mal darüber keine Sorgen.«

Kaum hatten sie sich an ihre Schreibtische gesetzt, um Gretchen auf den neuesten Stand zu bringen, flog Chitwoods Tür auf und seine Stimme donnerte durch den Raum. »Mettner! Palmer! Quinn! Besprechung. In meinem Büro. Sofort!«

Josie und Gretchen seufzten tief im Duett und tapsten mit Mettner im Schlepptau in Chitwoods Büro. Der Chief platzierte sich hinter seinem Schreibtisch und wartete darauf, dass sie sich ebenfalls setzten. Josie und Gretchen nahmen Platz, während Mettner zwischen den beiden stehen blieb. Dann deutete Chitwood auf Mettner und befahl: »Los.«

Mettner scrollte durch die Notizen auf seinem Handy und berichtete ihm, was sie in den letzten Tagen herausgefunden hatten. Außerdem zählte er die Spuren auf, denen sie noch nachgehen mussten. Chitwood hörte aufmerksam zu und biss unterdessen an der Innenseite seiner Wangen herum. Als Mettner fertig war, sagte er: »Also, Palmer und ich versuchen, Ivan aufzutreiben, und Quinn fährt ins Sullivan County und stattet diesem Wolicki einen Besuch ab.«

Sie nickten. Chitwood stützte sich mit den Ellbogen auf seinen Schreibtisch und lehnte sich nach vorn. »Bis jetzt konnten wir die Presse heraushalten, obwohl ein paar Leute von den TV-Sendern wegen des Brands von Beth Pratts Haus angerufen haben. Ich werde ihnen bald etwas liefern müssen. Also setzt eure Ärsche in Bewegung und besorgt mir ein paar handfeste Ergebnisse. Außerdem gibt es Neues vom Pratt-Tatort.«

»Beth oder Mason?«, wollte Josie wissen.

»Mason.«

»Und?«, fragte Mettner.

»Ein Schuhabdruck. Größe fünfundvierzig. Sie haben ihn in Masons Garten entdeckt. Auf dem Zaun waren Kratzer und Schmutz. Wir glauben, dass der Angreifer dort über den Zaun gesprungen ist. Hummel hat einen Abdruck gemacht und ihn vermessen. Die Abdrücke passen nicht zu denen von Mason oder einem unserer Leute. Das Profil stammt wohl vom Stiefel eines Schuhherstellers namens Coyote Run. Er produziert verschiedene Stiefel und verkauft sie landesweit, allerdings hauptsächlich über Jagd- und Sportartikelgeschäfte.«

Mettner begann wieder durch seine Notizen zu scrollen, aber Josie war schneller. »Sind Sie sicher? Der Schuhabdruck am Tatort von Colette hatte die Größe vierundvierzig.«

Mettner hörte auf zu scrollen und deutete auf sein Handydisplay. »Stimmt. Größe vierundvierzig.«

Chitwood hob die Augenbrauen und starrte Josie an. »Ihr Team hat den Tatort untersucht. Meinen Sie, dass einer der Abdrücke falsch ausgemessen wurde?«

Josie wurde wütend. Sie wusste, dass ihre Spurensicherung keine solchen Fehler machte. Sie hatte eher den

Verdacht, dass Chitwood einen Beamten der Spurensicherung oder ihren Bericht falsch verstanden hatte, sagte es aber nicht. »Also haben wir jetzt vielleicht zwei Verdächtige.«

»Shit«, fluchte Gretchen. »Das ändert alles.«

»Nein«, entgegnete Josie mit Überzeugung. »Nicht unbedingt. Wir gehen noch immer Spuren nach. Das alles hat mit Colette Fraley angefangen, also gehen wir von ihr aus. Wir treiben diesen Ivan auf und versuchen, den Besitzer der Gürtelschnalle zu finden. Wir verfolgen weiter die bisherigen Spuren. Nur dass wir jetzt nach zwei Personen suchen. Wer von ihnen was getan hat, werden wir sehen, wenn wir sie gefasst haben. Jemand sollte Jagd- und Sportartikelgeschäfte im ganzen County abklappern und sehen, ob sie eine Liste mit Kunden führen, die diese Art Stiefel im letzten Jahr oder so gekauft haben. Da kann man ansetzen. Solche Läden haben meistens Kundenkarten, die jedes Mal eingelesen werden, wenn der Kunde etwas kauft. Selbst wenn unser Mann also bar bezahlt hat, können die Händler vielleicht anhand der Kundenkarte sehen, wer die Stiefel wann erstanden hat.«

»Ich besorge einen Durchsuchungsbeschluss«, sagte Mettner, während Gretchen hinzufügte: »Und ich versuche, Ivan zu finden.«

42

Nach der Arbeit stattete Josie Noah einen Besuch ab. Er schlief, während Laura an seinem Bett wachte. Laura ignorierte Josie die ganzen drei Stunden, die sie auf der anderen Seite des Betts saß, bis das Pflegepersonal beide mit Verweis auf das Ende der Besuchszeit hinauswarf. Josie fuhr eine Stunde lang ziellos umher. Sie kam zweimal am Spirituosenladen in der Nähe ihres Hauses vorbei und verspürte jedes Mal den unstillbaren Drang, hineinzugehen und sich eine Flasche Wild Turkey Whiskey zu kaufen. Stattdessen kehrte sie ins Krankenhaus zurück und verschaffte sich mithilfe ihres Polizeiausweises Zugang zu der Station, auf der Noah lag. Die Lichter in seinem Zimmer waren aus, aber der Fernseher lief leise. Sie war erleichtert, endlich mit ihm allein sein zu können. Sie ging an sein Bett und streichelte ihm über sein dichtes Haar. Er blinzelte und öffnete die Augen. »Hey«, begrüßte er sie. »Wie spät ist es?«

»Spät«, erwiderte Josie. »Ich war heute schon mal hier, aber du hast geschlafen. Wie geht es dir?«

»Starke Schmerzen«, antwortete er. Er blickte an ihr vorbei. »Ist Laura noch hier?«

Josie versuchte nicht zu zeigen, wie gekränkt sie war. »Nein, sie musste gehen. Noah, ich ...«

»Ich fahre morgen mit zu ihr.«

»Ich weiß. Ich wollte nur ... ich ... zwischen uns ist es ...«

»Josie, was ich heute Morgen gesagt habe, habe ich auch so gemeint. So wie die Dinge im Moment laufen, kann ich nicht geradeaus denken. Ich brauche wirklich eine Auszeit.«

»Bleib hier«, bat ihn Josie plötzlich. »Ich nehme mir frei. Du kannst bei mir bleiben. Ich arbeite nicht. Chitwood hat Gretchen vorläufig wieder in den Außendienst gelassen. Sie und Mettner können den Fall hervorragend allein lösen. Ich kümmere mich um dich.«

Er schüttelte den Kopf. »Nein, ich muss weg. Weg von hier. Ich möchte jetzt bei meiner Familie sein.«

Josie spürte einen Stich in ihrer Brust. Es war vielleicht nicht so gemeint, aber es fühlte sich an wie eine Zurück-weisung.

»Laura und Grady werden sich gut um mich kümmern«, fügte er hinzu.

Josie schluckte den Kloß in ihrer Kehle hinunter. »Das bezweifle ich nicht.«

Er schloss die Augen. Josie wartete, aber er öffnete sie nicht mehr. Stattdessen begann er zu schnarchen. Die Audienz war zu Ende.

Auf dem Nachhauseweg hielt sie am Spirituosenladen und kaufte sich den Wild Turkey. Sie zog sich mit der Flasche auf das Wohnzimmersofa zurück, aber noch bevor sie sie öffnen konnte, war sie bereits eingeschlafen.

Brody Wolicki gehörte zu den Menschen, die anstelle eines Handys noch einen Festnetzanschluss hatten. Allerdings wusste Josie, dass die Netzabdeckung in Sullivan County nicht die beste war, weshalb man mit dem Festnetz noch immer am besten fuhr, wenn man zuverlässig mit der Außenwelt in Kontakt bleiben wollte. Sie rief Wolickis Nummer ein halbes Dutzend Mal an, bevor sie sich zu ihm ins Sullivan County aufmachte. Er ging kein einziges Mal ans Telefon. Deshalb hatte sie auf der ganzen Fahrt ein flaues Gefühl im Magen. Vielleicht war er im Urlaub oder im Krankenhaus, versuchte sie sich zu beruhigen. Womöglich war er auch gerade zum Frühstücken gegangen, während sie anzurufen versucht hatte. Trotzdem konnte sie die aufkommende Panik nicht unterdrücken, als sie an der Ausfahrt Buckhorn von der Route 80 abfuhr und die Route 42 in die Berge nahm. Hinter der County-Grenze wurden die Straßen schmaler und immer kurviger. Sie versuchte, Wolickis abgelegene Adresse in ihr Navigationssystem einzugeben, aber es fand sie nicht. Einmal blieb sie an einem Gemischtwarenladen stehen, um sich eine Landkarte zu besorgen, doch gab es keine. Allerdings wusste der Angestellte im Geschäft, wo Wolicki lebte, und gab ihr eine ungefähre Wegbeschreibung.

Sie fuhr weiter Richtung Norden, vorbei am World's End State Park und nach Dushore, wo sie an der einzigen Ampel im gesamten County vorbeikam. Dann bog sie in eine Straße ohne Wegweiser ein, die ihr der Typ im Laden beschrieben hatte, und fuhr weiter in die Berge. Hier standen die einzelnen Häuser mehrere Kilometer weit voneinander entfernt. Nachdem sie dreimal abgebogen war, ohne zum Wolicki-Anwesen zu kommen, gelangte sie irgendwann wieder auf eine der Hauptstraßen. Nach einer Stunde ziellosen Herumirrens fuhr sie zu Carrieann Creightons

Farm, der einzigen Adresse in Sullivan County, zu der sie den Weg kannte. Die Beziehung mit Luke hatte nicht gehalten, aber zwischen ihr und seiner Schwester hatte es nie böses Blut gegeben. Carrieann hatte sich während der Sache mit den vermissten Mädchen selbst in Gefahr gebracht, um Josie zu helfen. Josie war sich sicher, dass sie auch jetzt für sie da sein würde, vor allem, da sie ja nichts weiter als eine Wegbeschreibung brauchte. Sie hoffte, Carrieann könnte ihr einen Tipp geben, wie sie zu Brody Wolickis Haus kam.

Das zweistöckige Gebäude hatte sich kaum verändert, seit Josie vor einigen Jahren das letzte Mal hier gewesen war. Als sie den holprigen Kiesweg entlangfuhr, der von der Straße bis zur Haustür fast einen halben Kilometer lang war, erkannte sie, dass die Fensterläden frisch gestrichen worden waren. Sie strahlten weiß in der Sonne. Ein Bluthund mit hängendem Gesicht und langen Ohren lag auf der vorderen Veranda, den Kopf auf die Pfoten gelegt. Er sah nicht einmal auf, als Josie parkte und ausstieg, aber sein Schwanz wedelte leicht, während sie die Treppe hochging. »Hey, Boy«, flüsterte Josie. Sie bückte sich und hielt dem Hund ihre Hand hin, an der er desinteressiert schnüffelte.

Da hörte sie eine Männerstimme hinter der Haustür. »Das ist Blue. Ein echter Wachhund, wie du siehst.«

Die Wetterschutztür ging auf und heraus kam Luke. Josies Herz blieb einen Augenblick stehen. Er war gut über einsachtzig groß und hatte sie immer weit überragt. Seit sie ihn vor einigen Jahren das letzte Mal gesehen hatte, hatte er zugenommen, allerdings Muskeln, kein Fett. Auch hatte er nicht mehr den Bürstenhaarschnitt, den er sich bei der Staatspolizei hatte zulegen müssen. Stattdessen trug er sein dunkelbraunes Haar nun lang und ein dichter Bart bedeckte sein Gesicht. Er hatte zerrissene, schmutzige Jeans und ein

Thermounterhemd an, das einmal weiß gewesen war, sich inzwischen aber grau gefärbt hatte. Seine Füße steckten in schweren Stiefeln. Er lächelte sie an. »Hätte nie gedacht, dass ich dich noch einmal sehe.«

Josie leckte sich über ihre trockenen Lippen und erwiderte: »Ich wollte zu Carrieann.«

Er ging einen Schritt auf sie zu. »Sie musste ein paar Besorgungen machen. Wird wohl heute Abend oder morgen wieder zurück sein.«

Einen endlos langen Augenblick standen sie sich schweigend gegenüber. Schließlich hielt Josie die Stille nicht mehr aus. »Wohnst du ... lebst du jetzt hier?«

»Ja. Ist gar nicht so übel. Ich war sechs Monate lang im Gefängnis und bin jetzt auf Bewährung raus. Ich hatte einen wirklich guten Anwalt. Jetzt gehe ich Carrieann auf der Farm zur Hand und darf umsonst hier wohnen.«

»Das ist schön. Ich meine, dass du ...«

Sie verstummte. Was sollte sie sagen? Dass es schön war, dass er nicht viele Jahre lang hatte einsitzen müssen? Dass er nicht obdachlos geworden war? Dass er nicht mehr den Beruf ausüben konnte, den er so geliebt hatte?

»Josie«, entgegnete Luke mit fester Stimme. »Mir geht es gut. Wirklich. Alles in Ordnung.«

»Freut mich«, erwiderte sie.

Er ging noch etwas auf sie zu. Sie waren nun nur noch zwei Schritte voneinander entfernt. »Dir geht es auch gut, oder? Ich habe die *Dateline*-Reportage über dich und Trinity gesehen.«

Josie konnte ein Lächeln nicht unterdrücken. »Ja, plötzlich hat man eine Familie. Eine Instant-Familie sozusagen. Ist ... gar nicht so schlecht.«

»Was wolltest du denn von Carrieann? Vielleicht kann ich dir auch helfen.«

Ihr Pulsschlag normalisierte sich allmählich wieder. Arbeit war neutrales Terrain. Sie erzählte ihm, dass sie wegen des Falls, an dem sie gerade arbeitete, mit Brody Wolicki sprechen musste.

Luke kratzte sich am Kopf und zum ersten Mal fielen Josie die Narben auf seiner Hand auf. Bei dem Fall, der seine Karriere zerstört, ihre Beziehung beendet und ihn ins Gefängnis gebracht hatte, war er gefoltert worden. Man hatte ihm beide Hände zertrümmert. Er hatte zahlreiche Operationen über sich ergehen lassen müssen, bis er sie wieder uneingeschränkt gebrauchen hatte können. Über seinen Handrücken und die Finger verliefen silbrige Narben. Zeige- und Mittelfinger wirkten nach wie vor gequetscht und deformiert. Josie schluckte und versuchte sich auf seine Worte zu konzentrieren.

»... glaube, das ist auf der anderen Seite von Dushore. Er hat auf seinem Grundstück einen Schießplatz. Wenn du willst, kann ich dich hinfahren.«

»Ja. Bitte.«

43

In den zwanzig Minuten, die sie bis zu Brody Wolickis Grundstück brauchten, wurde ihr Gespräch lockerer. Meist fragte Luke sie nach ihrer Familie und was alles geschehen war, seitdem sie sich das letzte Mal gesehen hatten. Zwischendurch schickte Josie Noah eine Nachricht und fragte ihn, wie es ihm gehe und ob er schon entlassen worden sei. Keine Antwort.

»Du und Noah, ihr seid also zusammen?«, fragte Luke

»Wie kommst du darauf?«

Er lachte und drehte das Lenkrad seines Pick-ups. Josie sah, dass der kleine Finger seiner linken Hand ebenfalls dauerhaft deformiert und die Spitze leicht nach außen gedreht war. Aber er schien beide Hände uneingeschränkt gebrauchen zu können. »Dachte ich mir eben. Ihr hattet immer die Köpfe zusammen. Außerdem war ziemlich offensichtlich, dass er es auf dich abgesehen hatte.«

Das war einmal, dachte sie bei sich, brachte aber nur ein »Hm« heraus und sah nach draußen, wo der Wald an ihr vorbeizog.

»Freut mich für dich. Noah ist ein guter Kerl«, meinte Luke, um gleich darauf hinzuzufügen: »Hier sind wir schon.«

Die Zufahrt zu Brody Wolickis Grundstück war im Bewuchs zu beiden Seiten der Straße kaum auszumachen, aber Luke bog hinein, als würde er jeden Tag dorthin fahren. Ihr erstaunter Blick musste ihm aufgefallen sein, denn er fügte sogleich hinzu: »Wie gesagt, er hat einen Schießplatz. Viele kommen her, um hier zu üben.«

Sein Pick-up holperte den unbefestigten Weg entlang durch den dichten Wald, bis eine kleine, graubraune Hütte in Sichtweite kam. Das Dach sah aus, als sei es schon viele Male mit unterschiedlichsten Materialien geflickt worden. Eine Wand war moosbewachsen. Neben dem Gebäude sah Josie einen weiteren Weg, von dem sie annahm, dass er zu dem Schießplatz führte, von dem Luke gesprochen hatte. Sie stiegen aus und Luke folgte ihr bis zur Veranda, wo sich der Eingang befand. Sie klopfte und wartete. Einen Augenblick lang horchten sie lautlos nach drinnen. Auch nach dem zweiten Klopfen war keine Reaktion zu hören. Seufzend drehte sich Josie um und wollte gerade die Treppe wieder hinuntergehen. Vielleicht, so hoffte sie, war Wolicki ja auf dem Schießplatz. Da meinte Luke: »Hier sperrt niemand seine Türen ab. Brody! Hey, Brody?« Er drehte den Knauf und die Tür ging auf. In dem Moment, da Josie sich wieder umdrehte, kam ihr schon der Gestank entgegen. Sofort stieg ein Brechreiz in ihr auf und drückte auf ihre Speiseröhre. Ihre Hand fuhr zur Waffe, obwohl der Verstand ihr signalisierte, dass das, was Brody Wolicki dem Geruch nach zu urteilen widerfahren war, schon lange vor ihrem Eintreffen stattgefunden hatte.

Vorsichtig trat sie ins Haus und hielt sich den Mund mit

dem Rücken ihres Unterarms zu. Trotzdem trieb der widerliche Gestank ihr Tränen in die Augen. Die Hütte war nicht groß. Wohnzimmer und Küche bestanden aus einem einzigen Raum. Sie sah zwei Türen in einem kleinen Flur zur Rechten und vermutete, dass sie zum Schlafzimmer und Bad führten. Die Hütte war spärlich eingerichtet, die Möbel passten nicht zusammen und sahen aus, als hätte man sie wahllos zusammengekauft. In der Mitte des Raums lag ein hässlicher blaugrüner, ovaler Flauschteppich zwischen einer durchgesessenen braunen Zweisitzercouch und einem Holzofen, in dem allerdings nichts brannte.

Auf dem Teppich lag etwas, was mutmaßlich Brody Wolicki gewesen sein musste. Mit Sicherheit ließ es sich nicht mehr sagen. Sie hatte nur sein Führerscheinfoto in der Polizeidatenbank gesehen, und das, was hier lag, war der schmierige, schwarze, aufgeblähte Rest eines Mannes. Josie war bereits im Analysiermodus. Sie wusste, dass aerobe Bakterien in den ersten vierundzwanzig bis zweiundsiebzig Stunden nach dem Tod den gesamten Sauerstoff im Körper aufbrauchten und damit die Ausbreitung anaerober Bakterien begünstigten. Sobald diese sich im Verdauungstrakt vermehrten, bildeten sie Fäulnisgase, wodurch sich der Leichnam aufblähte. Dieses bakterielle Aufblähen, wie Dr. Feist es manchmal nannte, lief zwischen Tag vier und zehn nach dem Exitus ab.

Brody Wolicki war demnach bereits seit geraumer Zeit tot.

Josie drehte sich zu Luke und wollte etwas zu ihm sagen, aber er war nicht mehr da. Sie ging nach draußen und sah, wie er mit bleichem Gesicht an seinem Pick-up lehnte. In seinen zitternden Händen hielt er ein Handy. Als sie näherkam, hörte sie ihn murmeln: »Muss hier raus ... muss anrufen ... muss weg hier ... kann nicht bleiben.«

Josie fasste ihn am Arm. Er erschrak und ließ sein Telefon in den Schmutz fallen. Dann setzte er sich auf den Boden, hob es auf und stammelte: »Muss anrufen. 911. Ich muss die 911 anrufen.«

Sein Zeigefinger zitterte, als er versuchte, seine Pin einzugeben. Josie durchlief eine Welle aus Mitgefühl und Traurigkeit. Sie kniete sich neben ihn und legte ihm einen Arm auf seine breiten Schultern. »Ist schon okay, Luke. Ich rufe an.«

Ohne sie anzusehen, murmelte er: »Ich kann hier nicht bleiben.«

Sie nahm ihm das Telefon aus den Händen und steckte es in seine Jackentasche. Dann beugte sie sich nach vorn und drehte sein Gesicht in ihre Richtung, damit er sie ansehen musste. »Luke, ist in Ordnung. Du musst nichts machen. Warte einfach im Auto, okay? Ich rufe die 911 an.«

Als er mühsam wieder aufstand, zog Josie ihr Telefon heraus. Sie wählte 911, während Luke unsicher in den Fahrersitz stieg und seine Stirn auf das Lenkrad legte. »911. Wo befinden Sie sich gerade?«, fragte der Disponent in der Leitstelle.

Josie gab ihm die Adresse.

»Um was für einen Notfall handelt es sich?«

»Ich habe hier eine Leiche. Schicken Sie die Polizei.«

44

Innerhalb einer Stunde wimmelte es in Brody Wolickis winziger Hütte vor Deputy Sheriffs und Staatspolizisten. Vor dem Gebäude stand außerdem der Van eines Gerichtsmediziners. Josie und Luke saßen auf der Ladefläche von Lukes Pick-up und warteten, während der Tatort untersucht wurde. Gelegentlich mussten sie Fragen beantworten, etwa, was sie auf Wolickis Grund zu suchen gehabt hatten. Ansonsten sahen sie zu, wie Männer und Frauen in die Hütte hinein und wieder hinaus gingen. Manche hasteten auch eilends ins Freie, um sich außerhalb des abgesperrten Bereichs zu übergeben. Immer wieder zog der entsetzliche Gestank zu ihnen herüber. Dann stand Luke auf und ging mehrere Minuten lang hin und her, während Josie auf ihr Handy sah und Noah aufs Neue eine Nachricht schickte – allerdings bekam sie noch immer keine Antwort.

Inzwischen hatte sich Luke schon zum vierten Mal wieder neben sie auf die Ladefläche gesetzt. Er kratzte sich den Bart. Es hatte eine Weile gedauert, doch hatte sein Gesicht inzwischen wieder etwas Farbe bekommen und er wirkte gefasster, worüber Josie froh war. Vor einigen Jahren, während der Ermittlungen in dem Fall, der seine Karriere zerstört und ihm eine Gefängnisstrafe eingebracht hatte, war er zu einem Tatort gekommen, wo er seinen besten Freund vorgefunden hatte. Josie war damals nicht klar gewesen, wie sehr ihn dieses Erlebnis verstört hatte, bis sie heute seine Reaktion auf Wolickis Leiche gesehen hatte.

Hinter der Hütte kam Detective Heather Loughlin, eine Staatspolizistin, in einem weißen Tyvek-Schutzanzug hervor. Während sie auf sie zuging, zog sie ihre Kapuze vom Kopf und lockerte ihr langes blondes Haar. Josie hatte sie bereits in aller Kürze informiert, als sie eingetroffen war. Sie hatten bereits zusammengearbeitet, zuletzt in einem Fall, in den Gretchen verwickelt gewesen war. »Sieht aus, als hätte er hinter der Hütte gerade Dokumente verbrannt«, meinte sie zu Josie.

Josie stöhnte. »Du machst Witze.«

Heather schüttelte den Kopf. »Komm, ich besorge dir einen Anzug. Dann kannst du selbst nach hinten kommen und es dir ansehen.«

Als Josie eingekleidet war, registrierten sie und Heather sich, um den Tatort betreten zu können. Ein Deputy Sheriff bewachte unterdessen das Areal. Heather ging mit Josie zur Rückseite der Hütte. Hier standen, rund zehn Meter vom Gebäude entfernt, zwei große, rostige Metallfässer. Daneben waren leere Pappkartons gestapelt. Noch einmal knapp zwanzig Meter weiter befand sich ein kleiner Schuppen, dessen braune Wände wie die der Hütte moosbewachsen waren. Die Tür stand offen.

»Ganz offensichtlich hat Wolicki alles Mögliche gehortet«, ließ Heather Josie wissen. »Die Hütte ist voll mit Zeug – Fotoalben, alten Musikkassetten, einem Waffenschrank und einem Haufen ausgestopfter Tiere im Schlafzimmer.« Sie deutete auf den Schuppen. »Auch dort war alles Mögliche drin. Anscheinend hat er es in den Fässern verbrannt. Er lebte hier draußen allein, wie du sicher schon selbst gemerkt hast. Die meisten Einheimischen kannten ihn – so wie auch Luke. Er ließ viele auf seinen Schießplatz. Verwandte hatte er nicht und aus der Nachbarschaft hat niemand regelmäßig nach ihm gesehen. Ich denke, irgendwann hätte ihn jemand, der zum Schießen hergekommen wäre, gefunden.«

Sie gingen zu den beiden Fässern. Heather deutete in eines davon. Es war voll mit schwarzer Asche und Papierfetzen. »Es ist nicht mehr warm. Scheint schon eine Weile her zu sein, dass man darin etwas verbrannt hat.«

»Dem Zustand der Leiche nach zu urteilen, könnte Wolicki seit etwa zehn Tagen tot sein«, mutmaßte Josie. »Hat es in den letzten zehn Tagen geregnet?«

»Zuletzt vor neun Tagen.«

»Wer das getan hat, muss also innerhalb der letzten acht Tage hier gewesen sein.«

Heather legte den Kopf zur Seite. »Du denkst, dass jemand anders das Zeug verbrannt hat?«

Josie seufzte. »Ja.« Mit behandschuhten Fingern zog sie ein paar Papierreste aus dem Fass. Nach dem, was davon noch übrig war, schien es sich zumeist um handschriftliche Notizen zu handeln. Auf einem Zettel standen die Namen einiger Schützenvereine, auf die Josie auch schon bei ihren Recherchen in der Bibliothek gestoßen war. Außerdem lag eine Liste mit Gewehren im Fass. Je mehr Fetzen sie sich ansah, desto schwerer wurde ihr ums Herz. Der oder die Mörder waren ihr weit voraus. Sie wussten offensichtlich um die Bedeutung der Gürtelschnalle und waren sich ihrer Existenz, lange bevor Josie sie entdeckt hatte, bewusst gewesen, ja, sogar noch bevor sie Mettner nach Rockview geschickt hatte, um die Bewohner dort zu befragen. Sie waren hierhergekommen, hatten Wolicki umgebracht und sämtliche Unterlagen vernichtet, die er über seine alte Schützenliga aufgehoben hatte – und damit auch jeden Hinweis darauf, wem die Gürtelschnalle gehört hatte. Kurzzeitig fragte sie sich, ob es bei der Polizei von Denton eine undichte Stelle gab oder ob nicht sogar Noahs Schwester und Schwager in die Sache verwickelt waren. Aber das ergab keinen Sinn, denn Laura und Grady hatten nicht gewusst, dass sie Beth und Mason Pratt befragen wollte. Außerdem waren die beiden Pratts angegriffen worden, ehe Josie und Mettner sie hatten aufsuchen können. Wolicki war ermordet worden, lange bevor die Polizei von Denton überhaupt von seiner Existenz erfahren hatte. Obendrein waren die einzigen Leute im Revier, die Kenntnis davon hatten, dass Josie zu ihm fahren wollte, Chitwood, Mettner und Gretchen.

Sie ging zum Schuppen und warf einen Blick hinein. An fast allen Wänden waren Holzregale befestigt, nur eine Wand war komplett leer – hier hatte Wolicki wohl seine ganzen alten Aufzeichnungen aufbewahrt. In den übrigen Regalen befanden sich Werkzeuge, Unkrautvernichtungsmittel, Pflanzerde, Rechen, Schaufeln, Gartenscheren, Verlängerungskabel und ein Kompressor. Josie drehte sich zu Heather um. »Was denkst du, was die Todesursache war?«

»Bei dem Zustand der Leiche schwer zu sagen. Aber auf den ersten Blick ist kein Trauma zu erkennen. Wir wissen im Moment nicht einmal, ob er überhaupt ermordet wurde.«

Sie gingen gemeinsam zur Eingangstür der Hütte zurück. »Es ist Mord, da bin ich mir sicher«, entgegnete Josie. »Warte, bis der Bericht der Gerichtsmedizin vorliegt. Ich wette, er wurde erstickt.«

45

Josie fuhr Lukes Pick-up zurück zur Farm. Luke sprach noch immer sehr wenig und schien erst wieder etwas munterer zu werden, als sie im Farmhaus waren. Sie folgte ihm in die Küche, wo er sofort im Kühlschrank und in den Schränken herumzusuchen und Töpfe herauszuholen begann. »Hast du Hunger?«, fragte er.

Es war schon Nachmittag und sie hatte den ganzen Tag nichts gegessen. Allein der Anblick der Zutaten, die er aus dem Kühlschrank holte, brachte ihren Magen zum Knurren. Sie setzte sich an den Tisch und holte ihr Telefon heraus. Noch immer kein Lebenszeichen von Noah. Sie schrieb ihm eine weitere Nachricht, in der sie ihn bat, sie nicht aus seinem Leben auszuschließen, und legte ihr Handy auf die Arbeitsfläche. Sie wusste, sie sollte eigentlich Gretchen anrufen, hatte jedoch im Moment keine Nerven dafür. »Einen Riesenhunger«, antwortete sie Luke.

Er arbeitete schnell und geschickt, selbst mit seinen narbigen, lädierten Händen, und bereitete in aller Eile etwas zu, das sehr verlockend duftete. Draußen verschwand gerade die Sonne hinter dem Horizont. Da hörte sie, wie die Wetterschutztür knarzte, und einen Augenblick später kam Blue, der Bluthund, in die Küche gelaufen. Mit einem Seufzer ließ er sich vor seinem Futter- und Wassernapf auf den Boden sinken.

»Er weiß, wie man die Tür öffnet«, erklärte Luke lapidar.

»Wirklich? Das ist das erste Mal, dass ich so etwas sehe.«

Luke lächelte und tätschelte ihm den Kopf, als er vom Herd zum Kühlschrank und zurück lief. Nachdem er das Essen fertig zubereitet hatte, nahm er Blues Futternapf und füllte etwas von der Mixtur hinein. Der Hund wartete geduldig auf den Napf, den Luke noch eine Weile zum Abkühlen auf der Arbeitsfläche stehen ließ. »Ich hoffe, du magst Steakpfanne«, sagte er und stellte ihr den Teller hin.

Josie lief das Wasser im Mund zusammen. Sie nahm die Gabel, die er ihr hinhielt. »Ich hab deine Kochkünste schon immer geschätzt. Danke.«

Er nahm sich ebenfalls einen Teller voll und setzte sich ihr gegenüber. Ein paar Minuten lang aßen sie schweigend. Josie versuchte, sich auf den köstlichen Geschmack zu konzentrieren, doch wanderten ihre Gedanken immer wieder zu Wolicki. Eine der letzten brauchbaren Spuren war verloren. Nun konnten sie nur noch hoffen, dass Gretchen Ivan hatte auftreiben können. Sie checkte ihre Mails, doch von Sutton Stone Enterprises war nichts darunter. Sie rechnete aber auch nicht groß damit, dass sich dort etwas Brauchbares ergeben würde. Wer bewahrte schon Personalakten fast vierzig Jahre lang auf?

»Alles okay?«, fragte Luke.

»Ja, natürlich, alles okay«, erwiderte Josie.

»Möchtest du Noah anrufen? Ich kann kurz rausgehen.«

»Nein, nein, wir sind nicht ... im Moment läuft es

zwischen uns nicht allzu gut. Allerdings muss ich Gretchen wegen des Falls anrufen.«

»Verstehe. Ich muss sowieso etwas holen. Bin gleich wieder da.«

Mit einem schweren Gefühl im Magen rief Josie Gretchen auf dem Handy an. Sie ging beim dritten Klingeln ran und meinte: »Du glaubst gar nicht, wie viele Ivans es in diesem Bundesstaat gibt, deren Nachnamen mit U beginnen. Underwood, Ulrich, Ulster, Umstead ... ich bleibe aber dran. Dank des Alters lässt sich die Suche ziemlich gut eingrenzen. Wie läuft es bei dir? Gute Nachrichten, hoffe ich. Bist du noch im Sullivan County?«

Josie erstattete ihr Bericht.

»Unglaublich. Das wirft einige Fragen auf.«

»Genau.«

Sie sprachen noch einige Minuten miteinander. Gretchen hatte den gleichen Gedanken wie Josie über etwaige undichte Stellen bei der Polizei gehabt, doch letztlich verwarfen sie die Theorie. Der Mörder hatte nach den Gegenständen gesucht, die Colette versteckt hatte, und sie an dem Tag, als er sie umgebracht hatte, ganz offensichtlich nicht gefunden. Nun versuchte er, alles zu vernichten, was die Polizei auf seine Fährte bringen könnte. Das Problem für Josie, Mettner und Gretchen war, dass derjenige, hinter dem sie her waren, die Bedeutung aller drei Fundstücke kannte. Sie waren gegenüber dem Vortag kein Stück weitergekommen und beschlossen, sich morgen noch einmal intensiv mit der Sache zu befassen. Gretchen versprach, Mettner zu informieren, und legte auf. Josie aß zu Ende und stellte ihren Teller in die Spüle. Da erschien Luke mit einer Flasche Rotwein in der einen und einer halbvollen Flasche Wild Turkey in der anderen in der Tür.

Er grinste.

Josie lächelte etwas gequält. »Hm, also, ich weiß nicht ... ich habe schon lange nichts mehr getrunken.«

»Du trinkst nicht mehr? Nicht mal ein Glas Wein?«

Josie rutschte verlegen hin und her. Sie hatte im Moment auf nichts mehr Lust, als ihren Frust in einem großen Glas Wein, gefolgt von etlichen Gläsern Whiskey, zu ertränken. Aber seit dem Fall, der ihre ganze Welt zum Einsturz gebracht und ihr eine neue Familie beschert hatte, trank sie nicht mehr. »Ich treffe keine guten Entscheidungen, wenn ich trinke«, entgegnete sie.

Er stellte die Flaschen auf die Arbeitsfläche. »Du sollst auch keine Entscheidungen treffen. Obwohl, so ganz stimmt das nicht. Carrieann kommt erst morgen wieder, was normalerweise kein Problem wäre. Aber der Tag heute hat mich richtig mitgenommen.«

Er mied ihren Blick und umklammerte den Hals der Weinflasche.

»Luke, ich sollte wirklich nicht trinken.«

Er sah sie wieder an. »Du fährst jetzt drei Stunden zurück und dann? Sitzt du in deinem leeren Haus herum?«

Josie wollte gerade verärgert erwidern, dass ihr Haus zurzeit sogar ziemlich voll war. Aber die Wahrheit war, dass heute Nacht niemand auf sie wartete, wenn sie zurückkam.

»Josie, ich habe keine Hintergedanken, falls du dir darüber Sorgen machst. Es ist einfach schön, dich zu sehen.«

Sie nickte. »Ich weiß deine Einladung sehr zu schätzen. Aber ich muss jetzt wirklich nach Hause.«

Sie verabschiedeten sich und Josie fuhr los. Sie hatte gerade die Hälfte des Wegs zur Straße geschafft, als ihr Handy sich meldete. Eine Nachricht von Noah. Nur dass sie nicht von Noah war. Da stand: *Hier ist Laura. Bitte hör auf,*

*Noah Nachrichten zu schicken. Er wird sich bei dir melden,
wenn er wieder mit dir reden will.*

Josie bremste abrupt und atmete mehrmals tief durch.
Sie blinzelte den Schmerz und das plötzliche Brennen in
ihren Augen weg. Dann schlug sie auf das Lenkrad, wendete
den Wagen und fuhr zurück zu Lukes Haus. Diesmal
begrüßte Blue sie am Eingang wedelnd. Sie ging hinein.
Luke saß allein am Küchentisch, vor sich ein Glas Wild
Turkey. Erstaunt sah er sie an. Sie setzte sich ihm gegenüber,
nahm sein Glas und kippte es hinunter. Die Flüssigkeit
brannte den ganzen Weg hinunter bis in den Magen.

»Ich hab's mir anders überlegt«, sagte sie.

46

In Josies Kopf arbeitete ein Presslufthammer auf Hochtouren. Sie öffnete ein Auge, aber das Sonnenlicht, das in das Zimmer fiel, bohrte sich wie tausend Stacheln in ihre Netzhaut. Sie warf einen Arm über ihr Gesicht. Was war das für ein Zimmer? Wo war sie? Sie wagte einen Blick über ihren Arm hinweg und sah eine fremde Umgebung. Fieberhaft versuchte sie, sich zu orientieren. Da hörte sie im Bett neben sich jemanden schwer durchatmen. Sie drehte sich, blickte auf den Rücken eines Mannes und wusste sofort, dass es Luke war, obwohl sie sich nicht erinnern konnte, mit ihm zu Bett gegangen zu sein.

Sie warf die Decke von sich, schwang ihre Beine über die Bettkante und setzte sich auf, während sie eine Hand gegen ihre linke Schläfe presste. Der Raum kippte zur Seite. Das Pochen in ihrem Kopf war so schmerzhaft, dass sie kaum atmen konnte. Sie überlegte, wann sie das letzte Mal einen so fürchterlichen Kater gehabt hatte. Es war lange her. Sie sah an sich herab. Sie trug noch ihre Unterwäsche und das Tanktop, das sie unter ihrer Kleidung angehabt hatte.

Leise stöhnend stand sie auf. Ihr wurde schwindlig. Sie hielt sich am Bett fest, hob ihre Jeans und das Poloshirt vom Boden auf und zog sich an. Einen Augenblick lang starrte sie die Umrisse des schlafenden Luke an und versuchte verzweifelt, die letzte Nacht zu rekapitulieren. Sie wusste noch, dass sie wegfahren wollte, umgekehrt war und gläserweise Whiskey getrunken hatte. Vage erinnerte sie sich außerdem daran, dass sie die Flasche Wein geöffnet hatte, während sie im Wohnzimmer ferngesehen hatten. Dann fiel ihr noch ein, dass sie viel gelacht hatte. Sie kniete sich hin und wischte mit der Hand unter dem Bett herum, um ihre Turnschuhe zu finden. Hatte sie die schon unten ausgezogen?

Das Geräusch von Reifen auf Kies draußen verursachte ihr Übelkeit. Sie öffnete die Schlafzimmertür und fiel beinahe der Länge nach hin. Quer auf der Türschwelle lag Blue. Er sah sie mit traurigen Augen an, bewegte sich jedoch nicht. Sie warf einen Blick zurück ins Zimmer. Am Fuß des Betts befand sich ein großes hellbraunes Hundebett. Warum hatte Luke Blue im Flur ausgesperrt? Josie wollte es gar nicht wissen. Sie stieg über den Hund und lief die Treppe hinunter, als sie Schritte vor der Eingangstür hörte. Ihre Schuhe lagen im Wohnzimmer. Sie schlüpfte hinein, schnappte sich ihre Schlüssel und das Handy vom Küchentisch und öffnete die Tür, um Carrieann hereinzulassen. Aber stattdessen stand draußen ihre Zwillingsschwester Trinity Payne.

»W... was machst du denn hier?«, stieß Josie erstaunt hervor. Sie legte eine Hand über ihre Augen, um sie vor der Sonne und den Speeren zu schützen, die sich bis in ihren Hinterkopf bohrten.

Trinity stand mit in die Hüfte gestützten Händen da und sah in ihren engen Jeans, den kniehohen braunen Lederstiefeln und einem anliegenden Kaschmirpulli, der von einem

Gürtel um ihre Taille gehalten wurde, umwerfend aus. Doch sie machte ein verkniffenes, zorniges Gesicht. »Schöne Frisur«, meinte sie spöttisch.

Josie fasste sich in ihr braunes Haar und versuchte, es auf einer Seite glattzustreichen, blieb aber mit den Fingerspitzen in den verfilzten Stellen hängen. »Warum bist du hier?«, fragte sie. »Und wie zum Teufel hast du mich gefunden?«

Trinity wedelte mit einer Hand vor ihrem Gesicht und rümpfte die Nase. »Mein Gott, dein Atem.« Sie beugte sich vor und schnüffelte an Josie. »Mal wieder Wild Turkey, was?«

Josie stützte ebenfalls eine Hand auf die Hüfte und sah Trinity direkt ins Gesicht. »Ich habe dich was gefragt.«

Trinity drehte sich auf dem Fleck um und begann zum Kiesweg zurückzugehen. »Setz dich ins Auto, Josie.«

Josie blieb stehen und sah eine junge Frau aus dem Lexus aussteigen, mit dem Trinity gekommen war. Trinity sagte etwas zu ihr. Sie sah zu Josie herüber.

»Jetzt, Josie«, befahl Trinity.

Josie tapste die Verandatreppe hinunter und ging zum Auto. Trinity nahm ihr die Schlüssel aus der Hand und gab sie der jungen Frau.

»Das ist meine Assistentin. Sie fährt dein Auto zurück nach Denton. Du kommst mit mir.«

Josie wollte widersprechen, doch war ihr viel zu übel. Die holprige Fahrt bis zur Straße ließ sie mehrmals würgen. Trinity öffnete eine Klappe über der Mittelkonsole und holte eine Packung Kaugummi heraus, die sie in Josies Schoß warf. Dann deutete sie auf das Handschuhfach. »Da ist Ibuprofen drin. Nimm es.«

Josie musste dreimal ansetzen, bis sie den kindergesicherten Schraubverschluss aufbekam. Sie schluckte drei

Tabletten trocken hinunter und steckte sich einen Kaugummi in den Mund. Dann schloss sie die Augen und wartete auf eine Erklärung von Trinity. Die ließ nicht lange auf sich warten.

»Was ist mit dir los?«, setzte Trinity an. »Du entkommst knapp einem Brand und ich muss das von einem meiner Pressekontakte vor Ort erfahren? Josie, so behandelt man seine Familie nicht.«

Ohne die Augen zu öffnen, erwiderte Josie: »Ich bin nicht ›knapp entkommen‹.«

»Wirklich nicht? Wie hast du dich denn aus dem Haus gerettet?«

Verlegen gab Josie zu: »Ich bin aus dem Fenster gesprungen.«

Trinity schnaubte wütend.

»Müsstest du nicht in New York sein und arbeiten?«, fragte Josie.

»Ich habe mir einen Tag freigenommen. Meine Kontaktperson beim Sender WYEP hat mich letzte Nacht angerufen. Sie erzählte mir, dass in Denton reichlich Verdächtiges vorgehen würde. Beth Pratt sei tot und ihr Haus bis auf die Grundmauern abgebrannt. Dann sagte sie noch: ›Ach ja, und das Haus der Mutter eines Polizisten ist auch abgefackelt worden.‹ Ich habe mich also schlau gemacht und herausgefunden, dass es das Haus von Noahs Mutter war. Dann habe ich dich angerufen, aber du bist nicht rangegangen. Also habe ich im Revier angerufen und mit Sergeant Lamay gesprochen, der mir alles erzählt hat. Ich habe dich wieder angerufen. Wieder keine Antwort. Zum Schluss habe ich bei Noah durchgeklingelt. Und rate mal, was der mir erzählt hat? Dass ihr beide eine Auszeit voneinander nehmt und er nicht weiß, wo du bist. Was glaubst du, was ich dann getan habe?«

»Mich wieder angerufen«, entgegnete Josie seufzend. »Wie hast du herausgefunden, dass ich hier bin?«

»Gretchen. Sie meinte, du hättest eigentlich letzte Nacht heimkommen sollen, was aber nicht der Fall war. Sie hat eine Einheit zu deinem Haus geschickt. Du warst nicht da.«

Josie fühlte einen Stoß an ihrer Schulter. »Au«, rief sie und öffnete die Augen endlich ganz. Schuldgefühle überkamen sie, als sie die Tränen in Trinitys Augen sah. »Ich habe doch nicht dreißig Jahre gewartet, um meine Schwester zu finden, nur damit sie mir mitten in diesen verdammten Wäldern umkommt.«

»Ich war doch nicht in Gefahr«, protestierte Josie.

»Das habe ich ja nicht gewusst. Ich wollte dich eigentlich fragen, warum du nicht ans Telefon gegangen bist, aber das ist ja ziemlich offensichtlich.«

Josie setzte zu einer Verteidigungsrede an, erkannte jedoch, dass es keine Entschuldigung gab. Die Scham trieb ihr die Röte ins Gesicht. Sie hatte sich unverantwortlich benommen – so unverantwortlich, dass sie nicht einmal wusste, was letzte Nacht passiert war. Sie holte ihr Handy heraus und sah auf die Uhr. Es war neun Uhr morgens. Also blieb noch Zeit, diesen Tag zu retten. Vielleicht hatte sie ja Glück und Chitwood würde ihr den Hintern nicht aufreißen. Zumindest stammte keiner der zwei Dutzend nicht angenommenen Anrufe und Nachrichten von ihm. Ihr Herz blieb kurz stehen, als sie sah, dass Noah sie letzte Nacht angerufen hatte. Wahrscheinlich, nachdem Trinity sich bei ihm gemeldet hatte.

Sie steckte ihr Telefon wieder ein und legte den Kopf in die Hände. Kurze Zeit später hörte sie Trinity seufzen und spürte, wie eine manikürte Hand ihre Schulter drückte. »Ist schon okay«, sagte sie leise.

»Wirklich?«, krächzte Josie. Ihr Mund fühlte sich an, als hätte man ihn mit Watte vollgestopft.

Trinity drückte ihre Schulter noch einmal und beugte sich anschließend zu ihr herüber, ohne die Augen von der Straße zu nehmen. Sie griff hinter Josies Sitz, holte eine Handtasche hervor und legte sie Josie in den Schoß. »Ich habe etwas, was deine Stimmung heben wird.«

Josie runzelte die Stirn. »Eine Coach-Tasche? Nicht wirklich mein Stil.«

Trinity verdrehte die Augen. »Du sollst doch nur hineinsehen. Da ist ein Umschlag drin. Mach ihn auf.«

Josie wühlte sich durch den Inhalt von Trinitys Tasche, bis sie auf einen unbeschrifteten weißen Umschlag stieß. Sie fuhr mit dem Zeigefinger unter die zugeklebte Klappe und öffnete ihn. In ihm befanden sich mehrere kleine Fotos, nicht größer als acht mal dreizehn Zentimeter. Sie waren alle vergilbt und verblasst, aber Josie erkannte die Personen auf dem ersten Bild sofort: Es zeigte ihre Eltern, Christian und Shannon Payne. Sie waren dreißig Jahre jünger, schlanker, längst nicht so grau wie heute, und strahlten in die Kamera. Jeder hielt ein in eine Decke gewickeltes Baby im Arm. Auf den übrigen Fotos waren nur die Babys zu sehen; mit rosigen kleinen Gesichtern lugten sie aus der Wäsche. Tränen traten Josie in die Augen. Sie hatte einen Kloß im Hals.

»Das sind ja wir. Wo hast du die her? Ich dachte, alles sei verbrannt.«

»Ist es auch. Aber Mom hatte noch eine Filmrolle zum Entwickeln gebracht, bevor unser Haus abbrannte und wir getrennt wurden. Das fiel ihr ein paar Wochen nach dem Brand wieder ein. Sie hat die Fotos seither in einem Schließfach deponiert, weil es die einzigen waren, die sie von uns hatte.«

»Die einzigen mit uns beiden«, fügte Josie hinzu.

»Genau. Sie hat sie mir gegeben, als sie letztes Wochenende in New York war. Ich habe sie scannen lassen, sodass wir jetzt digitale Kopien haben. Aber ich wollte, dass du die Originale siehst. Du kannst sie behalten.«

Josie drückte sie an ihre Brust. »Danke!«

Sie atmete auf. So schnell sie den Boden unter den Füßen verloren hatte, so schnell hatte Trinity sie wieder aus dem Abgrund gezogen und geerdet. So fühlte es sich an, wenn man eine echte Familie hatte. Vielleicht hatte Trinity recht. Alles würde gut werden. Vielleicht würde es ihr sogar gelingen, den Fall zu lösen, bevor noch jemand umgebracht wurde. Sie konzentrierte sich wieder auf praktische Dinge. Sobald ihre Kopfschmerzen etwas abgeklungen waren, musste sie Gretchen anrufen. Womöglich war es ihr ja gelungen, die Liste der Ivans etwas einzugrenzen. Außerdem wollte sie Mettner fragen, ob er bei den Jagd- und Sportartikelläden weitergekommen war und eine Liste der Kunden erhalten hatte, die Coyote-Run-Stiefel in Größe 45 gekauft hatten. Mit den Fingern strich sie über die brüchigen Kanten der Fotos, während sie ihre Enttäu- schung darüber unterdrückte, dass sie mit ihren Ermitt- lungen zur Gürtelschnalle in einer Sackgasse gelandet war. Der arme Brody Wolicki. Er hatte da draußen in seiner kleinen Holzhütte einfach nur friedlich vor sich hin gelebt und nicht einmal geahnt, dass er etwas besaß, von dem der Mörder um jeden Preis verhindern wollte, dass es ans Tageslicht kam.

Sie nahm die Bilder von der Brust und sah sie sich wieder an. Ihre Mutter hatte sie dreißig lange Jahre vermisst und nur diese wenigen Bilder gehabt, die ihr Hoffnung gaben.

»Um Himmels willen«, rief sie plötzlich.

Rasch steckte sie die Fotos wieder in den Umschlag. Sie legte die Hand auf Trinitys Unterarm. »Kehr um. Kehr sofort um.«

»Was ist denn los?«

Josie zog ihr Telefon heraus und rief Heather Loughlin an. Als das Telefon klingelte, sagte sie zu Trinity: »Fahr einfach den Weg zurück, den wir gekommen sind. Ich sage dir, wie wir hinkommen. Ich muss zurück zu Wolickis Hütte.«

Josie stand vor Wolickis Hütte und wartete auf Detective Heather Loughlin. Das Absperrband flatterte zwischen den Bäumen. Es war noch um die Hütte gespannt, obwohl der Tatort bereits untersucht worden war. Trinity spazierte außen herum und rief mehrere Kontaktpersonen aus ihrer Arbeitsstelle an. Da klingelte Josies Telefon. Auf dem Display erschien Gretchens Name.

»Was hast du herausgefunden?«, fragte Josie sofort, als Gretchen sich meldete.

»Ivan Ulrich«, erwiderte Gretchen. »Ich denke, er ist es. Sein Alter passt und seine Mutter, die 1999 gestorben ist, hat in etwa in der Zeit, als er in die St.-Agatha's-Schule ging, in Denton gelebt. Ich habe ihre Todesanzeige aufgetrieben. Dort steht tatsächlich, dass sie in der Schule gearbeitet hat. Ich bin mir also ziemlich sicher, dass er unser Mann ist. Er lebt in Bellewood. Ich rufe gleich die Polizei dort an und gebe ihr Bescheid, dass Mettner kommt und ihn befragt. Ich fahre mit ihm.«

»Hat er Vorstrafen?«, wollte Josie wissen.

»Er hat eine blitzsaubere Weste«, antwortete Gretchen. »Ich versuche, noch ein bisschen mehr über ihn herauszufinden, zum Beispiel, ob er für Sutton Stone Enterprises gearbeitet hat. Hast du etwas von denen gehört?«

»Nein. Aber ich rufe Sutton an und sehe, ob er die Suche etwas beschleunigen kann. Vielleicht geht es schneller, wenn ich ihm Ivan Ulrichs Name und Geburtsdatum gebe. Ich schicke ihm deine E-Mail-Adresse. Eventuell habe ich hier eine weitere Spur, was die Gürtelschnalle betrifft, aber es kann ein paar Stunden dauern.«

Sie legte auf und rief Zachary Sutton an, der sofort abhob, sich anhörte, worum sie ihn bat, und versprach, sich sofort mit seiner Archivabteilung in Verbindung zu setzen. Er verabschiedete sich gerade, als Heather Loughlin in einem Zivilfahrzeug neben ihnen hielt. Sie stieg aus und wurde blass, als sie Trinity sah. »Was macht die denn hier?«

Josie lachte. »Entspann dich. Sie ist nicht als Reporterin hier, sondern als meine Schwester. Sie weiß noch nicht das Geringste über den Fall. Ich muss da rein und mir die Fotoalben ansehen.«

Heather sah Trinity lange an, als ob sie über etwas nachdachte. Dann öffnete sie ihren Kofferraum und holte einen Tyvek-Schutzanzug heraus, den sie Josie gab. »Sie bleibt hier. Zieh dich an, ich gehe mit dir rein.«

Fünf Minuten später standen Josie und Heather in Brody Wolickis Schlafzimmer. In der kleinen Hütte hing noch immer ein ekelerregender Geruch. Josie versuchte, nicht zu würgen. Verkatert an einem Tatort zu stehen war nicht die beste Idee, die sie je gehabt hatte, aber sie musste ein letztes Mal versuchen, herauszufinden, wem die in Colettes Nähmaschine versteckte Gürtelschnalle gehört hatte. Wolickis Doppelbett war kaum zu sehen zwischen den

Bergen an Jagdausrüstung und Tierpräparaten, die in den winzigen Raum gestopft waren.

»Als du gesagt hast, dass er ›gehortet‹ hat, war das wohl eine geringfügige Untertreibung.«

Heather lachte, hob einen Hirschkopf vom Boden auf und trug ihn in den Flur, damit sie etwas Platz zum Arbeiten hatten. Josie packte ebenfalls mit an, bis sie einen ausgestopften Hasen, eine Familie staubiger Eichhörnchen und einen Wapitikopf, den sie nur zu zweit schleppen konnten, aus dem Raum geschafft hatten.

»Warum hat er denn nichts davon aufgehängt?«, schimpfte Josie, als sie den Wapiti mit Müh und Not durch die Tür bugsierten.

»Vielleicht wollte er nicht, dass sie ihn über seinem Bett nachts anstarren«, scherzte Heather.

Als sie die Tiere und ein paar Schachteln mit Musikkassetten weggeräumt hatten, standen sie vor den Fotoalben, die sich schulterhoch auf dem Boden stapelten. »Sag mir noch mal, wonach wir überhaupt suchen«, fragte Heather, als Josie ihr ein Album reichte.

Während sie arbeiteten, floss der Schweiß in Strömen über Josies Rücken. Sie war sich sicher, dass Heather den Alkohol von letzter Nacht, der aus ihren Poren drang, riechen konnte, aber sie sagte nichts. »Wir suchen ein Foto vom Sieger der Tri-County-Schützenliga.« Sie holte ihr Handy heraus und zeigte Heather das Foto von der Gürtelschnalle.

Zwei Stunden später begann sich Josie allmählich zu fragen, ob sie wirklich so verrückt gewesen war, zu glauben, dass Brody Wolicki Fotos von seinen Jahren in der Schützenliga aufgehoben haben könnte. Auf den meisten Bildern waren heimische Tiere und Jagdgesellschaften zu sehen.

Viele Aufnahmen zeigten Leute, zu denen Brody offensichtlich ein enges Verhältnis gehabt hatte. Da waren Weihnachtsfotos von Personen, die sich um einen Baum versammelt hatten, aber auch Bilder von Gruppen, die allem Anschein nach einen Ruhestand in einer Bar feierten oder sich zu einem lokalen Fußballspiel getroffen hatten. Erst ganz zum Schluss, fast am untersten Ende des Stapels, wurden sie fündig. Sie entdeckten ein altes Album, dessen Einband beinahe unter Josies Händen zerbröselte. Es enthielt anscheinend Fotos von der Schützenliga. Ein Adrenalinstoß durchflutete Josies Körper, als sie auf den Meister von 1972 stieß. Er hielt stolz ein Gewehr in der Hand und stand neben einer von Kugeln durchsiebten Zielscheibe. Neben ihm war ein Mann zu sehen – Josie nahm an, dass es sich um Brody handelte –, der eine Gürtelschnalle herzeigte. Sie ähnelte sehr stark dem Exemplar, das Colette versteckt hatte. Vorsichtig zog Josie das Foto unter der Plastikfolie hervor und drehte es um. »Ligameister 1972«, stand auf der Rückseite.

Fieberhaft blätterte sie durch die restlichen Seiten, bis sie auf ein weiteres Foto mit einem Mann stieß, der ein Gewehr hielt und neben einer durchsiebten Zielscheibe poste. Er war klein, stämmig, trug Jeans, ein Westernhemd und einen Cowboyhut. Unter dem buschigen Schnauzbart zeigte er mit einem breiten Grinsen seine Zähne. Neben ihm stand Brody Wolicki mit der geheimnisvollen Gürtelschnalle in der Hand. Auf der Rückseite des Fotos stand: »Craig Bridges, Ligameister 1973«.

»Ich hab's!«, jubelte Josie. »Ich hab's gefunden!«

48

Bevor Josie zum Revier fuhr, duschte sie, um sich den Alkohol, den Schweiß und die Schande von letzter Nacht abzuwaschen. Sie musste sich weiter auf den Fall konzentrieren. In der Angelegenheit Fraley/Pratt hatte sich eine neue Spur ergeben, der sie nachgehen mussten. Sie ließ Trinity bei sich zu Hause zurück. Trinitys Assistentin hatte Josies Auto wie versprochen nach Denton zurückgefahren und in der Einfahrt abgestellt. Auf dem Weg zum Revier rief sie Noah an, aber er ging nicht ran. Sie hinterließ ihm keine Nachricht.

Gretchen saß an ihrem Schreibtisch und tippte etwas in ihren Rechner.

Josie setzte sich ihr gegenüber. »Habt ihr Ivan Ulrich befragt?«

»Er war nicht zu Hause. Die Polizei von Bellewood hat für uns eine Einheit vor seiner Wohnung postiert. Sobald er auftaucht, melden sie sich.«

»Hast du Craig Bridges gecheckt?«

Gretchen nickte. »Ja. Er gilt seit 1990 als vermisst.«

»Was? Was ist passiert?«

Gretchen sah in den Notizblock auf ihrem Schreibtisch. »Ich habe jede Datenbank durchsucht, zu der wir Zugriff haben, und auch das Internet. Über die Datenbanken habe ich herausgefunden, dass er in Hagerstown im Bundesstaat Maryland gelebt hat. Vorher wohnte er in Pennsylvania – sogar in der Nähe von Bellewood. 1990 ist er von der Bildfläche verschwunden, aber ich konnte nirgends einen Hinweis finden, dass er verstorben ist. Also habe ich NamUs gecheckt.«

NamUs, das National Missing and Unidentified Persons System, war eine Datenbank, die alle vermissten und nicht identifizierten Personen in den USA erfasste. »Was hast du herausgefunden?«

Gretchen reichte ihr einen Ausdruck. »Ich habe auch die Polizei von Hagerstown angerufen, um mehr zu erfahren. Sie mussten die Akte aus dem hintersten Winkel ihres Archivs holen, weil der Fall so alt ist.«

Als Josie die spärlichen Einzelheiten des NamUs-Berichts las, durchfuhr sie ein Schauder. »Das kann doch nicht sein.«

»Gruselig, nicht wahr?«, pflichtete Gretchen ihr bei. »Aber ich habe mit den Kollegen in Hagerstown gesprochen. Craig Bridges ist zum Potomac-Fluss gefahren, hat seine persönliche Habe in seinem verschlossenen Auto zurückgelassen und ist verschwunden. Seither wurde er nicht mehr gesehen.«

»Freunde? Familie?«, hakte Josie nach.

»Die Polizei von Hagerstown sagt, dass er einen Zimmergenossen hatte, aber das war's auch schon. Immerhin standen er und Bridges sich ziemlich nahe. Er ruft anscheinend alle paar Jahre an und fragt nach, ob sie weiter an dem Fall gearbeitet haben.«

»Keine Hinweise auf ein Verbrechen?«

»Nichts. Außerdem war Bridges Alkoholiker und hatte Depressionen. Da kommen wir also auch nicht weiter. Wenn sein Leichnam je gefunden worden wäre, hätte man es mit ziemlicher Sicherheit als Selbstmord deklariert.«

»Im Grunde die gleichen Umstände wie bei Samuel Pratt«, schloss Josie. »Wie heißt sein Zimmergenosse? Lebt er noch? Hast du dich mit ihm in Verbindung gesetzt?«

Gretchen nickte. »Er lebt noch und heißt Earl Butler. Nachdem Bridges verschwunden ist, ist er nach Fairfield in Lenore County gezogen.«

»Das ist ja nur eine Stunde südlich von hier.«

»Genau. Ich habe zweimal versucht, ihn unter der Nummer anzurufen, unter der er im Telefonverzeichnis steht, aber er hat nicht abgehoben. Also habe ich die Polizei vor Ort angerufen und sie gebeten, bei ihm vorbeizuschauen. Die Tür ist verschlossen, er reagiert nicht, es gibt keine Anzeichen, dass etwas nicht stimmt.«

Josie bekam ein flaues Gefühl im Magen. »Ich fahre hin.«

»Und was willst du dort?«

»Bis jetzt hat dieser Typ – vielleicht sind es auch mehrere – Colette, Beth Pratt und Brody Wolicki umgebracht und es bei Mason Pratt versucht. Außerdem hat er zwei Häuser abgefackelt. Er weiß, mit wem wir reden wollen, bevor wir die Leute aufsuchen können. Ich verschwende keine weitere Sekunde mehr, bis ich nicht sicher bin, dass Earl Butler wohlauf ist und lebt. Du bleibst hier. Mettner wird dich brauchen, sobald sich Ivan Ulrich zeigt. Haben Suttons Leute schon Personalakten geschickt?«

»Noch nicht.«

Josie holte einen Zettel aus ihrer Jeans. »Hier sind Name und Nummer der Frau, die im ausgelagerten Archiv des Unternehmens arbeitet. Sutton hat mir den Kontakt für den Fall gegeben, dass wir heute nichts mehr von seinen Leuten hören.«

Gretchen nahm den Zettel. »Ich rufe sie an. Vielleicht fahren Mettner und ich sogar hin, während ich auf Nachrichten von den Kollegen in Bellewood über unseren Freund Ivan warte.«

»Sag mir Bescheid, wenn es etwas Neues gibt.«

49

Josie fuhr so schnell sie konnte nach Fairfield. Der Ort lag im Lenore County, südlich von Denton. Die Gegend bestand überwiegend aus Ackerland und Wildnis mit sanft wogenden Hügeln und vielen Wäldern. Die schmalen Straßen schlängelten sich wie schwarze Bänder durch die größtenteils menschenleere Landschaft. Earl Butlers Haus stand an einer Landstraße. Hier hatten die Häuser mehrere Hundert Meter Abstand zueinander und waren ein gutes Stück von der Straße zurückversetzt. Butler bewohnte ein Fertighaus mit hellbraunen Wänden und braunem Dach. Zur Eingangstür führten drei Holzstufen. Auf dem Grundstück waren weder Blumenbeete noch ein Garten angelegt, aber der Rasen war gut gepflegt. In der kurzen Kieseinfahrt stand ein alter Ford. Josie stellte ihr Auto dahinter ab, stieg aus und legte die Hand auf die Kühlerhaube des Ford. Sie war kalt.

Josie ging zur Tür, klopfte und horchte auf ein Geräusch von drinnen. Nichts. Sie klopfte erneut. Sie suchte den Türrahmen ab. Keine Klingel. Dann klopfte sie noch einmal, bevor sie um das Haus ging und durch die Fenster ins Innere sah. Hinter den meisten hingen schwere Vorhänge oder Innenjalousien. Sie konnte in die Küche sehen, die jedoch leer war. Auf einer Seite stand ein kleiner Tisch mit zwei Stühlen. Darauf lag ein Teller mit einem halben Sandwich darauf. Von draußen sah es so aus, als hätte jemand ein Stück abgebissen und es zurückgelegt. Auf der Rückseite des Hauses befand sich eine kleine Betonterrasse, von der aus eine einzige Stufe zu einer Hintertür führte. Josie klopfte auch hier und horchte. Sie glaubte, ganz schwach eine Stimme zu hören, war sich aber nicht sicher.

Sie ging noch einmal um das Haus und rief diesmal Earl Butlers Namen. »Mr. Butler? Sind Sie da drinnen? Alles okay mit Ihnen?« Alle paar Schritte blieb sie stehen und lauschte angestrengt. Nur einmal glaubte sie, ein leises Geräusch zu hören, konnte es aber nicht zuordnen. Ein unheilvolles Gefühl legte sich schwer und bedrückend auf sie. Gleichzeitig rebellierte ihr Magen und gab ihr zu verstehen, dass etwas nicht in Ordnung war. Aber ihr Verstand sagte ihr, dass sie nach alledem, was in den letzten zwei Wochen passiert war, wohl allmählich paranoid wurde. Sie ging noch einmal um das ganze Haus und versuchte die Vorder- und Hintertür zu öffnen, aber beide waren verschlossen. Auch die Fenster waren verriegelt. Sie hätte sich leicht Zugang verschaffen können, indem sie eines einschlug. Aber was dann? Was, wenn das Haus leer war, Earl Butler heimkam und feststellte, dass eine fremde Frau bei ihm eingebrochen war? Josie wusste, dass sie sich in so einem Fall selbst als Polizistin eine Anzeige einhandeln würde. Sie brauchte einen Durchsuchungsbeschluss, um ohne Schlüssel in das Gebäude eindringen zu können. Außerdem befand sie sich in einem fremden County. Sich einen Beschluss zu besorgen würde mindestens einen Tag dauern; außerdem war es alles andere als sicher, dass ein Richter ihn unter solchen Umständen überhaupt ausstellen würde. Sie konnte versuchen, Leute aufzutreiben, die Earl Butler kannten, und so herausfinden, wann er das das letzte Mal gesehen worden war und ob jemand einen Ersatzschlüssel hatte.

Einen Ersatzschlüssel.

Josie blickte sich um, sah aber kein Versteck, in dem ein Schlüssel hätte sein können. Auf der Veranda standen weder Gartenmöbel noch Pflanzen. Sie ging ein weiteres Mal um das Haus und suchte nach Steinen. Dann überprüfte sie die Radkästen seines Autos, ob dort eventuell eine Magnetbox befestigt war, in der er einen Schlüssel deponiert hatte, aber sie fand nichts. Sie wollte gerade aufgeben und war schon auf dem Weg zurück zu ihrem Auto, als sie einen Sprinklerkopf mitten auf dem Rasen vor dem Haus bemerkte. Er war grün und im Gras kaum zu erkennen, weshalb sie ihn nicht gleich gesehen hatte. Sie ging kreuz und quer über den Rasen und suchte nach weiteren Sprinklerköpfen, doch gab es nur diesen einen. Die Chance war gering, dass Butler dort einen Ersatz deponiert hatte, aber sie war in ihrem Job schon auf die abwegigsten Schlüsselverstecke gestoßen – sogar Sprinkler. Sie kniete sich hin und untersuchte ihn vorsichtig mit beiden Händen. Wenn er mit einem unterirdischen Leitungssystem verbunden war, würde er sich nicht lösen lassen, zumindest nicht, ohne dass sie ihn beschädigte. Aber er ließ sich problemlos herausziehen und war nirgends befestigt. Der untere Teil bestand aus einem hohlen, stachelförmigen Stück. Eine Minute später hatte sie das Gerät aufgeschraubt und ein Schlüssel fiel in ihre Hand.

Sie steckte den Sprinklerkopf wieder in die Erde, lief zur Tür und schloss sie auf. Im Haus war es düster. Es dauerte eine Weile, bis sich ihre Augen an die Dunkelheit gewöhnt hatten. Ihr Herz klopfte, während sie die Umgebung scannte. Direkt zur Rechten befand sich ein Raum, von dem Josie annahm, dass es das Wohnzimmer war, obwohl er im Augenblick aussah, als sei ein Wirbelsturm durch ihn hindurchgefegt. Möbel waren umgeworfen, Lampen zerbrochen und auf den Boden gefallen, Zeitschriften und Post zerrissen und verstreut worden. Ein Fernsehgerät mit zersplittertem Bildschirm lag auf dem Teppich. Dahinter befand sich, dem Tisch und den Stühlen nach zu urteilen, das Esszimmer. Der Tisch hing schief und die Stühle waren umgeworfen worden. Ein Möbelstück, das aussah wie ein großer Porzellanschrank, lag mit der Glasfront nach unten auf dem Boden.

Josie erschrak. Das schwache Geräusch, das sie schon draußen gehört hatte, war wieder zu vernehmen. Sie zog ihre Dienstpistole und suchte die Wohnung ab. »Mr. Butler«, rief sie.

Diesmal erkannte sie das Geräusch als raue Stimme eines Mannes, der versuchte zu rufen. Als sie in das Esszimmer ging, sah sie zwei Füße in hellbraunen Mokassins unter dem Porzellanschrank hervorragen. »Mr. Butler«, rief sie.

Sie steckte die Waffe ein, kniete sich neben den Schrank und schob ihre Hände unter den Rand. Er war schwer, schwerer, als sie gedacht hatte. Allein würde sie ihn nicht hochheben können, dessen war sie sich sicher. Doch dann hörte sie wieder diese klagende, keuchende Stimme, die um Hilfe flehte. Ein Adrenalinstoß durchfuhr ihren Körper. Mit einem Schrei wuchtete sie den Schrank hoch. Das Klirren von splitterndem Glas durchbrach die Stille des Hauses, als Butlers Geschirr aus dem Schrank rutschte und auf dem

Boden zerschellte. Nachdem Josie das große Möbelstück aufgerichtet hatte, sah sie ihn auf dem Rücken liegen. Er trug kakifarbene Hosen und ein Flanellhemd. Sein Haar war grau und dünn. Weiße Bartstoppeln bedeckten sein aschfahles Gesicht, die Lippen waren fast blau. Josie kniete sich neben ihn und fühlte seinen Puls, während sie ihr Telefon herausholte und die 911 wählte.

Dann sagte sie zu ihm: »Mr. Butler, ich bin Josie Quinn von der Polizei in Denton. Ich hole Hilfe. Bleiben Sie einfach liegen.«

50

Eine Stunde später saß Josie in der Notaufnahme eines nahegelegenen Krankenhauses an Earl Butlers Bett. Auf der anderen Seite saß ein Deputy Sheriff aus Lenore County. Da der Angriff auf Butler in diesem County stattgefunden hatte, lag er außerhalb ihrer Zuständigkeit. Aber weil sie eine Mordserie aufzuklären versuchte und Butler gerettet hatte, durfte sie bei der Befragung dabei sein. Eine Sauerstoffflasche brummte in einer Ecke des Zimmers. Earl Butler bemühte sich, sie zu übertönen. Sein Gesicht, in dem sich die Falten eines langen Lebens drängten, hatte wieder etwas Farbe bekommen. Als er sprach, hüpfte die Nasensonde auf seiner Oberlippe.

»Dieser Mann gestern. Er sagte, er wolle mit mir über meinen alten Freund Craig Bridges reden. Wir waren zusammen in Vietnam, ich und Craig. Ganz dicke Kumpel. Eine Zeit lang haben wir sogar zusammen gewohnt, aber dann ist Craig verschwunden. Die Polizei vermutete, dass er sich umgebracht haben könnte, aber ich wusste es besser. Da kommt also dieser Typ. Die Sache mit Craig ist fast dreißig

Jahre her. Ich dachte ... ich dachte, das ist es. Endlich erfahre ich, was mit Craig passiert ist. Also habe ich ihn reingelassen.«

Er holte mehrmals tief Luft, bevor er weitersprach. »Der Kerl war stämmig, muskulös und hatte eine Glatze. Also rasiert, nicht von Natur aus haarlos. Ich würde sagen, zwischen sechzig und siebzig, aber richtig fit. Er ist einfach auf mich losgegangen. Hat mich niedergeschlagen, sich auf mich gesetzt und mir seine Hände auf Mund und Nase gedrückt. Ich wusste, dass er mich umbringen wollte. Irgendwann habe ich aufgehört, mich zu wehren, und bin ganz still geworden. Dachte mir, dass der sicher nicht meinen Puls fühlt. Hat er auch nicht.«

»Aber er hat den Schrank umgeworfen«, unterbrach ihn Josie.

Butler nickte. »Dadurch waren meine Beine eingeklemmt. Ich konnte nicht mehr raus. Ich habe gehört, wie er durch das Haus ist, als suche er nach etwas. Ich habe mich nicht bewegt, damit er nicht zurückkommt und mich doch noch umbringt. Dann ist er weg. Ich habe gehört, wie die Polizei heute Morgen kam, und wollte um Hilfe rufen, aber ich konnte nicht. Gott sei Dank sind Sie gekommen. Ich bin nicht mehr der Jüngste, wissen Sie. Das Gehen fällt mir schwer.«

Josie lächelte ihn an. Sie blickte den Deputy Sheriff an. Er nickte und gab ihr die Erlaubnis, weitere Fragen zu stellen. »Mr. Butler, ich möchte Ihnen ein Foto zeigen.« Sie holte ihr Handy heraus, rief das Foto der Gürtelschnalle auf und zeigte es ihm. »Erkennen Sie die?«

Er fummelte an seiner Nasensonde herum. Mehrmals presste er die Lippen zusammen und schürzte sie. Schließlich antwortete er mit heiserer Stimme: »Die gehörte Craig.

Wo haben Sie die her? Er hat sie geliebt. Wissen Sie, er kam nach seiner Rückkehr aus Vietnam nicht mehr so gut zurecht. Wir alle nicht. Aber er sagte mir einmal, dass es ihm geholfen habe, in der Schützenliga mitzumachen. Er war ein guter Schütze und er sagte, es mache ihm mehr Spaß, auf Ziele zu schießen statt auf einen Feind.«

»Hat er sie ständig getragen?«, wollte Josie wissen.

Earl nickte.

»Hat er sie an dem Tag getragen, an dem er verschwand?«

»Ja.«

»Mr. Butler, ich habe mir die Polizeiakte über sein Verschwinden angesehen. Können Sie mir sagen, was Ihrer Meinung nach passiert ist?«

Earl nickte wieder. Er wandte den Blick von ihr und starrte vor sich hin, als wollte er in die Vergangenheit sehen. »Ich glaube, sie haben ihn erwischt. Er hat immer gesagt, eines Tages kriegen sie ihn.«

Josie richtete sich auf. »Wer ist ›sie‹?«

»Als wir aus dem Krieg zurückkamen, bin ich nach Maryland und Craig ist heim nach Pennsylvania. Er war richtig depressiv, konnte anfangs nicht viel mit sich anfangen. Dann ging er in den Schützenverein und fand dort ein paar Freunde. Einer von ihnen hat ihm einen Job in einem Steinbruch besorgt. Hat gut dort verdient.«

»Moment mal«, unterbrach ihn Josie. »Ein Steinbruch? Der von Sutton?«

»Ja, genau der. Er hat dort gern gearbeitet. Zwar nur als einfacher Arbeiter, aber er hatte einen Job. War gerade dabei, sein Leben wieder auf die Reihe zu bekommen. Dann ist etwas geschehen. Ich habe ihn gefragt, ob er dabei war, als der große Unfall passierte, weil es damals in allen Zeitungen war.«

Josie hätte sich ohrfeigen können, weil sie sich nicht näher mit Sutton Stone Enterprises befasst hatte. Aber warum auch? Keines der Indizien, auf die sie gestoßen war, hatte darauf hingedeutet, dass das Unternehmen etwas mit der Sache zu tun haben könnte, ausgenommen vielleicht dieser so schwer greifbare Ivan. Sie hatte von ihm erfahren, bevor sie gewusst hatte, was es mit der Gürtelschnalle auf sich hatte. Und Bridges hatte für Sutton gearbeitet, bevor Colette dort anfing. »Was für ein Unfall?«, fragte sie.

»Einer der Kräne fiel um und stürzte auf einen Wohncontainer. Vier Menschen starben. Craig war auch dort. Danach hat er nie wieder einen Fuß dorthin gesetzt. Irgendwie hatte er sich auch am Bein verletzt. Das Unternehmen hat ihm viel Geld gegeben. Wahrscheinlich, damit er nicht mit Anwälten kam. Auf jeden Fall hat er das Geld genommen und ist nach Maryland gekommen. Stand auf einmal vor meiner Tür. Er war richtig durcheinander nach der Sache. Noch schlimmer als nach unserer Heimkehr aus dem Krieg.«

Josie runzelte die Stirn. »Aber was Sie beide in Vietnam erlebt haben, war doch sicher schlimmer als alles, was er als Zivilist gesehen hat.«

Butler zuckte die Schultern. »Dachte ich auch, aber nach dem Unfall im Steinbruch hatte er Albträume. Er ist nie darüber hinweggekommen. Ich war sicher, da musste mehr dahinterstecken. Versuchte etwas aus ihm herauszubekommen, viele Male, aber er wollte nicht darüber reden. Irgendwann, eines Nachts, wir waren völlig betrunken, habe ich ihn wieder gefragt, was wirklich passiert ist. Er meinte, er könne mir das nicht sagen. Ich wäre sonst nur in Gefahr. Er habe zwar das Geld genommen, aber richtig sicher sei er deshalb nicht, und eines Tages würden sie kommen und ihn fertigmachen, weil er zu viel wisse. Er war ständig misstrauisch.«

Josie rechnete zurück. Sie konnte den Unfall später in der Bibliothek von Denton nachschlagen, falls sich die Presse damit befasst hatte, doch er musste in der zweiten Hälfte der Siebzigerjahre passiert sein. Also bevor Colette bei den Suttons angefangen und sogar bevor Zachary Sutton das Werk von seinem Vater übernommen hatte. Was bedeutete, dass das, was geschehen war, von Zachary Suttons Vater geregelt worden war. Doch der war schon seit vielen Jahren tot. Was also war so belastend, dass jemand von Sutton Stone Enterprises tötete, um es zu vertuschen? Steckte überhaupt Sutton Stone hinter der Sache? Josie war sich sicher, dass Ivan Ulrich derjenige war, der Colettes Haus angezündet und Earl Butler umzubringen versucht hatte. Aber Zachary Sutton zufolge war er nicht lange für sie tätig gewesen. Warum hatte Ivan es auf die ganzen Leute abgesehen? Er hatte wahrscheinlich noch gar nicht für das Unternehmen gearbeitet, als der Unfall geschah oder als Bridges verschwand. Falls Sutton nicht gelogen hatte.

»Würden Sie mich für einen Moment entschuldigen?«, fragte Josie.

Butler nickte. Als Josie aus dem Zimmer ging, setzte der Deputy Sheriff die Befragung fort. Josie rief Mettner und Gretchen an, um sie auf dem Laufenden zu halten. Sie bat Gretchen, Suttons Archivabteilung anzurufen und zu fragen, wann Ivan Ulrich in den letzten fünfunddreißig Jahren – also nicht nur während des Zeitraums, über den Josie mit Sutton gesprochen hatte – bei dem Unternehmen angestellt gewesen war. Dann versprach sie, in einer Stunde zurück zu sein, und legte auf. Als man ihr versichert hatte, dass Earl Butler wieder auf die Beine kommen würde, gab sie dem Deputy Sheriff ihre Kontaktdaten und fuhr nach Denton zurück. In ihrem Kopf drehte sich alles.

Es passte einfach nichts zusammen. Es gab nicht genug Verbindungen zwischen allen Opfern. Was hatte Colette Fraley mit ihnen zu tun? So wie es aussah, hatte sie weder die Pratt-Brüder noch Craig Bridges gekannt. Sie hatte ein paar Jahre nach Bridges im selben Unternehmen wie er gearbeitet, aber das war's auch schon. Wie passte Ivan hinein? Der Verdacht, dass sie eine Affäre gehabt hatte, ließ sich wohl nicht mehr halten, wenn man Bridges in die Gleichung miteinbezog. Arbeitete Ivan allein? Nein, dessen war sie sich sicher, denn sie hatten an zwei Tatorten zwei unterschiedliche Schuhabdrücke gefunden. Gab es eine Verbindung zu Sutton? Es musste so sein. Aber wenn Sutton in die Sache verwickelt war, was hatte das alles mit Drew und Samuel Pratt zu tun? Hingen die Pratt-Fälle gar nicht mit dem Bridges-Fall zusammen? Doch warum besaß Colette dann persönliche Gegenstände sowohl von Bridges als auch den beiden Pratts, die keine Verbindung zum Steinbruchunternehmen hatten?

Als das Polizeirevier von Denton in Josies Blickfeld rückte, atmete sie auf. Doch dann sah sie die Pressewagen davor. »Oh nein«, murmelte sie. Sie parkte auf dem Gemeindeparkplatz, rief Trinity an und versuchte dabei, nicht allzu anklagend zu klingen. »Wir haben hier jede Menge Presse vor dem Revier stehen«, erklärte sie ihrer Schwester. »Weißt du etwas davon?«

»Nein«, erwiderte Trinity schnippisch. »Tue ich nicht. Aber du hättest mir wenigstens Bescheid geben können, dass ihr im Fall Drew Pratt vorangekommen seid. Stattdessen musste ich es von jemandem beim WYEP-Sender erfahren.«

»Und was hat dieser Jemand bei WYEP gesagt?«, wollte Josie wissen.

»Dass Drew Pratts Tochter ermordet und ein paar Tage später ihr Haus angezündet wurde.«

»Das hat nichts mit Drew Pratt zu tun«, entgegnete Josie.

»Vielleicht nicht, aber angesichts der Tatsache, dass ihr Vater unter mysteriösen Umständen verschwand, weißt du, dass sein Fall wieder ans Tageslicht gezerrt werden wird. Die Journalisten werden versuchen, eine Verbindung zwischen beiden Fällen zu finden.«

Josie konnte ein Lachen nicht unterdrücken. »Viel Glück dabei.«

»Was ist daran so komisch?«, fragte Trinity in leicht verärgertem Ton.

»Ich muss los. Wir reden später. Versprochen.«

Josie kämpfte sich durch das Heer aus Journalisten, die ihr Fragen zuriefen, ihr Mikrofone entgegenhielten und Kameras auf sie richteten. Sie blickte starr auf die Tür und sagte kein Wort. Kaum war sie drinnen, konnte sie Chitwoods Gebrüll in der Lobby im ersten Stock bis nach unten hören. Sie ging die Treppe hoch und steckte den Kopf durch die Tür zum Großraumbüro, wo er wie ein Löwe im Käfig hin und her lief und etwas von »verdammter Presse« und einem »unseligen Zirkus« rief, schimpfte, dass jemand »ganz offensichtlich sein verdammtes Maul« nicht halten könne und dass er, wenn er herausfände, wer die undichte Stelle im Fall Beth Pratt sei, ihm »den Arsch aufreißen« werde. Es kam ihm nicht in den Sinn, dass ein findiger Reporter nichts weiter tun musste, als in Beth Pratts Nachbarschaft oder unter ihren Kollegen herumzufragen, um zu erfahren, dass sie ermordet worden war. Es war nie die Rede davon gewesen, ihren Tod und die Brandstiftung geheim zu halten, sondern nur davon, dass die Angelegenheit so wenig Aufmerksamkeit wie möglich auf sich ziehen sollte.

Gretchen und Mettner standen in einer Ecke, hielten Kaffeetassen in der Hand und sahen Chitwood zu, wie er herumtigerte. Als Josies und Gretchens Blicke sich trafen, schlenderte Gretchen zu ihrem Schreibtisch, nahm beiläufig ein Stück Papier, ging wieder zur Tür und verschwand im Treppenhaus. Sie schlossen die Tür, sodass Chitwoods Zornausbruch nur noch gedämpft zu hören war.

Gretchen gab Josie die Kopie eines Artikels aus dem *Bellewood Record* vom Mai 1974. Josie überflog ihn eilends. Er bestätigte, was Earl Butler ihr über den Unfall im Steinbruch erzählt hatte, bei dem vier Menschen umgekommen waren. Allerdings hatte er nicht auf einer der Baustellen stattgefunden. Dem Artikel zufolge hatte Sutton Stone Enterprises auf einem Areal vorübergehende Arbeiterunterkünfte errichtet. Sie bestanden im Wesentlichen aus einer Reihe von Wohncontainern und waren noch nicht fertig, als einer der Kräne auf einen Container stürzte. Alle vier Arbeiter darin starben. Das Unternehmen hatte die volle Verantwortung übernommen und die Familien großzügig entschädigt. Ende der Geschichte.

Als Josie fertig gelesen hatte, fragte sie: »Warum haben sie Craig Bridges eine Entschädigung gezahlt? Das alles war doch gar kein Geheimnis. Und das Unternehmen hat ja die Verantwortung übernommen.«

»Genau dasselbe haben Mett und ich uns auch gefragt«, pflichtete Gretchen ihr bei.

»Da muss noch mehr dahinterstecken«, folgerte Josie. »Ganz sicher.«

»Das denke ich auch«, bestätigte Gretchen. »Wir können dem gern nachgehen, aber im Moment ist Ivan Ulrich zu Hause. Die Polizei von Bellewood hat mich gerade angerufen. Vielleicht sollten du und Mettner mit ihm reden?«

»Nein«, entgegnete Josie. »Noch nicht. Ich denke, wir brauchen noch mehr Informationen.«

»Zum Beispiel?«

»Ich weiß nicht. Ich glaube immer noch, dass wir etwas übersehen. Hast du etwas vom Sutton-Archiv gehört?«

»Wir sind hingefahren und haben mit der Frau im Archiv geredet.« Gretchen reichte Josie ihre Kaffeetasse und holte eine Lesebrille aus der einen sowie ihr Handy aus der anderen Tasche. Sie setzte die Brille auf und scrollte durch. »Vielleicht ist schon eine E-Mail da. Ja, hier ist sie.« Josie wartete ungeduldig, bis Gretchen die Mail gelesen hatte. Erstaunt stieß Gretchen einen leisen Pfiff aus. »Das ist ja interessant. Ivan Ulrich hat seit 1983 als unabhängiger Subunternehmer für Sutton Stone Enterprises gearbeitet.«

»Unabhängiger Subunternehmer? Was soll das heißen?«

»Er wurde 1981 als Vollzeitarbeiter eingestellt«, fügte Gretchen hinzu.

»Das hat mir Zachary Sutton gesagt.«

»1983 hat man ihn von der Gehaltsliste gestrichen, aber als Sicherheitsberater weiterbeschäftigt. So wie es aussieht, wurde er nach Aufträgen bezahlt.«

»Als Sicherheitsberater?«

Sie sahen sich an. Beide wussten, was das bedeutete. »Er ist Suttons Gorilla.«

51

Bob Chitwood stand hinter seinem Schreibtisch, die Arme vor seiner schmächtigen Brust verschränkt, und sah Josie, Mettner und Gretchen mit verhaltenem Optimismus an. Endlich hatte er seine Stimme wieder auf normale Lautstärke heruntergeregelt. Er hob eine Hand und deutete mit dem Zeigefinger auf sie. »Sie wollen mir erzählen, dass dieser Ivan Ulrich über dreißig Jahre lang als Zachary Suttons ›Sicherheitsberater‹ tätig war und Sutton Ihnen das verschwiegen hat?«

»Genau«, antwortete Josie. »Er hat zwar gesagt, dass sein Gedächtnis nicht mehr so gut sei, aber das kaufe ich ihm nicht ab. Ivan war sein Schläger, als Craig Bridges und Drew Pratt verschwanden und Samuel Pratt starb.«

»Das bedeutet, dass Ivan, der ein enges Verhältnis zu Colette hatte, womöglich für das verantwortlich ist, was Bridges und den Pratt-Brüdern passiert ist«, fügte Mettner hinzu.

»Ja, und? Meinen Sie im Ernst, dass er das Zeug gesammelt und Colette gegeben hat?«, fragte Chitwood. »Und arbeitet Laura Fraley-Hall nicht für Sutton? Sie ist doch dort eine große Nummer? Sie haben gesagt, sie hätte noch nie von diesem Ivan gehört.«

»Sie ist Vizepräsidentin und leitet den Steinbruch in Bethlehem. Schon möglich, dass sie Ivan nie begegnet ist oder keinen Grund hatte, ihn zu treffen. Er ist ein unabhängiger Subunternehmer«, entgegnete Josie. »Das heißt, dass er weder dem Steinbruch noch einem der Büros untergeordnet ist. Er arbeitet nur, wenn Sutton ihm einen Auftrag erteilt. Das geht zumindest aus der Personalakte hervor, die wir bekommen haben.«

»Wir sollten sie trotzdem herbeordern und befragen«, beharrte Chitwood.

Josie konnte sich gut vorstellen, wie das bei Laura ankommen würde. Sie selbst hatte sich schon gefragt, wie viel Laura wusste oder nicht wusste und ob ihr polarisierendes Verhalten ihr und Noah gegenüber damit zu tun hatte, dass sie etwas zu verbergen hatte. Josie konnte sich zwar nicht vorstellen, dass Laura ihre eigene Mutter ermordet hatte, schon gar nicht im achten Monat. Außerdem hatte sie ein hieb- und stichfestes Alibi. Aber es würde sie nicht wundern, wenn Laura etwas Wichtiges wusste und es verschwieg, um sich zu schützen.

»Ja, wir müssen sie herholen«, pflichtete Josie Chitwood bei. »Gut möglich, dass die Gürtelschnalle, die Pfeilspitze und der USB-Stick von Ivan stammen und er sie Colette gegeben hat. Allerdings könnte Colette während der letzten Tage, in denen man die Pratt-Brüder lebend gesehen hat, auch Kontakt zu ihnen gehabt und die Pfeilspitze und den Stick direkt von ihnen bekommen haben.«

»Sie glauben, dass Colette Fraley die Pratts umgebracht hat?«, fragte Chitwood.

»Möglich«, meinte Gretchen.

»Nein«, rief Josie.

Chitwood sah mit interessiertem Blick von einer zur anderen. Dann wandte er sich an Mettner. »Wollen Sie auch noch Ihren Senf dazugeben?«

Mettner schüttelte den Kopf. »Ich möchte erst hören, was diese beiden vorzüglichen Detectives zu sagen haben.«

Chitwood hob eine Augenbraue. »Sie sind ein kluger Mann, Mett.«

»Ich glaube nicht, dass Colette Fraley physisch in der Lage gewesen wäre, einen der Pratts zu überwältigen«, meinte Josie. »Wahrscheinlicher ist, dass Ivan Ulrich von ihrem Treffen mit ihnen wusste. Er brachte sie um und steckte ihr als Warnung von jedem der beiden einen persönlichen Gegenstand zu. Er wollte ihr zu verstehen geben, was passieren würde, wenn sie weiter versuchen würde, Suttons Geheimnis an die große Glocke zu hängen – nämlich dass noch mehr Menschen sterben würden. Unschuldige. Er gab ihr die Sachen als Drohung. Damit sie es nie vergaß.«

»Glauben Sie, dass sie eine Affäre mit diesen Männern hatte?«, fragte Chitwood und sah dabei Gretchen an.

»Das erscheint mir am plausibelsten«, antwortete sie. »Allerdings nicht mit Bridges, denn der lebte nicht hier in der Gegend, als er verschwand. Aber Detective Quinn ist da anderer Meinung.«

Chitwood sah Josie mit hochgezogenen Augenbrauen an. »Quinn, nur weil Colette Noahs Mutter war, ist sie noch lange keine Heilige.«

Josie rutschte auf ihrem Stuhl hin und her. »Schon klar. Ich glaube zwar, dass Colette unschuldig ist, aber aus anderen Gründen. Allerdings war sie tatsächlich eine Art Heilige, Sir. Ihre Lebensweise passte überhaupt nicht zu jemandem, der zahlreiche außereheliche Affären hatte. Oder zu jemandem, der moralisch in der Lage wäre, etwas von dem zu tun, wovon wir reden – also zuzulassen, dass Ivan diese Männer umbrachte, und kein Wort darüber zu verlieren.«

»Menschen haben Geheimnisse, Quinn. Große, abscheuliche, abstoßende Geheimnisse.«

»Mit Verlaub, Sir, niemand weiß das besser als ich«, erwiderte Josie trocken.

Sie wartete darauf, dass er zum Gegenschlag ausholte, indem er ihr entweder brüllend eine miese Bemerkung an den Kopf warf oder ihr drohte, dass sie ihren Job verlieren würde. Aber er lachte nur. Josie konnte sich nicht erinnern, diese Lautäußerung je von ihm gehört zu haben. Er lachte gut und gern eine halbe Minute. Währenddessen zog er seinen Schreibtischstuhl hervor und ließ sich hineinfallen. Schließlich meinte er: »Sicher. Ihr beide wisst das besser als jeder Kriminelle, den ich je getroffen habe, oder?«

»Sir«, fing Josie an und setzte sich auf, bereit, sich und Gretchen zu verteidigen. Aber Chitwood winkte ab.

»Vergessen Sie's, Quinn. Ich will damit nur sagen, dass Sie recht haben. Was, glauben Sie, geht hier vor?«

»Colette arbeitete als Assistentin des Besitzers und Unternehmenschefs – zuerst für Sutton senior, dann für den Junior. Als solche hat sie wohl Dinge gesehen, die niemand sonst im Unternehmen gesehen hat.«

»Zum Beispiel?«, warf Chitwood ein.

Josie zuckte die Schultern. »Ich weiß nicht. Alles. Sie muss über Telefongespräche, Sitzungen, interne Memos, Aufzeichnungen Bescheid gewusst haben. Ich glaube, dass sie etwas herausgefunden hat – etwas, das auch Craig Bridges wusste und das ihn eines Tages das Leben kostete.«

Chitwood ließ nicht locker. »Aber was?«

»Das wissen wir eben noch nicht, Sir«, schaltete sich Gretchen ein.

»Sie glauben also nicht, dass sie eine Affäre mit einem der beiden Pratt-Brüder hatte?« hakte Chitwood nach.

»Nein. Ganz sicher nicht.«

»Gut. Sagen wir mal, Sie haben recht. Colette ist Chefsekretärin. Sie stößt auf etwas, von dem das Unternehmen um jeden Preis vermeiden will, dass es an die Öffentlichkeit gelangt. Sie redet mit Bridges, weil er damals vor Ort war.«

Josie nickte. »Also beauftragt Sutton Ivan, Bridges verschwinden zu lassen.«

»Ich kann mir vorstellen, dass sie zu Drew Pratt gegangen ist, weil er Staatsanwalt war«, mutmaßte Chitwood. »Aber warum zu Samuel Pratt? Er war Dozent am College.«

Mettner schaltete sich ein. »Vielleicht weil er Drew Pratts Bruder war?«

»Aber Drew Pratt hat nie herausgefunden, wer C. F. war«, widersprach Josie. »Das ergibt also keinen Sinn. Außer, Ivan hat Samuel Pratt umgebracht, bevor er Colette mit seinem Bruder Drew zusammenbringen konnte.«

»Warum hat sie sich nicht direkt an Drew Pratt gewandt?«, warf Chitwood ein. »Ich kannte Drew. Man konnte mit ihm reden.«

»Irgendwas übersehen wir noch«, resümierte Josie.

»Wenn es irgendetwas in den internen Sutton-Unterlagen gibt, wird Sutton den Teufel tun und es preisgeben. Sicher können wir uns einen Durchsuchungsbeschluss besorgen. Aber wenn jemand etwas so Kompromittierendes hat, dass er dafür über Leichen geht, bewahrt er es doch nicht auf«, bemerkte Gretchen.

»Und wenn Sutton wusste, dass Colette von etwas Kenntnis hatte, das dem Unternehmen gefährlich werden konnte, warum hatte er sie dann nicht schon längst umbringen lassen?«, fügte Chitwood hinzu.

»Ich weiß es nicht«, räumte Josie ein. »Ich habe noch nicht alle Puzzleteile zusammen. Aber ich denke, wir sollten uns Ivan greifen. Wir können ihn festhalten, bis das Lenore County ihn offiziell an uns überstellt. Earl Butler kann ihn sicher identifizieren. Dann holen wir Laura Fraley-Hall und Zachary Sutton. Wir besorgen uns einen Durchsuchungsbeschluss für die Unterlagen der Sutton Stone Enterprises, die sich auf den Kranunfall beziehen. Während Sutton und Laura hier sind, vollstrecken wir ihn.«

»Wer ist die zweite Person?«, fragte Chitwood. »Die, zu der der zweite Schuhabdruck gehört?«

»Das wissen wir noch nicht«, antwortete Josie.

Und Mettner fügte hinzu: »Ich habe Durchsuchungsbeschlüsse für alle Jagd- und Sportartikelgeschäfte im County beantragt, aber es wird ein, zwei Tage dauern, bis die uns Unterlagen liefern.«

»Wir müssen mit dem arbeiten, was wir bis jetzt haben. Ich würde sagen, wir probieren es«, schlug Josie vor. »Die zweite Person kriegen wir schon noch – entweder über die Liste der Geschäfte oder im Verlauf unserer Ermittlungen.«

Chitwood klatschte in die Hände. »Holt euch ein paar Leute und dann los. Die Presse sitzt uns im Nacken. Ich will, dass der Fall zügig gelöst wird. Am besten gestern.«

52

Es war schon spät. Deshalb bereiteten sie ihren Durchsuchungsbeschluss vor und ließen ihn von einem Richter unterzeichnen. Außerdem entschieden sie, am nächsten Morgen alle Beteiligten auf das Revier zu holen. Während Mettner und Hummel die Durchsuchungsbeschlüsse vollstreckten, würden Josie und Gretchen Ivan Ulrich, Laura und Zachary Sutton befragen. Mettner überließ ihnen die Verhöre, da sie mehr Erfahrung hatten. Auf der Fahrt nach Hause war Josie nervös und erschöpft. Ihr Körper sehnte sich nach einem weiteren Drink, obwohl der Kater vom Morgen noch immer an den Rändern ihres Gehirns nagte. Erleichtert sah sie Trinitys gemieteten Lexus in ihrer Einfahrt stehen. Trinity öffnete ihr die Tür und wippte unruhig auf den Zehen. Das aufgeregte Funkeln in ihren Augen und das atemlose »Hey«, mit dem sie Josie begrüßte, verrieten ihr, dass sie Neuigkeiten hatte.

»Hier ist jemand, der auf dich wartet«, flüsterte Josie aufgeregt.

Josie erstarrte im Flur wie ein Reh im Scheinwerferlicht.

Aus irgendeinem Grund rechnete sie mit Luke. Sie war von ihm weg, ohne sich zu verabschieden, und hatte keinen blassen Schimmer, was zwischen ihnen geschehen war, er hingegen konnte sich vermutlich an jede einzelne Sekunde erinnern. Was sollte sie zu ihm sagen? War er wirklich den ganzen Weg nach Denton gefahren, um sie zu sehen? Er glaubte doch wohl nicht ernsthaft, dass sie wieder zusammenkommen würden, selbst wenn sie mit ihm geschlafen hatte? Außerdem war sie sich sicher, dass sie das nicht getan hatte, ganz gleich wie betrunken sie gewesen war, denn sie liebte Noah. Sie hatte allerdings weder sein noch irgendein anderes Auto außer dem von Trinity in der Einfahrt gesehen. Und Trinity wäre wegen Luke wohl kaum so aufgeregt.

Josie beugte sich nach links und lugte über Trinitys Schulter. Auf dem Sofa saß Noah. Sein eingegipstes Bein hatte er auf den Couchtisch gelegt. Neben ihm stand ein Paar Krücken an die Couch gelehnt. Sie spürte Erleichterung und Beklemmung zugleich. Trinity blinzelte ihr zu. »Ich bin oben. Muss noch schnell unter die Dusche, bevor ich nach New York zurückfahre.«

»Hallo«, begrüßte Noah sie lächelnd. Er klopfte auf das Sofa. »Komm her.«

Josie setzte sich auf die Kante. »Wie bist du hergekommen?«

»Grady hat mich hergefahren. Laura bringt ihn wahrscheinlich um, aber ich musste zurückkommen.«

»Wie geht es dir?«, fragte Josie.

»Besser. Alles okay mit dir? Trinity hat sich Sorgen um dich gemacht. Ich auch.«

»Ja, also, mir geht's gut. Sorry. Ich bin einer Spur nachgegangen, das war alles. Was ... was machst du hier?«

Er streckte sich zu ihr und nahm ihre Hand. Josie fühlte

sich sofort behaglich. Und hatte zugleich ein schlechtes Gewissen. »Ich möchte mich bei dir entschuldigen«, begann er. »Laura hat sich mein Telefon geschnappt und, naja, du weißt schon ... ich musste erst mal raus aus Denton. Aber ich hätte dich nicht so vor den Kopf stoßen sollen. Es tut mir leid. Ich kämpfe wirklich mit der ganzen Situation.«

»Ich weiß«, pflichtete Josie ihm bei.

»Ich bin noch immer nicht besonders begeistert davon, dass du mit meinem Vater gesprochen hast.«

Josie seufzte. »Dann wird dir auch nicht besonders gefallen, was als Nächstes kommt. Wir holen nämlich Laura zu einer formellen Befragung. Chitwood selbst wird sie morgen anrufen.«

Noah verkrampfte sichtlich. »Laura? Warum?«

»Nicht, weil wir ihr selbst etwas vorwerfen. Aber wir glauben, dass in ihrem Unternehmen Dinge vorgefallen sind, von denen deine Mutter erfahren hat und die Sutton zu vertuschen versuchte. Wir müssen wissen, wie viel Laura darüber wusste, falls sie überhaupt etwas wusste.«

»Sie wusste nichts. Das ist unmöglich. Wenn sie von etwas wirklich Schlimmem erfahren hätte, hätte sie es nicht verschwiegen. Dessen bin ich mir sicher«, sagte Noah.

»Dann sollte es auch kein Problem sein, sie ins Revier zu holen und zu befragen«, entgegnete Josie.

Noah fuhr sich mit der Hand über das Gesicht. Josie konnte sehen, wie er innerlich mit sich kämpfte. Er war hergekommen, um sich mit ihr zu versöhnen. Dafür war sie dankbar. Aber da war immer noch der Mord an seiner Mutter und alles, was dieses tragische Ereignis nach sich gezogen hatte. Außerdem stand jetzt auch die Frage im Raum, ob seine Familie in eine Schurkerei verwickelt war.

»Noah, ich bin nicht dein Feind. Wenn du in dieser Sache

auf der anderen Seite stehen würdest, würdest du das sehen. Ich versuche, einen Fall aufzuklären. Den Mord an deiner Mutter. Ich kann nicht die Augen vor etwas verschließen, nur weil Sachen ans Tageslicht kommen würden, die für dich oder Laura oder Theo unangenehm wären.«

Für einen Augenblick herrschte Stille zwischen ihnen. Schließlich meinte Noah: »Du hast recht. Ich habe einmal auf der anderen Seite gestanden, erinnerst du dich?«

Ein Klopfen unterbrach sie, bevor Josie ihm antworten konnte. Es war Gretchen, die mit einer Akte in der einen und einer Pizza in der anderen Hand in der Tür auftauchte. Hinter ihr stand etwas unbeholfen Mettner. »Ich dachte, wir könnten den Fall noch mal durchgehen«, meinte sie, als sie in den Flur eilte. Plötzlich sah sie Noah auf der Couch sitzen. Sie errötete. »Tut mir leid, Ich wusste nicht ... hey, Fraley, wie geht's dir?«

Er begrüßte sie mit einer Handbewegung. »Besser.«

Mettner salutierte Noah mit gespieltem Ernst. Noah erwiderte den Gruß. Gretchen wandte sich wieder zum Gehen und drängte Mettner zur Eingangstreppe zurück. »Wir gehen«, befahl sie.

Noah rief ihnen nach: »Wegen mir braucht ihr nicht zu gehen. Ich bin ziemlich groggy. Ich wollte gerade nach oben und mich hinlegen. Die Schmerzmittel machen mich müde.«

Gretchen sah Josie an. Josie nickte. Daraufhin ging Gretchen in die Küche und bedeutete Mettner, der sich sichtlich unwohl fühlte, ihr zu folgen. Unterdessen half Josie Noah die Treppe zum Schlafzimmer hoch, wo er wenige Sekunden nach dem Erstkontakt mit der Matratze bereits weggedämmert war. Dann verabschiedete Josie noch Trinity und setzte sich schließlich mit der Pizza und den Akten Fraley und Pratt an den Küchentisch.

»Du meinst, wir finden darin etwas?«, fragte Mettner.

»Was ist das?«, fragte Josie und zog einen Stapel mit Berichten über den Tatort nach Colettes Ermordung zu sich.

»Das, was uns noch fehlt?«

»Ich weiß es nicht, aber jetzt fangen wir mal an.«

Eine Stunde lang arbeiteten sie sich durch Seiten und Aufzeichnungen. Sie sprachen wenig. Josie und Gretchen machten sich Notizen in ihre Blöcke, Mettner schrieb in sein Smartphone.

»Wisst ihr, was ich nicht verstehe?«, durchbrach Josie schließlich die Stille. »Colette hatte nichts weiter als drei zufällig zusammengewürfelte Gegenstände, die fast jedem, der sie gefunden hätte, nichts gesagt hätten. Warum also legt sich Ivan oder sein Komplize oder wer auch immer so sehr ins Zeug, um so viele Menschen – Colette, Beth und Mason Pratt, Wolicki, Earl Butler – zum Schweigen zu bringen und auch noch Colettes Haus anzuzünden?«

»Vielleicht dachte er, dass jemand beginnen würde, Fragen zu stellen, wenn er den USB-Stick finden würde?«, mutmaßte Gretchen. »Schließlich hat der uns überhaupt erst auf die Spur gebracht.«

Als Josie noch einmal den Bericht über den Tatort von Colettes Ermordung durchging, stieß sie auf die Fotos der verschiedenen Zimmer im Haus, des Gartens und von Colettes Leiche. »Nein«, widersprach sie. »Ich glaube nicht, dass das der Grund ist. Wir haben ja schon einmal darüber gesprochen, dass Ivan ihr die Sachen gebracht haben könnte. Nur er und Colette wussten, was sie bedeuteten.«

Mettner legte das Pizzastück, das er gerade aß, zurück und lehnte sich vor. »Und was bedeuteten sie?«

»Er hat ihr gezeigt, was passiert, wenn sie nicht den Mund hält«, antwortete Josie. »Das waren Warnungen, keine

Beweise. Wir haben das ganz falsch interpretiert. Colette hat etwas gefunden und es noch bei sich gehabt. Das hat der Kerl gesucht. Wir müssen herausfinden, was es ist. Sie muss etwas gehabt haben. Irgendwas Belastendes.«

»Und Ivan wusste nicht, was sie damit gemacht hat«, führte Gretchen Josies Gedankengang fort.

»Genau«, pflichtete Josie ihr bei. »Sie hätte ja etwas zu einem der Pratts geschickt haben können. Vielleicht hat er sie deshalb umgebracht. Sie wollte die Sache auffliegen lassen.«

»Aber warum erst jetzt?«, wandte Mettner ein. »Wenn sie schon 1990 etwas wusste, als Craig Bridges verschwand, warum hat sie erst jetzt, nach so langer Zeit, plötzlich beschlossen, die Angelegenheit ans Licht zu bringen?«

Josie ging weitere Fotos durch. Sie sah ein Foto des leeren Esszimmers, in dem sie und Noah an jenem Tag mit Colette zu Abend hätten essen sollen, dann eine Aufnahme der Küche, in der die Schubladen durchsucht worden waren, aber nichts darauf hindeutete, dass jemand hatte kochen wollen. Josie merkte, wie ein riesiges, verwirrendes Puzzleteil plötzlich seinen Platz fand. »Vielleicht weil sie merkte, dass sie dement wurde«, spekulierte Josie. »Sie war im Anfangs-stadium. Sie wusste nicht, wie lange sie noch klar bei Verstand sein würde.«

»Also hat sie beschlossen, reinen Tisch zu machen. Nur dass sie nicht mehr dazu kam«, fügte Mettner hinzu. »Weder Beth Pratt noch Mason Pratt hatten irgendetwas von Colette bekommen oder auch nur von ihr gehört, bevor wir kamen und Fragen stellten.«

»Was bedeutet, dass sie das, wofür sie ermordet wurde, noch immer besaß«, folgerte Josie.

Das nächste Foto, auf das Josie stieß, zeigte Officer Chan,

wie er einen erdverkrusteten Rosenkranz hochhielt. Danach kamen Bilder der kleinen Schaufel, mit der Colette immer den Garten umgegraben hatte. »Himmel!«, rief Josie. Sie sprang auf, sodass ihr Stuhl quietschend über die Fliesen schrammte.

»Was ist los?«, fragte Gretchen.

»Ich wecke Noah auf. Ich muss ihn nach der Adresse des Hauses fragen, in dem er aufgewachsen ist.«

53

Am nächsten Morgen um sieben Uhr standen Josie, Noah, Gretchen, Chitwood, Mettner und Hummel vollzählig versammelt vor dem Haus, in dem Noah seine Kindheit verbracht hatte. Es befand sich nur wenige Blocks vom Dentoner Stadtpark entfernt. Das zweistöckige Gebäude im Cape-Cod-Stil mit grauen Wänden und kräftig blauen Verzierungen war größer als das Haus, in dem Colette bis zu ihrem Tod gelebt hatte. Von Noah hatte Josie jedoch erfahren, dass seine Mutter aus finanziellen Gründen in etwas Kleineres hatte umziehen müssen, nachdem ihr Mann sie verlassen hatte.

Während der Rest der Mannschaft auf dem Gehweg stand, saß Noah auf dem Beifahrersitz neben Josie. Er hatte die Tür geöffnet und sein Gipsbein nach draußen gelegt. »Bist du mit alledem sicher?«, fragte er sie.

Sie war sich überhaupt nicht sicher, aber einen Versuch war es wert. Sie konnten Ivan und Zachary Sutton holen und gnadenlos verhören, aber ohne einen handfesten Beweis oder das Wissen darüber, was es mit den von Colette versteckten Gegenständen auf sich hatte, kamen sie vermutlich keinen Schritt weiter. Die beiden Männer würden einfach ihre Anwälte mobilisieren, und wenn man sie nicht konkret mit einem Verbrechen in Verbindung bringen konnte, waren sie nicht mehr greifbar. Sie hatten zwar ein gewisses Druckmittel gegen Ivan Ulrich, da ihn Earl Butler identifizieren konnte, doch reichte das kaum aus, um ihn zu einem umfassenden Geständnis all seiner Verbrechen zu bewegen.

»Ja«, antwortete sie. »Ich bin mir sicher.«

Chitwood blinzelte in die Morgensonne, als er sich umdrehte und sie ansah. »Sind Sie sicher, dass wir hier richtig sind? Gegraben hat sie jedenfalls im anderen Haus.«

»Es ist hier«, entgegnete Josie entschlossen. »Laura hat gesagt, dass ihre Mutter schon Rosenkränze vergraben hat, als Laura noch ein Kind war. Ganz egal, was Colette gefunden hat, sie muss darauf gestoßen sein, als ihre Kinder noch klein waren. Damals haben sie hier gelebt. Wie könnte man es besser davor bewahren, in falsche Hände zu gelangen, als es beim Umzug der Familie vergraben hier zurückzulassen?«

»Aber warum hat sie dann gegraben, als sie starb?«, fragte Noah.

Josie verzog das Gesicht. »Möglicherweise war sie wegen ihrer Demenz verwirrt.«

Chitwood seufzte. »Ich hoffe für Sie, dass Sie recht haben, Quinn. Ich klopfe gleich an die Tür dieser Familie und sage ihr, dass ich ihren Garten umgraben möchte. Dabei wissen wir nicht einmal, wonach zum Teufel wir überhaupt suchen. Übrigens, ich werde Laura Fraley-Hall vorladen. Sie und Gretchen schnappen sich Ivan Ulrich, und Mettner und Hummel holen mir Zachary Sutton, bevor sie den Durchsuchungsbeschluss umsetzen. Ich habe einfach nicht genug Leute für diesen Unsinn.«

Wie auf Bestellung rollte ein alter Toyota Camry heran und hielt hinter Josies Auto. »Keine Sorge«, meinte Josie zu Chitwood gewandt, als Sergeant Dan Lamay ausstieg. Und zu Lamay: »Hast du es dabei?«

»Klar, Boss.« Lamay hinkte mit seinem kaputten Knie zum Kofferraum und öffnete ihn. Er griff hinein und holte einen Metalldetektor heraus.

Gretchen lächelte Josie anerkennend zu. »Und was, wenn sie das Zeug – was immer es auch ist – gar nicht in einem Metallbehälter vergraben hat?«, fragte Chitwood. »Haben Sie schon mal daran gedacht, Quinn?«

»Sir«, entgegnete Josie. »Wenn nicht, müssen wir den ganzen Garten umgraben. Aber wenn sie es in etwas aus Metall vergraben hat und Lamay es damit aufspürt, dann brauchen wir nur an einer einzigen Stelle zu graben.«

Chitwood schüttelte den Kopf, ging aber den Fußweg zum Haus. »Hoffentlich sind die Besitzer einverstanden«, brummte er. »Denn ich glaube nicht, dass ich bei einem so verdammt vagen Verdacht einen Durchsuchungsbeschluss bekomme.«

In den fünfzehn Minuten, in denen sich Bob Chitwood im Haus aufhielt, kamen Josie größte Bedenken, ob es richtig gewesen war, Chitwood zum Hausbesitzer zu schicken, damit er ihn bat, den Garten umgraben zu dürfen. Der Chief war der am wenigsten Umgängliche von ihnen allen. Er rieb sich sogar an Noah, der mit jedem gut auskam. Aber er tauchte mit einem Grinsen wieder auf, winkte Lamay und rief ihm zu: »Jetzt aber los, schnell!« Und den anderen befahl er: »Bewegt eure Hintern. Es wartet heute eine Menge Arbeit auf uns.«

54

Zweieinhalb Stunden später hatten sie Ivan Ulrich in einem und Zachary Sutton in einem anderen Verhörraum sitzen. Keiner von beiden wusste, dass der jeweils andere ebenfalls befragt wurde. Seltsamerweise hatte Sutton ihnen am meisten Schwierigkeiten bereitet und darauf bestanden, dass sie seinen Anwalt anriefen, bevor er überhaupt sein Büro verließ. Ivan Ulrich dagegen war ohne zu murren mit Josie und Gretchen zum Revier von Denton mitgekommen. Er hatte lediglich eine einzige Frage gestellt: »Kann ich meine Geldbörse holen?« Nun saß er friedlich am Tisch und nippte am Kaffee, den Josie ihm angeboten hatte. Er war ausgesprochen stämmig und muskulös – genauso, wie Colettes Nachbar und Earl Butler ihn beschrieben hatten. Sein Kahlkopf glänzte im Licht der Leuchtstoffröhren. Die Nase zwischen den unergründlichen Augen sah aus, als hätte sie schon einiges abbekommen. Schwarze und graue Stoppeln zierten sein Kinn und seine Wangen. Er hatte ein hartes Gesicht, aber einen leeren Blick. Josie verstand, warum Sutton ihn als Schläger eingesetzt hatte. Er hatte sich zwar ihr und Gretchen gegenüber freundlich und kooperativ verhalten, doch traute sie ihm auch ohne Weiteres ein einschüchterndes und furchteinflößendes Auftreten zu.

Im Flur war eine weibliche Stimme zu hören. Josie erkannte sie sofort als die von Laura Fraley-Hall, die denn auch prompt mit Chitwood im Gefolge um die Ecke stach. »Das ist ein Witz, oder?«, stieß sie zornig hervor. »Das muss ein Witz sein. Sie wollen mich doch nicht ernsthaft wegen der Ermordung meiner eigenen Mutter verhören. Was für eine Abteilung leiten Sie hier überhaupt?«

Chitwood schüttelte den Kopf. »Entspannen Sie sich. Mein Detective hier, Palmer, möchte Ihnen lediglich ein paar Fragen stellen.«

Laura legte beide Hände auf ihren mächtigen Bauch. »Sie können mich nicht so behandeln«, schimpfte sie weiter. »Ich stehe kurz vor der Entbindung.«

»Hey«, bellte Chitwood. »Ich kann machen, was zum Teu...«

Gretchen fiel ihm ins Wort. »Hallo, Laura. Danke, dass du gekommen bist. Das ist kein Verhör. Gehen wir doch wieder ins Erdgeschoss. Dort gibt es einen Besprechungsraum, der recht gemütlich ist. Hinten im Flur haben wir auch ein paar Snacks. Ich kann dir was zu essen oder trinken holen oder den Chief bitten, dir zu bringen, was du willst. Hast du Hunger?«

Laura blieb gereizt, schien sich aber ein bisschen zu beruhigen und nahm eine etwas lockerere Haltung ein. Chitwood starrte Gretchen wütend an, sagte aber nichts. Laura antwortete an Gretchen gewandt: »Danke. Vielleicht einen koffeinfreien Tee und Cracker.«

Gretchen blickte Chitwood eindringlich an. Das Gesicht des Chiefs färbte sich dunkelrot. Trotzdem machte er auf dem Absatz kehrt und stapfte davon, um Lauras Bitte nach-zukommen.

»Ich verstehe nicht, was hier vor sich geht«, fuhr Laura fort.

»Es tut mir sehr leid, Laura«, entgegnete Josie. »Es hat bei der Aufklärung des Mordes an deiner Mutter einige neue Entwicklungen gegeben. Wir brauchen wirklich deine Hilfe. Das ist alles.«

»Genau«, pflichtete Gretchen ihr bei. »Sorry wegen unseres Chefs. Er ist manchmal ein bisschen ungeschickt.«

Laura lachte. »Ungeschickt? Das ist wirklich die schönste Umschreibung für ein Arschloch, die ich je gehört habe.«

Josie konnte ein lautes Auflachen nicht unterdrücken. Sie hoffte inständig, dass Laura sich letztlich als unschuldig erwies und sie sich dann besser verstanden, ohne dass sie ständig versuchte, sie von ihrem Bruder fernzuhalten. Aber fürs Erste mussten sie Chitwoods Gegenpart spielen: Er war der böse Cop, sie beide die guten Cops.

Im Besprechungsraum warteten sie, bis Laura sich mit ihrem Tee und den Crackern in einem der bequemen Leder-drehsessel niedergelassen hatte, bevor sie mit der Befragung begannen.

Gretchen machte den Anfang. »Du hast Detective Quinn erzählt, dass du noch nie von einem Mann namens Ivan gehört hast. Stimmt das?«

»Genau. Warum fragst du?«

»Der Name Ivan Ulrich sagt dir also nichts?«

Laura sah sie mit großen Augen und leerem Blick an. »Nein. Sollte er? Heißt so der Kindheitsfreund meiner Mutter?«

»Ja«, pflichtete ihr Josie bei. »Und so heißt auch ein

Sicherheitsberater, der seit 1983 für Sutton Stone Enterprises arbeitet.«

Laura runzelte verwirrt die Stirn. »Ein Sicherheitsberater? Was meinst du damit? Wir haben eine Sicherheitsfirma unter Vertrag, die unsere Anlagen bewacht. Ich kann euch die Kontaktdaten geben.«

»Also arbeitet Sutton Stone Enterprises nicht mit Sicherheitsberatern zusammen?«, hakte Gretchen nach.

»Nicht dass ich wüsste. Zumindest habe ich noch nie davon gehört. Vielleicht hat Mr. Sutton sich von ihm beraten lassen, als er sich nach einer Sicherheitsfirma für die Bewachung der Anlagen umgesehen hat.«

»Nicht die Art von Berater«, warf Gretchen ein.

»Wir glauben, dass Mr. Ulrich als ... Gorilla für Mr. Sutton gearbeitet hat.«

Laura lachte. »Gorilla? Was heißt das? So eine Art Bodyguard? Mr. Sutton braucht wohl kaum einen Bodyguard. Wir betreiben Steinbrüche. Nichts Gefährliches.«

»Kein Bodyguard«, widersprach Josie. »Eher so etwas wie einen Mann fürs Grobe. Einen Schläger, wenn du so willst.«

»Was?« Laura sah ungläubig von Josie zu Gretchen und zurück, als warte sie auf eine Pointe. »Wozu um alles in der Welt sollte Mr. Sutton einen ›Schläger‹ brauchen?«

Gretchen ignorierte ihre Frage. »Also hast du im Zuge deiner Arbeit für das Unternehmen noch nie von Ivan Ulrich gehört oder bist mit ihm in Kontakt gekommen?«

»Was? Nein. Ich habe den Namen zum ersten Mal gehört, als Josie sagte, dass mein Vater ihn erwähnt hat.«

»Hat deine Mutter je mit dir über ihre Arbeit gesprochen?«, fragte Gretchen.

»Nein. Aber sie hat in Mr. Suttons Büro gearbeitet. Ich

war damals die meiste Zeit unterwegs – zumindest, bis ich die Anlage in Bethlehem übernommen habe.«

»Sie hat also nie erwähnt, dass sie während ihrer Arbeit für Sutton etwas entdeckt oder über etwas gestolpert ist, das sie beunruhigt hat?«, fragte Josie.

In Lauras Augen war ein Flackern zu erkennen. Sie senkte den Blick. »Einmal hat sie etwas Seltsames erwähnt, aber es war, als sie ... etwas verwirrt war. Du weißt schon, die ersten Anzeichen von Demenz bei ihr. Ich habe es nicht ernst genommen. Es ergab auch nicht so recht einen Sinn.«

»Wie lange ist das her? Was hat sie gesagt?«, hakte Gretchen nach.

Laura legte die Hände auf ihren Bauch. »Das war letztes Jahr. Sie hat gesagt: ›Ich weiß, was sie getan haben. Sie haben alles vertuscht.‹ Ich habe gefragt, wer was getan hat, und sie meinte: ›Die Suttons.‹ Ich wollte wissen, ob sie damit Mr. Sutton, ihren alten Chef, meinte. Sie antwortete: ›Nicht nur er.‹ Da bin ich stutzig geworden, doch sie meinte nur: ›Wenn ich rede, bringen sie mich um. Und dich auch.‹ Ich habe nachgebohrt, aber sie war schon wieder abgeschweift. Die Sache ist die, dass sie viel Seltsames von sich gegeben hat, wenn sie verwirrt war, auch manches, was paranoid klang. Ich habe das nicht ernst genommen.«

»Hast du sie noch mal gefragt, als sie wieder klar im Kopf war?«, fragte Josie.

»Natürlich«, erwiderte Laura. »Sie lachte und meinte nur, sie hätte wohl zu viele Krimis im Fernsehen gesehen.«

»War das das einzige Mal, dass sie so etwas gesagt hat?«, fragte Gretchen.

Laura strich mit den Händen über ihren Bauch. Ihre Miene verdüsterte sich etwas. »Naja, ich meine, sie hat auch danach noch etwas Komisches von sich gegeben, aber ich habe, ehrlich gesagt, nicht weiter nachgefragt, weil ich dachte, dass sie wieder verwirrt war.«

»Was hat sie gesagt?«, wollte Josie wissen.

»Sie sagte: ›Ich weiß, wo die Leichen sind. Alle Leichen.‹«

55

Josie und Gretchen ließen Laura im Besprechungszimmer sitzen und gingen nach oben zu den Verhörräumen. Anhand der Überwachungskamera konnten sie sehen, dass sich Ivan während der Wartezeit nicht groß bewegt hatte. Seine Kaffeetasse war leer, ansonsten schien er kein Problem damit zu haben, untätig herumzusitzen, bis jemand kam. Josie hatte den Eindruck, er war es gewohnt, sich gehorsam zu verhalten.

»Glaubst du ihr?«, fragte Gretchen.

Josie atmete tief durch. »Ich weiß nicht. Es fällt mir schwer zu glauben, dass sie nicht wusste, dass Sutton jemanden in der Hinterhand hatte, der für ihn die Drecksarbeit erledigte. Aber ich glaube ihr, dass sie keine Ahnung von Colettes Geheimnis hatte. Wenn deine Mutter dement wird und allen möglichen Unsinn erzählt ... Wenn man Colette kannte und diese Colette auf einmal sagt, dass sie wüsste, wo die Leichen seien, würde sich das für mich auch völlig absurd anhören, wenn ich ihre Tochter wäre. Ich hätte ihr auch abgenommen, dass sie zu viele Krimis gesehen hat.«

»Aber Colette hat die Wahrheit gesagt«, wandte Gretchen ein. »Sie wusste tatsächlich etwas. Auf jeden Fall wusste sie, was mit Bridges und den Pratt-Brüdern passiert ist.«

»Ja«, pflichtete Josie ihr bei. Sie holte ihr Handy heraus und rief Lamay an, aber er hatte außer einem alten, im Garten vergrabenen Schraubenschlüssel noch nichts gefunden. »Bleib dran«, drängte ihn Josie. »Es ist wichtig.« Sie beendete das Gespräch und steckte ihr Telefon wieder ein. »Nehmen wir uns Ivan Ulrich vor.«

»Warte«, stoppte Gretchen sie, als ihr Telefon zwitscherte. »Es ist Mettner. Er hat eine E-Mail von der Rechtsabteilung von Landon's Sporting Goods bekommen. Das ist ein Sportartikelgeschäft am Rand von Bellewood. Ivan Ulrich ist dort als Kunde registriert und hat irgendwann in den letzten sechs Monaten Coyote-Run-Stiefel Größe fünfundvierzig gekauft. Sie haben ihn über die Kundenbonuskarte ausfindig gemacht.«

»Perfekt. Los geht's.«

Sie verlasen Ivan seine Rechte. Josie wartete darauf, dass er um einen Rechtsbeistand bat, aber er machte keine Anstalten dazu. Vielleicht war ihm gar nicht klar, in welchen Schwierigkeiten er steckte, dachte Josie.

Gretchen begann damit, ihn zu fragen, wo er sich an dem Tag und zu der Uhrzeit aufgehalten hatte, als Colette und Beth Pratt ermordet, das Feuer in Beth Pratts Haus gelegt, Mason Pratt angegriffen, Colettes Haus angezündet und Earl Butler überfallen worden war. Stets hatte er dasselbe Alibi: Angeblich war er bei einer Freundin gewesen, die das auch für jedes Mal bestätigen könne. Er schrieb Namen, Adresse und Telefonnummer auf, aber Josie legte sie fürs

Erste beiseite. Sicher hatte er die Frau überredet, für ihn zu lügen. Josie kaufte ihm kein einziges seiner Alibis ab.

Sie fragten ihn, ob er Colette gekannt habe. Er bestätigte, dass sie zusammen auf der katholischen Schule gewesen waren und ihre beiden Mütter im Pfarramt gearbeitet hatten. Ebenso räumte er ein, dass einer der Priester ›schlechte Sachen‹ mit ihm gemacht und Colette das gemeldet hatte, woraufhin seine Mutter ihre Sachen gepackt hatte und mit ihm weggezogen war.

»Wann haben Sie Colette wiedergesehen?«, fragte ihn Josie.

»Das ist viele Jahre her«, antwortete Ivan. »Wir waren beide schon längst nicht mehr auf der Highschool. Meine Mutter war kurz vorher gestorben. Ich musste aus unserer Wohnung ausziehen. Da bin ich nach Denton gegangen und habe nach ihr gesucht. Ich habe sie um Hilfe gebeten. Sie hat mir eine Arbeit im Steinbruch besorgt.«

»Was haben Sie dort gearbeitet?«, wollte Gretchen wissen.

Er lachte. »Ich habe Steine von einem Ort zum anderen gebracht. Nachdem die Felsspalter ihre Arbeit getan hatten, mussten einige von uns ran und die Platten und den Schutt wegschaffen.«

»Wie lange haben Sie das gemacht?«, fragte Josie.

»Vielleicht ein Jahr.«

»Was ist dann passiert?«, schaltete sich Gretchen ein.

»Mr. Sutton – der Juniorchef – sagte, er hätte leichtere Arbeit für mich. Im Sicherheitsbereich.«

»Was heißt Sicherheitsbereich?«, hakte Josie nach.

»Er hatte ein externes Unternehmen beauftragt, die Anlagen zu überwachen, traute ihm aber nicht. Also bat er mich hin und wieder, ihnen auf die Finger zu schauen, ohne dass sie es merkten. Als eine Art Kontrolleur.«

»Das war alles?«, wollte Gretchen wissen.

»Naja, gelegentlich haben sich die Arbeiter in die Haare gekriegt. Dann musste ich in die Steinbrüche und vermitteln. Die Sache schlichten, bevor die Fäuste flogen.«

Josie glaubte ihm kein Wort, war aber sicher, dass Ivan und Sutton schon seit Langem damit rechneten, dass man ihnen eines Tages Fragen wie diese stellen würde, und sich die passenden Antworten bereitgelegt hatten. Unverfängliche Antworten.

»Haben Sie je für Mr. Sutton Aufträge ausgeführt, die den Einsatz von Gewalt durch Sie erforderten?«, fragte Josie unverblümt.

Ein Lächeln gefror auf Ivans Gesicht. »Gewalt? Wie meinen Sie das?«

»Hat Mr. Sutton Sie je aufgefordert, jemanden einzuschüchtern? Oder zu überfallen?«, fügte Gretchen hinzu.

»Das wäre unrechtmäßig«, entgegnete Ivan.

Josie nahm zur Kenntnis, dass er nicht Nein sagte. Sie holte ihr Telefon heraus und zeigte ihm ein Foto von Drew Pratt. »Haben Sie diesen Mann schon einmal gesehen?«

Er starrte einen Augenblick lang auf das Bild und antwortete dann: »Nein, noch nie.«

Die gleiche Antwort bekam sie, als sie ihm Aufnahmen von Samuel Pratt und Craig Bridges zeigte. Josie beschloss, es vorerst dabei bewenden zu lassen. »Wie oft haben Sie Colette noch gesehen, nachdem Sie Mr. Sutton als Sicherheitsberater eingestellt hatte?«

»Nicht oft. Ich bin ihr hin und wieder begegnet, hatte aber nie viel Grund, ins Chefbüro zu gehen.«

»Mr. Ulrich«, wechselte Josie das Thema. »Hatten Sie je ein Verhältnis, auch sexueller Natur, mit Colette Fraley?«

Er wirkte etwas erstaunt, hatte sich aber schnell wieder gesammelt. »Nein«, erwiderte er.

»Hätten Sie es gewollt?«, fragte Gretchen.

Er sah in seine leere Kaffeetasse. »Ja. Ich habe Colette sehr gemocht. Aber sie war in dieser Hinsicht nie an mir interessiert. Außerdem war sie verheiratet. Sie hatte eine Familie.«

»Das ist nicht notwendigerweise ein Hindernis«, wandte Josie ein.

Er sah ihr direkt in die Augen. Zorn blitzte in seinen dunklen Pupillen auf. »Colette hätte so etwas nie getan. Sie war absolut treu. Ein guter Mensch. Eine gute Frau und Mutter.«

»Hatte sie je eine Affäre mit Zachary Sutton?«, bohrte Josie weiter.

Er schüttelte den Kopf. »Nein, nie. Es war ein rein berufliches Verhältnis.«

»Was ist mit anderen Männern? Wissen Sie, ob Colette andere Liebhaber hatte?«

»Ich weiß es nicht«, räumte Ivan ein. »Aber ich bezweifle es. Wie gesagt, sie war nicht der Typ. So etwas hätte sie nicht gemacht.«

»Viele Menschen sind nicht der Typ«, widersprach ihm Gretchen. »Bis sie es doch tun.«

Er schlug unvermittelt mit der flachen Hand auf den Tisch. Sowohl Josie als auch Gretchen gelang es, nicht zusammenzuzucken, sondern völlig ungerührt zu bleiben.

»*Nicht* Colette«, fauchte er.

»Na gut«, lenkte Gretchen ein. Sie drehte sich mit dem Stuhl und holte vom Tisch an der Wand einen Spurensicherungsbeutel aus Papier. Nachdem sie Handschuhe aus ihrer Tasche geholt und angezogen hatte, legte sie den Inhalt des Beutels auf den Tisch und breitete ihn vor Ivan aus. Den USB-Stick. Die Pfeilspitze. Die Gürtelschnalle.

»Erkennen Sie diese Dinge wieder?«, fragte Gretchen.

Erneut bemerkte Josie den Hauch eines Flackerns in seinem Blick. »Nein«, erwiderte er. »Nie gesehen.«

»Was haben Sie für eine Schuhgröße?«, wollte Josie wissen.

Verblüfft sah er ihr in die Augen. »Wie bitte?«

»Ihre Schuhgröße. Was haben Sie für eine Schuhgröße?«

»Fünfundvierzig. Was hat meine Schuhgröße damit zu tun?«

»Besitzen Sie Stiefel der Marke Coyote Run?«

»Keine Ahnung. Ich habe viele Stiefel.«

»Haben Sie in den letzten Monaten ein Paar Stiefel bei Landon's Sporting Goods gekauft?«

»Was?« Zum ersten Mal war in seinem Gesicht Resignation zu erkennen. »Ich weiß nicht. Denke schon.«

Gretchen fragte: »Was, wenn ich Ihnen sage, dass ich eine Quittung für ein Paar Stiefel habe, das Sie dort vor vier Monaten gekauft haben? Coyote-Run-Stiefel der Größe fünfundvierzig in Hellbraun. Wollen Sie das leugnen?«

»Nein«, erwiderte er. »Leugne ich ja gar nicht. Ich habe dort viele Stiefel gekauft.«

Er hatte bereits seine Freundin als Alibi für die Nacht angegeben, als Mason Pratt angegriffen worden war. Wenn sie zweifelsfrei beweisen wollten, dass es sich um seinen Schuhabdruck handelte, mussten sie mehr liefern. Sie brauchten einen Durchsuchungsbeschluss für seine Wohnung, damit sie die Stiefel sicherstellen und eventuelle Erdreste an der Sohle im Labor untersuchen lassen konnten.

Oder sie mussten einen Experten für Schuhabdruckanalyse beauftragen, der die Abdrücke von Ivans Schuhen mit den bei Mason Pratt entdeckten verglich, wofür sie allerdings seine Einwilligung brauchten. In der Zwischenzeit wollte Josie ihn mit ihrer Befragung nicht so sehr unter Druck setzen, dass er um einen Anwalt bat.

»Haben Sie einen Partner?«, erkundigte sich Josie. »Jemanden, mit dem Sie arbeiten, wenn Sie für Sutton Stone Enterprises Sicherheitsangelegenheiten klären?«

»Nein, ich arbeite allein.«

»Wissen Sie, ob Mr. Sutton weitere Sicherheitsberater bezahlt?«

»Nein. Da müssen Sie ihn schon selbst fragen.«

Gretchen lächelte. »Das werden wir. Noch eine Frage: Wo waren Sie gestern Nachmittag?«

Er starrte Gretchen an. »Ich war bei meiner Freundin. Wir haben einen Ausflug mit dem Auto gemacht.«

»Ich denke, wir sind fertig«, sagte Josie. »Aber da ist noch jemand, der mit Ihnen reden möchte. Würde es Ihnen etwas ausmachen, noch ein bisschen zu warten?«

Sein Wangenmuskel zuckte, aber er meinte nur: »Nein, kein Problem.«

56

Vor Ivans Verhörraum meinte Josie zu Gretchen: »Wir brauchen einen Durchsuchungsbeschluss wegen der Stiefel, um sie mit den Abdrücken zu vergleichen. Das kann ein bisschen dauern. Wir schaffen es vielleicht nicht, ihn lange genug hier festzuhalten. Ruf im Büro des Sheriffs von Lenore County an. Sie sollen kommen und mit ihm reden, um ihn noch eine Weile hinzuhalten. Wir brauchen ein Foto von ihm. Vielleicht kann Earl Butler ihn anhand einer Foto-Gegenüberstellung identifizieren.«

»Der lügt doch, wenn er nur den Mund aufmacht«, bemerkte Gretchen und holte ihr Telefon heraus.

Josie ging in den Videoüberwachungsraum, um einen Blick auf Zachary Sutton zu werfen. Sein Anwalt war gekommen und saß bei ihm, weshalb die Kamera ausgeschaltet worden war.

»Von dem erfahren wir kein einziges Wort«, hörte sie Chitwood hinter sich, der gerade hereinkam. »Ich habe Laura gehen lassen. Sie hat gesagt, sie und ihr Mann würden bei Noah übernachten.«

Bevor Josie zum Revier gefahren war, hatte sie Noah zu Hause abgesetzt. Er hatte ihr versichert, dass er gut mit Krücken zurechtkommen würde. Wenigstens waren nun Laura und Grady dort, falls er etwas brauchte.

Sie gingen zurück ins Großraumbüro. Josie setzte sich an ihren Schreibtisch und rief erneut Lamay an, doch der hatte noch immer nichts gefunden. Sie kam sich allmählich vor wie eine Idiotin. Aber es war nur eine Vermutung gewesen, dass Colette etwas, was sie gefunden hatte, in einer Metallkiste vergraben haben könnte. »Such weiter«, bat sie Lamay. »Wie groß ist der Garten überhaupt? Ich hätte nicht gedacht, dass die Gärten in diesem Block so weitläufig sind.«

»Sind sie auch nicht. Aber ich bin allein und habe nur eine Schaufel als Helfer. Da dauert es eben eine Weile. Außerdem checke ich immer alles zwei- und dreifach, Boss«, versicherte ihr Lamay.

Gerade als sie auflegte, setzte sich auch Gretchen an ihren Schreibtisch. »Der Deputy Sheriff aus dem Lenore County ist unterwegs. Es wird in etwa fünfundvierzig Minuten hier sein, aber du weißt, dass wir Ivan nicht einmal so lange halten können, wenn er gehen will.«

»Ich weiß. Wir brauchen mehr.«

»Wir könnten ihn überrumpeln«, schlug Gretchen vor, »und all unsere Karten auf den Tisch legen. Sagen wir ihm, dass wir wissen, was er getan hat.«

»Ich will unsere Trümpfe nicht zu früh ausspielen«, entgegnete Josie. »Der gibt uns nicht einfach, was wir wollen. Genauso wenig Sutton. Sobald er merkt, dass wir nicht genug gegen ihn in der Hand haben, ist er weg. Ich glaube, wenn wir ein Geständnis von ihm wollen, haben wir noch nicht genug für einen Bluff. Hast du schon von

Mettner und Hummel Neuigkeiten über die Unterlagen zum Unfall in den Archiven von Sutton?«

Gretchen checkte ihr Smartphone. »Vor fünfzehn Minuten waren sie noch dabei, sich durch die Dokumente zu arbeiten. Was erwartest du dir wirklich davon?«

Josie öffnete einen der Aktenkartons auf ihrem Schreibtisch und ging den Inhalt durch, eine Sammlung persönlicher Dinge, die Drew Pratt nach dem Tod seines Bruders von dessen Schreibtisch mitgenommen hatte. Sie blätterte durch Drew Pratts Notizbuch und seine Aufzeichnungen über die geheimnisvolle C. F. Seufzend legte sie sie beiseite und griff zu Samuel Pratts Lebenslauf, der daneben lag. Er enthielt eine beeindruckende Liste beruflicher Erfolge.

»Ich weiß nicht«, entgegnete Josie. »Ich bezweifle auch, ob Zachary Sutton Aufzeichnungen über kriminelle Aktivitäten in seinem Unternehmen überhaupt aufbewahren würde. Ich weiß nur, dass wir noch mehr brauchen, bevor wir die beiden richtig in die Mangel nehmen.«

Josie blätterte den Lebenslauf noch einmal durch. Er enthielt Publikationen, die Samuel Pratt über Jahrzehnte hinweg auf seinem Gebiet veröffentlicht hatte.

Ausgrabungen ländlicher Keramik im Italien des Mittelalters.

Archäologische Freilegung und forensische Analyse von Massengräbern des 20. Jahrhunderts.

Steinwerkzeuge im antiken Rom: Klassifizierung, Funktion und Gebrauch.

Neuere Weiterentwicklung archäologischer Forschungsmethoden in der Balkanregion für den Zeitraum von 6500 bis 4200 v. Chr.

Radiokarbondatierung und forensische Aspekte bei der Untersuchung von Massengräbern in Nordmazedonien – Neubewertung der Entstehung von Dorfgemeinschaften der Dschiroft-Kultur auf dem Gebiet des heutigen Iran.

Plötzlich hörte Josie Lauras Worte in ihrem Kopf: *Sie sagte: ›Ich weiß, wo die Leichen sind. Alle Leichen.‹*

»Mein Gott«, rief sie.

»Was ist?«, fragte Gretchen.

»Ich glaube, ich weiß, was passiert ist«, erwiderte Josie und sprang auf. »Gehen wir wieder rein.«

57

Ivan sah auf, als Josie und Gretchen eintraten. Josie blieb stehen, beugte sich über den Tisch und sah ihm direkt in die Augen. »Schluss mit dem Bullshit, Ivan. Ich weiß vom Massengrab.«

Seine Miene versteinerte und alle Farbe wich aus ihm. Der Mund arbeitete, doch sagte er kein Wort. Josie erkannte ihre Chance und setzte ihm weiter zu. »1974 kam es in einer Arbeiterunterkunft des Steinbruchs zu einem Unfall. Die Zeitungen berichteten von vier Toten. Ihre Familien bekamen Entschädigung. Aber es waren keine vier Toten, nicht wahr? Es waren mehr. Viel mehr. Craig Bridges wusste, wie viele in jener Nacht gestorben waren. Er hat es mit eigenen Augen gesehen. Deshalb hatte er für den Rest seines Lebens Albträume. Die schlimmer waren als das, was er in Vietnam gesehen hatte.«

Ivan senkte den Kopf.

Josie wurde lauter. »Colette Fraley hat herausgefunden, was bei dem Kranunfall in jener Nacht wirklich passiert ist. Sie ist auf interne Unterlagen über die Vertuschung gestoßen. Deshalb wusste sie, wo die Leichen lagen – alle Leichen. Das ließ ihr keine Ruhe. Sie musste etwas tun, das lag in ihrer Natur. Liege ich falsch?«

Ivan sagte nichts.

Josie schlug mit der Hand auf den Tisch. Er zuckte zusammen. »Colette Fraley hat Sie vor einem pädophilen Priester gerettet. Sie riskierte, dass Ihre Mütter ihre Arbeit verloren, riskierte, exkommuniziert und aus ihrer geliebten Kirche geworfen zu werden. Als sie herausfand, dass es auf dem Gelände von Sutton Stone Enterprises ein Massengrab gab und die Suttons das vertuscht hatten, musste sie handeln. Liege ich falsch?«

Die Luft um sie herum wirkte wie aufgeladen. Die Temperatur im Raum war um mehrere Grad gestiegen, seit Josie hereingestürmt war. Ein dünner Schweißfilm hatte sich auf Ivans glänzendem Schädel gebildet. Langsam schüttelte er den Kopf.

»Sagen Sie es«, befahl ihm Josie.

Seine Worte waren kaum zu hören. »Sie liegen nicht falsch.«

»Sie hat sich mit Craig Bridges in Verbindung gesetzt. Er war der einzige Überlebende jener Nacht. Ich weiß nicht, warum man ihn am Leben ließ, aber die Suttons haben ihm Schweigegeld bezahlt und er ging. Bis Colette auf die Unterlagen stieß. Bis jemand Wind von der Sache bekam. Und Sutton hat das herausgefunden. Er wies Sie an, die Sache zu regeln. Das haben Sie gemacht. Liege ich falsch?«

Er schüttelte erneut den Kopf, diesmal etwas schneller.

»Was haben Sie gemacht?«

Er blieb stumm.

»Ivan«, redete Josie auf ihn ein. »Wenn Ihnen in Ihrem Leben je etwas an Colette lag, wenn Sie sie je wirklich und ernsthaft geliebt haben, dann sagen Sie jetzt die Wahrheit. Sie wissen, dass das genau das wäre, was sie gewollt hätte. Es war das Einzige, was sie immer gewollt hat. Dass die Wahrheit ans Tageslicht kommt. Sie kennen die Wahrheit. Sie müssen sie jetzt sagen. Was haben Sie gemacht?«

»Ich habe sie geliebt«, murmelte er.

»Dann sagen Sie die Wahrheit. So wie es jetzt aussieht, steht Colette wie eine Mehrfachmörderin da. Sie hat persönliche Gegenstände von allen drei Männern, die heute vermisst oder tot sind, in ihrem Haus versteckt. Wir wissen, dass sie sich mindestens zweimal mit Samuel Pratt getroffen hat. Und wir wissen auch, dass sie sich mit Drew Pratt getroffen hat – an dem Tag, an dem er verschwand. Wollen Sie, dass Colette als Mörderin in Erinnerung bleibt? Wollen Sie, dass die Erinnerung an sie so beschmutzt wird? Wollen Sie das?«

»Nein«, erwiderte Ivan, nun mit fester Stimme.

»Dann reden Sie«, drängte ihn Josie. »Wie hat Sutton herausgefunden, dass Colette mit Bridges in Verbindung stand? Und was hat er Ihnen befohlen?«

»Sie war unvorsichtig«, antwortete Ivan ruhig. »Bridges' Name und Telefonnummer standen auf einem Zettel, den sie in ihrer Geldbörse hatte. Eines Tages suchte sie in der Börse etwas und der Zettel fiel heraus. Sutton hat ihn gefunden. Als er sie darauf ansprach, log sie ihn an und behauptete, dass es jemand aus ihrer Kirche sei, dem sie Essen bringen sollte. Aber Sutton hat es ihr nicht geglaubt. Ich musste die Nummer für ihn überprüfen. Dann hat er mir gesagt, dass ich Bridges verschwinden lassen soll.«

»Er hat Ihnen gesagt, dass Sie ihn umbringen sollen?«, bohrte Josie nach.

»Er hat das Wort ›umbringen‹ nie gesagt. Aber es war

klar, was er meinte. Er sagte, Bridges wisse etwas, das das ganze Unternehmen gefährden könne. Und ich müsse dafür sorgen, dass er für immer von der Bildfläche verschwindet.«

»Und das haben Sie getan?«

»Nein, ich wollte nicht. Ich habe es zunächst nicht getan – das gehörte nicht zu unserer Abmachung. Ich musste manchmal für ihn Leute einschüchtern, aber das war's dann auch. Die meisten Aufträge, die ich von ihm bekam, bestanden darin, dass ich die Konkurrenz oder Leute, mit denen er Geschäfte machen wollte, ausspionierte. Ich war da, um im Dreck zu wühlen. Ich habe ihm gesagt, dass ich Bridges nicht verschwinden lasse. Ich habe auch gar keinen Grund dafür gesehen – er hatte ganz offensichtlich nicht geredet.«

»Aber Colette wusste etwas. Das hat alles geändert.«

»Er wollte auch, dass ich Colette verschwinden lasse. Er sagte, er würde jemand anderen für den Auftrag finden, wenn ich ablehnen würde.«

Gretchen kam an den Tisch und sah Ivan fest in die Augen. »Da haben Sie einen Deal mit Sutton gemacht.«

Er sah sie an, als bemerke er erst jetzt, dass sie sich im Raum befand. »Ja. Ich habe ihm versprochen, dafür zu sorgen, dass Colette keine Gefahr mehr war. Ich habe ihn davon überzeugt, dass es zu verdächtig wäre, wenn ein ehemaliger Arbeiter und eine noch im Unternehmen tätige Angestellte so kurz hintereinander verschwinden oder tot aufgefunden werden würden, selbst wenn Bridges nicht mehr in Pennsylvania wohnte. Colette, habe ich ihm gesagt, sei eine junge Mutter und engagierte Mitarbeiterin. Sie sei in der Kirche aktiv und in ihrer Gemeinde gut bekannt. Ihr Verschwinden würde viel Aufmerksamkeit auf das Unternehmen lenken. Das würde er nicht wollen.

Also sagte er, wenn ich Bridges beiseiteschaffe, dürfte ich meinen Job behalten und Colette würde nichts geschehen.«

»Also sind Sie nach Maryland gefahren«, folgerte Josie.

»Ich habe mich eines Morgens in den Rücksitz von Bridge's Auto gesetzt und gewartet. Als er eingestiegen war, habe ich ihm eine Pistole an den Kopf gehalten und aufgefordert, zu einem Fluss in der Nähe zu fahren. Dann ließ ich ihn aussteigen und ein Stück in den Fluss gehen. Ich ... ich habe ihn unter Wasser gedrückt, bis er tot war, und seinen Körper losgelassen.«

»Aber Sie haben seine Gürtelschnalle behalten«, unterbrach ihn Josie, »und sie mit nach Pennsylvania genommen und Colette gegeben. Was haben Sie ihr gesagt?«

»Dass sie Bridges gehört hat und dass sie aufhören muss mit dem, was sie tut. Ich sagte ihr, Sutton habe Bridges umbringen lassen, und dass sie die Nächste sei, wenn sie weiterforschen würde. Da hat sie mir erzählt, was sie herausgefunden hat. Sie nannte es das Massaker im Arbeiterlager. Ich habe davon erst durch sie erfahren.«

»Aber Sie haben ihr begreiflich gemacht, dass es besser sei zu schweigen«, stellte Josie fest. »Wie?«

Er senkte den Kopf. »Ihre Kinder waren noch klein. Sie hatte schreckliche Angst um sie. Ich versprach zu tun, was ich konnte, um sie zu schützen, sagte ihr aber auch, dass Sutton mich umbringen und im Handumdrehen ersetzen lassen würde, wenn er glaubte, dass es mir nicht gelungen wäre, sie zum Schweigen zu bringen. Ich habe sie überzeugt, dass es das Beste für sie und ihre Familie war, Stillschweigen zu bewahren.«

»Und das hat sie so einfach gemacht?«

Er nickte. »Sie hatte kleine Kinder. Die wollte sie nicht

in Gefahr bringen. Es fiel ihr schwer, aber sie musste ihre Familie schützen.«

»Trotzdem versuchte sie 1999 wieder, Sutton dranzukriegen«, fuhr Josie fort. »Sie traf sich mit Samuel Pratt, einem Archäologieprofessor an der Universität von Denton. Er hatte sich mit Massengräbern in aller Welt befasst. Sie wollte herausfinden, ob er eine Grabung in der Nähe des Steinbruchs vornehmen würde, also die Toten scheinbar zufällig finden könnte, ohne dass Sutton die Aktion mit ihr in Verbindung brächte. Wie hat Sutton es herausgefunden?«

»Hat er nicht«, erwiderte Ivan ruhig. »Er wusste nichts von Samuel Pratt. Oder seinem Bruder.«

Josie sah hinüber zu Gretchen, die kaum merklich die Schultern zuckte. Sie wandte sich wieder Ivan zu. »Aber Sie wussten von ihm. Warum?«

Tränen glänzten in seinen Augen. »Ich war in sie verliebt. Ich ... ich habe sie beobachtet.«

»Sie haben sie gestalkt.«

»Nein, ich habe auf sie aufgepasst.«

Josie beschloss, sich auf keine Diskussion darüber einzulassen. »Sie haben gesehen, dass sie sich mit Samuel Pratt getroffen hat. Sie hat sich ein einziges Mal mit ihm getroffen, bevor er starb.«

»Ich habe mich nach ihm erkundigt. Es konnte für mich nur einen Grund geben, warum sie sich mit ihm getroffen hatte. Als sie sich ein zweites Mal verabredeten, hörte ich, worüber sie sprachen. Da gab es keinen Zweifel mehr. Ich wartete, bis Colette weg war. Dann habe ich Pratt in der Nähe seines Autos aufgelauert und ihn dazu gebracht, einzusteigen und nach Bellewood zu fahren. Ich kannte einen abgelegenen Uferstreifen.«

»Und dann?«, insistierte Josie.

»Er bettelte mich an, ihn gehen zu lassen. Sagte, dass er es niemandem erzählen und Colette nie wieder treffen würde. Aber es war zu spät. Mir war klar, dass Menschen so etwas nicht auf sich beruhen lassen können. Ich wusste, was passieren würde, wenn er die Sache auffliegen lassen würde. Sutton würde mich umbringen lassen. Colette und vielleicht sogar ihre Familie würden getötet werden. Also bin ich mit ihm zum Fluss und habe ihn unter Wasser gedrückt, bis er tot war.«

Die kalte und nüchterne Art, wie Ivan seine Verbrechen schilderte, jagte Josie einen Schauder über den Rücken. Gefühlsregungen schien er nur zu zeigen, wenn er von Colette sprach. War er überhaupt zu der Liebe für sie fähig, von der er sprach, oder handelte es sich lediglich um eine groteske Form von Besessenheit? Wie konnte jemand, der so leicht mordete, mit solcher Hingabe eine Frau schützen, die seine Liebe nicht erwiderte? War Ivan Ulrich ein Soziopath oder einfach nur völlig geisteskrank? Vielleicht ein bisschen von beidem, dachte Josie. Es war auch egal. Jetzt kam es darauf an, das restliche Geständnis aus Ivan herauszuholen, damit er weggesperrt und der Fall gelöst werden konnte.

»Sie haben ihm etwas genommen«, fuhr Josie fort, »und es Colette als Warnung gegeben.«

»Er hatte diese Pfeilspitze bei sich. Ich habe sie ihr gegeben und ihr gesagt, dass sie aufhören muss. Sie war ... sie war sehr zornig. Völlig aufgebracht. Ich solle sie in Ruhe lassen, hat sie gesagt, und dass sie ...«, er brach ab, schluckte und fuhr fort, »dass sie mich nie wieder sehen will.«

»Aber Sie haben weiter auf sie ›aufgepasst‹, nicht wahr?«, sagte Josie.

Er nickte.

»Trotz Ihrer Warnungen hat sie ein letztes Mal versucht, das Geheimnis von Sutton Stone ans Tageslicht zu bringen.«

»Ja. Mit Drew Pratt. Er war Staatsanwalt. Das ging nicht. Wenn Mr. Sutton herausgefunden hätte, dass sie mit einem Staatsanwalt geredet hatte, wären wir alle in höchster Gefahr gewesen.«

»Hat Mr. Sutton es herausgefunden?«, schaltete sich Gretchen ein.

»Nein. Ich ... habe dafür gesorgt.«

»Was haben Sie gemacht?«, wollte Josie wissen.

»Ich bin ihr an dem Tag, an dem sie sich auf diesem Kunsthandwerkermarkt getroffen haben, nachgegangen. Ich wusste, dass sie etwas vorhatte, weil sie eine Kurzhaarperücke aufgesetzt hatte. Ich habe sie auf dem Parkplatz entdeckt, wie sie eine Zigarette nach der anderen rauchend hin und her ging. Dann kam Drew Pratt herangefahren. Sie lehnte sich eine Minute lang in das Beifahrerfenster. Dann stieg er aus und sie gingen hinein. Ich blieb ihnen, so gut ich konnte, auf den Fersen, ohne dass sie mich entdeckten. Ich bekam mit, dass sie ihm erzählte, sie habe Unterlagen. Ein Dokument, sagte sie. Ich wusste nicht, ob es Papier war oder ein Computerdokument. Als sie weg war, habe ich ihn gezwungen, mit mir zum Fluss zu kommen. Den Laptop musste er mitnehmen. Er hatte einen USB-Stick, den ich ihm weggenommen habe. Dann habe ich ihn ins Wasser gezogen und ertränkt.«

Wieder überkam Josie tiefe Trauer. Diese Männer waren ihren Familien und Nächsten nur deshalb weggenommen worden, weil jemand ihnen ein schreckliches Geheimnis anvertraut hatte. Sie waren unschuldig, hatten nichts mit dem eigentlichen Verbrechen zu tun. Ihre Familien hatten gelitten. Mason Pratt, der letzte verbliebene Pratt, musste wegen dieses Mannes für den Rest seines Lebens leiden.

»Wussten Sie, was auf dem USB-Stick war?«, fragte Josie.

»Nein. Ich dachte mir, vielleicht das, was sie ihm gegeben hatte. Es ging mir nur darum, ihr zu zeigen, dass ich der letzte Mensch gewesen war, den er gesehen hatte. Also habe ich ihr den Stick zurückgegeben. Sie sagte, es sei nicht ihrer. Ich entgegnete ihr, ich wüsste, dass sie ihn Pratt gegeben habe. Sie blieb dabei, dass sie ihm nichts gegeben hätte, gab aber zu, dass sie Unterlagen besaß. Interne Unternehmensdokumente, sagte sie. Sie habe sie im Büro von Sutton senior in einem geheimen Fach seines Schreibtischs gefunden, nachdem er gestorben war. Sie sagte, niemand würde je erfahren, wo sie sie versteckt habe, und es spiele auch keine Rolle mehr, denn sie werde nicht mehr versuchen, Suttons Verbrechen ans Tageslicht zu bringen.«

»Hatten Sie keine Angst, dass sie es noch einmal versuchen würde?«, fragte Gretchen. »Sie hatte es bereits dreimal versucht.«

»Ich wusste, dass sie es nicht noch einmal wagen würde«, erwiderte Ivan, nun mit einem traurigen Unterton. »Sie wollte nicht noch mehr Tote auf dem Gewissen haben.«

Josie hätte ihm gern an den Kopf geworfen, dass er es war, der diese Toten auf dem Gewissen hatte, nicht Colette. Doch sie hielt sich zurück.

»Ich habe sie angefleht, mich nicht noch einmal zum Töten zu zwingen«, fuhr Ivan fort. »Gleichzeitig bat ich sie, für meine Seele zu beten. Dann stellte Sutton Laura ein. Colette versprach wieder, die Sache nicht weiter zu verfolgen, sondern sie mit ins Grab zu nehmen.«

»Aber was ist dann passiert?«, bohrte Gretchen weiter. »Warum haben Sie sie trotzdem umgebracht?«

Er war so geschockt, dass die Farbe aus seinem Gesicht wich. »Ich habe sie nicht getötet. Ich könnte Colette *niemals* etwas tun. Niemand würde ihr etwas tun. Sie war ein guter Mensch.«

»Ivan«, insistierte Josie. »Sie haben soeben drei Morde gestanden. Warum lügen Sie bei Colette?«

Er legte eine Hand auf den Tisch und beugte sich mit ernstem Blick zu Josie. »Ich habe sie nicht umgebracht.«

»Aber Sie haben Beth Pratt umgebracht, ihr Haus angezündet, Mason Pratt überfallen, Brody Wolicki ermordet und versucht, Earl Butler zu töten«, wandte Josie ein. »Und Sie haben Colettes Haus angezündet, als ich und Noah uns noch darin befanden.«

Er senkte den Kopf wieder. »Das wollte ich nicht.«

»Warum haben Sie es dann getan?«, fragte Josie.

Zum ersten Mal blickte Ivan an ihnen vorbei zum Einwegspiegel. »Ich sage nichts mehr. Ich will einen Deal.«

»Was für einen Deal?«

»Ich erzähle Ihnen den Rest und helfe Ihnen, Mr. Sutton hinter Gitter zu bringen. Sie verstehen nicht. Er ist nach wie vor eine Gefahr für Laura und die anderen Kinder von Colette.«

Josie runzelte ungläubig die Stirn. »Sie sind derjenige, der die schmutzige Arbeit für ihn erledigt. Warum sollen wir glauben, dass er eine Gefahr für irgendjemanden darstellt? Er ist ein alter Mann.«

»Jeder mit einem Gewehr ist eine Gefahr. Wenn ich es Ihnen sage. Er ist unberechenbar. Eiskalt. Ich habe das alles gemacht, weil ich musste. Er ist anders. Er ... genießt das.«

Josie und Gretchen wechselten einen Blick. »Geben Sie uns Zeit.«

Draußen vor dem Verhörraum fragte Gretchen: »Was hältst du davon?«

Josie seufzte. »Deals zu machen liegt nicht in unserer Hand. Ich muss das Büro des Bezirksstaatsanwalts anrufen. Aber wenn sie hören, dass wir von diesem Kerl etwas über Drew Pratt erfahren haben, gehen sie vielleicht auf das Angebot ein.«

»Er hat doch den Mord an Drew Pratt bereits zugegeben. Das wäre eigentlich sein Trumpf gewesen«, wandte Gretchen ein.

»Nein. Er weiß noch viel mehr. Wenn es da draußen wirklich ein Massengrab gibt und er uns verraten kann, wo es ist, wird der Staatsanwalt mit ihm einen Deal aushandeln. Sutton ist eine große Nummer mit erstklassigen Anwälten. Dem kommen wir vielleicht nur mit einem Zeugen bei. Außerdem ist da noch eine zweite Person im Spiel, erinnerst du dich? Der Schuhabdruck Größe vierundvierzig in Colettes Garten. Wir müssen wissen, ob er die Person kennt.«

»Ich rufe beim Staatsanwalt an«, erwiderte Gretchen. »Du checkst, ob Lamay etwas gefunden hat.«

58

»Ich habe noch nichts gefunden, Boss«, bedauerte Lamay, als Josie ihn auf seinem Handy anrief. »Ich werde wohl das ganze Grundstück umgraben müssen. Hast du jemanden, der mir hilft?«

»Leider nicht. Ich kann höchstens mit Chitwood reden.« Einen Plan B hatten sie nicht.

Lamay sprach weiter. »Ich denke, wenn wir am Gartenende anfangen, wo diese Grotte ist ...«

»Was hast du gesagt?«, unterbrach ihn Josie. »Was für eine Grotte?«

»Ganz hinten im Garten ist eine kleine Grotte. Mit einer Statue der Jungfrau Maria drin. Die Besitzer sagten, die Fraleys hätten sie dagelassen, als sie das Haus verkauften. Sieht ganz nett aus. Sie haben sie nie abgerissen, obwohl sie nicht religiös sind. Irgendwie hätten sie kein gutes Gefühl dabei gehabt, meinten sie.«

Josie fasste sich an die Nasenwurzel. »Dan, was wir suchen, ist unter der Grotte.«

»Bist du sicher?«

»Ja. Ganz sicher. Wie schwer ist sie? Schaffst du es, sie allein zu verschieben, damit du darunter graben kannst?«

Eine Zeit lang war es still am anderen Ende der Leitung, dann hörte man jemanden schwer atmen. »Ich glaube, ich brauche Hilfe, Boss.«

Josie blickte hinüber zu ihrem Schreibtisch und dem von Gretchen im Großraumbüro, wo Gretchen gerade mit Mettner und Hummel sprach. Ihrer Miene nach zu urteilen hatte der Durchsuchungsbeschluss von heute Morgen nichts Verwertbares erbracht. »Ich schicke Mett und Hummel«, beschied sie Lamay. »Bleib, wo du bist.«

Sie beorderte die beiden zu Lamay. Im Archiv von Sutton Stone hatten sie nur das zutage gefördert, was Gretchen sowieso schon in den Zeitungen gefunden hatte.

Der Bezirksstaatsanwalt kreuzte eine halbe Stunde später persönlich mit einem seiner Assistenten im Schlepptau auf. Nach einem Gespräch mit Josie, Gretchen und Chitwood, bei dem er über alles unterrichtet wurde, was sie bis jetzt herausgefunden hatten, bot er ihnen an, von der Todesstrafe abzurücken, falls Ivan bereit sei, gegen Sutton in den Fällen auszusagen, in denen es um seine Beteiligung an den Morden an Beth Pratt und Brody Wolicki, die Angriffe auf Mason Pratt und Earl Butler sowie die Brandstiftung an Beth Pratts und Colettes Haus ging. Anschließend mussten sie noch eine Stunde mit Ivan verhandeln und ihn überzeugen, dass angesichts der Taten, die er bereits gestanden hatte, mehr als ein Verzicht auf die Todesstrafe nicht drin war.

»Ivan«, begann Josie. »Mr. Sutton sitzt nur ein paar Zimmer weiter mit seinem Anwalt. Keine Angst, er weiß nicht, dass Sie hier sind. Aber das ist jetzt unsere Chance, ihn für das bezahlen zu lassen, was er getan hat. Wir sind ganz nah dran. Wir brauchen nur noch ein paar Informationen von Ihnen. Erzählen Sie uns, was nach Colettes Tod passiert ist.«

Mit einem langen, gequälten Seufzer fing Ivan an zu sprechen. »Laura stand nach Colettes Ermordung mit Mr. Sutton in Kontakt. Sie erzählte ihm, dass die Polizei bestimmte Gegenstände in Colettes Haus gefunden hatte.«

»Den USB-Stick, die Pfeilspitze und die Gürtelschnalle«, warf Josie ein.

»Genau. Er fragte mich, wie sie dazu gekommen war. Ich habe es ihm erzählt. Ich dachte nicht, dass das jetzt noch eine Rolle spielte, nachdem Colette tot war. Niemand würde je herausfinden, was sie bedeuteten. Höchstens der USB-Stick war problematisch, denn man hätte vielleicht feststellen können, dass er Drew Pratt gehört hatte. Aber Colette hatte mir ja bereits versichert, dass er ihn nicht von ihr bekommen hatte. Die anderen Dinge hatten überhaupt keinen Bezug zu irgendetwas. Ich dachte nicht, dass jemand damit etwas anfangen könnte. Doch Sutton meinte, wir müssten ganz sichergehen.«

»Womit sichergehen?«, hakte Gretchen nach.

»Sichergehen, dass sie nichts hatte und niemandem etwas gegeben hatte, also weder den Pratts noch jemandem, der Craig Bridges kannte, aus dem sich irgendeine Verbindung zu ihm herleiten ließe. Ich habe ihm gesagt, dass das nicht der Fall war. Selbst wenn man eine Verbindung zwischen den dreien finden würde, käme man nie darauf, welche Beziehung sie zueinander gehabt hatten. Niemand, der noch am Leben war, wusste, was Colette gewusst hatte.«

»Außer Ihnen.«

Er zuckte die Schultern. »Selbst ich weiß nicht genau, was passiert ist. Ich habe die Unterlagen nie gesehen. Ich weiß nicht, wo sie sind. Ich dachte mir, vielleicht hat ihr

Mörder sie ja mitgenommen. Laura erzählte Mr. Sutton, dass Colette ermordet worden war. Dass ihr Mörder nach etwas gesucht und das Haus auf den Kopf gestellt hatte. Und auch, dass sie im Garten gegraben hatte. Er war überzeugt, dass man eine Verbindung zu ihm finden würde. Es gab einfach zu viele Variablen. Er wollte das, was Colette versteckt hatte, was auch immer sie aus dem Büro seines Vaters mitgenommen hatte. Ich habe ihm gesagt, dass ich nicht wüsste, wo es ist. Daraufhin befahl er mir, das Haus in Brand zu stecken. Zuerst habe ich das nicht gemacht. Ich hoffte, noch einmal alles durchsuchen zu können, sodass es nicht nötig sein würde, es anzuzünden. Aber Colettes Sohn war jeden Tag dort. Zum Schluss hatte ich keine andere Wahl. Ich wollte ihren Kindern nie wehtun.«

»Aber Sie haben Noah fast umgebracht«, warf Josie ein. »Und mich auch.«

»Tut mir sehr leid. Ich konnte nicht anders.«

»Hätten Sie nicht Nein sagen können?«, fragte Gretchen. »Was hatte er gegen Sie denn noch in der Hand?«

Mit traurigen Augen sah Ivan in Gretchens Richtung. »Laura. Er würde sie umbringen, sagte er mir, und zwar eigenhändig. Er meinte, er hätte schon größere Verbrechen vertuscht und würde dafür sorgen, dass man ihn nicht erwischt. Mein eigenes Leben war mir egal, aber ich wollte wie gesagt nicht, dass Colettes Kindern etwas passiert. Außerdem war Laura schwanger.«

»Also haben Sie gemacht, was Sutton Ihnen aufgetragen hat«, folgerte Josie. »Und er hat Sie dafür bezahlt.«

»Ja.«

»Was ist passiert, als Sie Colettes Dokumente nicht finden konnten?«, fragte Josie.

»Er sagte, ich müsse die beiden Pratt-Kinder beseitigen.«

»Umbringen?«, hakte Josie nach.

Er nickte. »Ja, umbringen. Ich versuchte ihm klarzumachen, dass das nur noch mehr Aufmerksamkeit auf die ganze Angelegenheit lenken würde. Und so war es ja dann auch. Also musste ich in seinem Auftrag Beth Pratts Haus anzünden. Außerdem sollte ich alle aufspüren, die die Gürtelschnalle aus Colettes Haus Craig Bridges zuordnen konnten, und sie ebenfalls beseitigen.«

»Auch umbringen also.«

»Ja. Ich sollte Brody Wolickis Hütte in Brand setzen. Aber das hätte einen Waldbrand gegeben. Und damit noch mehr Aufmerksamkeit auf die Sache gelenkt. Also habe ich alle seine Unterlagen verbrannt.«

»Earl Butler?«, fragte Josie.

»Ich sollte sein Haus bis auf die Grundmauern abbrennen. Aber er hatte nichts, was man zu Mr. Sutton zurückverfolgen konnte. Also habe ich ... habe ich ihn erstickt.«

Ivan wusste noch nicht, dass Earl Butler überlebt hatte. Josie beschloss, ihn vorerst im Unklaren zu lassen.

»Sind Sie Laura Fraley-Hall je begegnet?«, wollte Josie wissen.

»Nein. Ich habe sie nur von Weitem gesehen. Colette hat mir von ihr erzählt. Getroffen habe ich sie nie.«

»Glauben Sie, dass sie etwas über die Sache weiß?«

»Nein.«

»Sie wissen, dass Mr. Sutton sie als Nachfolgerin herangezogen hat?«

»Ja. Deshalb war es umso wichtiger, die ganze Geschichte ein für allemal zu begraben. Colettes Unterlagen waren der einzige Beweis, dass in der Nähe des Lagers, wo der Kran umgestürzt war, Leichen lagen. Waren sie einmal vernichtet, hätte nie wieder jemand etwas davon erfahren.«

Jemand klopfte an die Tür. Josie entschuldigte sich und ging hinaus. Draußen stand Hummel. Seine Uniform starrte vor Schmutz, aber er grinste von einem Ohr zum anderen. In den Händen hielt er eine kleine Kühltasche aus Kunststoff.

»Eine Kühltasche?«, fragte Josie. »Echt jetzt?«

Hummel nahm den Deckel ab. »Sie war mit Klebeband verschlossen. Keine Angst, wir haben alles fotografiert, bevor wir das Band gelöst haben. Sie ist intakt geblieben. Sieh dir das an.«

Drinnen lag ein Ordner. Er war in mindestens zwei Dutzend Gefrierbeutel eingepackt. »Hast du ihn dir schon angesehen?«, fragte Josie.

»Nein. Ich dachte mir, vielleicht wollen Sie die Erste sein, Boss.«

»Bring ihn in den Konferenzraum. Hol Chitwood und den Staatsanwalt – sie sind in Chitwoods Büro. Ich brauche Handschuhe. Ich will, dass alles fotografiert und gefilmt wird. Ich hole Gretchen. Besorg einen Durchsuchungsbeschluss, bevor wir die Akte öffnen.«

»Sofort.«

Es dauerte eine Stunde, bis alles erledigt und jeder gekommen war. Ivan war verhaftet und in den Zellentrakt gebracht worden. Am nächsten Tag würde ihn der County Sheriff holen und in das Untersuchungsgefängnis nach Bellewood bringen. Zachary Sutton und sein Anwalt warteten ungeduldig in einem der Verhörräume. Chitwood hatte ein paar erste Befragungen inszeniert, damit der Anwalt nicht sofort mit seinem Mandanten davonstürmte. Es ging in erster Linie darum, warum Sutton gelogen hatte, als es um Ivan und seinen Beschäftigtenstatus ging. Sutton hatte sein Alter und schlechtes Gedächtnis als Begründung genannt. Mehr hatte ihn der Anwalt nicht sagen lassen.

»Sutton läuft uns davon, wenn wir nicht bald reingehen«, warnte Chitwood, als sie sich im Konferenzraum trafen.

»Das Büro des Staatsanwalts arbeitet gerade eine Anklage auf der Grundlage des Geständnisses von Ivan Ulrich aus«, informierte ihn Josie. »Das hier ist das letzte Puzzleteil. Nachdem ich mir angesehen habe, was im Ordner ist, nehme ich Sutton in die Mangel. Selbst wenn sein Anwalt ihm rät, die Aussage zu verweigern, können wir ihn verhaften.«

»Los geht's«, kommentierte Gretchen, als sich alle um den Tisch scharten. Sie zog sich Handschuhe an und begann, die vielen Beutel zu entfernen.

Als sie die Seiten aus dem Ordner auf dem Tisch ausbreitete, beugten sich alle darüber und versuchten zu lesen, was darauf stand. »Das sind interne Memos«, stellte Josie fest.

»Ich habe meine Brille nicht dabei«, sagte Chitwood. »Wer hat sie geschrieben?«

Josie ging zum Tischende, als Gretchen die letzte getippte Seite auf die Fläche legte. »Der Sicherheitschef von Sutton Stone Enterprises im Jahr 1974. Adressiert an Zachary Sutton senior.« Sie nahm sich die erste Seite, auf der in großen, verblassten roten Lettern »VERTRAULICH« stand, überflog das Dokument und las dem versammelten Team die entscheidenden Stellen vor. »›Am 14. Mai 1974 kam eine Meldung über einen Vorfall in den Arbeiterunterkünften an der Nordseite des Steinbruchs herein ...‹, es folgen einige Koordinaten und eine handgezeichnete Landkarte. ›Ich wurde von Mr. Sutton senior gebeten, das Lager zu inspizieren. Ein Wohncontainer war von einer Baumaschine völlig zerdrückt worden. Die darin befindlichen

Arbeiter waren augenscheinlich an den Verletzungen gestorben, die sie erlitten hatten, als der Kran auf ihren Container gefallen war. Es hielten sich sechzehn Beschäftigte auf dem Gelände auf. In dem vom Kran zerstörten Container befanden sich drei Beschäftigte …‹« Josies Herz schnürte sich zusammen. Sie stockte, als sie die nächste Passage vorlas. »›In den übrigen Containern wurden elf Beschäftigte vorgefunden. Jeder von ihnen hatte Schusswunden in Kopf, Hals, Gesicht und Rücken. Eine weibliche Person wurde gut eineinhalb Kilometer vom Lager entfernt mit einer Schusswunde im Hinterkopf entdeckt. Ein Arbeiter, Craig Bridges, war unverletzt geblieben, da er sich auf einen kurzen Spaziergang außerhalb des Containergeländes begeben hatte. Bridges berichtete, er habe bei seiner Rückkehr Zachary Sutton junior aus dem Führerstand des Krans steigen und anschließend mit einem Gewehr in der Hand von Container zu Container gehen sehen. Weiter berichtete er von Rufen, Schüssen und Schreien. Dann beobachtete er nach eigenem Bekunden, dass Mr. Sutton in den Wald gegangen sei, wo er kurz darauf einen letzten Schuss gehört habe. Von den fünfzehn im Anhang zu diesem Dokument aufgelisteten Verstorbenen handelte es sich in elf Fällen um nicht registrierte Arbeitskräfte. Der Verfasser dieses Berichts wurde von Mr. Sutton junior gebeten, ihm mit Baufahrzeugen beim Ausheben einer Grube zu helfen …‹«

Josie deutete auf die dritte Seite und meinte: »Hier sind Maße und eine Karte mit Koordinaten. Dann schreibt er, dass sie die Leichen der elf Schwarzarbeiter in der Grube ›entsorgt‹ und die Grube anschließend wieder aufgefüllt hätten. Der Tod der Frau und der drei registrierten Arbeitskräfte wurde öffentlich bekanntgegeben. Es hieß, sie seien bei einem Kranunfall ums Leben gekommen. Ihre Familien wurden ebenso entschädigt wie Craig Bridges, der eine Verschwiegenheitsvereinbarung unterzeichnete. Himmel!«

Im Raum war es totenstill. Jeder versuchte das Gehörte zu verdauen. Die Arbeitskräfte waren nicht bei einem Baumaschinenunfall gestorben. Zachary Sutton hatte mit voller Absicht fünfzehn Menschen kaltblütig ermordet und die Tat anschließend vertuscht.

»Warum wurde das dokumentiert?«, fragte Chitwood laut. »War Suttons Vater bescheuert?«

»Ich weiß nicht«, antwortete Josie. »Aber am Ende des Berichts steht ein Hinweis, dass das Land, auf dem sich das Massengrab befindet, weder genutzt noch für eine Erschließung verkauft werden darf. Man wollte sichergehen, dass die Leichen nie gefunden werden.«

Sie fotografierten die Liste mit den Namen der Ermordeten, damit der Bezirksstaatsanwalt sie als Grundlage für die Mordanklage gegen Sutton verwenden konnte. Josie nahm die Blätter mit in den Verhörraum, in dem Sutton und sein Anwalt warteten. Chitwood, Mettner und Gretchen standen hinter ihr, als sie ihn wegen Mordes an fünfzehn Menschen im Jahr 1974 verhaftete sowie wegen Anstiftung zu Mord und Brandstiftung, also der Verbrechen, die Ivan jüngst in seinem Auftrag begangen hatte. Mit jedem Vorwurf, den sie vorlas, hatte Josie das Gefühl, ihr würde ein kleines Gewicht von den Schultern genommen, auch wenn Suttons Anwalt immer mehr in Rage geriet. Aber als er die Begründungen für den hinreichenden Tatverdacht durchlas, wurde er blass und schmallippig.

»Ich brauche ein paar Minuten allein mit meinem Mandanten«, forderte er schließlich.

Sutton hob eine Hand, als wollte er ihn zum Schweigen bringen. Ein seltsames Lächeln spielte auf seinen Lippen. Er sah Josie in die Augen. »Cleveres Mädchen«, meinte er anerkennend. »Hast du das alles allein aufgedeckt?«

»Nein«, antwortete Josie. »Mein Team. Außerdem bin ich eine erwachsene Frau und ein Detective und ich erwarte, dass Sie mich entsprechend anreden.«

Sie rechnete mit Gegenwind, aber Sutton nickte nur. Sein Anwalt schaltete sich ein: »Mr. Sutton, ich empfehle Ihnen dringend, vor diesen Beamtinnen und Beamten kein weiteres Wort mehr zu sagen.«

»Sie sind jetzt bitte ruhig«, entgegnete Sutton. Er sah Josie weiter lächelnd an. »Detective, ich kannte einmal ein Mädchen, das ganz wie Sie aussah.« Mit Daumen und Zeigefinger hob er das Revers seiner Anzugjacke leicht von seiner Brust. »Darf ich?« Mit der Hand deutete er an, sich in die Brusttasche fassen zu wollen.

Josie nickte.

Er nahm seine Brieftasche heraus und ging sie durch. Schließlich holte er aus einem der hinteren Fächer ein altes, quadratisches Farbfoto heraus. Er drehte es, sodass Josie das Gesicht einer jungen Frau sehen konnte. Mit ihrem dunklen Haar, dem hellen Teint, rosigen Lippen und strahlend blauen Augen ähnelte sie tatsächlich ein wenig Josie. »Natürlich würde niemand Sie für Schwestern halten«, räumte Sutton ein, drehte das Foto wieder und starrte es an. »Es war eher Ihr Charakter, den Sie gemeinsam hatten, eine Art unbezähmbarer Geist. Ich weiß, das klingt abgedroschen. Sie hatte eine schnelle Auffassungsgabe, war schlau und sehr intelligent.«

»Wie hieß sie?«, fragte Josie. Sie spielte das Spiel weiter, obwohl sie die Verwirrung bei ihren Kollegen und Suttons Anwalt förmlich spüren konnte.

»Ellie Grace«, antwortete Sutton.

Traurigkeit überkam sie. »Die Frau im Wald mit der Schusswunde im Hinterkopf. Sie war keine Angestellte. Was hat sie dort gemacht?«

Suttons Anwalt meldete sich wieder zu Wort. »Zachary, wirklich. Kein Wort mehr.«

Aber Sutton hörte nicht auf ihn. »Sie hurte mit den Arbeitern rum«, stieß er hervor. Blitzartig hatte sich sein Verhalten verändert. Mit einem Mal war ein verbitterter, bösartiger Mann aus ihm geworden. Das geschah so schnell, dass es Josie fast aus dem Konzept brachte. Jetzt wurde ihr klar, wie Ivan ihn erlebt hatte. Vielleicht war das sogar die einzige Seite dieses Mannes, die Ivan je kennengelernt hatte.

»Wissen Sie, ich habe Ellie zweimal einen Antrag gemacht«, fuhr Sutton fort. »Zweimal hat sie mich zurückgewiesen. Ich dachte, es sei ein Spiel, das sie da spielt. Mich zappeln zu lassen. Vielleicht auf einen größeren Ring zu hoffen. Mich ihre Zuneigung erarbeiten zu lassen. Aber dann habe ich sie in der Stadt mit einem der Arbeiter gesehen und in einer Freitagnacht noch einmal in einer Bar mit ihm. Ich fing an, ihr nachzustellen. Nachts ging sie immer zu den Arbeiterunterkünften und verschwand in einem der Container. Dann habe ich sie mit einem anderen Arbeiter beim Picknicken am Fluss entdeckt. Sie war so schamlos. Ekelhaft.«

»Haben Sie sie gefragt, warum sie sich mit Ihren Arbeitern traf?«

Während er redete, wurde sein Gesicht rot. »Sie meinte, sie seien bessere Männer als ich – ausnahmslos alle – und dass sie eher mit jedem einzelnen von ihnen ein *Verhältnis* haben wollte, als es mit mir ein ganzes Leben lang auszuhalten. Sie wollte lieber im Dreck leben und ihre Beine für jeden wertlosen Kerl breitmachen, der ihr nachsah, als meine Frau zu werden und im Luxus zu leben.«

Seine Augen bekamen einen leeren, glasigen Ausdruck. Er starrte durch Josie hindurch, als sähe er einen Film an der Wand hinter ihr. »Ich habe sie gehasst. Versuchte, sie zur Vernunft zu bringen, aber sie war völlig abweisend. Ich wollte ihr nur eine Lektion erteilen, nicht mehr. Also zog ich sie aus dem Container und ... habe sie geschlagen. Da kam einer der Dreckskerle heraus und hat mich davon abgehalten. Ich war so wütend. Ich wollte sie für ihr respektloses Verhalten mir gegenüber büßen lassen.«

»Ihr respektloses Verhalten?«, wiederholte Josie.

»Die Arbeiter wussten, dass Ellie meine Freundin war. Sie hätten ihre schmutzigen Hände von ihr lassen sollen.«

»Sie war Ihre Freundin?«, hakte Josie nach. »Ich denke, sie hatte Ihren Antrag zweimal abgelehnt?«

Sein Blick wurde wieder klar. »Sie hat mir gehört«, stieß er hervor und klopfte sich mit dem Zeigefinger auf die Brust. »Und diese Kerle haben sie beschmutzt.«

»Dann sind Sie auf die Idee mit dem Kran gekommen«, fuhr Josie fort. Sie wollte, dass er sein Geständnis fortsetzte.

»Es bot sich an. Wir hatten noch nicht alle Container für die Unterkünfte aufgestellt. Überall standen Geräte herum. Der Kran war perfekt platziert, ich brauchte ihn nur drehen und auf die Container stürzen zu lassen. Natürlich musste ich mir anschließend überlegen, was mit den anderen im Lager geschehen sollte und ob jemand etwas gesehen hatte. Ellie flehte mich an aufzuhören. Die Angst in ihren Augen war ein unvergleichlicher Triumph. Endlich respektierte sie mich! Ich fühlte mich lebendig wie nie zuvor. Sie fiel auf die Knie und bettelte mich an, nicht mehr weiterzumachen. Ich sagte ihr, dass alles ihre Schuld sei. Sie hätte eben besser überlegen sollen, was sie sagt und tut.«

»Wo hatten Sie das Gewehr her?«, fragte Josie leise.

Suttons Anwalt verbarg das Gesicht in seinen Händen.

»Aus der Kabine meines Trucks. Ich hatte es immer mitsamt Ersatzmunition für den Fall dabei, dass mir im Steinbruch Kojoten oder Bären begegnen.«

»Sie haben Bridges am Leben gelassen. Wussten Sie, dass er Sie gesehen hatte?«

»Natürlich nicht. Erst danach habe ich es erfahren. Der Sicherheitsmann meines Vaters fand ihn. Er hat darauf bestanden, dass wir ihn für sein Schweigen bezahlen. Er hatte mich aber weder schießen sehen noch beobachtet, wie der Kran umgestürzt ist. Er hatte nur gesehen, wie ich aus dem Kran geklettert und mit dem Gewehr herumgegangen war. Ich war nicht begeistert, ihn laufen zu lassen, aber damals war das, was mein Vater und sein Gorilla beschlossen, Gesetz. Ich konnte es gar nicht erwarten, die Leitung des Unternehmens zu übernehmen, einen eigenen Sicherheitsmann zu engagieren, der tat, was ich ihm sagte, und den Dreckskerl loszuwerden. Eigentlich schade, dass der Sicherheitchef meines Vaters eines Tages in den Steinbruch fiel. Er ist auf den Stein in der Sohle geklatscht und hat sich überall dort verteilt. Es dauerte Wochen, bis wir die Sauerei entfernt hatten, damit wir den Stein verarbeiten konnten.«

Josie merkte, wie die Kollegen hinter ihr zusammenzuckten, aber ihr Gesicht und ihre Haltung blieben neutral. Sie hatte schon Schlimmeres erlebt als dieses Ungeheuer. Er war nun ohnmächtig und schwach. Die Beamten würden ihm gleich Handschellen anlegen und ihn in eine Haftzelle stecken. Er würde nie mehr frei sein. Sie hatte nur noch ein paar Fragen.

»Haben Sie Colette Fraley umgebracht?«

»Nein.«

»Wissen Sie, wer sie getötet hat?«

Er sah ihr ein letztes Mal in die Augen. »Nein, meine Liebe ... Detective, ich weiß es nicht. Aber wie ich schon sagte: Sie sind ein cleveres Mäd... eine kluge Frau. Sie finden das sicher selbst heraus.«

60

Josie fühlte sich wie nach einem Marathonlauf. Sie stand an ihrem Schreibtisch, während um sie herum ihre Leute leise und aufgeregt miteinander redeten, und starrte mit leeren Augen auf das interne Memo, das Colette entdeckt hatte. Sie wusste, dass sie etwas tun und die Ermittlungen zu Ende bringen musste. Aber vor lauter Erschöpfung konnte sie sich nicht von der Stelle bewegen. Da berührte sie eine Hand vorsichtig an der Schulter. Sie drehte sich um. Hinter ihr stand Mettner und lächelte sie an. »Boss?«

Sie öffnete den Mund, um ihn zum gefühlt tausendsten Mal zu korrigieren, lächelte stattdessen aber zurück. »Mett«, sagte sie zu ihm. »Du hast bei diesen Ermittlungen unglaublich gute Arbeit geleistet.«

Er zuckte mit den Schultern. »Es ist noch nicht vorbei.«

Josie nickte. »Ich weiß. Wir finden die Person, die Colette umgebracht hat. Aber du solltest stolz sein auf das, was du erreicht hast.«

Sein Blick wanderte auf den Boden, doch konnte sie sehen, wie sein Lächeln immer breiter wurde und sich seine

Schultern vor Erleichterung senkten. »Danke, Boss.« Er räusperte sich. »Hey, warum machst du nicht Pause? Schnappst frische Luft? Ich kümmere mich um den Papierkram.«

Josie lachte. »Bist du sicher? Du sitzt die ganze Nacht hier.«

Wieder Schulterzucken. »Gehört zum Job, oder nicht?«

Sie klopfte ihm auf die Schultern und wandte sich zum Gehen. »Du bist okay, Mett.«

Während Mettner und die anderen sich daran machten, ihre Berichte zu schreiben, und Chitwood sowie der Bezirksstaatsanwalt sich in Chitwoods Büro einschlossen, um eine Pressekonferenz zu planen, verließ Josie die Dienststelle durch die Hintertür am Müllcontainer, geschützt vor den neugierigen Augen der Presse, die sich vor dem Gebäude postiert hatte. Sie rief Noah an. Er sollte der Erste sein, der erfuhr, dass seine Mutter keine Mörderin war, sondern sich in einer ausweglosen Situation befunden hatte. Sie hatte versucht, ihre Arbeit zu behalten, ihre Familie zu schützen und gleichzeitig einen Massenmörder zu entlarven. Josie würde sich auf ewig fragen, warum sie nicht einfach zur Presse gegangen war. Sie hatte doch die internen Unterlagen gehabt. Sie hatte schon mit dreizehn Jahren Unrecht aufgedeckt. Was war passiert?

Ihr fiel wieder ein, was Noah bei einem früheren Fall gesagt hatte. *Manchmal treffen Menschen eben falsche Entscheidungen.* Genauso war es. Im Nachhinein war es leicht zu wissen, was man tun hätte sollen. Aber Colette war eine junge Mutter mit brisanten Informationen gewesen, die sie niemandem hatte geben können. Selbst Ivan, ihr Freund aus Kindheitstagen, war nicht vertrauenswürdig. Er war bereit gewesen zu töten, nur um sie davon abzuhalten, ihren Chef dranzukriegen. Niemand würde je wissen, was in

Colette vorgegangen war, aber sie hatte versucht, das Richtige zu tun, bis es nicht mehr möglich war, ohne das Leben ihrer eigenen Kinder zu riskieren.

Noah ging nicht ans Telefon. Josie schickte ihm eine Nachricht und bat ihn, sie anzurufen. Sie überlegte, ob sie Laura anrufen sollte, aber sie würde viel zu viele Fragen stellen – Josie wollte, dass Noah die Information als Erster bekam. Außerdem wussten sie noch immer nicht, wer Colette getötet hatte. Das wollte sie ihm selbst sagen und ihm zugleich versichern, dass sie nicht aufhören würde, bis der Mörder gefasst war.

Sie hörte, wie die Hintertür zufiel, und sah sich um. Gretchen kam auf sie zu. Sie deutete zur Parkplatzausfahrt. »Holen wir uns einen Kaffee. Den haben wir uns verdient.«

Um der Presse auszuweichen, nahmen sie einen Umweg um einen angrenzenden Häuserblock. Gretchen bestellte Kaffee und ihr Lieblingsgebäck, während Josie einen Tisch im hinteren Bereich des kleinen Cafés suchte. Ihre Gedanken kreisten um die vielen ungelösten Fragen des Falls und das, was sie bereits wussten. Sie versuchte von der derzeitigen Beweislage auszugehen und herauszufinden, was sie bisher übersehen hatten.

»Colettes Ermordung war kein Zufall«, meinte Josie zu Gretchen, sobald diese sich gesetzt hatte.

»Ich weiß«, erwiderte Gretchen. Sie drehte das Tablett so, dass der Käseplunder auf Josies Seite und die Croissants mit Pekannüssen auf ihrer waren. »Gehen wir alles noch mal durch.«

»Wir können uns nicht auf Ivans Alibi verlassen«, begann Josie. »Wer immer diese Freundin ist, die er zu haben behauptet, sie würde für ihn lügen. Wenn wir sie also fragen, ob sie in der Nacht, als Colette umgebracht wurde, zusammen waren, würde sie es bejahen.«

»Natürlich. Aber Ivan hat Schuhgröße fünfundvierzig. Der Abdruck bei Colette war vierundvierzig. Deshalb neige ich dazu, Ivan zu glauben, dass er sie nicht umgebracht hat. Außerdem hat er sie geliebt.«

»Aber die Morde ähnelten sich sehr stark. Tod durch Ersticken. Sogar als Ivan Craig Bridges und die Gebrüder Pratt umbrachte, hat er sie ertränkt. Er hat nie eine Waffe benutzt. Wie hoch ist die Wahrscheinlichkeit, dass zwei unterschiedliche Täter in diesem Fall auf exakt die gleiche Art und Weise morden?«

Gretchen hatte den Mund voller Croissant und konnte nicht sprechen, schüttelte aber vehement den Kopf.

»Du meinst, es war gar nicht exakt die gleiche Art und Weise?«, fragte Josie.

Gretchen nickte.

»Weil jemand Colette Erde in den Mund gestopft hat.«

Gretchen schluckte. »Genau. Denk mal eine Sekunde darüber nach.«

»Es war unnötig. Wenn man von den Knieabdrücken, der Schuhgröße und Colettes Kopfabdruck in der Erde ausgeht, dann ist klar, dass sie mit viel Kraft auf den Boden gedrückt wurde.«

»Wer auf ihr saß, war also sehr kräftig«, fügte Gretchen hinzu.

»Die Erde im Mund war etwas Persönliches.« Josie versuchte es sich vorzustellen: Da hatte jemand auf ihr gesessen, ihren Kopf festgehalten und eine Handvoll Erde so tief in ihren Mund gestopft, dass sie sich sogar noch in der Luftröhre befand. »Er war wütend. Er wollte nicht nur verhindern, dass sie schrie. Er wollte sie auf ewig zum Schweigen bringen. Er wollte ihr wehtun.«

»Wer?«, fragte Gretchen. »Wer könnte einen solchen Zorn auf sie gehabt haben? Wer hätte sie zum Schweigen bringen wollen? Es muss jemand sein, der ihr nahestand.«

Josie ging im Geist ein weiteres Mal alle Beteiligten durch. Dann sagte sie: »Fahr mit mir zum Revier zurück. Ich muss mir noch einmal alle Alibis ansehen.«

61

Zurück in der Dienststelle brauchte Josie lediglich fünfzehn Minuten, bis sie Colettes Akte durchgegangen war und gefunden hatte, wonach sie suchte. Nach einem Anruf bestätigte sich ihr Verdacht. Sie rief Noah an, aber er ging nicht ans Telefon.

»Wir müssen los«, sagte sie zu Gretchen.

Während Gretchen und sie zu Noahs Haus fuhren, versuchte Josie ihn noch einmal anzurufen. Keine Antwort. Sie probierte es auf Lauras Handy, aber auch sie ging nicht ran. Während die Straßen von Denton an ihnen vorbeiflogen, sagte Gretchen: »Ruf Verstärkung.«

»Ich will ihn nur vorladen«, entgegnete Josie. »Ich will ihn nicht in Alarmbereitschaft versetzen.«

»Aber keiner von ihnen geht ans Telefon«, warf Gretchen ein.

Josie rief die Einsatzleitstelle an und forderte als Verstärkung eine Einheit an, die zu Noahs Haus fahren sollte.

Die Vordertür war verschlossen, aber Josie hatte einen Schlüssel. Sie steckte ihn ins Schloss und öffnete die Tür vorsichtig. Drinnen konnte sie im Wohnzimmer den Fernseher hören und den Schein einer Lampe auf dem Beistelltisch neben dem Sofa sehen. Niemand war im Raum. Sie bedeutete Gretchen, ihr durch den Flur in die Küche zu folgen. Als sie sich voranbewegten, hörten sie Laura und Grady reden.

»Grady, bitte«, flehte Laura mit einer verzweifelten Stimme, wie Josie sie von ihr noch nie gehört hatte. Sie beschleunigte ihren Schritt.

»Ich will das nicht vor ihm besprechen, Laura«, herrschte Grady sie an. »Er ist Polizist, verdammt noch mal.«

»Du hast nichts Illegales getan, Grady«, erwiderte Laura scharf. »Nur etwas Unmoralisches. Du bist so ein Dreckskerl. Warum hast du das gemacht? Gerade jetzt, wo wir ein Kind erwarten?«

»Ich dachte, ich könnte helfen ...«

Er verstummte, als Josie und Gretchen die Tür erreichten. Noah saß an seinem Tisch, mit dem Gipsbein auf einem Stuhl und einer Tasse Kaffee vor sich. Grady stand neben dem Kühlschrank und hatte eine Hand am Türgriff. Laura befand sich nur gut eine Armlänge von ihm entfernt; ihr riesiger Babybauch nahm fast den ganzen Platz zwischen ihnen ein. Noah schien erleichtert, Josie zu sehen, aber Laura fuhr sie an: »Wie seid ihr hier hereingekommen?«

»Ich habe einen Schlüssel«, erwiderte Josie.

Darauf konnte Laura nichts mehr sagen. Josie sah Noah an. »Alles okay?«

»Ja«, antwortete er, doch seine Miene war düster. So sah er aus, wenn er verärgert war. Ihm fehlte nichts, seine Schwester und ihren Mann allerdings konnte er nicht mehr lange ertragen, das sah Josie ihm an.

»Worüber habt ihr gerade gestritten?«, fragte Gretchen.

Lauras Stimme wurde eine Oktave höher. »Das geht dich nichts an.«

»Grady hat ein paar Spielschulden angehäuft.«

»Noah!«, blaffte ihn Laura an.

»Was denn?«, entgegnete er. »Josie ist meine Freundin – sofern sie mich nach dem, wie ich mich in den letzten Wochen benommen habe, noch will. Also werde ich es ihr so oder so erzählen. Ich nehme doch stark an, dass ihr euren Anteil an Moms Erbe angesichts der augenblicklichen Lage ziemlich bald wollt.« Erst jetzt bemerkte er Gretchens Anwesenheit so richtig und erkannte: Sie und Josie waren nicht privat hier. »Was geht hier vor?«, fragte er.

»Wir wollen, dass Grady mit aufs Revier kommt und ein paar Fragen beantwortet«, erklärte Josie.

Laura lachte, aber es war ein hohles Lachen, das rasch erstarb. »Das ist ja lächerlich«, schimpfte sie. »Ich glaube, wir müssen uns einen Anwalt besorgen. Wie lange wollt ihr das noch durchziehen? Was kann Grady euch schon Neues erzählen?«

Noah schwang sein Gipsbein vom Stuhl und griff sich die Krücken. Er wollte sich auf sein gesundes Bein hieven, doch Grady befahl ihm: »Setz dich, kleiner Bruder.«

Beim Klang seiner Stimme – kalt statt mitfühlend – erstarrte Noah halb sitzend, halb stehend. »Was hast du gesagt?«, fragte er Grady.

Grady nahm seine Hand vom Griff der Kühlschranktür. »Ich sagte, du sollst dich setzen. Ich gehe nirgendwohin.« Er deutete auf Josie und Gretchen. »Ihr wollt reden? Dann reden wir hier.«

»Gut«, erwiderte Josie. »An dem Tag, als Colette ermordet wurde, hast du von zu Hause gearbeitet. Stimmt das?«

»Ja, stimmt. Aber unsere Haushaltshilfe war da. Sie hat mich gesehen. Mein Pick-up stand die ganze Zeit in der Einfahrt.«

»Aber Lauras Wagen nicht, oder?«, warf Gretchen ein.

»Laura war beruflich unterwegs«, entgegnete Grady.

Laura blickte von Grady zu Josie und wieder zurück zu ihm. »Grady«, sagte sie mit zitternder Stimme. »Ich hatte an dem Tag einen Firmenwagen. Das weißt du doch. Bist du mit meinem Jeep weggefahren?«

Er antwortete nicht.

»Wir haben eure Haushälterin angerufen, bevor wir hergekommen sind«, erklärte Josie. »Sie sagte, als sie ihre Arbeit bei euch antrat, hat sie dich gesehen. Du bist in dein Arbeitszimmer gegangen. Bevor sie wieder ging, hat sie noch ›Auf Wiedersehen‹ gerufen. Du hast nicht geantwortet. Sie hatte es eilig, weil sie schnell nach Hause zum Essen musste, und ist gegangen.«

»Ja, und?«

»Sie hat dich in den drei Stunden vor und nach Colettes Ermordung nicht gesehen«, fügte Gretchen hinzu. »Sie hat dich den ganzen Tag nicht gesehen, nur am Morgen.«

»Ich war im Büro und habe gearbeitet«, rechtfertigte Grady sich.

»Grady, hattest du mein Auto?«, bohrte Laura nach.

Josie änderte die Taktik. »Was hast du für eine Schuhgröße, Grady?«

Er runzelte die Stirn. »Was?«

»Vierundvierzig, richtig?«

Er zögerte einen kurzen Augenblick und stieß dann hervor: »Ja, und, wen interessiert's?«

Josie versuchte, seine Unsicherheit zu nutzen. »Laura

hat mir gesagt, dass Colette manchmal viel Merkwürdiges sagte, wenn sie verwirrt war.«

Grady, Laura und Noah starrten sie an. Josie fuhr fort. »Sie erzählte Laura einmal von Leichen, von denen sie wusste. Hat sie je so etwas auch zu dir gesagt, Grady?«

Grady war so still, dass Josie sich fragte, ob er überhaupt noch atmete.

»Hat Colette dir je etwas über Massengräber auf dem Gelände des Steinbruchs von Sutton Stone erzählt?«, insistierte Josie.

Laura sog scharf die Luft ein. Ihre Hand flog an die Brust.

Josies Blick blieb auf Grady gerichtet. »Hat sie je erwähnt, dass Lauras Chef eine ganze Reihe von Leuten umgebracht, auf dem Gelände des Steinbruchs vergraben und alles vertuscht hat? Und dass sie den einzigen Beweis dafür hatte?«

»Wovon um alles in der Welt redet ihr?«, schrie Laura.

»Laura«, ermahnte Noah sie und warf ihr einen Blick zu, der ihr unmissverständlich beschied, ruhig zu sein.

»Sie hat dir nicht gesagt, was das für ein Beweis war, oder? Deshalb konntest du ihn nicht finden. Sie war verwirrt und hat dir gesagt, dass sie ihn vergraben hat. Aus diesem Grund hast du sie gezwungen, mit einer Schaufel in den Garten zu gehen, stimmt's? Was wolltest du damit anfangen, wenn du den Beweis gefunden hättest?«

»Halt dein Maul«, schnauzte Grady sie an.

»Stimmt das, Grady?«, wimmerte Laura.

Josie ließ nicht locker. »Ich denke, du wolltest Sutton damit erpressen. So hättest du deine Spielschulden bezahlen können, nicht wahr?«

»Grady«, flehte ihn Laura kaum hörbar an.

Grady erwiderte: »Laura wurde als Nachfolgerin aufgebaut. Ich habe versucht, sie zu schützen. Wäre alles herausgekommen, hätte es Sutton Stone Enterprises ruiniert.«

»Mein Gott, Grady, nein!« Tränen rannen über Lauras Gesicht.

»Colettes geistiger Zustand verschlechterte sich. Sie hätte es irgendwann den falschen Leuten gesteckt. Ich musste sie zum Schweigen bringen.«

»Du elendes Drecksschwein«, stieß Noah hervor.

»Bist du zu ihr mit der Absicht gefahren, sie umzubringen?«, hakte Gretchen nach. »Oder wolltest du nur die Dokumente haben?«

»Ich wollte sie nicht töten«, entgegnete er.

Aber Josie glaubte ihm keine Sekunde. Sie kaufte ihm auch nicht ab, dass ihm daran gelegen gewesen war, Lauras Position in der Firma zu schützen. »Grady«, sagte sie zu ihm, »ich verhafte dich wegen Mordes an Colette Fraley.«

Bevor sie ihm seine Rechte verlesen hatte, sprang er nach vorn, packte Lauras Oberarm und riss sie an sich. Er stellte sich hinter sie, drückte sie an seine Brust und legte den Arm um ihren Hals. Mit seiner freien Hand fuhr er über die Arbeitsplatte hinter sich, bis er den Messerblock gefunden hatte. Gretchen stand neben Josie. Sie zog ihre Waffe und schrie ihn an, sich nicht zu bewegen. Aber seine Finger hatten bereits den Griff des größten Messers im Block ertastet. Ein Aufschrei ging durch die Küche, als er es herauszog und die Spitze an Lauras prallen Bauch hielt.

»Grady, hör auf«, herrschte ihn Noah an. Er stand auf seinem gesunden Bein und stützte sich an der Stuhllehne ab.

»Mach das nicht«, beschwor Josie Grady. »Leg das Messer weg.«

Laura schluchzte in seinem Griff. »Grady, was machst

du? Hör auf. Du tust dem Baby weh. Grady, bitte. Hör damit auf. Tu dem Baby nichts.«

Gretchen hielt ihre Waffe weiter auf ihn gerichtet. »Leg das Messer weg und geh weg von ihr.«

Josie hob beide Hände in die Luft. Sie fasste hinüber zu Gretchen und drückte den Lauf ihrer Waffe so nach unten, dass er auf den Boden zeigte. Es wäre kein sauberer Schuss geworden, nicht einmal aus dieser Nähe. Zu viel konnte schiefgehen. Josie wollte nicht riskieren, dass Laura oder das Baby zu Tode kamen – oder beide. »Noah, setz dich«, befahl sie ihm.

Aus den Augenwinkeln sah sie, wie er immer wieder die Fäuste ballte und öffnete. »Bitte«, wiederholte sie. »Setz dich hin.«

Er starrte Grady einen Augenblick wütend an, bevor er sich wieder auf seinen Stuhl setzte. Trotzdem konnte Josie förmlich spüren, wie von ihm eine enorme Spannung ausging. Sie ging einen Schritt auf Grady zu, aber er drückte die Messerspitze nur noch stärker auf Lauras Bauch, sodass sie aufschrie. Ein winziger Blutfleck bildete sich auf ihrer Bluse.

»Sieh mich an, Grady«, sagte Josie.

»Halt's Maul«, schrie er.

»Grady, sieh mich an. Ich bin nicht bewaffnet. Gretchen zielt nicht auf dich. Niemand hier ist eine Bedrohung für dich.«

»Du bist hergekommen, um mich zu verhaften.«

»Das stimmt.« Josie sprach weiter mit ruhiger, beschwichtigender Stimme. »Das ist mein Job. Das weißt du. Hör zu, du steckst gerade in Riesenschwierigkeiten, aber ich kann dir helfen.«

»Fick dich«, stieß er hervor. »Das sagen alle Bullen, bevor

sie dich bescheißen.«

»Na, in gewisser Weise stimmt das«, pflichtete Josie ihm bei. »Und wenn du nicht gerade ein Messer an den Bauch deiner Frau halten würdest, würde ich dir auch gar nicht helfen wollen. Aber mein Job ist es sicherzustellen, dass Unschuldige nicht zu Schaden kommen, verstehst du?«

Seine Augen wanderten wild durch den ganzen Raum, aber er nickte.

»Ich will, dass niemand verletzt wird. Du verstehst, was ich meine, oder? So wie du nicht wolltest, dass jemand verletzt wird. Das ist die Wahrheit, nicht wahr, Grady? Du wolltest immer verhindern, dass jemand zu Schaden kommt.« Sie deutete auf Laura, die in seiner Umklammerung fast zusammensackte. »Vor allem nicht Laura oder das Baby.«

Er nickte immer wieder, während sie mit ihm sprach, aber sie wusste nicht einmal, ob er es merkte.

»Jeder in diesem Raum weiß, dass du nie jemanden verletzen wolltest. Vor allem nicht Colette. Sie war deine Schwiegermutter. Sie war gut zu dir, nicht wahr? Ihr Süßkartoffelauflauf, den wir letztes Jahr zu Weihnachten gegessen haben, war dein Lieblingsessen, stimmt's?«

»Hör auf«, befahl er ihr. Tränen glänzten in seinen Augen.

Josie aber ließ nicht locker. »Du wusstest, wenn Colette etwas gegen Zachary Sutton in der Hand hatte, etwas so Gravierendes, wie sie andeutete, dann wäre niemand von euch sicher gewesen, wenn ihre Demenz weiter fortgeschritten wäre. Du wusstest, dass es für euch alle am sichersten war, herauszufinden, was für einen Beweis sie hatte, damit du entscheiden konntest, was das Beste sei. Habe ich recht?«

»Ich wollte ihr nicht wehtun«, sagte er. »Ich schwöre es. Aber immer wenn sie verwirrt war, hat sie völligen Blödsinn geredet. Ich bin nur hingefahren, weil ich wissen wollte, was sie hatte. Laura war den ganzen Tag auf der Arbeit. Ich dachte, niemand würde es erfahren. Ich wollte mir nur das Zeug holen. Selbst wenn sie angefangen hätte, über all diese verrückten Sachen zu reden, hätte jeder gedacht, es läge daran, dass sie eben dement sei. Ich hätte es den Behörden übergeben. Das schwöre ich.«

Gelogen, alles gelogen, dachte Josie bei sich. Aber nun musste sie ihn überzeugen, dass sie alle auf seiner Seite waren, dass sie ihm glaubte und ihn verstand, damit er das Messer weglegte und Laura losließ.

»Ich weiß das«, pflichtete Josie ihm bei. »Jeder hier im Raum weiß das, Grady. Laura, Noah, ich ... wir sind deine Familie.«

»Ich wollte ihr nicht wehtun«, fuhr er fort. »Aber es war so verflucht frustrierend mit ihr.« Er sah Noah an. »Du weißt doch, wie sie sich benahm, wenn sie verwirrt war. Redete sinnloses Zeug. Hat sich einen Scheiß darum gekümmert, was man ihr gesagt oder worum man sie gebeten hat. Als hätte man es mit einem verdammten Kleinkind zu tun.«

Josie konnte sehen, wie Noahs Wangenmuskel zweimal zuckte. Es fiel ihm schwer, ruhig zu bleiben, aber er verstand, worauf Josie hinauswollte. Deshalb nickte er nur und stieß mit zusammengebissenen Zähnen ein »Ja« hervor.

»Wir alle wissen, wie schwierig es für dich wurde, Grady«, ging Josie weiter auf ihn ein. »Wir verstehen das. Du musst das nicht machen, musst Laura oder dem Baby nicht wehtun. Leg einfach das Messer weg und wir reden.«

Der Druck des Messers auf Lauras Bauch ließ etwas nach. »Ihr werdet mich trotzdem verhaften.«

Josie schürzte die Lippen und sah auf den Boden, als überlegte sie. Dann meinte sie: »Ja, klar. Ich muss meine Arbeit machen. Aber wir können darüber reden, wie wir das am besten hinkriegen. Hör zu, es ist Verstärkung hierher unterwegs. Wenn sie hier hereinstürmen und sehen, wie du deiner schwangeren Frau ein Messer an den Bauch hältst, haben wir nicht mehr viel Spielraum, um dir zu helfen. Sie werden auf dich losgehen. Wenn sie hereinkommen und wir sitzen alle friedlich herum und reden und du dich bereit erklärst, ohne Widerstand mit mir und Gretchen aufs Revier zu kommen, dann stehst du auf lange Sicht wesentlich besser da.«

Gretchen holte ihr Telefon heraus und warf einen Blick darauf. »Sie werden jede Sekunde hier sein.«

Er zögerte einen Augenblick. Dann legte er langsam das Messer auf die Arbeitsfläche zurück. Laura sank zu Boden und schluchzte unkontrolliert. Keine Sekunde später hatte Josie ihren Körper zwischen Grady und seine Frau geworfen. Gretchen sprang nach vorn, packte seinen Arm, wirbelte Grady herum und warf ihn gegen den Kühlschrank.

»Hey, ihr habt gesagt, ihr wollt reden«, brüllte er.

Josie half Gretchen, seine Hände mit Kabelbindern hinter dem Rücken zu fesseln. Noah hatte sich auf dem Boden geworfen und robbte zu Laura. Er nahm sie in die Arme. »Ruf einen Krankenwagen«, bat er Josie. »Dieser Stress ist sicher nicht gut für das Baby.«

Josie und Gretchen drückten Grady mit dem Gesicht nach unten auf den Boden. Gretchen verlas ihm seine Rechte, während Josie in der Leitstelle anrief und einen Krankenwagen anforderte. Draußen war das Jaulen einer Sirene zu hören. Die Verstärkung war da.

62

EINE WOCHE SPÄTER

Josie saß auf ihrem Sofa, neben sich Noah. Sein eingegipstes Bein lag auf einem Kissen auf dem Couchtisch. Sie sahen sich im Fernsehen die Morgennachrichten mit Trinity als Co-Moderatorin an. Im Anschluss an den Wetterbericht und die aktuellsten Berichte aus der Politik wurde auf dem Bildschirm der Schriftzug *Skandal in Mittelpennsylvania* eingeblendet. Dann erschien Trinity. Die Kamera fuhr auf sie zu. Wie immer war sie stark geschminkt. Ihr Haar glänzte so sehr, dass sich in der dichten Mähne sogar die Studioscheinwerfer spiegelten.

»Wenn sie auf Reporterin macht, sieht sie dir nicht besonders ähnlich«, stellte Noah fest.

»Ich weiß. Wahrscheinlich ist die Ähnlichkeit zwischen uns deshalb so lange niemandem aufgefallen.«

Noah griff sich die Fernbedienung, die zwischen ihnen lag, und regelte die Lautstärke hoch. Trinitys Augen leuchteten. »Heute bringen wir ein Exklusivinterview mit Laura Fraley-Hall, Vizepräsidentin von Sutton Stone Enterprises. In diesem Unternehmen deckten die Behörden von Mittelpennsylvania kürzlich einen Skandal von so unglaublicher Tragweite und Komplexität auf, dass er nicht nur die Region, sondern das ganze Land nach wie vor schockiert. Dabei ist Ms. Fraley-Hall selbst von den dramatischen Ereignissen betroffen: Ihre eigene Mutter wurde von ihrem Ehemann ermordet, was eine Kette von Ereignissen in Gang setzte, durch die die Machenschaften von Sutton letztlich ans Licht kamen. Nun steht Ms. Fraley-Hall vor den Trümmern des Unternehmens. Willkommen, Ms. Fraley-Hall, und danke, dass Sie uns über Satellit von Ihrem Krankenbett in Mittelpennsylvania aus Rede und Antwort stehen. Wie ich hörte, müssen Sie seit einer Woche das Bett hüten.«

Der Bildschirm teilte sich. Auf der linken Seite war Trinity und rechts Laura zu sehen. Obwohl sie Krankenhauskleidung trug und im Bett lag, hatte sie dafür gesorgt, dass jemand ihre Haare zurechtgemacht und sie geschminkt hatte. Trotz der tragischen Umstände sah sie sehr attraktiv aus.

»Guten Morgen«, erwiderte Laura. »Ja, es stimmt. Ich muss liegen.«

»Bevor wir auf die Ereignisse eingehen: Wie fühlen Sie sich?«, fragte Trinity mit übertriebener Besorgnis.

Laura lächelte gequält. »Ich bin dankbar, dass es meinem Baby gutgeht. Ich habe etwas Schmerzen und Übungswehen, bin ansonsten aber wohlauf.«

»Freut mich, das zu hören. Ms. Fraley, wie ich erfahren habe, leiten Sie nun, da Zachary Sutton wegen diverser Anklagepunkte, insbesondere fünfzehnfachem Mord, in Haft sitzt, kommissarisch Sutton Stone.«

»Das stimmt«, pflichtete ihr Laura bei. »Ich habe vorerst die Führung des Unternehmens übernommen. Beschlossen wurde das schon vor den tragischen Ereignissen. Mr. Sutton hat verfügt, dass ich seine Stelle übernehme, sollte er versterben oder ... nicht mehr in der Lage sein, das Unternehmen zu führen.«

»Nun, er ist derzeit alles andere als in der Lage, das Unternehmen zu führen, würde ich sagen«, bemerkte Trinity. »Angesichts des enormen Imageschadens, der durch die Ereignisse für Sutton Stone entstanden ist, erscheint es äußerst ungewöhnlich, dass die neue Geschäftsführerin derart heikle Vorgänge live im Fernsehen kommentiert. Warum war es für Sie wichtig, heute mit uns zu sprechen?«

Laura blickte ernst in die Kamera. »Für die schreckliche Tragödie, die sich 1974 auf dem Gelände unseres Hauptsteinbruchs ereignete, ist allein Sutton verantwortlich. Sein Vater und dessen Sicherheitschef haben die Tat damals vertuscht. Beide sind bereits vor Jahrzehnten verstorben. Kein derzeit im Unternehmen tätiger Mitarbeiter wusste, was sich damals abgespielt hat. Lediglich meine Mutter kannte noch die wahren Hintergründe, doch hat sie mir nie erzählt, was sie herausgefunden hatte. Wir beschäftigen derzeit Hunderte integrer, hart arbeitender Leute bei Sutton Stone und ich glaube nicht, dass man sie für etwas zur Rechenschaft ziehen sollte, was Sutton getan hat. Unsere Beschäftigten gehen täglich zur Arbeit und geben ihr Bestes für das Unternehmen. Sie alle sind fürsorgliche Menschen und nehmen regelmäßig freiwillig an den Wohltätigkeitsaktionen für sozial Schwache teil, die ich in den letzten zehn Jahren initiiert habe. Ich denke, dass Sutton Stone durch sofortige und vollständige Transparenz gegenüber der Öffentlichkeit, eine umfassende Unterstützung der Behörden in jeder erdenklichen Weise und Umsetzung einer internen Unternehmensstrategie, die garantiert, dass so schändliche und tragische Ereignisse nie wieder vorkommen,

Wiedergutmachung für die Verbrechen des ehemaligen Chefs zu leisten beginnen kann.«

Sie sprachen weiter über den Fall. Ivan Ulrich, Zachary Sutton und Grady hatten einer Verständigung im Strafverfahren zugestimmt. Ivan und Sutton würden durch Zusammenarbeit mit den Strafbehörden der Todesstrafe entgehen und den Rest ihres Lebens im Gefängnis verbringen. Grady erklärte sich des Totschlags für schuldig und bekam vierzig Jahre aufgebrummt. Auf langwierige Gerichtsverfahren konnte somit verzichtet werden. Der Bezirksstaatsanwalt von Alcott County war gerade dabei, mit dem Büro des Sheriffs Pläne zur Bergung der Arbeiter auszuarbeiten, die Sutton unweit der Arbeiterunterkünfte auf dem Gelände des ursprünglichen Steinbruchs vergraben hatte. So gut wie ausgeschlossen war es, die Leichen von Craig Bridges und Drew Pratt noch zu finden, da inzwischen so viele Jahre vergangen waren und keiner der beiden am Ufer der Flüsse, in denen sie ertränkt worden waren, angeschwemmt worden war. Doch zumindest wussten die Hinterbliebenen nun, was mit ihnen geschehen war.

»Denkst du, sie kann Sutton Stone retten?«, fragte Josie.

Noah streckte die Arme über seinem Kopf aus. »Ja, sie ist eine Meisterin darin, das Ruder herumzureißen. Hätte Trinity nicht um dieses Interview gebeten, hätte sie dich vermutlich bedrängt, damit du es arrangierst.«

»Ich glaube, wir alle müssen uns irgendwie bemühen, die Scherben zusammenzukehren«, meinte Josie nachdenklich.

Sie spürte, wie Noah seine Hand in ihre legte. »Ja, müssen wir«, pflichtete er ihr bei.

Sie drehte sich zu ihm. »Du wirst eine ganze Weile lädiert sein, das ist dir schon klar, oder? Trauer ist hartnäckig.«

Er lächelte. »Ich weiß. Hast du ein paar Tipps?«

Sie lachte. »Ich bin gut im Lädiertsein, aber so gut auch wieder nicht.«

Er drückte ihre Hand. »Und mit uns ist alles okay? Mit dir und mir?«

Sie dachte sogleich an die Nacht mit Luke. Was genau passiert war, würde sie wohl nie erfahren. Waren sie und Noah in diesem Augenblick überhaupt zusammen gewesen? Lohnte es sich, ihm alles zu beichten? Was sollte sie auch beichten? Wollte sie das alles wieder aufwärmen? Sie dachte daran, was ihre Mutter Shannon zu ihr gesagt hatte, als sie das erste Mal wieder mit ihrer Familie vereint und jeder völlig überfordert von der Aufgabe gewesen war, die Lücke der letzten dreißig Jahre zu füllen. Sie hatte gesagt: »Manchmal muss man eben von dort aus neu anfangen, wo man gerade steht.« Und genau das hatten sie getan.

Josie drückte auch seine Hand. »Wir versuchen's, okay?«

Er hob ihr Hand an seine Lippen und küsste ihre Knöchel. »Wir versuchen's.«

EIN BRIEF VON LISA

Vielen Dank, dass ihr *Ihre begrabenen Geheimnisse* gelesen habt. Wenn euch das Buch gefallen hat und ihr über meine neuesten Erscheinungen informiert werden möchtet, meldet euch einfach unter nachstehendem Link an. Eure E-Mail-Adresse wird nicht weitergegeben und ihr könnt euch jederzeit wieder abmelden.

www.bookouture.com/bookouture-deutschland-sign-up

Es freut mich, dass ihr weitere Abenteuer von Josie lesen und immer wieder nach Denton zurückkehren möchtet, um sie bei der Aufklärung ihrer neuesten Fälle zu begleiten.

Ein reger Austausch mit meinen Leserinnen und Lesern liegt mir sehr am Herzen. Ihr könnt mich über die unten genannten sozialen Medien, meine Website und Goodreads kontaktieren. Gern dürft ihr auch meine Bücher bewerten und *Ihre begrabenen Geheimnisse* vielleicht sogar anderen Leserinnen und Lesern empfehlen. Rezensionen und Weiterempfehlungen tragen dazu bei, dass auch andere auf meine Bücher aufmerksam werden und sie lesen. Vielen Dank für eure Unterstützung. Sie bedeutet mir sehr viel. Ich kann es gar nicht erwarten, von euch zu hören. Bis zum nächsten Mal!

Herzlichen Dank, Eure
Lisa Regan

BLEIB IN KONTAKT MIT LISA REGAN

www.lisaregan.com

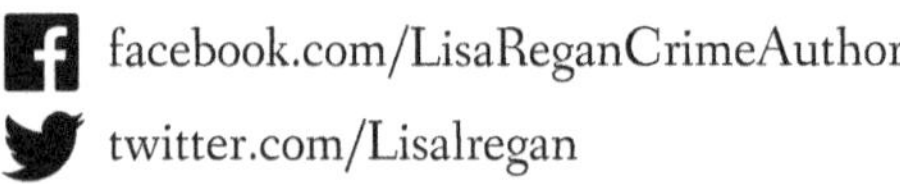
facebook.com/LisaReganCrimeAuthor
twitter.com/Lisalregan

DANKSAGUNG

Wie immer danke ich als Erstes meinen fantastischen Leserinnen, Lesern und treuen Fans! Vielen Dank, dass ihr euch so für diese Serie begeistert und sie weiterempfehlt. Ich freue mich über jede Nachricht, mit der ihr mich wissen lasst, wie sehr ihr Josies Abenteuer genießt – ganz gleich, welche Form der Kontaktaufnahme ihr wählt! Ich danke ferner meinem Ehemann Fred und meiner Tochter Morgan für ihre Liebe, Geduld und ihren Zuspruch. Ein weiterer Dank geht an meine Erstleserinnen Nancy S. Thompson, Dana Mason, Katie Mettner und Torese Hummel sowie meine Entrada-Leser. Außerdem danke ich meinen Eltern William Regan, Donna House, Rusty House, Joyce Regan und Julie House für ihre unentwegte Unterstützung und dafür, dass sie nie genug gute Nachrichten von mir hören können. Ein großes Dankeschön verdienen auch die üblichen Verdächtigen: die Menschen in meinem Leben, die mich unterstützen und fördern, meine Bücher empfehlen und überhaupt dafür sorgen, dass ich weitermachen kann: Carrie Butler, Ava McKittrick, Melissia McKittrick, Andrew Brock, Christine und Kevin Brock, Laura Aiello, Helen Conlen, Jean und Dennis Regan, Sean und Cassie House, Marilyn House, Tracy Dauphin, Michael Infinito Jr., Jeff O'Handley, Susan Sole, die Familien Funk, Tralies, Conlen, Regan und House sowie die McDowells und Kays. Danke, ihr Lieben von Table 25 für eure Klugheit, Unterstützung und gute Laune. Einen weiteren Dank verdienen die vielen netten Blogger und Rezensenten, die alle bisher erschienenen Josie-Quinn-Bücher gelesen haben, weiter an der Serie dranbleiben und sie ihren Leserinnen und Lesern so begeistert ans Herz legen!

Ein spezieller Dank geht an Sgt. Jason Jay, weil er mir all meine Fragen über Polizeiarbeit und Strafvollzug so schnell und detailliert beantwortet hat. Dadurch kann ich so authentisch erzählen, wie es in der Belletristik nur möglich ist. Du bist wunderbar!

Weiter danke ich Oliver Rhodes, Noelle Holten, Kim Nash und dem gesamten Bookouture-Team, dass sie diese erstaunliche Reise nicht nur ermöglicht, sondern zum größten Genuss meines ganzen Lebens gemacht haben. Last but not least geht ein Dank an die unvergleichliche Jessie Botterill, die jeden meiner Träume wahr gemacht und an mich und meine Arbeit geglaubt hat. Sie »versteht« meine Arbeit, wie sie noch nie jemand verstanden hat, und ist schlicht und einfach großartig.

www.ingramcontent.com/pod-product-compliance
Lightning Source LLC
Chambersburg PA
CBHW061349190726
48288CB00005B/1654